105

論創ミステリ叢書

飛鳥高

探偵小説選 III

論創社

飛鳥高探偵小説選Ⅲ

目次

創作篇

評論・随筆篇

インタビュー

凡例

一、「仮名づかい」は、「現代仮名遣い」(昭和六一年七月一日内閣告示第一号)にあらためた。
一、漢字の表記については、原則として「常用漢字表」に従って底本の表記をあらため、表外漢字は、底本の表記を尊重した。ただし人名漢字については適宜慣例に従った。
一、難読漢字については、現代仮名遣いでルビを付した。
一、極端な当て字と思われるもの及び指示語、副詞、接続詞等は適宜仮名に改めた。
一、あきらかな誤植は訂正した。
一、今日の人権意識に照らして不当・不適切と思われる語句や表現がみられる箇所もあるが、時代的背景と作品の価値に鑑み、修正・削除はおこなわなかった。
一、作品標題は、底本の仮名づかいを尊重した。漢字については、常用漢字表にある漢字は同表に従って字体をあらためたが、それ以外の漢字は底本の字体のままとした。

創作篇

死刑台へどうぞ

第一章　男と女

1

幅五メートルばかりの舗装した灰黒色の道が真直に延びていた。

道の左側には塀が連って、所々に門があった。右側は、少し小高くなって、石垣が積んであり、その白い御影石に朝日が当っていた。石垣は南を向いているのであった。

空は晴れていたが、その青さは白くぼんやりと濁っていた。塀の影で縦に半分に切られた道には、人の姿もなく、あたりはひどく静かであった。見える全てのものの姿は、明るくはっきりとしており、そして、じっと動かなかった。

石垣を斜めに切って緩い勾配で登っている道があった。黒いズボンに赤いセーターを着た久保がその道を登っていた。油気のない髪が濃い眉の上に垂れさがり、浅黒い細い顔にもの思わしげな影を作っていた。彼は眩しそうに眼を坂の上に向けた。

石垣の上に、四角な灰青色の建物があった。コンクリートのブロックを積み上げたその家は、ひどく不細工な姿で無遠慮にそこに坐っていた。それは眼の前の家並と太陽に、冷たい敵意をもって相対しているようであった。

坂の上に沈丁花の木が大きい球のような形をして植わっていた。花はまだ蕾で、ほんの僅かしか咲いていなかったが、幽かな匂が漂っていた。久保は、訝しげな眼を花へ向けた。

ブロックの家の端の所に理髪に言ったばかりの頭をした血色のいい男が立っていた。

男は満足感を隠すように顔をしかめて太陽の方を向いていた。赤いコートの上に白いレースのショールを掛けた女が、ドアに鍵をかけていた。彼女は、ノブを握ってドアが動かないのを確かめると、ショールを直しながら男の方へ歩いて来た。男は歩き出した。

久保とすれ違う時、女は視線を流した。

——また来たわ。

——そうさ、また来たよ。

久保の眼は答えた。

——あの得体の知れない女の所へ。

——平和な君達には関係のないことだよ。

女はまた、ショールを直して、夫と並んだ。

久保は、家の向う端にもう一つあるドアの所へ行ってベルのボタンを押した。それから、その横に置いてある水色の真新しい乗用車の方に向いた。車体は滑らかに輝いていた。

彼は腰をかがめて、口づけをするように顔を近づけた。その瞳は、車体と同じように生き生きと輝いていた。ガラスに映ったその顔は、満足げな微笑みを浮べた。

ドアの開く音がした。

久保は、微笑した顔をその方へ向けた。女は、白い薄いネグリジェを着て、無表情な眼を向けていた。久保は中へ入った。

部屋には、大きく開けた南側の窓から光が眩しく射しこんでいた。窓の左右には白いレースのカーテンがあった。投げ出してある雑誌をよけて、久保はソファに腰をおろした。低いテーブルの上にテープレコーダーが置いてあった。

「始めたの」

と久保は尋ねた。

女は隣室の部屋で化粧を続けていた。間のドアは開いていた。

「始めようとしたんだけど——」

女は髪をすいていた。

「うん」

「出だしは、スムースにゆかないわ。いつもそうよ、わたし」

「どのくらい、行った?」

久保はテープの方を調べるような視線で見た。

「ほんの僅かよ。テープレコーダーだと、読み返すのが面倒ね。書いた方がいいかしら。でもわたし、書くとすぐ手首が疲れるの。手が弱いのね」

「馴れないからさ」

「そうね」

「できたら、どこへ持って行く」

「やっぱり、あそこにしようかしら」

「ふん——」

久保はソファに背を伸してタバコを出した。

「でも、これは絶対売れるわ」

「ふん。どんな話？」

「中年の一人の男の話よ」

「どんな」

女は暫く黙っていた。髪にブラシをかける音が続いた。

やがて女は、独り言のような調子で喋り出した。

「有力な代議士の選挙のために華々しく活躍した男が、その選挙の違反事実が明らかになるに従って、皆から責任を一人に被せられてだんだん孤独になって行くの。最後に殺されるの。その死体になった所から話を始めるのよ」

「ありそうなテーマだな」

「あった？」

「知らないけど」

「男の殺された事情が明らかになるに従って、社会のどうにもならないいろんな事実や、思いがけない結び付きが出てくるのよ」

「社会派だな」

「そうじゃないわ。哀れで汚ない人間を書くのよ。一番大事なのは、これを現実の人物や機構にあてはめて書くのよ。売れるわ、きっと」

「問題を起すぜ」

「その方がいいわ」

「出版社が躊躇するかも知れない」

「そうでもないわ」

「僕はあの編集長をよく知っている。僕から頼んでもいいよ」

「頼むわ。きっと売れるわよ」

「作家になるんだな」

「久男は作家にならないの」

久保は返事に困ったように瞬きをした。

「書いてる？」

「――ああ」

「どんなの？」

「若い男と女の話だよ」

「わたし達みたいな？」

「――そう」

「どっちかが死ぬの」

「――うん」

「どっち？」

「女さ」

「なぜ？」

「男には、女から愛されているという証拠を摑むことができないからさ」

女がドアの所に現れた。女の背丈は男と同じ位であった。堅そうな髪が大きくひろがって、眼も鼻も大きかった。女は男の傍へ寄ると見下すようにして立った。男は、女のその張った腰に、何か思い出そうとするような視線を向けていた。

「なぜ愛されていることが分らないの」

女は、その体を一層男の顔の方へ近づけた。男はまばたきをした。

「もともと男は、女に愛される必要はなかったんだな。多分そうさ。女は男に愛される必要があるけど」

「どうしてそうなの？」

「女は自分の体の中にある卵子に活動を与え、できた小さな生命を安全に育てる為に、男の愛情を必要とする筈だ。そして卵子に活動を与えてくれたということで、男の愛を確認することができる。だけど男は、その役目を果すために女の愛を必要としない。だから神さまは、男に女の愛を確かめる方法を与えてくれなかったんだ」

「そんなら、それではいけないの」

「だけどさ——」

と男は女を見上げた。

「いつの間にか、男も女に愛されたいと考えるようになった。これは確かに何かの間違いさ。そして女の愛の証拠を摑もうとする。これは恐ろしく難しいことだよ」

「あなたにはできて？」

男は弱々しく微笑した。

「男の愛が、女の細胞に活動を与えることなら、女の愛も、何か男に与えることでなきゃならないだろうな。それは何かと言うと、神さまも予定してなかったことなんだから、多分何か人工的なものだろうね」

女は男の傍を離れ、隣の部屋へ入った。

「お金なら上げられるわ」

女はネグリジェを脱いでベッドの上に投げると、衣類戸棚を開いた。幾つもの服が下っていた。女はそれを選んでいた。

裸の女の肩に男の手が触れた。女はその手に眼を落して、嘲るような微笑を浮べた。それから眼を閉じると男の胸に背をもたせかけた。

2

ドアを閉めると女は鍵の束をハンドバッグへ入れた。イグニション・キーは別になっていた。女はハンドルの前に乗りこんだ。久保はその横に坐ると眩しそうな眼をして前を見た。

車が走り出すと彼は紙袋からハンバーガーを出して噛った。一口噛るとそれを女の口へ持って行った。

「いらないわ」

女は顔を反らして前を見ていた。

「あのあと、いつも何か食べたがるのね」

「腹が空くよ」

女は嘲るように小さく笑った。

灰黒色の道の遠くを人が歩いていた。車は間もなくそれを追い抜いた。久保は犬を連れたその老人へ落着かない眼を向けた。

車は住宅の多い地区から抜けると電車の通っている道路へ出た。女はそこでガソリンスタンドへ車を入れた。二人は車をおりた。

久保は給油器のメーターがくるくる回るのを熱心な眼差しで見ていた。

「代ろうか」

給油がすんだ時久保は言った。

「いいわよ。どこへ行くのか知らないでしょう」

車が動き出すと、久保はドアの方へ体を寄せて、物珍しそうに女を眺めた。女は淡い緑色のスカートに紺のカーディガンを着て、頭に花模様の入った淡茶のネッカチーフをかむっていた。


車は都心へ向っていた。二人は言葉を交さなかった。やがて渋谷から環状線の中へ入った。道路は何処《どこ》まで行っても混んでいた。そしてその流れを信号機が、意地悪くひっきりなしに遮断した。

道路は傷つき、曲っていた。その上の空気は埃を含んで濁っていた。久保は、ダッシュボードの上に薄く積った埃を、指で注意深く左右へ動かしていた。

車は長い時間かかって、都心を横切り、東北の地区へ出た。所々にあまり大きくないビルのある、低い家並の道を走った。街の風景はいつまで行っても同じようであった。

やがて女はハンドルを右へ切って、左手にコンクリートの板を重ねた灰色の塀のある道へ入った。コンクリートの塀は、太陽を受けて静かに真直に続いていた。

四角なコンクリートの門柱があった。大きい鉄の格子扉が閉っていた。門柱には白い磁器の板が嵌めこんであって、それには黒く《隅田コンクリート工業株式会社》と書いてあった。女はその前で車を止めると、クラクションを鳴らした。久保は門柱の名札を気の進まない表情で見つめていた。

引きずるような足音が中から門へ近づいて来た。菜葉《なっぱ》服を着て、銀縁の眼鏡をかけた老人が格子扉の所に現れると、両手で格子を摑んでじっと車の方を見つめた。

女は、フロントガラスからそちらへ顔を向けていた。年寄りの短く刈った髪は銀色に輝いて、寄せた眉の間に、まるで傷跡のような深い皺ができていた。

年寄りは扉の閂《かんぬき》を外すと、扉を一枚ずつゆっくりと左右に押し開いた。女はハンドルを回しながら車を中へ入れた。久保は、車の通る横に立っている年寄りの顔を興味深そうに見つめた。

門を入った左手に事務所らしい建物があった。その前に車を止めると、女は降りて、年寄りの所へ行った。二人はそこで二言三言、言葉を交した。年寄りは頭を小さくゆっくり何度も頷かせた。

車を降りた久保は二人と反対の方を向いていた。広い敷地であった。彼の前には、コンクリートの管が、幾つも並べて置いてあった。管の径は、人が体をかがめて通り抜けられる位であった。

きちんと行儀よく並べられた管は、その内面と隣りの管に、くっきりとした規則正しい影を作って、何処までも続いていた。久保は頭の上に両手をのせて、あちこちに視線を移していた。工場か倉庫のような大きい屋根の建物が、幾つか建っていた。女が近寄って来た。

「何だい、こりゃ」

久保は尋ねた。

「工場よ。コンクリートでいろんなものを作ってるのよ」

「今日は日曜で休みなんだな」

「そう」

「ここで何をするんだ」

「見るのよ」

女はハンドバッグから小型のカメラを出して、シャッターを切った。

「ここを書くのか」

「そう――」

女は先に立って歩き出した。地面はすべて白い硬いコンクリートで被われていた。

二人は管の並んでいる前を通った。久保は体をかがめて管の一つを通り抜けると、反対の端を女と平行に歩いた。管を通して二人は顔を見合せた。二人は微笑した。

「きれいね。こういう無機質の物体が並んでるのって――」

声が管の中に反響した。

「――同じ無機質でも、海岸にある色んな形をした岩なんか、これに比べると、なんか一生懸命芸をしてるみたいだわ」

女は立ち止って、カメラを構えた。久保は、管の向うでこちらを狙っているレンズに向って、眼をむいておどけた顔を覗かせた。そして、子供のようにケタケタと笑った。笑い声が反響した。

管の隣りには、電柱らしいコンクリートの長い柱が、下に角材を敷いて並んでいた。

「ここを何に使うんだい。活劇かい」

「違うわ」

「でもアクション場面にいいかも知れない。それも真昼間だな」

「わたし、そんなの書かないわ」

「じゃ、何にするんだ」

二人は管の向うとこちらで話しながら進んだ。管の列がなくなった時、地面もなくなっていた。その向うに、荒川が、大きく曲って流れていた。

岸に木造の舟が二隻ついていた。舟には腹一杯の砂が積んであった。一隻は卸しかけらしく、岸から短いベルトコンベヤーが渡しかけてあって、砂に二本のシャベルが突き立てられたままになっていた。

二人は川の方を向いてコンクリートの電柱に並んで腰をおろした。水は黒かった。向う岸のあちこちにある煙突からは、煙が出ていなかった。川の真中を、発動機船が伝馬船を一艘引っぱって上っていた。

「今、書こうとしてるやつか」

「そうよ」

「どんな話さ」

「主人公の工場にするのよ。選挙の好きな主人公よ。衆議院選挙の会計責任者になるの。そして区会議員よ。その人の経営してる工場よ」

女は、振りかえって見回した。

「――この通りに、あるがままに書かなきゃならないわ。何もかも――。勿論主人公も金を出すわ。ほかからも金が出るわ。何しろ大物の選挙なんだから。主人公は大はりきりよ。それから選挙がすんで大物は当選して、しばらくたって、検察庁が動き出すのよ。主人公はだんだん追われ、孤独になって死ぬ――」

「それじゃ、話の筋も犯人も分ったようなもんだな」

「でもそれを逆に書いて行くのよ。社会の片隅の、ある身元不明の男の死から――」

「そんなの誰か書いてないかな」

「わたしのは、ドキュメンタリーなのよ。すごく――」

女は、細くした眼を川へ向けた。

「面白くなるかな」

「なるわ。ここへも警察が調べに来るのよ。ここへ出入りしたいろんな人物の姿が、だんだん浮き上ってくるのよ」

「とにかく早くでき上ったのが見たいよ」

彼は足元の石を拾って川へ投げた。水の面に波紋が拡がった。彼の興味は、女の話からその波紋へ移ったようであった。

女は暫くすると、黙って立ち上って歩き出した。久保はその後に従った。どこにも人の影がなかった。地面には、いろんな型の製品が、同じ灰白色の面に太陽を受けて、行儀よく並んでいた。

建物の扉は皆閉っていて、鍵がかかっているようであった。扉の上には、その建物のナンバーを書いたプレートが付けてあった。

二人は敷地の端まで行って、門の方へ足を向けた。事務所の前に黒い人影が、ぽつんと一つ立っていた。二人の方を向いているようであったが、距離が百メートル位あるので、顔立ちなぞははっきりしなかった。黒っぽい服を着た、ずんぐりした中年の男のようで、額が光って見えていた。

二人が事務所の建物の近くまで来た頃、その男の姿はなくなっていた。二人は事務所の後側に沿って歩いた。木造の平屋で、どちらかと言えば粗末な建物であった。窓ガラスの内には、沢山の机の並んだ、ありふれた事務室になっていた。

隅の所に、ほかとは違ったカーテンの垂れた部屋があった。特別の部屋のように見えた。

「こういう会議室みたいなところで打ち合せをするわけよ」

と女は言った。

「――料理屋さんなんかでみんなが集まると目立つから、こういうところで謀議をめぐらすのよ」

「小説の話かい」

「そうよ」

二人は事務所をひと回りして門の前へ出た。先程の年寄りが事務所の中から出て来た。女はその方へ行って、礼を言っているらしく、頭を下げた。

女は車の所へ戻ってくると、もう一度何となく工場の全体を見渡した。

「大体分ったわ。わたしまだ一度も来たことがなかったの」

そして久保に向って言った。

「運転を代ってよ」

「よし来た」

二人は両側から乗ってドアを閉めた。久保はギヤを入れかえてバックさせ始めた。年寄りが事務所の前に立って見送っていた。ずんぐりした男の姿はそこいらに見当らなかった。

「どこへ行くんだ」

「もう一ヵ所みたいとこがあるわ。鵠沼《くげぬま》へやって頂戴」

「よし、鵠沼だな」

久保は、何か悪戯を始めるときのような表情で答えた。

3

江ノ島がすぐ傍に見える海岸沿いのドライブウェーから、車は住宅街の中へ曲った。曲るとすぐ、疎《まば》らな松林の中に、綺麗なコンクリートの建物があった。玄関の前が広く開いて、そこにもひょろっとした松が、二、三本立っていた。

その松を回って、車は広い庇《ひさし》の突き出た玄関に止った。久保は車をおりると、なんとなくあたりと空を眺めた。玄関の上の所に、《名商株式会社鵠沼寮》という金属の文字が並んでいた。

久保は、女が何をする積りか確かめるように、その方へ視線を向けた。彼女は黙ってドアを押して中へ入った。

久保は少し遅れて中へ入った。床には白い石が張りつめてあった。ホテルのフロントに似たカウンターがあった。女はそこで話をしていた。

久保が近づくと、女はカウンターを離れた。女と話していたのは、青い背広を着た、顔のまゆのように長い初老の小男であった。彼は小さな眼で、久保を見ていた。

玄関ホールに続いてロビーのような所があった。椅子やテーブルが幾つか並べられ、広いガラス戸で庭に面していた。

庭には芝生が張りつめられ、石が配置してあった。低いブロック塀があり、海は見えないが江ノ島が見えていた。

ロビーの隅にテレビがあって、女を交えた三、四人の者が、それを見ていた。二人は、庭に近い椅子に腰をおろした。そこから見ると玄関のホールは暗く、カウンターの所には、もう誰もいなかった。

「ここは、君のおやじの関係かい」

「そうなの。死んだパパのいた会社の寮よ」

「来たことないの」

「来たことないわ」

「ここは、どういう風な話になるのかい」

「追われた主人公はここに隠れてるのよ。ここの管理

「何よりもまず売り込めることが大事さ」

「勿論売れるわ」

「僕が売り込んでやるよ」

「そうお願いするわ」

女は立って、テラスへ出た。久保がその後に従って、二人は庭へ下りた。庭を横切ると裏門があり、狭い道に通じていた。道は、両側の家の垣根の間を通って、ドライブウェーに抜けていた。

二人はドライブウェーの縁に立った。海からの風が二人の顔に当った。

「死体が上ったのはどこにするんだ」

「そうね。どこがいいかしら」

女は真剣な眼差しで、そこから見える海岸を見渡した。

「そうよ。江ノ島だわ、江ノ島の東側よ」

女は嬉しそうにその方を指差した。

「たしかあそこいらに、波が荒くて、岩のごつごつした所があるわ」

「突き落すのか」

「それを考えてるの」

彼女は暫く江ノ島を眺めていた。久保も黙って一緒にその方を向いていた。

「行きましょう」


人になって」

「それから?」

「夏のある朝、水死体になって近くの海岸に上るの」

「なるほど、それが事件の発端だな」

「あのカウンターの向う側に、管理人の住んでる部屋があるらしいわね」

「でもそういう人間が、どうしてここへ入って来れるんだ」

「寮ができたとき、東京で管理人を新聞で募集するとするわ。主人公が経歴を少し偽って応募してくる。裏の話はできている。会社は瞞されたような恰好で採用する──まあ、そんな筋ね」

久保は、両手を頭にやり、椅子にもたれて芝生を見ていた。髪の垂れた額が不満げに曇っていた。

「トリックは?」

「トリックはないわ。わたしトリックを必要としないの。現実を克明に彫り刻んで行くのよ。絵空事は書かないわ」

久保は同じ姿勢で黙っていた。

「久男もそういう風なのを書くといいわ。謎が人の心を摑むには、何もトリックを必要としないわ。現実が人を摑み、人を驚かすのよ」

女は足早に歩き出した。

海岸に沿って、これ見よがしの形をしたビーチハウスや、野外劇場や、マリンランドが並んでいた。そういう所には、幾らかの人が集まっていた。ドライブウェーの海側に平行している舗装道路を、二人は江ノ島へ向って歩いた。あたりに光が満ちていた。砂浜の方にもまばらながら人影があった。海は少し荒れているようで、打ち寄せる波が白い歯を見せていた。

江ノ島に近くなると、ブロックを敷いた歩道の中から、何本も松の木が生えていた。その松の木はみな、背の高い街路灯と一緒に、海と反対側へ向って傾いていた。久保は女から遅れて、松の木に一本一本触れながら歩いて行った。

江ノ島に渡る長いコンクリートの橋と平行に、もう一本の大きい橋が工事中であった。江ノ島の右に見える遠くの海面が、銀紙のようにギラギラ輝いていた。

両側に土産物店のひしめいている煉瓦敷の狭い坂道には、大勢の観光客が登り降りしていた。数人連れの若い娘達、胸に揃いのリボンをつけた地方から来た年寄り達、そして、稚い顔立ちに濃いサングラスをかけ、日本娘をかばいながら歩いている外国人。

二人はエスカレーターへ乗った。エスカレーターに乗る客は殆んどいなかった。エスカレーターは、狭い空間の中を、ひそかな音をたてながら、かなりの急勾配を登って行った。二人の上には誰もいなかった。てっぺんの所から、顔が二つ三つ見下していた。一人は焦茶のソフトを被り、日に焼けた彼等の顔は、白い歯をむき出して笑っていた。

エスカレーターを降りると、赤い古い社《やしろ》があった。その上にもエスカレーターがあった。久保はエスカレーターを歩いて昇った。そして上から女を見下すと、面白そうに笑った。

頂上には広場があった。二人は海に向った所に立った。眼の下の波打際には、広い岩がいくつも海へ向って突き出していた。

そこで砕けた波は、ミルクのように真白になって、岩の間を迸《ほとばし》り流れていた。波は無数の群となって、あとからあとから、ゆっくりと岸へ向って押しよせていた。その向うに真直な水平線があった。そして海の右半分は白く輝いていた。

「あそこいらかい」

と久保は尋ねた。

「そう、あそこいらだわ」

「殺された奴は、泳げないんだな」

「多分ね」

「そんならわけないな」

と久保は両手を頭へのせて、満足そうに微笑していた。

二人は暫くの間、半分光った海を眺めて立っていた。

それから二人は、山を降り始めた。次から次に続いている石の段を、久保は馳けおりては下で女を待った。

橋を渡ると久保は、

「くたびれたよ、車で帰ろう」

と言った。

「歩くのよ。いいお天気だわ」

久保は赤いセーターの腕をだるそうに振りながら歩いた。

「鯨見ようか」

「駄目よ、帰るのよ」と女は答えた。

二人は又裏口から寮の庭へ入った。

芝生を横切ってテラスに上り、ロビーへ入るとロビーは、出た時よりずっと暗かった。

「おー」

太い男の声がした。

カウンターの前に、背の高い太った男がこちらを向いて脚をひろげて立っていた。彼は両手の親指をチョッキのポケットに挟んでいた。頭は禿げ上り、下ぶくれのした顔は、陽に焼けて艶がよかった。

男は、厚い頬の肉を押し上げて笑っていた。

「お嬢さん、お珍しいですな。お遊びにいらしたのですか」

「ええ、ちょっとドライブに」

と女は答えた。

「ほう、それはそれは。その後お変りはありませんか」

「まあ、あまり変りありませんわ」

「それは結構。又、わたし共へもお遊びにお寄りください」

「有難う」

女は小さく頭を傾けて男から視線を外した。男は、眼だけ動かして久保を眺めた。そして薄い笑いを残して表の方へ出て行った。

「だれだい」

「会社の重役の一人よ。名前は憶えてないわ。パパが生きてる時、家によく来たわ」

二人は向き合って腰かけると、黙ってタバコを喫った。白い煙が薄暗いロビーを漂って庭の方へ流れた。

「少し疲れたわね」

女は足を撫でた。久保は答えないで庭を見ていた。

ロビーに灯がついた。外を吹く風の音が聞えて来た。

食堂では夕食の用意ができていた。二人はそこで食事をした。あまり喋らずに、しかし美味しそうに二人は食べた。

二人は何か物思いに沈んでいるように、悲しそうな様子に見えた。あるいは今日という一日に飽きたのかも知れなかった。

食事がすんで、暫くして、女は溜息を吐きながら、

「帰りましょうか」

と言った。

久保は、小さく、しかし急いで頷いた。

玄関を出る時、二人はまるでこれから別れなければならない恋人のように、沈んでいた。

久保がハンドルを握った。その肩へ、女は頭を寄せた。暗くなった国道を、車は東京へ向って走った。

4

久保は、東京の東の方の、低くて暗い一画へ一人で帰った。

近くの、大きい水溜りのような川から、腐った水の臭気が、暗い道路の面を這うようにして漂ってきた。もう都電の走っていない通りを、時々タクシーがすごい速さで走り抜けて行った。

通りに面して四角な小さいビルが建っていた。窓が、四角な黒い穴になってあいている。そのガラスは殆んど割られてしまっていた。その何処からも、明りらしいものは漏れていない。その建物は、既に全く、コンクリート本来の無機質に化してしまっていた。

それは、使われなくなって、もう何年もたったに違いない。新しく使うには、あまり建物が古ぼけており、また場所が悪いのだろう。ビルも何時か死滅する時がある。それは、そういう建物の死骸の一つであった。

久保はその前まで来ると、上眼でちょっと、それを一瞥《いちべつ》した。憐みと親しみの交った眼差しであった。彼が、建物の右隅の、殆んど塗料の落ちた鉄の扉を押すと、それは僅かにきしんで開いた。

すぐに階段があった。明りはなく、真暗であったが、彼は片手を、階段の手摺りに触れて登った。彼が、ゆっくりと足を運んでいるのは、足元が危いからではなかった。それは、この生命のない建物の中にある、全く別の世界へ入って行くためには、冷たい水の中に浸るように、静かにしなければならないからであった。

階段を登りつめた所に扉があった。彼は、それも静か

にそっと押した。中に入ると、横の壁に手を伸した。部屋の真中に、天井からぶら下っている電灯に明りがついた。天井は高く、その暗いところから下っているコードは、ひどく長かった。

その部屋は、幅の狭い細長い形をしていた。片側は、あちこちしみが付いたり、上塗りの漆喰《しっくい》が剥《は》がれたりしている、壁で仕切られていた。もう一方は半分が壁で、半分はくすんだ黄色のカーテンが壁の途中から床まで垂れていた。外に面した壁には窓が一つあり、ガラスが嵌っていた。

部屋の中央には、黒いテーブルが置いてあり、それを囲んで椅子が三つあった。両側の壁に沿って、木の箱が幾つか並んでいた。箱の上には、電気コンロや、湯沸しや、粉末のコーヒーの瓶や、コップが置いてあった。又雑誌や、ラジオや、化粧水の瓶なども載っていた。

それから、額縁に入っていない、絵を描いたカンバスが、二、三枚壁に立てかけてあった。

テーブルの上には、電気スタンドと、原稿用紙と、ノートと、そのほかのものがのっていた。

久保は、最後に視線を黄色のカーテンへ移した。満足と嘲りの交った小さな笑いを口の端に浮べると、彼は明りを消して、その方へ近づいた。

彼は暫く黙っていた。

「今日も、とうとう暮れたな」

と久保が呟いた。暫くすると、

「そうね」

と女が答えた。

「今日は、何をしたのかな。とにかく過ぎてしまった。過ぎてしまったことは、なくなるってことだ。もう永久に帰っては来ない」

「でも明日があるわ」

「明日もまた過ぎてしまうよ。僕達が、たとえ愛し合っていたとしても、君がそう言ったとしても、その事実は残らない。消えてしまう。愛していなかったと同じことだ」

「愛は、人間の心の中の事だわ。人間の心と同じように、はかなくても仕方がないわ」

「愛ははかないものでも、愛の結果は、具体的に残すことができるよ。手に摑み、眼に見えるもので」

「それは、どんなこと?」

「僕の欲するものを、君が僕に与えること、君が僕を愛しているということを、明らかに記録することだよ。簡単なことさ。はかない人間の心を追うんじゃない。具体的な事実がそれを保証するんだよ」

「心を信じないのね」

女は別に非難するのではなく、確かめるような調子で聞きかえした。

「信じられないじゃないか。だって、それがどんな風にできてるのか、君は知ってるかい。信じられないものを無理に信じようとしたり、又それを信じないことを、後めたく思う必要なんか全然ないさ。僕達は、はっきり知ることのできるものだけを知り、心を喜ばしてくれるものだけを摑んでいればいいんだよ」

女は答えなかった。

闇の中に、けだるい息が感じられた。

「どうするの、それ――」

女が囁くように尋ねた。

「分るだろう。これで確かめるんだよ」

女は答えず、長くゆっくり息を吐いた。

「僕を愛してるかい」

「愛してるわ」

また女の長い息が漏れた。

第二章　一人の女

1

久保は、椅子に坐って広いガラス窓越しに表を見ていた。彼の前にはカウンターがある。カウンターの上には、いろんなパンフレットが並べてあった。

ガラス越しに、向い側のデパートの端の部分が、三階の窓の真中まで見えていた。デパートの隣りは洋菓子店で、その二階はレストランになっている。

間の通りを、絶えることなく車が流れ、時々電車も通過した。歩道の柳はようやく芽を吹き始めていた。歩道を通る大勢の人々の中から、時折、久保の前のドアを押して入ってくる者がいた。

そこへ入ってくる者は女が多かった。女は若いのも中年のも、また年寄りもいた。男は大抵中年であった。彼等には何処となく共通したところがあった。彼等は平凡であっても平和な生活を好み、争いを好まず、そして多かれ少かれ、金の溜る見通しをひそかに抱いているようであった。

部屋の中には、ピカピカ光った新しいデザインの炊事セットのいろいろの組合せ、化粧室のさまざまの器具、タイル張りの浴室、落着いた古風な趣味や、軽く明るい雰囲気を持った食堂、とても金持らしく見えそうな応接セット、それから、各種の仕上げの床、カーテン、照明器具、棚、机、そのほかなんでも、これから家を建てようと考えている人達や、あるいは既に家を持っているが、少し気分を変えようかと考えている人達の欲望を満足させそうなものが、並べ立ててあった。

そこは、建築材料と、家具のメーカーの展示場であった。入って来る客はそんなに多くはない。彼等は、どんなものがあるかを見、大体の値段を知って、自分達のプランの一部に組入れたり、又は空想に多少の現実味を加えることで満足したりして、そこを出るのであった。

説明を求められると、主任の永石と、久保と、吉村三枝の内の誰かがそれに当った。しかし大抵は、永石が引受けた。べっ甲縁の眼鏡をかけた年寄りは、喋ることが好きであった。彼の喉仏は大きく、声はしわがれていた。三枝はいつも裏の事務室の机に坐って毛糸編みをしていた。久保は、カウンターの前に坐って、毎日同じ銀座の街と、入ってくる人の顔とを半々に眺めていた。

勿論一日中そこに坐っているわけではない。場内は陳列の都合で、不規則に仕切られ入り組んでいた。時々そこを回った。説明を求められると、感動のない声で短く説明した。

——すべて新しい独特の設計でございます。ご好評を頂いております。決して割れたり、剝がれたりすることはございません——いえ、そんな心配はございません、新しく研究されたものでございます——。

しかし説明を求める者はそう多くはなかった。

厨房セットの所で、細君がその夫にしきりに細かい説明をしていた。食堂の床に一人の男がしゃがんで、二人の同僚にビニールタイルの説明をしていた。その男は技術者らしかった。

応接室の仕切りの厚いカーテンの所に、女が一人立って、アクセサリーに置いてあるステレオの上の花瓶を眺めていた。

久保はその後を通った。

陳列場の裏には、事務室と倉庫があった。倉庫は裏に面していた。久保は事務室のドアを開けた。狭い部屋に机が三つあった。三枝が帳簿を付けていた。見ている内に買う気になった客には、販売の手続きを取らなければならなかった。

三枝は腕時計を見た。店をしまう六時までに、あと三十分ばかりであった。

「この次の日曜行かない？」

三枝は半ば強いるような調子で言った。彼女は丸い白い顔と、澄んだ大きい眼を持っていた。その眼は、時々強い光を帯びることがあったが、しかしいつもは陽気に輝いていた。

「さあな」

久保はドアの所に背をもたした。

「あそこはすばらしいわ」

「僕はやっと、この前のを仕上げちゃったよ」

「わたしもよ。だけどまた描きたいの。この前は秋だったから、今度は春の景色よ。盛り上ったり、深く掘られた土、コンクリートの橋脚、汚れた水、ああいう風景好きよ」

「そうだね、都合がついたら行くことにしようか」

「ところで、今晩おひまかしら」

と三枝は悪戯っぽく尋ねた。

「そうだな。どうなるかな」

「冷たいのね」

「都合の悪いことだってあるさ」

久保は不愉快な顔をしてドアを閉めた。

彼は又カウンターの前に戻ると、黙って、ひどく疲れた暗い表情で表を見ていた。

六時になると、永石が中に入っている客の一人一人に、丁寧に閉館時刻である旨を告げて追い出した。

久保は表のシャッターをおろし、倉庫に鍵をかけ、その鍵を事務室の机の抽出しに抛りこんだ。三人が一緒に横のドアを出ると、その鍵を、朝一番早く来る三枝が、ハンドバッグに納めた。

久保は三枝と並んで歩いた。

「食事しようか」

「あら、都合が悪かったんじゃないの」

「うん。大したことはないんだ」

久保は先に立って黙って歩いた。人通りは増えていた。二人は近くのレストランへ入った。久保は三枝が食べるのをじっと見ていて、自分ではあまり食べなかった。

「何を考えてるの？」

「別に……」

「そうかしら？」

「お父さん、相変らずかい」

「相変らずだわ」

「又、一つ見て貰おうと思うんだけど」

「できたの」

「できそうなんだ」

「いいわ。この前の、もう少しだと言ってたわ」

「今度のは全然違うのさ」

「やっぱり推理もの?」

「そうだけど」

「いつ頃できるの」

「もうすぐだよ」

「楽しみね」

「——うん」

久保はテーブルに肘をついて窓の外を見た。額に垂れた髪が、深い影を作っていた。やがて彼は腕時計を眺めた。

「映画見ようか」

「いいの」

「いいさ」

二人はレストランを出て、映画館へ行った。映画は九時三十分頃に終った。二人は映画館の前で別れた。久保は一人、数奇屋橋の方へ足を向けた。

久保は、何軒ものバーを渡り歩いたりしなかった。彼の行く所は決っていた。

《かがり火》は展示場の背後の通りにあった。


九時四十分頃彼はそこに坐っていた。特別変ったバーではなかった。マスターとその妻が、女を一人使って、三人でやっていた。

久保は黙って一人で飲んでいた。客が黙っていたい時、店の者は無理に話しかけなかった。暫くして、久保は手洗いに行った。それから戻ってくると、マダムの方にちょっと手を上げた。

「帰るよ」

「お帰り? お気をつけて」

世話好きそうなマダムが戸口まで送り出した。

久保は表へ出ると、胸を張って大きく息を吸った。その通りには、もう殆んど人通りがなかった。斜め向うのビルの上に、四角な大きい広告灯が、めまぐるしい光の模様を、真暗な空の中に踊らしていた。

「気をつけてね、おやすみなさい」

マダムはもう一度言って、店の中へ入った。久保は、時々頬に手を当てながら、俯《うつむ》向いて歩いて行った。

久保は、汚水の臭いのする川の近くへ戻って来た。死んだビルの、きしる扉を開けて、その真暗な世界へ、静かに、そっと体を沈めて行った。

ゆっくりと階段を登り、部屋の扉を押した。彼の、その世界がそこに待っていた。誰にも見せない僅かな満足の微笑を浮べると、明りを消したまま、彼は黄色いカーテンの方へ行った。その中はベッドのようであった。

暫くベッドの上で身じろぎをする音がしていたが、やがて静かになった。


「なぜ黙ってるの」

と女が尋ねた。

「どうしたの、元気ないわね」

と女がまた言った。

「うん――」

久保は低く答えた。

「くたびれたの?」

「ああ――」

「だめね、あなたってすぐくたびれるのね、気力がないのよ」

「ふん」

久保は反撥するように鼻を鳴らした。

「何をやっても根気がないのってだめよ。成功するには、何かに耐えなければならないわ。苦しむのはきらいで、ただ成功の甘さだけを欲しがっても、そうはいかないわ」

「君の言うことは、まるで大人みたいだな」

「わたし大人よ。あなただって大人だわ」

「いや、もっと年寄りのさ、おふくろみたいだ」

「あなたのお母さんが、あなたのことちゃんと教育しなかったのね」

「教育されるの嫌いだよ」

「そうらしいわ。みんなそうね」

暫く沈黙が続いた。

「仕方がないから、元気が出るように刺激して上げるわ」

女の低い含み笑いがした。それからどちらのとも分らぬ溜息が聞えた。ベッドの上で人が身じろぎをし、ベッドが小さくきしんだ。

「あら、なに?」

女が小さく呟いた。

「君が僕を愛しているという事実さ。それがそこにあるんだ。見ることのできない心の中を見ようと、空しい努力をする必要はないんだ」

久保は勝ち誇ったように言った。

そして静かになった。

建物は、その中に只ひとかけらの生命をも宿していない岩塊のように、黒く固く小さく、闇の中に縮まった。

2

四月十日。木曜日。

朝、三階の貸事務室に勤めている若い社員が、裏に面した窓の戸を開けた。

そして裏の空地を見おろした。そこは元、古い中華料理店のあった所であった。その持主が、そこに高いビルを建てる決心をして、古い建物を取り除いてしまったのだ。裏の道路との間には、仮の板塀が作られてあった。

三階から覗いた男は、その塀の内側に人の体が転がっているのを発見した。それは塀の方に顔を向けて、こちらに黒い髪を見せていた。紺色のセーターを着て、白っぽいスカートから出た脚が、ひどく形よく見えていた。

男は先ず、同じ部屋に居合せた者を呼んだ。一人が電話をかけ、ほかの者は階段を駆けおりた。

裏通りに面した板塀には潜り戸が一つついていて、それには別に鍵は掛けてなかった。それでパトロールカーが裏通りに入って来た時は、十人以上の者がその空地に入りこんでいた。

警官達は、先ずその連中を追い出す仕事から始めた。しかし現場へ到着した捜査の責任者達は、苦い顔をした。それは、その空地の唯一の出入口と思われるその潜り戸の前後が、大勢の人の足で全く踏みにじられていたからである。

空地の道路側は縦に張った板塀で、潜り戸はその向って右の端に近い所にあった。それらは工事場でよくやっている程度のものであった。潜り戸を入ると右側の面と、奥の面が隣接したビルの外壁であった。右側のビルは五階建で、そちら側の面には一二階に窓がなかった。

奥のビルは、空地に面した所に一階から窓が二つずつあった。ビルの長さは空地の幅より長かった。左側は古い木造の二階家であった。《かがり火》というバーであった。これらに囲まれた空地は幅十二メートル奥行十メートルくらいの広さであった。地面には元あった中華料理店の床の赤いモザイクタイルが、そのまま残っていた。部分的にはタイルではない所もあった。

死体は潜り戸を入ったすぐ左手に、板塀に沿ってタイルの上に転がっていた。
二十六、七の大柄な女であった。白のブラウスに淡黄色のスカート、その上に紺のカーディガンを着ていた。左手首に金側の時計をつけ、又左の中指に翡翠らしい石のついた金の指輪をしていた。

足にはシームレスのストッキングをつけていたが、靴ははいてなくて、又あたりにも見当らなかった。ほかに何も持ち物を持っていなかったが、総じて身につけているものは、贅沢な品物のようであった。

頸には深い索溝があったが、そこに巻きついているものはなかった。死体を調べていた鑑識課長が立ち上って、捜査一課の第一係長と向きあった。捜査課長は所用で現場にきていなかった。

鑑識課長は腕時計を覗いた。

「十五時間くらい経ってるな」

「きのうの夕方前後ですね」

係長は答えると空を仰いだ。空は淡い茶色に濁っていたが、そこから空地一杯に日の光が落ちていた。

「それから、死体を動かしたらしい」

胸の厚い鑑識課長は、その胸の奥から太いいがらっぽい声を出した。

「――問題はいつ頃動かしたかだが、解剖の結果からもう少し詳細に分ると思うが、死斑の具合から見て、死んでから五、六時間というところだな」

「真夜中ですね」

「何《いず》れにしろ、殺害の現場はここじゃないな」

課長は空地を見回した。ビルの窓に、大勢の顔が並んで見下している。

「靴もはいてないし、ハンドバッグも何も持っていない。殺した場所は屋内でしょうな」

と係長が言った。痩せて背が高く、茶色の背広をきちんと着ているのが、割合よく似合う。

「そうだろう。それが何処か分らんが、ひとつだけ手掛りがある」

「なんですか」

係長は相手の顔を覗きこんだ。

「スカートになにか色がついてる」

課長がそう言って又死体の所にしゃがむと、係長も一緒にしゃがんだ。課長は被害者のスカートの裾をつまんで係長に見せた。荒い織りの無地の地の一部に、斑点状に褐色のしみがついていた。位置としては大体膝頭の当るところであった。

「ペンキかな」

と係長が目をしかめて眺めながら言った。課長は少し首を捻った。

「あるいは、絵具かも知れない」

「絵具ですか」

「多分ね。分析して見る」

「殺された時、倒れて付いたわけでしょうね」

「恐らくそうさ。生きてる内にこんな汚れがつけば、すぐ着更えただろう。スカートの三着や四着持ってる人だろうからね」

「そうすると、これと同じ質の色の絵具で描いた絵があれば、第一現場ははっきりするわけだ」

「比較的新しい絵だね。描いて一週間位は触れれば色がつく。二週間位までは強く押せばまだつくだろう。絵具の分析からメーカーや販売経過も分るかも知れんが、その後は君達の仕事だ」

係長は太い息を出して立ち上った。そして、ビルの窓から眺めている顔の方を見上げた。

「被害者の家か、あるいは知り合いの家か、絵の二枚や三枚あるだろう。そして多分加害者は、スカートに色が着いたことに気が付いてないだろう。そうするとその絵は片付けずにおいてあるんじゃないですか」

係長は同意を求めるように課長の顔を見た。

「そうだといいがな。殺害場所が分れば、犯人はすぐ分るというわけだな」

「そうですよ。だから死体を移動させたんだ。多分、自家用車を持っている人間ですよ。しかしどうしてこの場所を選んだかだ。少くとも、この辺りの土地カンのあるやつだな」

係長は、又窓から覗いている顔の方を見上げた。

「しかしこの辺りにいるやつかどうかは分らない」

「そりゃそうですね。いつか偶然通り合せてこの空地のことを憶えていて、あそこがいいと考えたのかも知れない。それで被害者の身元は割れそうですか」

「今のところ、直接それを示すものは何もないな。しかし見たところ、どちらかと言うと上流階級の人間らしいから、間もなく分るだろう」

「それならいいが、上流でも身元のはっきりしないてのもありますしね」

「どういうのだい」

「つまりね、誰が何処にいるということが、今あまりはっきりしていないでしょう」

「どうだね、仏さんを運ぶ前に、この近所の人に何人か見て貰ったら」

「いいでしょうな」

と係長が答えた。

空地には、三、四人の刑事がゆっくり地面を見つめながら歩いていた。その時、《かがり火》の奥の隅のあたりから刑事の一人が、空地へ入って来た。そこに通り抜けできるところがあるらしい。

それは青木という中年の刑事であった。中背で陽に焼けた顔をしているが、とりわけ目立つところはない。只、上から落ちる陽で、少し髪の後退した額がつやつやと光っていた。

彼は係長の前へ来た。

「隣りのバーと通じてますねえ」

青木は、細い眼を一層細くして後をふり返った。

「そうかい」

「あそこにちょっとこっちへ出っぱってるところがあるでしょう。あそこは便所なんですねえ。元、ここにあった中華料理店の便所で、両方で共通に使ってたらしいんです。今、便所だけ残ってるんで、ドアがあってこっちへ通じてるんです」

「無用心だな」

「一時的にそうなってるんでしょうけれどね。とにかく、この空地の出入口は、そこと、この潜り戸と二ヵ所だけですね」

「バーの中はどうなってるんだね」

「店へ通じているんです」

「店を通らないと、往来へは出られないんだな」

「そうです」

「死体を担ぎこんだとすれば、そこからじゃ無理だな。やっぱりこの潜り戸だろう」

「担ぎこんだんですか」

青木は感動のない眼をしかめ、白布をかけた女の死体へ向けた。

3

現場の板塀の向い側にタバコ店があった。タバコ屋は、ぬいぐるみの人形を専門に売っている店の一部である。店には若い女の子が、表を向いて坐っていた。

板塀の潜り戸を出入りした者がいるとすれば、タバコ屋の店の女の眼に止る可能性が濃い。刑事がそこに入って尋ねた。

「いつも何時頃まで店を開けてるの」

「十時半頃までです」

タバコの店に坐っているのは、十七、八の、前髪を下げた小柄な女であった。

「人形の店の方もかね」

質問に当ったのは、眉の太い武骨な人相の刑事であった。彼はなるべく小さな柔かい声を出そうと気を使っているようすであった。

「いいえ、お店の方は九時に閉めます。でもタバコの方は、近所のバーなんかから遅くなって買いに来たりしますから」

女の子は刑事の顔から視線をそらして返事をしていた。眼近くに店の主人らしい男が、不機嫌な顔をして、二人の問答を聞いていた。店には客が入っていない。前の通りの交通が遮断されているから無理もないことであった。

「それでゆうべは何時までここに坐っていたんだね」

「十時半頃です」

「ここにいて表の方を見てたんだね」

「ええ――」

「ずっとね」

「でも、週刊誌読んでましたから」

「じゃ、いつも表を見てたわけじゃないのか」

刑事は少し不満そうな眼を少女に向けた。しかし、少女の方はやはり眼を表の方へ向けて、刑事の気持にあまり関心のないような表情をしていた。

「はい」

「それでゆうべね、あなたがここにいる時、向いの板塀の戸を開けて入る人を見なかったかね」

「いいえ」

少女は淀みない声で答えた。

「よく思い出してごらん」

「見ませんでした」

少女は頭を振った。

「じゃ車がとまっただろ。この前に、あんたのすぐ眼の前だよ。思い出してごらん」

刑事は太い眉の下の大きい眼をむいて、一心に少女の顔を見ていた。少女が最初から、刑事の顔を見ないようにしていたのは、賢明なやり方であったかも知れない。

「ええ」

少女は素直に答えた。

「止ったんだね。どんな車だった」

「ええ、この前にはいつもいろんな車が止りますから」

「いや、遅くだよ。あんたが店を仕舞うころだよ」

少女は眼をぱっちり開けて暫く黙っていた。やがて
「いました」

と答えた。

「何時頃」

「十時半でした。丁度店を仕舞う頃だったような気がします」

「何処に止ったんだね」

「その辺です」

少女は顔をそらして潜り戸の方を指差した。

「戸の前だね」

刑事は急いで言った。

「はい」

「どの位止ってた」

「ちょっとだったと思います」

「その時潜り戸は開いたのかい」

少女は首を傾《かし》げた。

「分りません」

潜り戸は、普通の乗用車の屋根の高さか、それより少し高いくらいであった。自動車の向うで戸を開けるとすると、店に坐っている少女からは見難いかも知れない。

「誰か車から下りて来たかい」

少女は又首を傾げた。

「よく憶えていません」

「どんな車だった」

「普通の車です」

「普通って、車の名前分る？」

「よく知りません」

「見れば分るかい」

「さあ――」

少女は自信がなさそうであったが、別に悪びれているようすはなかった。

「色はどんなだった」

「さあ――」

「濃い色だったかい。それとも明るい色？　それともツートンか何か？」

「淡い色だったかも知れません」

「ふむ。あとで自動車の写真か何か持って来て見て貰おう。それでその車はどっちへ行った」

少女は右の方の広い通りへ出る方向を指差した。

「あっちです。ここは一方通行ですから」

「そうだな」

刑事は、その車が止っていたというあたりをじっと睨んだ。何かそこに落ちているかも知れないという風に。

しかし舗装した道は、白っぽく乾いていて、何の跡も止めてはいなかった。

刑事達はまだ現場の附近から遺留品らしい物を何一つ見つけ出してはいなかった。念のために潜り戸のあたりから指紋の検出が行なわれた。しかし警察官の来る前に大勢の者の手が触れた戸から、大した成果は期待できなかった。

「しんせいを一つくれ」

刑事はズボンのポケットから小銭を出した。タバコを受けとると、彼はすぐ一本抜いて火をつけた。

「ほかに何か気のついたことはないかね。ゆうべここで見張っててくれたのは、あんた一人なんだからな」

少女は、パッチリした眼を時々まばたきさせながら黙っていた。

「どんなことでもいいからな」

刑事はタバコの灰を落しながら、半ば諦めたような顔で言った。

「どんなことでもいいんですか」

と少女は聞き返した。

「いいよ」

刑事は少女に眼を移した。

「何か光ったものがありました」

「どこでさ」

「板塀の向うです」

「というと中の空地でか」

「そうです」

「どうして見えたんだ」

「塀の隙間から見えたんだと思います」

「なるほど」

刑事が見ると、縦に張った板と板の間には、板が乾いてできた細い隙間があった。

「で、どんな光だった」

「小さくピカッと光ったんですよ」

「懐中電灯かい」

「さあ――」

「それともマッチの火みたいだったかい」

少女は、首を傾げて黙った。

「何時頃なんだ」

「店を仕舞う三十分か一時間前でした。丁度お客さんがあって眼を上げた時でした。ほんのちょっとピカッと光ったんです。なんだろうとは思ったんですけど、誰かいるんだろうと思って、別に気にもしなかったんですけど」

「誰かいるようなようすだったかい」

「そう思ったんですけど」

「何か物音はしなかったかい」

「ここは、夜、すぐそこの表通りで地下鉄工事をやってますから、やかましくってあまり音は聞えないんです」

「なるほどなあ。しかし光ったというのは、なんだろうな」

「さあ、なんでしょう」

少女は始めて刑事の顔を見上げた。

「いや、しかし参考になるかも知れないよ。いろいろ有難う」

刑事は、いかつい顔を綻《ほころ》ばした。彼の名は田沼と言った。三十五歳になる。

喫茶店やバーや洋品店や、近所の主だった連中が二十人ばかり、一人一人空地へ導かれて死んだ女の顔を見た。心当りがあると言う者は一人もいなかった。白布に包まれた死体は運び去られた。ビルの窓に並んでいた顔は引っこんだ。交通遮断は解かれて、車や人が人形屋の前を行きかいし始めた。

4

入ってくる永石を、カウンターの上に両手を置いた久保が、僅かに笑いを含んだような眼差しで迎えた。

「ひどいひどい」

永石は、かすれ声で言いながら首を振った。三枝が、

「どうだった?」

と尋ねた。

永石は事務室へ入った。三枝がついて入った。

「ああ気持が悪い。戦争の時、人の死んだのは時々見たがね。若いきれいな女の死顔ってのは、なんとなく頭に浸みこんでいやだね」

「きれいな人だった?」

「多分きれいだったと思うよ。きちんとした身なりだしな」

永石は、茶を注いで、それでうがいをすると、隅の洗面器へ行って吐いた。

「なんて尋ねられたんですか」

「見憶えがあるかってさ」

「知らない人だった?」

「そうだね。店にはああいう人がいろいろ来るからね。いたかも知れないけれど、いちいち憶えちゃいないしね。大勢だからね、注意もしてない。分りっこないよ」

「ふーん」

三枝は、まだ何か聞きたそうであったが、質問するタネがなくなったらしく、

「いやね」

と言った。

「ほんとさ、迷惑なことだよ。わたしは当分あの顔を思い出すね」

その時表に刑事が入って来た。青木であった。彼は久保に、

「責任者の方は」

と尋ねた。

久保は、刑事の顔をちらっと見ると、黙って事務室の方へ案内した。永石は、おびえたような顔をして刑事を迎えた。久保はドアを半開きにしたまま、そこに凭《よ》りかかっていた。三枝は眼を丸くして、刑事が何をやり出すか待ち構えていた。

青木は、ここがどういう性質の仕事をやってるところで、どういう組織に属しているのかということから尋ねた。

——従業員は何名ですか。

——お名前は？　ご住所は？

——いつからここにお勤めです。

——きのうは、何時までここに？

——三人で一緒に出られたんですね。別に異状はありませんでしたか。戸閉りはどなたがしたんですか。鍵はどなたが持ってお帰りになったんです。

——上の階とは通じていないんですね。中に人が残ってるってことはありませんか。空地の方の窓からだって出られないことはありませんからね。

——そうですか。一応中を見させてください。別にどうということじゃないんです。現場の周囲のことは、はっきり知っていないといけませんのでね。

青木は手帳をポケットにしまうと、事務室を出て、勝手に中を歩き出した。湯沸し場、手洗い、倉庫。

「ここは何に使うんですか」

「展示品を取りかえたりする時一時置いたり、予備の物を納《しま》っといたりします」

永石は青木の後にくっついて歩きながら説明した。

青木は展示室の中を見て回った。数人の客が入っていた。

「いろんなものがありますなあ。いろいろ進歩するもんだ」

青木は、感心したような表情で展示品を眺めた。

「ええ、全て最新の製品です。新しい材料と新しい研究による進歩です」

「それにしても、お客さんはあまりいませんね。いつもこんなんですか」

「ええ、まあ、大体こんなものです。混んでてはゆっくり見られませんからね。ここは販売することではなく、PRすることが目的の場所なんです」

「なるほど」

青木は手を後に組んで、展示場を出た。

「ご苦労なこった」

永石が、やっぱり両手を後に組んで刑事を見送った。

「どっか遠くで殺して運んで来たらしいということだ

よ」

永石は久保に話しかけた。久保は返事の代りに微笑した。

「しかしこういう所に空地があるのを知ってるんだから、この辺の者かも知れないてえ見当らしいよ」

久保は両手を頭の上にのせて椅子を後へ傾け、通りに眼をやった。

「ここいら大勢通るからなあ。何か考えてるやつなら、そこに空地があるくらいのこと気がついてるよ。ここいらの者でなくったって」

「人殺しを考えてるやつならかい」

永石は眼鏡の奥の眼を丸くした。久保は椅子をゆさぶっていた。

5

銀座は夕方の五時頃を境にして、人口の分布が変ってくる。二十四時間通して、ここで暮している者もいる。しかしその数はそんなに多くはない。

昼間そこで仕事をしていた者は、何処かへ散って行く。勿論、僅か数百メートル位移動して、事務の机をバーのカウンターに変えるだけで、尚数時間そこいらに残っている連中もいる。

一方、ほかの地区から大勢の男達が繰りこんでくる。そして彼等のご機嫌を取ったり、あるいは彼等にご機嫌を取って貰うために、数千人の女達が、環状線の附近やその外側から流れこんでくる。

デパートがシャッターをおろし、買物包みを抱いた連中が駅の方へ行ってしまうと、それぞれ精一杯の意匠をこらした広告灯が、きらびやかに夜の仮面を飾る。

しかし、もっと地味な連中もいる。彼等によって銀座の通路の下はがらんどうに掘り抜かれている。その連中にしても、昼と夜とでは、少くとも顔ぶれは、入れ代ってしまう。一日中働き通すわけには行かないのだ。

銀座の夜の出来事を、昼間再現することは不可能だ。刑事達は、夜になってふたたび現場の近くに現れた。

現場の前の通りを五十メートル行くと、電車通りに出る。路面の殆んどが、太い角材で敷きつめられている。その下は空洞だ。地の底を掘った土は、エレベーターに載せられて地上に出てくる。地上に突出したエレベーターの部分は、透明な合成樹脂の板で囲われている。上って来た土は一旦、ホッパーにあけられる。ホッパーの下にダンプカーが入ってくると、それに土を落す。

丁度現場から出た所にそれがあった。ホッパーの下のゲートを圧搾空気で開閉するのに、ヘルメットを被った作業員が一人ついていた。

ダンプカーがホッパーの下から、激しい車の流れの中へ強引に割りこんで行ったあと、田沼は作業員の所へ近寄った。

「警察の者だがね」

作業員は、黙って刑事の顔を見る。

「あんたゆうべもここにいたかね」

「いたよ。ずっと」

顎の張った作業員は、かん高い声で答えた。仕事で気が張っているらしいのだ。

「十時から十一時頃なんだがな」

「いたよ、ずっと」

「この横丁から車が出て来るのを見なかったかね」

「見たよ」

その時、空のダンプカーが、こちらに尻を向けて突っこんで来た。作業員は、運転手の方に手を上げて、大きい声で合図をした。ダンプカーのドアの上から顔を出しながら、片手でハンドルを回しているのは、十八、九の若者であった。

ダンプカーが、ホッパーの下に止ると、作業員は圧搾空気のバルブの所へ飛んで行った。シュッシュッと音がして、ホッパーの土がダンプカーへどっと落ちた。

ダンプカーが出ると、作業員は又刑事の所へ戻って来て、かん高い声で答えを続けた。

「ここは一方交通の出口になってるからね、何台も出てくるよ。邪魔になってしようがねえんでね。夜は交通止めにしてくれるといいんだがねえ、警察でよお」

作業員は横目でじろりと田沼の顔を見た。

「何台も出た？」

「出たさ」

「淡い色の乗用車なんだがな」

作業員は、首を振って腕を組んだ。

「いたかも知んねえよ。それがどうかしたのかい」

「はっきり見たのなら、その憶えてることを聞きたいんだ」

「分んねえな。何しろこれだけの車だからな」

「でも十時過ぎになれば、こっちから出てくる車は少いだろう」

「まあ、少くはなるがね」

「憶えてないかい」

「分らねえな。大体ここから車を出さねえようにすりゃいいんだよ。仕事の邪魔になってしょうがねえ」

田沼はそこを離れた。

バー《かがり火》の扉は真黒なフラッシュドアだった。青木はそれを押して入った。床には煉瓦が敷いてあるらしい。十人余り並べるカウンターに、四人ばかりの客が坐っていた。

青木はカウンターの横によった。頬骨が出て顎のとがった中年の女が、その前に来た。マダムらしかった。

「警察の者だけど」

青木が低い声で言うと、女は、

「ああ、ゆうべの事でございますか」

と丁寧に、思い入れた表情で答えた。

「そうなんだ。あなたがた何も気がつかなかったですか」

「さあ――」

マダムは、バーテンの方を振りかえった。バーテンと、バーテンを相手に話していた四人の男達が、青木の方に眼を向けた。

「十時か十時半頃に、隣りの空地に入って来たらしいんだな。その時分まだお店はやってたでしょう」

「え、やっておりました。十一時まで」

マダムは生真面目な表情で眼を見張って頷いた。

「ですけど、なんにも、ほんとうになんにも気がつきませんでした」

「お客は常連が多いのかね」

「ええ、殆んどそうでございますね。それと常連の方がご一緒の新しい方とか――はあ」

「ゆうべは?」

「そうでございますね――」

マダムは両手を着物の襟の所で合せて、眼を斜め上に上げた。

「大体常連の方のようでございました」

「この近所の会社に勤めているような人かね」

「ええ、まあご近所の方もありますし、案外遠くの方からよくいらしてくださる方もあります」

「手洗いはこちらでしたな」

青木はカウンターを離れ、入口から突き当りの奥へ足を向けた。そこにもう一つドアがある。開けると左側にカーテンが入っている。その隙間からその向うに女のコートの掛っているのが見えた。右へ行くと又ドアがある。開けると手洗所であった。

銀座のバーの手洗いとしては広い方である。その中にもう一つ出入口がある。青木はそのドアのノブに手をかけた。ドアは内側に開いた。外は空地だ。

空地を囲って立っているビルは暗い。道路の側の高い空に、大きい明るい広告塔が見えていた。空地に出て周囲を見上げた青木は、黒い穴の底にいるような孤絶感を覚えた。

いつかこのバーの手洗いに入って、偶然ここへ出て来た者も、やはりそのような感覚にとらわれたかも知れない。そしてこの空地を忘れないでいるだろう。しかし彼は、二度と《かがり火》へは来ない人間かも知れない——。

青木はバーへ戻った。

「あそこのドアは無用心だね」

「あちら側はお隣りで使ってらして、毀れたままになってるんですよ。でも、こちら側を閉めますから」

「妙なところに、空地があるもんだな。勿体ないもんだ」

「もうすぐビルを建てるんですって」

「ゆうべここへ来た客で、十時過ぎに手洗いへ行って、空地の方で何か物音でも聞いたという人でもいないかな」

「そうですねえ。ゆうべいらした方は——」

マダムは客達の方を見た。

「——今夜はいらしてないらしいし。また見えたら伺っておきますわ」

「そうして貰いたいね。ちょっとしたことでもいいから」

しかし青木の顔にはそう大きい希望は現れていないようであった。ただ、長年蓄積された疲労が、薄くこびりついていた。

6

真中に水平に真直に、高架の高速道路が走っていた。立ち並んだ太いコンクリートの柱の上の鉄の梁は、まだ鮮やかな紅殻色に彩られて、その腹には、製造所の名前らしい文字が白く書いてあった。

その上を、更に別の道路が、踊るような弧を描いて乗り越え、又地上からは他の一本が緩い勾配で登り、交叉していた。

高架道路の下から見える空間には、くすんだ灰色の倉庫のような建物が並び、又一本の黒い水路が、海の方から手前へ向って伸びていた。空は淡い青と灰色とオレンジ色で彩られていた。空中に弧を描いた鉄の橋桁の下縁に、青みがかった黒い影が一本、太く加えられた。

三枝は筆をおろすと、カンバスと、前の風景とをじっと見比べた。彼女の背後に二人の男が腕を組んで立っていた。丁度昼休みの時間で、二人は近くの工事場あたりから、出て来たものらしい服装をしていた。それにしても二人はひどく分別くさい顔をして画面に見入っていた。一人は埃っぽい髪に、ねじった手拭いを巻きつけて、若い土工のようであった。もう一人は、灰色の作業服の襟にネクタイを覗かせた中年の男であった。

二人共、学校では絵を描いたことがあるに違いない。あるいは得意な学科だったのかも知れない。

太陽は高く正午を過ぎていた。三枝は陽に焼けぬ用心に、海水浴場で使うような、縁の広い帽子をかむっていた。

三枝は楽しむようにゆっくり描いて行った。鉢巻をした若い土工は、時に感心したように首を捻った。中年の男はじっと眼を細くして、時々思い出したようにタバコを口へ持って行った。

暫くして二人は、仕事に出掛けた。

それから又暫くして、高架橋のコンクリートの柱の影から、一人の男が出て来て、ゆっくりこちらに歩いて来た。

「いいところあった?」

三枝が尋ねた。

「海岸の方もいいぜ」

久保が答えた。

「きっと風のある日がもっといいな」

「道具を持ってくればよかったのに」

「今ゆっくり描いておれないんだ」

久保は三枝の後に回った。

「こんなところ、女の画題じゃないな」

「そんなことないわ。あなたは移り気で駄目ね」

「小説の方が大体終ったから、又描くよ」

「だからさ、どっちかに徹しなきゃ駄目よ」

「そうかな。だけど、こういう風景を見てると、なんか小説のモチーフみたいなものが浮んで来るね」

「そうかしらね。何か浮んだ? 波止場なんか陳腐ね」

「波止場というわけじゃないけどね。まだ描くのかい」

「もう止してもいいわ」

「陽に焼けるぜ」

三枝は微笑した。丸い頬が少し赤く焼けていた。彼女は筆を洗い出した。

「秋に比べると、この辺随分変ったわ」

「あいつが、あんなにできていなかったからな」

「工事中の掘りかえされてるところの方が面白いわ」

三枝は絵具箱の蓋をした。久保は三脚をたたんだ。

「絵より小説の方が世の中に出るのは早いね」

「特に推理小説はね。あなたは有名になりたいの?」

「なりたいな」

「久保さんて、無邪気な感じね、とっても。有名になってどうするの?」

「いいことがあるさ。第一、金が入るじゃないか。本当は誰だって有名になりたいんだ」

三枝は首を傾げた。

「どっかでお昼を食べましょう」

二人は道具を分けて持って、並んで歩き出した。トラックが二人を追い抜いた。痛んだ道路から黄色い埃が舞い上った。

「女の幸福ってなんだい?」

「人によって違うでしょう」

「男に愛されることかい」

「それも大きい幸福だわ」

「男を愛することは?」

「それもあるわ」

「そうかな。愛したことあるの?」

「ほんの少しね」

三枝はそっぽを向いて微笑した。

二人は京浜国道に出て歩いた。そしてやってきたタクシーに手を上げた。

都心の小さな食堂で、二人はあまり高くない昼食を取った。それから喫茶店に入って、二時間ばかり音楽を聴いた。

「愛したことある?」

三枝は久保に寄りかかっていた。真直な髪が三枝の額にかかっていた。

「あるよ。愛したいと思えばいつでも愛することができるよ」

「男ってそんな?」

「うん」

久保は急いで小さく頷いた。しかし眼はまるで何も考えていないようであった。

「愛されたことある?」

久保は暫くたって答えた。

「あるよ」

「どんな風に?」

「僕が望むようにさ」

「今でも?」

「今でも……」

「恋人があるのね」

久保は、急に当惑したように眉を寄せて、眼を暗くした。三枝は、寄りかかっていた体を起して、ゆっくりと久保の顔を見守った。

「――信じないわ」

久保は静かに顔を近づけて行った。まるで自分が何を話していたか、憶えていないような表情であった。

「――今に、本当のことが分るわ」

と三枝が言った。

二人は喫茶店を出た。

「あすにでも、書いたものを持って行くからって、お父さんにそう言ってくれ」

「できたの？　言っとくわ」

三枝は、額に下った髪を撫で上げて、縁の広い帽子を被り直した。

久保は三枝に別れて、銀座の歩道を歩いた。途中で、雑誌と菓子とインスタントコーヒーの瓶を買って、彼は都電に乗った。

久保は、窓の外を流れる街を眺めながら電車に揺られた。電車を下りると、また暫く歩いた。そして彼はビルの前に戻った。四階建のビルであった。濃い褐色に塗られた表面が、あちこち剝げ落ちていた。

彼は、静かに水に体を沈めるように、その中に入った。二階の部屋に入って、買って来たものを机の上に置くと、彼は小さなやかんを持ってまた階段を下りた。裏の方に手洗い場があった。蛇口のコックを捻ると、水が紐のようによじれてやかんに流れた。

割れたガラス窓の外に、狭い空地があった。その向うは屑鉄の置場であった。境のコンクリートの塀の上に、男の子が二人跨って、丸い眼をしてこちらを見ていた。

「小父ちゃん一人でそこに暮してるの」

「借りてるの」

「違うよね、留守番してる人だね」

「すごいな、お化けが出そうだな」

「そんなことないさ。その内に綺麗にするんだよね」

水がやかんに溢れたので、久保は慌ててコックをしめた。やかんを床に置くと、顔を洗った、底に赤茶けたしみのついた洗面器は、角が割れていた。子供達は、塀の上を、腕を水平にひろげて歩いて行った。

久保は部屋に戻って、やかんを電気コンロに掛けた。箱の中から原稿用紙を出すと、テーブルに向って坐った。

二時間ばかりたった。

久保は疲れた。ペンを置くと窓の所へ行った。窓を開けると、僅かに異臭のこもった生暖い空気が入って来た。眼の前に大きい黒いトタン葺きの屋根があった。屋根の下では、金属を打抜く重い規則的な音が続いていた。

屋根とこちらのビルとの隙間から見える道路を、時々車が通り過ぎた。久保は体を曲げて窓に肘をついた。塀と建物との間の細い地面に、雑草が芽を出していた。

「もうくたびれたの」

背後で女が言った。久保は、口を歪めて小さく笑うと、腕に顔を伏せた。

「この小説面白くない？」

「面白いよ」

と久保は答えた。

「あまり一遍に進めない方がいいわね。もうじき完結するけど」

「早く完成しよう」

「そうお？　おしまいはどういう風に持って行った方がいいかな」

「最初、主人公の死んだ場面にもう一度返って来るんだな。そこで犯人を明らかにするんだ」

「駄目よ、そんなの。犯人は大体分ってても摑まらないのよ。摑まるにはあまりに大きい犯人なのよ。どうしようもないのよ。水に濡れて俯せた主人公の死体が、やはりラストのシーンになるわ」

「いや、犯人は捕えなければならない。公衆の面前で悲鳴を上げさせるんだ」

「そんな安っぽい正義感なんて、いま通用しないわ」

「君の方こそ安っぽいセンチメンタリズムだよ」

「違うわ。それが現実よ」

「だから小説でそれを打ち破るんだ」

「分ってないわ」

「これはおれが書くんだ。おれの自由にするんだ」

久保は窓から体を起すと、眼を怒らせて叫びながら部屋の中をふり向いた。

7

四月十三日。午前十時頃。

池袋駅の西側は、戦後長い間一帯を占拠していたバラックの飲屋街がやっと暮に立ち退いて、新しい市街地を作ろうとしていた。

幅の広い舗装道路が新しく設けられていたが、駅の附近はまだ工事中であった。急に広くなって、しかもまだあまり利用されていないこのスペースは、早速附近の車の駐車場になった。工事中の附近は駐車禁止になっているらしいが、知らないで、あるいは実害がないと考えてか、何台も車がとめてあった。

池袋署の交通係では、あまり放置できないと考えたらしく、車でやって来て拡声器で呼びかけた。

「こちらは池袋警察署です。この附近の工事中の広場は駐車禁止になっております。広場に駐車している車の持主の方は至急車にお戻りください。——こちらは池袋警察署です。この工事中の広場のまわりは——」

拡声器の声は暫く呼びかけをくりかえした。車の持主はぼつぼつ車に戻って来た。ニヤニヤ笑って頭を掻く者もいたし、不服そうに眉を寄せる者もいた。

警察側では、特に悪質とは見なさず、処分をせずに見逃していた。しかし全部の持主が戻ってくるわけではなかった。警官達は警告書を車に挟んで帰って行った。

午後三時半頃、警官達はまた拡声器を持った車でやって来た。違反駐車をした車がまだ溜っていた。殆んどは午前中警告された車ではないようであった。

広場の端の駅のすぐ前に、プリンスの新車が一台とまっていた。ワイパーに警告書が挟んだままになっていた。

傍へ寄って来た警官は、少し機嫌を損じたような顔になった。バンドに両手の親指を挟んで車を眺め回した。水色と灰色との混ったような淡い色に塗られた自家用車であった。

警官は運転席のドアの把手を摑んだ。彼はドアが開くとは期待していなかったらしいが、ドアは軽く開いた。警官は訝《いぶか》しそうに眉を寄せ、唇をとがらして、中を覗いた。スターターのスイッチには、キーが挿しこんであった。車の中には、床が少し泥で汚れている位で、何もなかった。

警官が手を伸してダッシュボードの中を探すと、自動車検査証がガラス拭きの鞣皮《なめしがわ》と一緒に出て来た。所有者は港区麻布本村町——番地、湯浅千恵子となっていた。

国産では高級な部類に属する新車が、繁華街にエンジンの鍵を置いたまま、ドアの鍵もかけず、殆んど一日中放置してあったということは、警官に異常を感じさしたに違いない。

警官は近くの交番へ行くと、所有者の電話番号を調べて電話した。先方の電話口に最初出て来たのは女中らしかった。

「千恵子さまは今おうちにいらっしゃいませんが」

「外出中なんですな」

「ずっといらっしゃらないんです。別居していらっしゃるんです」

「それじゃ、その別居先は分りますか」

「ちょっと分りませんけど」

「あなたお手伝いさん？」

「ええ」

「ちょっとどなたかに代って見てくれませんか」

警官は少しいらいらしていた。

暫くして中年の女の声が出た。

「あの、何か――」

上等の和服をきちっと着たようなひどく非妥協的な相手の顔を、警官はすぐ想像した。

「おたくの車が池袋の西口に一日中駐車違反でほったらかしてあるんですがねえ。しかも鍵を置いたままですよ」

「それは何かお間違いじゃございませんか、私どもの車は、今こちらにございますが」

「いやそんなことはないですよ。湯浅さんでしょう」

「はい。どんな車でしょう」

「プリンスの新型ですよ」

「ああ、それならきっと娘のものです」

「お嬢さんのものでもいいですがね、お嬢さんは今どこへ行ってるんです、車を放ったらかして」

「まことに申し訳ございませんが、娘のことは全く分らないんでございます。ずっと別に生活しておりまして」

「で、どこに住んでいらっしゃるんです」

「それもよく分りません」

「そんな馬鹿な。仮りにも娘さんでしょう」

「いろいろ事情があるんでございますが、ともかく娘が車をそこに置いて何処へ行きましたことか、わたしどもには全然見当もつきません」

「全然連絡ができないんですか」

「時折、娘の方から尋ねて来ることはございますが――」

「それじゃ、もしお嬢さんに万一のことがあったらどうするんです。分らず終いじゃありませんか」

「そうでございますが、それが娘の希望でございましたので、何とも致し方ありません。ちょっと常識からは外れた女でございますものですから」

女は少し興奮して来たらしく、切口上になっていた。

「困ったなあ。ちょっとおかしいんだがなあ。あのままにしといたら盗られちまいますよ。どこへ行っちゃったのかなあ」

「申し訳ありません。ともかく常識では考えられないことを致しますので、車をそこへ放りっぱなしにして、そのまま旅行に出かけたとしても、わたくしは驚きはいたしません」

女の言い方は、ヒステリックであった。

「ともかくですな、あのままにしておいては盗難の惧《おそ》れもありますからね、こっちで預っておきますから、至急連絡するなりなんなりして、取りによこしてください」

「それでは、わたし共の運転手を差し向けますでございます。ご迷惑をおかけいたしまして申し訳ございません」

警官は車を交番の近くへ持って来て置いた。一時間ばかりして、湯浅家に傭われているという運転手が、交番へ車を取りに来た。

警官はその運転手に対して、いろいろと質問をした。

それによると、湯浅家の主人は数年前に亡くなったが、商事会社の社長であった。電話に出たのはその未亡人で、後妻であった。千恵子は前妻の娘で、女子大を卒業した時、幾らかの財産を分けて貰って家を出ていた。千恵子の居所を湯浅家で知らないというのは、本当かも知れないということであった。

麻布の家には後妻と、学校に行っている小さい子供が二人いた。後妻の名は民子、四十一歳であった。

運転手は車を受け取って、麻布へ帰った。湯浅の屋敷は東向きの台地に、古い茂みに囲まれてあった。車はその屋敷の中へ入った。車庫にはもう一台大型の外車が置いてあった。

運転手は車庫の前で車をとめて、その内外を綺麗に洗い流した。洗い終ると彼は、それを車庫に入れた。

駐車違反の車を引き取らせて、署へ帰った交通係の警官は、まだその車のことが頭に残っていた。そして電話でのやりとりを思い返していた。すると自分が言った言葉の一つが引っかかった。

〈――あのままにしといたら盗られちまいますよ――〉

ひょっとしたら、あの車は既に盗まれて、一日持主の手を離れていたのではあるまいか？　それを犯人が、また何かの都合で乗り捨てたのだ――。

警官は、注意深く、車検証の記載事項を手帳に写し取っていた。彼はそれを見て、車の盗難届けがあるかどうかを調べた。しかし該当するものはなかった。

盗難の届けが出ていないとすると、まだ盗まれたものでないのか、盗られたとしても持主が盗まれたことを知らないか、それとも面倒臭いか、何かの理由でまだ届けていないか、何れかの筈である。

警官の思考はその辺で一時止った。というのは、彼が考えることができなかったからではなく、それ程の関心を持たなかったからである。

しかしその件については、持主が若い女性で、変った環境にあり、そしてどうもその継母の言うように、常識外れの性質らしいことが印象に残って、彼は時々思い出した。

退庁時間近くになって、その事は、もう一度彼の心に思い返された時、彼の考えは一つの新しい仮定に進展した。それも多分、持主が若い女であるという事が、そういう考えに彼を近づかせたのであろう。

――盗まれて、しかも届けが出ていないということは、届けが出せない状態に、持主が置かれているからではなかろうか。その状態の最も極端な例は、持主が殺されている場合だ。

交通係の警官は暫く考えた。自分の想像が妥当なものかどうかについて自信はなかった。しかし、気にかかることをさっぱりさせて帰宅したいということから、彼は捜査係に連絡した。

捜査係には、銀座裏で発見された若い女についての照会が回っていた。捜査係の刑事も、はっきり自信があったわけではないが、ともかく回された義務をそらすために、築地署にある捜査本部へ電話をすることにした。

8

青木刑事が同僚を一人連れて麻布の湯浅邸へやって来た時、湯浅家では丁度夕食にとりかかろうという時であった。

主婦の民子は、四十代に見えたが痩せて背が高く、日本的な美人であった。彼女は、車の駐車違反で、又警察からやって来たものと思い、腹立しそうな顔をしていた。

「まだ何か――」

「いや、わたしは交通の方の件でお伺いしたんじゃありません。お宅に、別居していらっしゃるお嬢さんがあるそうですが、その後連絡がございましたか」

「いえ、別に。じゃ娘のことで何か――」

青木は、少し躊躇した。彼は、民子が家出している娘の実母でないことは、池袋署から聞いていた。それにしても、気持のいい仕事ではなかった。

彼は、被害者の顔写真をポケットから出して、民子の方へそっと出した。

「驚かれるかも知れませんが、ちょっと見てください」

「なんでしょう」

民子は、写真を手に取ると、玄関の脇壁の所へ行って電灯のスイッチを入れた。

「これは——千恵さんですわ」

「お嬢さんですね」

「これは、どうしてるんです」

民子は、咎めるような硬い眼で青木を見た。

「殺されてるんです」

「まあ——、こわい。それで、これが千恵さんですか」

民子は本当に恐怖を感じたようであった。

「それを見て頂きたいのです」

「似てますけど、でもこれだけでは」

写真は、顔を横に捻って、頭のあたりが大きく写っていた。

民子は、どうしたらいいのか、救いを求めるような、表情になっていた。青木は同僚の荻原の方を見た。

見込がありそうだ——。青木の眼がそう言うと、大柄な荻原の顔が、上の方から同意を示すように頷いた。

「お嬢さんかどうか、是非確かめなきゃなりません。すぐご一緒に行って頂けませんか」

「どこへでしょう」

「監察医務院という所に、まだ死体が置いてあります。いやなことでしょうが、ご覧になって頂きたいのです」

民子は、明らかに嫌悪の情を浮べて、眉を寄せた。しかし取り乱したようすはなかった。

「参りましょう」

彼女は一応奥へ引っこむと、羽織を引っかけて出て来た。

運転手が車を玄関に回した。

「置きっ放しになっていた車はどこです」

青木は運転手に尋ねた。背の低い肩幅の広い中年の運転手は、

「車庫に入れてあります」

と答えた。

「さわりましたか」

「別に——。只、帰ってから洗いましたよ」

「洗った?」

「とても汚れてました」

「汚れてた? それを洗っちゃったのか」

青木は荻原の方に助けを求めるような眼を向けた。荻原は気の毒そうな顔をして黙っていた。

民子には荻原が附いて出かけ、青木は残った。青木は電話を借りて、監察医務院と、捜査本部に連絡した。本部には、被害者が千恵子であることが分り次第、鑑識課員と応援の刑事を派遣できるように、待機させることを

頼んだ。

車庫は別棟になって、母屋との間を立木で隔てられていた。邸内には樹木が多く、その上を夕闇がひっそりと被い始め、通り道の敷砂利が白く浮んでいた。

車庫は車が二台入る大きさがあり、淡い色のプリンスが、その半分に置いてあった。青木は車庫の電灯をつけて、車のまわりをゆっくりひと回りした。車は秘密めかしく押し黙っていた。運転席の隅に、先の尖った小さな一輪挿しがついていて、中に沈丁花の枝が一本入っていた。花は既に凋《しお》れていた。

外の道路が混んでいて、荻原達はなかなか監察医務院へ行きつけないらしく、連絡が来るのに手間がとれていた。

青木は、広い贅沢な応接室で、たった一人、紅茶茶碗を前にして、大きい椅子に体を埋めて待っていた。子供が二人いるということであったが、家の中はひっそりとして、何の物音も聞えて来なかった。

被害者が、ここの家の娘だと分れば、これから青木達には、熱っぽい追いかけられるような時間が始まる。それは仕事である。しかし、この家には何が始まるのであろうか。

一時間近くもたったかと思われる頃、やっと荻原から連絡があった。電話は応接室は切りかえられた。

「間違いなしです」

荻原の声はどんな時でも、少しまだるっこく聞える。

「そうか、間違いないか」

「ええ。本部には、今報告しておきました。わたしもすぐそちらへ戻ります」

電話を切ると、青木は椅子に坐り直して、深い息を吐いた。追っかけっこが始まったのだ。

電話はまだ応接室へ切り替ったままになっていた。ベルが鳴り出した。青木は、すぐ受話器を取った。

「もし、もし、湯浅さんかい」

いがらっぽい中年の男の声が聞えた。

「奥さん、いるかね」

「奥さんですか、今出かけてますが」

「でかけてる？　どこへ行ったんだい」

男の声は横柄でぞんざいであった。

「――ちょっと。間もなく戻られます」

「あんた誰だね。村瀬君かい」

「いや、ちょっとお邪魔してる者ですが」

先方はと惑《まど》ったように沈黙し、そのまま線が切られた。

青木はその相手に、こういう上流家庭に附合いのある人間としては、あまり似つかわしくない感じを抱いた。

青木は、ベルのボタンを押して女中を呼んだ。体の太って大きい割合いに顔の小さい、若い女であった。

「今、奥さんに電話があったよ」

「そうですか。どこからでしょう」

「分らない。だみ声の男だった」

「ああ――」

「分るのかい」

「いえ」

女中は、小首を傾げて曖昧な微笑を浮べた。青木は、電話の話は止めて、彼が今そこに坐っているまでのいきさつを簡単に話した。

女中は目を小さく開けて青木の顔を見ていた。彼女がどの程度の驚きや、悲しみを感じているのか、青木にはよく分らなかった。

「君は、千恵さんというお嬢さんをよく知ってるのかい」

「わたくし、このお屋敷はまだ一年半なんです」

「お嬢さんはいなかったのかい」

「ええ、でも時々見えました」

「お嬢さんは、何処に住んで何をしてたんだい」

「あまり、よく知らないんです」

「君、見てどんな感じの人だった」

「大柄で、洋服の似合う綺麗な方でした」

「性質は――」

「なんか、さばさばした感じで、わたし達にはいい方でした」

「奥さんとうまく行かなかったんだな」

「さあ――」

「でなきゃ、家出しないだろう」

「前のことはよく知りませんけど、たまに見えた時は、普通に話をしていらっしゃいました。しかし奥さんとでは性格は相当違うかも知れません」

「どんな風に」

「さあ――」

女中は、困ったように笑った。

「奥さんてどんな人だい。君が喋ったなんて絶対に言わないから、本当のところを言って見てくれよ」

「ええ――」

「今の奥さんは後妻なんだね」

「そうです」

「亡くなった旦那さんのことは、君知らないんだね」

「ええ、知りません」

「何か知っていることはないかね」

青木は、自分の娘くらいの女中の機嫌を、一生懸命とるような眼で見上げた。

「今の奥さん、もと芸者さんだったそうですよ。それで二号さんだったひとです」

「ほう――。亡くなった旦那のね」

青木は初めて満足そうに眼を細めた。

「わたくし、村瀬さんから聞いたんです」

「村瀬さんってだれだい」

「運転手さんです」

「ああ、なるほど」

「村瀬さんは古くからいるんですから、いろんなことを知っていると思います」

「いや、どうもありがとう」

青木は、女中を引き取らした。

それから間もなく、民子達より先に、本部の村越主任警部が数名の刑事を連れて、それに鑑識課員も加わって、湯浅家へ到着した。

9

鑑識課の刑事達は、車庫のプリンスを取りまいた。持って来た照明灯を、差しこみからコードを引っぱってつけた。車庫の中が眩いように明るく輝いて、慌しく熱っぽい雰囲気が、広い邸内を被った。

車の外側は綺麗に水洗いされていた。内部の床もそうであったが、鑑識課員は、熱心に指紋を探し回った。

他の刑事達は、民子と運転手の村瀬から聞き取りを行なった。民子は、やはり多少は興奮していた。しかし自分の実子を亡くしたわけではなかった。その点は刑事達も救われた。彼等は、ともかくその夜だけでも、腹違いの幼い弟達に知られないようにと気を使った。

「前にも申したと思いますが、ほんとに私達は千恵さんの生活には、ほとんどタッチしていないんです」

応接室で民子は、美しい眉を当惑したように寄せて、刑事の質問に答えた。

「お嬢さんが家を出たのはいつですか」

「主人が三十五年の暮に亡くなりまして、千恵さんはあくる年の三月に出て行きました」

「生活はどうしてるんですか」

「存じません。でも、女一人一生贅沢に食べて行けるだけの財産は、分けて貰っておりますから」

「失礼ですが、家出について何かごたごたがあったわけですか」

「そう取られると困るんですけど、それは、わたしは千恵さんのお母さんが亡くなってこちらへ来たわけですけれど、お互いにそんないざこざはございませんでした。ここにいる間から、千恵さんは全然わたしを無視していました。主人がなくなると、一方的に出て行ったんです。ちょっと変った所のある人でした」

「昔からの友達とか知人は?」

「全然ないわけじゃありませんけど、あまり深い附合いの人はいないみたいでした。——よくは分りませんけど」

「何かやってませんでしたか」

「小説が好きで、自分でも書くつもりみたいでした。でも、詳しいことは分りません。わたしも、当らずさわらずにしていましたから」

「男関係は?」

「分りません」

民子は顔を上げたが、視線はテーブルの上に置いていた。

「現在まで何処辺にいたか位分るでしょう」

「番地は分りません。でも世田谷のようだったと思います」

「世田谷のどの辺ですか」

「分りません。世田谷というのも確かかどうか分らないんですけれど、そんなように言ってたように思うんです」

「時々は、訪ねて来たんでしょう」

「ええ、自分の車の車検を村瀬に頼みに来たり、思い出したように、弟達に会いに来たり、一年に二度か三度——」

「こういうことになった原因について、何かお心当りはありませんか」

民子は、深い息を吐いて、せつなそうに首を振った。千恵子の死は、民子よりも運転手の村瀬に、余計ショックを与えたようにも見えた。村瀬は車庫に続いた二間続きの部屋に寝泊りしていた。

彼はその畳の上にかしこまって、項垂《うなだ》れて答えた。

「ぜんぜん、思いもよりません」

「あなた、古くからここにいるんでしょう」

「ええ、かれこれ十五年位にもなります」

「あなたが見て、お嬢さんて、どんな人だね。どんな風なことをやらかしそうな人かね」

「いい方でした。さっぱりした方でした」

「今の奥さんとは、折合いが悪かったんだろ」

「わたし共が見て、そんな見苦しい喧嘩なんかなさいませんでした。ただ、何というかお二人は、ぜんぜん種類の違うお方ですから。奥さんの方は、昔流の花柳界の方ですし、お嬢さまは、大学まで出られた教養の高い方ですし」

「お嬢さんの最近の動静について何か知らないかね。友達とか、恋人がいたとか」

「その方は、ぜんぜん分りません」

「お嬢さん、時々来たんだろ」

「ええ、たまに見えました。見えると、ここへいらして、話しこんで行かれました」

「どんな話だね」

「昔話です。旦那さまの生きておられた時の思い出話やなんかです。お嬢さまとの話となると、そっちへ話題が行くんです」

「なるほど——」

「お嬢さまは、お嬢さまのご存知ない、旦那さまのことなど、とても面白がってお聞きになりました」

「外でのことだな」

「ええ、勿論わたしなんか、大したことを知ってるわけじゃありませんが、何処へ行ったとか、誰に会ったとか、そんなことです」

「思い出話ばかりかね。現在の話はしないのかい」

「ええ、あまり」

「お嬢さんの住んでいたところくらい知ってるだろ」

「それはおっしゃいませんでした。わたしもお尋ねしたことはあるんですけれど。ただ、世田谷の方というだけでした」

田沼刑事は、ただ眉を寄せて、大きい眼を曇らせた。

青木は、車庫の所へ行った。

「なにかあったかい」

「指紋はね、ハンドルや、ドアの内側にだいぶあったよ」

と鑑識課員が答えた。

「この車で運んだんだろうな」

「死体をか?」

「そうじゃないかな」

「かも知れんな」

「なんか、そういう形跡はなかったかい」

「今の所ないね」

「トランクの中は」

「スペヤタイヤが一本、ウエスにオイルの罐。大したことないね。しかし指紋の方はすぐカードを調べて見るよ」

「ああ、今の所、それだけが頼みの綱だよ」

「こいつで当りがつけば、それまでだな」

「そう願いたいもんだ」

村越警部は、一旦本部へ引きあげて、指紋の照会の結果を待つことにした。

「身内の者が、ぜんぜん知らんというのは、おかしな話だね。みんながバラバラに生きてるんだな。こんなに大勢住んでる都会でさ」

本部に帰ると、村越警部は、タバコに火をつけてから不服そうに言った。上品な半白の髪をしているが、その下の顔は、黒くいかつい。しかし声は低く、発言はいつも控え目だ。彼は被害者の、近親者と連絡なく、勝手な生活をしていたという態度に、不満を持っているのだ。

一時間ばかりして、鑑識課から連絡が入った。

「被害者の指紋のほかに、別人の指紋がとれた」

「照会の結果は」

「一人はっきり出た。笹沼一夫、二十四歳、住所不定。そっちで分るだろう。銀座かいわいの愚連隊だ」

「よく知ってるよ」

田沼刑事が、太い声で答えた。

第三章　絵と小説

1

笹沼一夫は、細い黒いズボンをはいた足をひろげて伸ばし、ずっこけるような姿勢で椅子に腰をかけていた。両手は短いトレンチコートのポケットに突っこんで、視線は、田沼刑事の頭の三十センチばかり横に向けている。今のところ、そうした態度以外に、権威に対する反抗を示す方法を思いつけないのだ。

「車は拾ったんだよ」

彼は、低い声で軽く答えた。

「どこでだ」

「数奇屋橋のよ、高速道路の駐車場だよ」

「拾ったってなあ、どういうことだ。タクシーじゃねえぜ」

「なあに、おっこってたから拾ったのさ」

「どんな風におっこってたんだ」

「あそこは、夜中に駐車させちゃいけねえんだ。それが一台だけ駐めてあんだ。しかもよお、ドアもあいてるし、エンジンのキーも置きっ放しになってんだ。おっこってるとしか、言いようがねえじゃねえか」

笹沼は、自分の言い方が気に入ったように、口を片方へ引っぱって笑った。顎の張った広い頬に、大きいえくぼができた。

「何時頃だね」

「さあ、三時を回ってたかな」

「夜中のか」

「そうさ」

「あそこで何してたんだ」

「何してるってことあねえさ。まがいのジンを飲みすぎたんで、頭を冷してたんさ」

「ふん」

田沼は、嘲るように鼻で笑った。

「十時から十一時頃どこにいた」

「いつのさ」

「四月九日の晩だよ」

「九日ね。だからよ、車を拾ったのが九日の晩なんだ」

「拾ったのは十日の午前三時頃じゃなかったのかい」

「そうか――」

笹沼は、俯向いて指の爪を眺めた。別に返事に窮しているわけではない。刑事をわざとじらそうとしているのだ。

「どうなんだ」

田沼はおだやかな調子に戻った。笹沼はやはり爪を眺めながら、もっと静かな声で答えた。

「西田の旦那に聞いて見な」

「西田?」

「いるだろ? ここに。あんたは本庁の人かい」

田沼はすぐ調べた。笹沼は四月九日の晩、六時頃から十一時頃まで、恐喝の疑いでここで取調べを受けていた。帰されたのが、十一時近かった。

田沼は笹沼を連れて、車が止っていたという高速道路の駐車場へ行った。

まだ九時前であったが、無料駐車場には、もう一台も入る隙間のない程、一杯に車が並んで、朝の光を受けていた。

「どの辺かなあ、なんしろ、頭に来てたからなあ――ああ、この辺だな。――いや、違うなあ。弱っちゃったなあ――」

笹沼は、上機嫌で、駐車場の中を、あっちへ行ったり、こっちへ行ったりした。本気で探す気があるかどうか分らなかった。田沼刑事は、太い眉をしかめながらも、じっと自分を押えつけて、笹沼のあとについて歩いた。

最後に、降り口に近い所に来ると、そこに駐めてあった一台のライトバンのバンパーを蹴った。

「ここだなあ。やっと思い出したよ。ここいらだよ」

「間違いないか」

「大抵大丈夫だよ」

笹沼は両手を伸ばして、欠伸をした。

「さあ、もういいだろう。帰して貰うぜ」

彼は歩き出した。

「駄目だな」

「どうして」

「窃盗の疑いだ」

「冗談じゃねえぜ。銀座におっことしてあったものを池袋まで持って行って、そのまま置いといただけじゃねえか。まあ一日、使わせては貰ったけどよお、大して減っちゃいねえだろ。持主に話しすりゃ分るこっちゃねえか」

「持主は、話を分っちゃくれねえな」

「へえ。どこのどいつだ」

「仏さんだよ」

田沼は、笹沼の腕に手をかけた。


笹沼を窃盗の疑いで留置して、調べ直したが、それ以上のことは出てこなかった。

「しかし犯人の、ある程度の足取りは分った」

と村越は、田沼を慰めるように言った。

「犯人は、何処かで被害者を殺し、十時過ぎにあの車で現場へ運んで来た。そのあと、車を駐車場に乗り捨てた。キーをそのままにしておいたのは、笹沼みたいなやつが、車を何処かへ持って行ってくれることを望んでいたんだろう。何れにしろ、あの界隈に一応土地カンのあるやつだよ」

2

湯浅千恵子が殺されたと思われる場所も、また彼女が住んでいた所さえも、なかなか見付からないまま数日が過ぎた。十八日の朝も、青木と荻原は、ポケットに千恵子の写真を入れて、ガソリンスタンドを回っていた。

湯浅千恵子は車を持っているから、何処かで給油をしていたに違いない。彼女がいつも決った所で給油していたか、それとも燃料がなくなれば、適当な所で給油していたかは分らない。住いの近所の、決ったところでガソリンを買っていれば、一番都合がいいわけであるが、そうでなくても、ともかく通り道でガソリンを買っていたことは、間違いないから、そういう給油所が見付かれば、一歩、彼女の住いに接近する手掛りにはなるわけである。

朝から歩いていた青木と荻原は、午後には、三軒茶屋から玉川の方へ行く電車通りを探していた。駒沢の近くで、あまり大きくない給油所に入って、青木が千恵子の写真を見せると、働いている男の一人が、それに眼を止めた。

男はためらうような眼差しを青木の方へ上げた。

「憶えがあるね」

青木は、押しかぶせるように言った。埃を吸った顔の皮膚が、僅かにゆがむ。

「どうも似てるな。なあ――」

男は一緒に写真を覗いている同僚達に、同意を求めるように尋ねた。

「ああ、この人ね。プリンスの新型に乗ってる人だろ」

と同僚の一人が力づけるように答えた。

「そうだよ、その車だ。どこいらに住んでいるか知ってるかね」

「さあ――」

男達は首を傾《かし》げた。

「しょっちゅう、ここに寄るかね」

「しょっちゅうでもないけどね。何度か寄ったね」

「じゃ、この辺に住んでるんだな」

「そうかも知れない。だけど何処に住んでるかは知らないな。第一名前も聞いたことないし」

「どっちの方向から来る」

「ああ、向うからさ――」

男の一人が、西の方を指差したが、そのまま考えこむような表情になった。青木はその顔を見ていた。

「まてよ――」

と男は言った。

「どっか、その辺から出てくるなあ」

「電車通りへ横道から出てくるんだな」

「そんな気がしたけどな、なあ――」

彼は同僚達の意見を求めた。

「ああ、そうだ。あそこから出てくるよ」

頬のそげた中年の男が、かん高い早口で、断定するように言った。

青木は、眉をしかめて、男の指差す方を見た。

「あそこの道かい」

「そうですよ」

「それで、誰かと一緒だったのを見たことはないかね」

「若い男と一緒だったこともあるな」

と一人が言った。

「そうだったな」

「うん。赤いセーターかなんか着込んでたやつだな。だいぶ前だったよ」

青木は、そう答えた、頬のそげた中年の男の方に眼を向けた。

「どんな男だったって？」

「若いさ、赤いセーター着たさ、不良っぽい感じだったですよ」

「顔は？」

「よく憶えてないなあ」

「背丈は」

「さあ、普通位だったな」

「あんた位？」

「まあね」

青木は、あまり背の高くない中年の男を、疑わしそうな眼で見た。

「痩せてた？　それとも太ってた？」

「どうだったかなあ」

男は、あたりを見回した。

「なんか、ひょろっとしてさ、眼付きのよくない感じじゃなかったかな」

別の男が応援した。しかし、あまり自信のある顔ではなかった。

「いつも、その男が一緒だったのかな」

「そうでもないよ」

中年の男が急いで答えた。

「そう。いや、どうもありがとう。――あの道だね」

青木は歩き出しながら、道路の先の方を指差した。

「そうですよ。あの看板の出てるところですよ」

中年の男はかん高い声で答えた。

青木と荻原は、電車道を越えた。

「近くだといいんですがねえ」

と荻原が言った。

「割合いい車だし、若い女が運転してたんだから、案外人の印象に残ってるんじゃないかな」

「そうですな。ちょっと派手な感じの女ですからね」

給油所で、教えられた角から、二人は横道に入った。電車通りから少し入ると、割合静かな住宅街になっている。

二人は、所々の店先に寄って、車と女の特徴を言って、見かけたことがないかどうかを尋ねて回った。

「子供にも聞いて見よう。君がいいな、君の方が子供に嫌われないだろうからな」

と青木が荻原の黒い愛らしい目を見て言った。

「いや、青木さんだって、子供に嫌われはしませんよ」

と荻原が答えた。

「そうかな」

しかし、荻原は通りかかる子供に、大きい体をかがめて、いちいち車のことを尋ねた。あまりいい結果は現れてこなかった。

自転車に乗った郵便配達夫に出会った。陽に焼けた中年の男であった。青木によく似た顔をしていた。長い間、歩いてやって来た顔だ。それに青木が声を掛けた。

「女の人はよく知りませんけどね、それらしい車は見たことがありますよ」

配達夫は、何となく気になるように、青木をじろじろ見ながら答えた。多分、自分によく似てると思ってるのかも知れない。

「どこです」

「そこんとこをね、右へ曲って、ずっと行った所にね、右側が少し高台になってるところがありますからね。その坂を登ったとこですよ。コンクリートの家がありますよ」

「ああ、そうですか。あなたの配達区域ですね」

「そうです」

「何という名ですか」

「芝さんと言いますよ」

「芝?」

「そうだったと思います」

青木は、眉を曇らした。

「郵便物はよく来ますか」

「いや、あんまり来ませんね」

「どうも」

青木は歩き出した。配達夫は、暫くそれを見送って、自転車に乗った。

配達夫の言った通りに行くと、右側に崖があった。自動車が一台通れる道がそれを登っていた。その上に、くすんだ色の小さな四角なコンクリートの家があった。

二人は道路を登った。

「あの車に沈丁花が挿してあったたな」

青木が、道の頂上に植わっている沈丁花を眺めて言った。

家は二つに分れているようであった。手前のドアの脇には田宮という名札があった。向う側の入口まで行くと、名札は出ていなかった。青木はドアをノックした。あまり当てにしていない顔で二十秒ばかり待った。それから又ノックした。それから又二十秒待ってから、ノブの前を二本の指で押さえて、回転させようとした。ノブは回らない。

青木は手前のドアの方へ足を運んだ。

「車を置いた跡がありますよ」

荻原が、家の前の土の上を指差した。

3

隣りの家には細君がいた。白い整った顔をしていた。少し太り出した体に、和服が良く似合っていた。

「お隣りはお留守ですね」

「そんなようですわ」

青木は写真を出した。

「この方ですか」

「ええこの方です」

細君は即座に答えて、青木を見上げた。小鳥のような警戒の心が眉の間に浮んでいる。

「この人の名前は?」

「芝さんとおっしゃるんじゃないですか」

「親しくしていましたか、お宅と」

「いいえ、あまり」

「何をしていたか、どういう人が出入りしていたか、そういったことをできるだけ伺いたいんですが」

「なにをしていらっしゃるかそれはよく存じませんけれど、お勤めとか何とか、そんなんじゃないようでした」

「家でぶらぶらしてたんですね」

「ええ、大家さんの話では、小説かなんか書いてるって話でしたけど——」

「それで、どんな人が出入りしていましたか」

「あまり人の出入りはないみたいでした。ただ——」

「ただ——?」

「名前は存じませんけど、若い男の方が」

「いくつ位の?」

「さあ、二十二、三位でしょう」

「その男は赤いセーターを着たこともありますか」

「ええ」

細君は、気味が悪そうに眼を動かした。

「その男のことを何か知っていますか」

「いいえ」

「名前も?」

「ええ、雑誌かなんか、そんな関係の方じゃないでしょうか」

「そんな感じのするところがあるんですか」

「いえ、別に――」

細君は、きまり悪そうに笑った。

「その男が最近に来たのはいつでしょう」

細君は、首を傾げた。

「今月の初めころ、誰か見えたようですが」

「初めというと、五日より前ですか、あとですか」

「五日過ぎかも知れません。でも、それがその若い人かどうか、はっきり見たわけじゃありませんけど」

青木は電話を借りて、本部へ連絡すると、大家の家へ行った。歩いて五分ばかりの所で、普通の住宅の石の門に、《セメント代理店戸矢商店》という、金属製の看板が貼り付けてあった。

玄関を入った所の板間に、事務用の机が二つ並んでいる。鼠色の毛糸のチョッキを着た戸矢が、眼鏡を外して机から腰を上げた。

青木は、理由を話して貸家の鍵を開けてくれるように頼んだ。戸矢は鍵を持って、下駄をつっかけて出て来た。

「何かあったんですか」

彼は歩きながら尋ねた。背が少し前に曲っている。

「そこにいた娘さんが、殺されたらしい」

「ほう――」

戸矢は大袈裟に太い声を出したが、本当はそんなに驚いているようではなかった。

「――家の中でですか」

「いや、ほかですよ、やっと住いを探し当てたんですよ」

「それは大変でしたな」

と老人は相槌を打った。

「あの娘さんの名前は何と言ってましたか」

「芝とも子と言ってましたよ」

「そいつはペンネームだな。それであなたとどういう関係なんです」

「家主と借家人との関係ですな」

「それ以前は何もなかったんですか。どうしてあそこを借りに来たんです」

「あれが出来かかる頃ね、ある人に聞いたと言って、いきなりやって来たんです」

「それで信用したんですか」

「まあね、わたしゃ、人を見る眼はあるつもりですよ。どっかの金持の我儘娘《わがまゝむすめ》だと見てたんですよ」

「あの人の関係者を知りませんか」

「さあ、知りませんね。わたしは殆んど会うこともありませんからね」

「小説書いてるとか言ってたんじゃないですか」

「それはね、最初ね、何をなさってるか聞いた時、そんなことを言ってたんですよ。でも、どうだかね」

戸矢は、坂道を腰をかがめて上った。

ドアのノブの鍵穴に鍵を差し込みながら、

「そう、殺されたんですか。――気の毒に」

と思い出したように呟いた。

青木は、戸矢にノブを握らせないようにして、二本の指の先で回した。

中は殆んど洋式にできていた。居間と寝室に使う二間があって、それに台所、浴室等が調っていた。居間の南側には崖から見晴らせる広い開口部が設計してあった。

「物を動かしたり、さわったりしないでくださいね」

と青木が言うと、

「ええ、さわりませんよ」

と戸矢は手を後に組んで立っていた。

居間の北側にキチンがある。居間の東側の壁は隣りの家との仕切りになっている。居間の真中あたりには、低いテーブルがあって、その回りに肘掛椅子《ひじかけいす》が二つと、寝室側にソファが一つあった。寝室は居間の西側で、西北の隅に浴室がある。

居間は特に乱れた形跡はない。低いテーブルの上に新聞と雑誌が投げ出されてあった。

キチンと居間との境は食器戸棚になっていて、その前に食卓が置いてあった。食卓の上には、お茶のセットとトースター、それに凋れたライラックの入った赤いガラスの花瓶とがあった。

隣りとの境壁の窓側の隅にテレビがあり、そして、境壁の真中の下の床に、額に入った絵が落ちていた。壁には壁紙が貼ってあり、床には絨毯《じゅうたん》が敷いてある。

青木と荻原は落ちた絵を挟んで立った。青木がしゃがむと、荻原もしゃがんだ。六号ぐらいの大きさで、風景が描いてある。東京の何処か海に近いあたり、地面が掘りかえされている。茶色系統の色が多い。

青木は壁を見上げた。真中に釘が打ってある。青木は立って手を伸ばした。顔の少し上のあたりに、絵が掛っていたことになる。

「被害者のスカートを持ってこさせよう」

電話は、ソファの脇の台の上にあった。

青木が電話をかけている間、荻原は、そこいらの床の上を眺めていた。

「スカートに付いてる色が、この絵の色と一致すると、うまいですね――」

荻原が絵を指差した。

「ここんとこ、どうも上から押えたように見える跡がありますね。この絵はまだ新しいですよ」

「壁に追いつめられる。手を上げて絵をつかむ。引っ張る。倒れる。――そういう順序かな」

「それじゃ、隣で悲鳴ぐらい聞いてるかも知れないな」

そう言って荻原は、すぐに隣家の細君の所へ行った。しかし細君は憶えていなかった。荻原が戻ってくると、戸矢が、

「この壁はね、少々大きい声を出しても聞えないような設計になってるんですよ」

と物を教えるような顔で言った。

青木はソファに腰をおろしてタバコに火をつけた。荻原はまた壁の所へ行くとそれを軽く指で叩いて見た。

そしてもう一度彼は床に眼を落した。床の絨毯の上に小さな凹みがあった。よく見るとその小さな丸い凹みは全部で四つあった。荻原はテレビの方を見た。その跡は、テレビが前にはそこに置いてあったことを示していた。

間もなく、鑑識課員を含む、捜査本部の刑事達が来て本格的な調査を始めた。少しおくれて、スカートが届いた。

絵はまだ動かしてなかった。スカートの汚染部分をそれに合せることによって、被害者の倒れた位置や方向を大体想定することができた。絵の絵具は、見たところスカートの汚染と同種のもののように見えた。絵具は分析されることになって、やっと床からテーブルの上に置かれた。

「これは最近描いたものだな。本人が描いたものかな」

村越警部が言った。

「絵の道具は何処にもありませんから、おそらく貰ったんでしょう」

「うまい絵なのかな」

警部が誰にともなく尋ねた。

「さあ――」

刑事達は絵を眺めた。

「こりゃ、素人の絵ですよ」

荻原がそう言った。

青木が、それを振り返った。

「君、絵が分るのか」

「それ程でもないですがね、僕はそう思いますよ」

荻原は、肉の厚い頬の中の小さな口を曲げて、確信あり気に頷いた。

「そうかね」

青木は、疑わしげな眼で荻原を見返した。

警部は椅子に坐ると、皆の者がそれを取り巻いた。

「この絵具の分析結果が、スカートに附着していた色と一致すると、殺害場所はこことということになる」

警部は皆の顔を見回しながら、低いひかえ目な声で言った。皆は黙って頷いた。

「ここで殺し、被害者の車を利用して銀座へ運んだ。入口のドアはホテル式だ。外へ出て閉めると鍵がかかる。鍵はどこにあったかな」

「ハンドバッグに入れてありました」

一人の刑事が答えた。

「そのハンドバッグは?」

「寝室の衣類戸棚に入っていました」

刑事は、茶色の革のハンドバッグをテーブルに置いた。指紋採取用アルミ粉が付いていた。警部は中身を調べてテーブルに出した。

鍵が二本、ホルダーにつながっていた。そのほかに、ハンカチ、紙、ホープ、ライター、口紅、コンパクト、小さな香水瓶、革の札入れ。札入れの中には、二万円近い金が入っていた。

「とにかく物盗りじゃない。それから車のキーはここから外したんだな」

警部はそう言って眼を上げた。青木の視線とぶつかった。

「中身も指紋をとりましたか」

と青木が聞いた。

「どうかな」

警部は鑑識課の者の方を見た。

「取ってないです。とる必要がありますか」

鑑識課員は青木に尋ねた。

「鍵を出し入れしてる筈だから」

と青木は答えた。

「なるほど、じゃとりましょう」

「もうないか」

警部は皆の顔を見渡した。

「念のために聞くが、被害者の靴はあるだろうな」

「あります」

と青木が答えた。

「黒と濃い茶のが二足ずつ、淡い茶色のが一足。淡い茶色のが汚れていました。ほかに靴を持ってたかどうか分りませんが」

「そいつだ。被害者が何を持っていたか、何が無くなっているか、そいつを知ってるやつがいないのが困ったものだな」

「とにかく被害者の生活を詳しく知ってるものがいま

せんね」

「被害者と関係があったと思われる者は、大家や隣りの人を除けば、赤いセーターを着た若い男だけだな」

「もう一人いますよ」

と荻原が小さな口をとがらせた。

「誰だね」

「その絵を描いたやつですよ」

「そうかな。まあ関係はあるね」

と警部は頷いた。

「買ったり、無理に頼んで貰う程の絵じゃありませんよ。親しい人間の絵だから義理で貰ったんですよ」

荻原は、敵意を浮べた眼で絵を見下していた。

「その外に、出版関係の者で、彼女を知っている者があるでしょう」

と青木が言った。

「そいつはあるな。それは当って見る必要がある。ところで鑑識の方は、結果が出るのはいつかな」

「絵具の分析の方は、あすの午前中でしょうね」

「なるべく早く頼むよ」

警部は椅子から腰を上げた。

4

長い体を椅子の中にくねらせている。薄い黄色いシャツの上に、粗いツイードの上衣を着ている。太い縁の眼鏡が比較的よく似合う。顔の色は、あまりよくない。タバコの吸い過ぎか、胃が悪いか、あるいはその両方かだ。大きいニキビの跡がその顔中にある。

吉村は真面目な顔をして久保を見ていた。彼が真面目な表情をしているということは、少し不似合いな感じであった。

「なかなか面白かったよ」

吉村は二人の間のテーブルの上に置いてある、厚い原稿を顎で差すと、タバコに火をつけた。

光陰社出版局の応接室であった。まだ幾組かの椅子テーブルがある。しかし部屋にいるのは二人だけだった。

「読んで貰えましたか」

久保は、額に垂らした髪の下の瞳を、ずるそうに僅かに輝かした。

「読んだよ。文章がもう少し練れるといいんだがなあ。まだぎごちないね。オーバーなところもあるな。しかし話は面白いよ」

「じゃ売れますね」

「多分ね」

吉村は、憎らしそうな視線を久保の、薄笑いを浮べた顔に向けた。

「自信があるらしいね」

「ありますよ」

「この話は何処から仕入れたんだね」

「仕入れた？」

「そうさ。まさか君の頭の中で全部できたんじゃあるまい」

「いや、みんな僕が作ったんですよ」

久保は、ゆっくり押しつけるように答えた。

「材料があるだろう」

「特別にはないですね」

「みんな君の頭の中で、でっち上げたのか」

「そうですよ」

吉村は、又ひどく真面目な表情を作った。

「おかしいな」

「なにがです」

「この話のアウトラインは、一度ほかで聞いたことがある」

「へえ――」

久保は、面白そうに笑った。

「盗作だと言うんですか」

「いや、そうはならんだろうな。その話は、公表されたものじゃなかったからね」

「じゃ偶然の一致だな」

「あるいはね」

吉村は、不意に椅子から立つと、部屋の隅に置いてある電話機の所へ行った。ダイヤルを回して、暫く受話器を耳に付けていた。その内諦めたように戻って来た。

「まあいいや、ともかくこの原稿は預っておくよ」

「印刷しないんですか」

「もう少し調べてだな。人物や会社の名が、だいぶ実名に近いのがあるしね、その点も問題だな」

「その方が、世間が騒いで面白いんじゃないかな」

「どうだかな」

吉村は、憎らしそうに言った。

「直せるところは直しますよ」

「ああ、こんどはこちらから連絡するよ」

二人は廊下へ出た。

そこで別れようとして、吉村が呼び止めた。

「君、芝とも子という作家志望の女を知ってるか」

久保はゆっくりふり返ると、

「聞いたことあるな」

と面白そうに笑って答えた。

吉村は、原稿を抱えて廊下を歩み去った。

久保は表へ出ると、両肘を張って胸を伸ばした。それから片手を髪へやった。陽が上機嫌な彼の顔に当っていた。

久保は地下鉄に乗って展示室に戻って来た。

事務室へ入ると三枝が、

「どうだった?」

と尋ねた。

久保は椅子の一つに腰をおろすと、もう一つの上に足を伸ばした。

「褒めてくれたぜ」

「そう、よかったわ」

「売れるってさ」

「へえ――」

「いくら刷ってくれるかな」

久保は、両手を頭の上にのせた。

「さあ。だけど無名の新人だから、そんなには刷らないかも知れないわ」

「そうじゃないよ。そういうやり方じゃないんだな。誰も知らない人間を、どかっと広告して、ぱあっと出すんだ。なんだろうと思って、みんなが買うんだよ」

「そうなるといいけど」

「お父さんにそう勧めてくれよ。きっとその方が当って」

「言ってみるわ。でも、そうなるとすぐ第二作を書かなきゃならないわよ」

「そうさ。そうなったら、こんなとこ辞めちゃうんさ」

「作家になるの?」

「作家さ」

久保はガタンと音をさせて椅子からおりると、窓の所へ行ってそれを押し上げた。空地に、白い光が満ちていた。

久保は三枝をふり返った。

「前祝いに、今夜ご馳走するよ」

「ありがたいわ」

「君にもご馳走してもらう」

「ご馳走のしっこ?」

「キスのご馳走さ」

「それは分らないわ」

三枝は首を傾げた。

六時になると、二人は手をつないで外へ出た。久保は三枝を銀座裏の串カツ屋へ連れて行った。久保は白葡萄酒を盛んに飲みながら、小さな串カツを何本も食べた。

それから二人はバーへ回った。

バーを出ると、二人はまた手をつないで元気よく歩いた。掘りかえされている道路の板の上を歩いて、ガードをくぐり、暗いビル街へ入った。

二人は道の真中を歩いた。三枝は久保にひっぱられながら、ハイヒールをコツコツ鳴らしてついて行った。車がヘッドライトを光らせて走ってくると、二人は抱き合って飛びのいたり、道の両側へ分れたりした。その度に、二人は大きく喚声を上げた。

そして又、手をつないで歩いた。

電車道を渡ると、二人は宮城《きゅうじょう》前の広場へ入った。暗い広場の真中を縦に通っている広い道を、車がひっきりなしに流れていた。その車のライトに、低い松の木が、影になって浮かんだ。

二人は芝生に入ると、その上に寝転んだ。久保は俯伏せになって、暫くじっと、芝生の向うを走っている車の流れを見ていた。やがて、三枝の方を向くと引きよせた。

三枝は、くっくっと声を忍ばせて笑った。久保は三枝の手を払い除けるようにして、その唇にキスした。何度も何度も、まるでその甘味を確かめるようにキスをした。

三枝は、久保が唇をはなす度に、くっくっと笑った。

二人は、互に相手を摑み合い、眼を閉じて、唇を通してお互に確かめ合っていた。

やがて久保は手を離すと、仰向けになった。空に、ぼんやりと幾つかの星が見えていた。

「おれ達の住んでいるのは、ここだけだ。あの星に住んでいる生物は、おれ達がここにいることすら知らない。――ふん、馬鹿野郎めが」

「きたない星ね」

「僕達の空が汚いのさ。――僕は子供の時分、天文学者になりたいと思った」

「なればよかったのに」

「でも、宇宙のことをいくら知ったからってさ、その入場券が貰えるわけじゃないし、同じだと思ったんだよ。僕達ゃ、ここに生きて死んで行くより仕方がない」

「でも、毎日キチンセットの説明してるより、星を見てる方がましだわ」

「星が絵に描けるかい」

「そうね。難しいわ」

久保は勢を付けて立ち上った。

「さあ――歩こう」

「僕を愛してる？」

久保は尋ねた。

「なぜそんなことを聞くの？」

女は聞きかえした。

「知りたいからさ」

「愛していると言えるわ」

「曖昧な言い方だな」

「人間の心って、よく分らないものよ」

「そうだな。心って当てにならないさ。だから、君は僕に何を与えられるかだな。それで愛を計るより仕方がない」

「何も与えないわ」

「それじゃ愛じゃない」

「でも愛してるって言えるわ」

「ばかげてるな」

「そうじゃないわ」

「君は僕を愛している。だから、僕の欲するものを僕に与えなければならない」

「分らないわ」

「そうなんだよ」

「――苦しいわ」

「愛してるね」


黄色のカーテンの中は静かになった。久保は部屋の電灯を消した。

5

「――それからあの絵は、下絵が以前に少し描いてあって、最近になって筆を加えて完成したもので、それは多分二週間位前だろうと言えることだ。そして、その絵具は、被害者のスカートに附着していたものと、全ての点で一致した。その上、絵の表面には、詳細に見ると、被害者のスカートの繊維が附着していた。結局、被害者は、あの絵の上でスカートを汚したことになる」

村越は、並んでいる刑事達を見渡しながら、静かな抑揚のない声で説明した。

「あの額縁は、あの部屋の東側の壁の中央で、床から一メートル九十センチの所にある釘から、紐でぶら下げられており、これがある力で引き落されたもののように見える。額縁に付いている紐は、あまり丈夫でなく、繊維の一部は釘に残っていた。

以上の点から、殺害はこの部屋の中で行われたものと考えて間違いないと思う。この位置から、銀座の死体発見場所までは、自動車で行くとして、夜のあの時刻だと、三十分乃至《ないし》四十分かかる。犯人は、五時乃至六時の間に犯行をなしとげ、九時乃至九時半頃、ここを出たと考えられる。しかし隣りの住人はこの間の事情について何も知らない。理由は、隣家の夫婦が火曜日の夜は、二人で謡《うたい》と仕舞の稽古に行くからだ。犯人はそうした事情も知っていて、火曜日を選んだのかも知れない。そういうことも考え合せて、犯人は、あそこへよく行っていた人物と見るのが自然のようだ」

　課長の口調はどちらかというと眠気を誘うような感じであるが、刑事達は眼を開いて課長の顔を見つめていた。

「次に家の中での指紋の採取の状況だが、意外に指紋がとれていない。多少あったが、殆んど被害者のものと認められている。これはどういうことかというと、犯人が、手の触れたと考えられる所を、全て丁寧に拭いてしまったことを意味している。殺してから出掛ける間の時間を、それに費したのかも知れない。ともかく非常に落着いた慎重な人物のように思えるな。台所、バスルーム、物入れ、そういった部分には、被害者の指紋が残っているんだな。ところが、居間とか玄関回り、それから寝室、そういうところには、被害者の指紋もその外の指紋もない」

「犯人は寝室にも出入りしてたんですね」

と青木が尋ねた。

「そうだ」

警部が、青木の方へ柔和な眼を向けて頷いた。

「――すると男か」

「女でも寝室へ入るだろう」

「どの範囲が拭きとられていたかによりますな」

「殆んど全部から指紋は出ていないらしい」

「寝台の頭の所の台に、蛍光灯がありましたね」

「その辺もだ」

「じゃ男だろうな」

「まあ、全般的に考えて、男である可能性が強い」

「ハンドバッグの中はどうでした」

と青木は質問を続けた。

「ハンドバッグの外側には、被害者の指紋がかなりあった。吊紐の部分は不明瞭。中身は口紅と財布にあった。勿論被害者のだ」

「コンパクトには」

「なかった。自動車のキーは別になっていたのか、それともハンドバッグから出したにしても、用心してやってるわけだ」

村越が話し終ると、刑事達はその内容を考え返して見るような表情で、暫く黙っていた。

「あの家から大した手がかりは出なかったというわけですね」

青木が、ほかの者を代表するようにそう言った。警部は、何か非難を受けたような顔をした。

「まあ、そうだ。しかし時々やって来たと隣りの人がいっている若い男がいる。これは今のところ重要な人物だ。隣りの細君に頼んで、その男のモンタージュ写真を作ることを考えている」

そう言ったあとで、警部は、刑事達からの報告を聞いた。

死体が発見された附近の聞き込みには、殆んど進展がなかった。

湯浅家で聞いた、被害者と比較的交際があったと思われる友人知人達の聞きこみからも、湯浅家で聞いたこと以上のことは出なかった。千恵子は、あまり人と交際しない女らしかった。

被害者の住い附近での聞き込みも、殆んど成果がなかった。

出版関係の調査も続けられていたが、湯浅千恵子乃至、芝とも子についての情報は、まだ得られていなかった。

「つまり、作家として名が出ているわけではないんです」

調査に当った刑事が述べた。

「そうだろうね。だから知られているとしても一部の所だろうな」

と村越が答えた。

「それも、一度本でも出ておればですね、その出版社へ行けば、そこではみんなが知っているかも知れない。しかし、そこまでも行っていないとなると、彼女に当った特定の個人しか知らないということになる。そうなると調査漏れが出てくると思いますね」

「出版社は全部当ったのかね」

「まだです。続けて見ます」

最後に、笹沼一夫を調べていた田沼が、笹沼は、事件には無関係だと思われるという意見を述べた。

「この件に関しては、やつは嘘を言ってないようです」

「僕もそう思うな」

と村越が答えた。

「結局こうなると、被害者の生活の実態がはっきりしないという点が、大きい障害になっている。そいつを、何とかして少しずつでも、はっきりさせて行くということに力を注ぐより仕方がないな。それを何処からやるかだが、やっぱり麻布の湯浅家で、もう少し聞いてそれを手掛りに広く細かく、やって行くより仕方がなかろう」

「あの家自体に問題はないでしょうかね」

青木が、眩しそうに眼を細くして尋ねた。

「あの家自体とは？」

と村越が聞き返した。

「あそこに残っている未亡人と、被害者との関係ですよ。今迄聞いたところでは、二人の間に特別いざこざはなかったようで、被害者は言わば、好きで別居しているような話なんですが、本当にそうか、ということです」

村越は黙って青木の顔を見ていたが、渋々のように小さく頷いた。それは、村越が、今まであまり注意を向けていなかったことに、やっと関心を払い出したことを現わしていた。

「何か考えがあるかね、青木君」

「いや、別に今どうということはありませんがね。もしそういう点をやって見る値打があるとしたら、未亡人自身を少し調べて見たらどうかと思うんです」

「よかろう。それじゃ、君やってくれ」

と村越は答えた。

6

青木と一緒に署の玄関を出た荻原は、そこに立ち止って、ポケットから紙片を出して眺めた。青木は、荻原のその何か悩みを秘めたような顔を眺めた。

「なんだい、それ」

「分りますか」

荻原は、紙を青木の方へ示した。鉛筆で絵が描いてある。街の何処かの風景だ。

「君が描いたのか」

「そうです」

「君は絵心があるようなことを言ってたが」

「下手ですか」

「僕にはよく分らんが」

「下手でもいいですよ。これは例の絵を写したものです。絵にあったものの関係位置だけをね」

「で、どうするつもりだ」

「あの絵を描いたやつは、この場所に行った筈です。こういうところで、暫く写生なんかしてれば、人目につかいたでしょう。その辺で聞きこめば、そいつがつかまるかも知れない。そうしたら、そいつは自分の描いた絵をやるくらいあの女と親しかったんだから、女のことをなにか知ってるだろう。まあ、そう言うわけですよ」

「やって見たいんだな」

「無駄かも知れないけど、どうでしょう」

荻原は、自分の思い付きを実行に移したいという希望で、その愛らしい眼を輝かしていた。

「いいだろう。麻布へは僕一人で行こう。しかし、大体どの辺か見当は付いてるのかね」

「感じでは、芝浦の方面だと思うんですよ。羽田行きの高速道路が途中までできてるでしょう。あの方面じゃないかな。青木さんはどう思います」

荻原は、紙片を青木の鼻先へ付きつけた。青木は困ったように、眉を寄せた。

「少し、まずいですかな」

「いや、そういうわけじゃないがね。まあやって見ろよ」

青木はちょっと手を上げると先に歩き出した。荻原は、紙片を丁寧に折ってポケットに納《しま》うと、大きい肩をゆすって、ゆっくり歩き出した。

荻原は、やって来たタクシーをつかまえると、近くを通っている高速道路へ入れさせた。新しく完成した美しい道路を、タクシーはスピードを上げて飛ばした。

車はすでに芝浦のあたりの高架道路へやって来た。

「おい、もうちょっとゆっくり走らせてくれよ」

荻原は、紙片を出して、あたりを眺めた。

「ゆっくり走らせるの?」

運転手は不満そうに聞きかえした。

「うん、ゆっくりだ」

「ここをゆっくりやったんじゃ、しようがねえな」

「おい、ちょっと止めてくれ」

高架道路が、大きくカーブした辺りで、荻原は車をとめると、おりて外を眺めた。

「お客さん、なにするんだい?」

運転手は眉を寄せて、荻原の顔を見上げた。

「ちょっとな」

「どこへ行くの?」

「それを探してるんだ」

「ふざけちゃいけねえな」

荻原は手帳を出して見せた。

「悪いな」

運転手は、片手で首を叩いた。

空の真中あたりは青く晴れ、白い雲が流れていた。美しい弧を描いた道路を、車が走り抜けて行った。

「もうちょっと行って見よう」

荻原は車へ乗った。

「何かあったんですか」

と運転手が尋ねた。

「どこか絵になるところはないかな」

と荻原は答えた。運転手は黙った。

高架道路が地下へ下ったところで、荻原はタクシーからおりて、歩き出した。

あたりには倉庫が並んでいた。車の道は続いていた。しかし人にものを尋ねるような所はなかった。

荻原は歩き続けた。絵の風景に合うようなところはなかなかなかった。

道路の横に深い溝が掘ってあった。その一と所に数人の土工がいた。太い管を溝に埋めこんでいるところであった。

荻原は、穴の縁に立って、皆の作業を見下している年配の男の所へ近寄った。荻原が手帳を見せると、その小柄ながっちりした男は、小さな眼を光らせて、ヘルメットの縁に手をやった。

「あなた方は長い間、この辺で工事をやってるんですか」

「ええ、もう永いですなあ」

男の声は、浪花節語りのようにしわがれていた。

「この辺を人が写生しに来るようなことはありませんか」

「写生？」

「絵を描きにですよ」

男は、何か厄介なことにでくわしたように、太った短い腕を組んで、首を捻った。

「そういうのに会ったことはないかな」

男は首を捻ったが、困ったような微笑を浮べた。

「ないですなあ。こんなごたごたした所は絵にならんでしょう」

男はあたりを見回した。

荻原は、又歩き出した。割合い綺麗な作業服を着た男が、荻原とすれ違って、溝の方へ行った。その男は、溝の縁の小柄の男の所へ行くと、何か言葉を交した。それから、荻原の後姿に眼を向けると、それを追って歩いて来た。

男は荻原を呼び止めた。

「なんか、この辺で写生している人を探しておられるんですか」

男は、建設会社の職員のようであった。

「そうですがね。あなた、何か心あたりがあるんですか」

「いましたけどね」

「どこで描いていましたか」

「もうちょっと向うですよ」

男は指を差した。荻原はポケットから紙片を出して男に見せた。

「それはどんな男でした」

「女ですよ」

「こういうところですか」

男はそれを見たが、首を捻った。

「女?」

「若い女でしたよ」

「それで、何時《いつ》です」

「この前の日曜日ですよ」

荻原は悲しげに眉をしかめた。

「この前の日曜か。十四日だね」

「ええ」

「もう少し、前には、そんな人を見ませんでしたか」

「さあ——」

「あまりこういうところは絵にならないのかな」

「僕は面白いと思いますがね」

と男は、あたりを見回した。それから荻原の手から紙を取って眺めた。

「この絵を描いた人物を探してるんですか」

「そうなんです」

「何処かな、これは」

「分りませんか」

荻原は心細そうに聞いた。

「一部、高速道路みたいなのがありますね。この辺はね、どんどんようすが変ってますからね。何時頃描いたかで違って来ますよ」

「なるほど」

「だいぶ前なんですか」

「それはよく分らないんだけど」

「じゃ、ちょっと分らないな。この前来た女の子なら、少しは分るんだけど」

「知ってるんですか」

「いや、見物しながら、口を利いたんです。勤め人で、趣味でやってるんだって言ってましたよ。可愛らしい元気のいい女の子でしたよ」

「勤めは何処なんですか」

「何処の会社かまでは聞かなかったけれど、銀座だと言ってましたよ」

「銀座のどこですか」

「銀座だけですよ。こんなところは、女の子の描くようなところじゃないって言いますと、わたしは、こういう荒々しい風景が好きなんだと言ってましたよ」

「なるほど」

「だから、前にも来たことがあるかも知れないですね」

荻原は、素直に頷いた。

彼は、その女の様子をもう一度聞き直して、男と別れた。

7

ブザーが鳴り出すと、久保は受話器を当てた顔を起し、机の上に両足をのせた。二つの足の間から、三枝がこちらを見ていた。

「吉村部長を頼みます。——久保です」

「ああ、久保です。あれ、どうなりました」

久保は満足そうに唇を結んだ。

「うん、あれね」

吉村の、困ったような声が聞えた。

「早く、決めてくださいよ」

「そうやいのやいの言うなよ。きのうのきょうじゃないか」

「こっちも待ってるんですからね。そちらで決らないのなら、ほかへ持って行きましょうか」

「いや、そりゃ待ってくれ」

吉村の声は、意外に慌てた響きを帯びていた。

「僕は作品には自信があるんだ。吉村さんも認めてくれたでしょう」

久保は胸を反らして朗らかに言い放った。

「——うん」

電話の向うで、吉村が憂鬱そうに返事をした。

「いつまで待たせるんです」

「そうだな、もう二、三日だ」

「なにがそんなにかかるんですか。直すところがあれば直しますよ」

「いや、そうじゃない、ちょっと忙しくてね。ともかく二、三日中に返事をするよ、もうちょっと待ってくれ」

「頼みますよ」

久保は電話を切ると、満足そうな顔を三枝の方へ向けた。

「もうじきだ。ほかへ持って行くと言ったら、慌ててたぜ、おやじさん」

「そう？　でも、こうなると早く綺麗な本になったのが見たいわね」

「うん」

「それから忙しくなるわよ、久保さん」

「うん」

久保は、頭の上に手を重ねた。

ドアが開いて永石が顔を覗かせた。

「久保君、出てくれないと困るな。客が入ってるんだからな」

久保は黙って、永石の顔を、面白そうに眺めながら事務室から出た。彼は入口のカウンターの前に腰をおろした。そして、時々入ってくる見物人の顔を、僅かに嘲りを含んだ眼で、見上げた。

ガラスの外に見える街には、日が暮れかかっていた。鈍い不透明な光が覆い、影は何処にもなかった。

ドアを押して、紺の細いネクタイをした、胸の厚い大きい男が入って来た。彼は入ってくるなり、久保の前に警察手帳を突きつけた。

「ここに、若い娘さんいなかったかねえ」

「いますよ」

久保は、上目で男のネクタイを見ながら答えた。

「二十《はたち》位の」

「その位ですね」

「どこにいる」

「奥の事務室にいますよ」

「入っていいかね」

久保は少し間を置いて、

「どうぞ」

と答えた。

体の大きい刑事は、その広い肩をゆすって事務室のドアを入った。

刑事は暫く出て来なかった。

やがて出て来た刑事は、久保に一瞥をくれると、何の挨拶もせずに表へ出て行った。

刑事を見送った久保は、事務室へ入った。

「何しに来たんだ」

「絵を描くかって」

彼は三枝に尋ねた。

「それで？」

「描くと言ったわ。そしたら、紙きれを出して、こういう風景に憶えがあるかと言うのよ。下手な絵だったわ」

「なにが？」

「紙切れに描いてあった絵よ」

「それで？」

「なんだか憶えがあるみたいと言ったのよ。芝浦の方じゃありませんかって。そしたら、刑事さんすごく喜んだわ」

「どうして——」

「そこで写生したことないかって聞くのよ。あると言うと、その絵を誰にやったって尋ねるのよ。まだできないで家にあると言ったら、もっと前にも描いただろうと言うのよ。前にも描いたけど、それも家に置いてある。わたしは、まだ人に絵を上げる程あつかましくないって言ったら、がっかりしてたわ」

「それだけ？」

「それだけね。でも、なぜそんなこと尋ねて来たのかしらね。あの人はきっと、この前の件でなにか探してるのよ」

「そう言った？」

「そうは言わないけど、この前、裏の空地に大勢来た中にいたわ。大きくて可愛い顔をした人。あの人に、もっと上等なザックリした感じの服着せたら、すてきだと思うわ」

「そうかい。なぜ刑事が、絵のことなんか尋ね回ってるんだろうな」

久保は、誰かほかの者に尋ねるように、そう言った。

「いろんなことが関係してるのね。たとえば——」

「たとえば、なんだい」

「たとえば、被害者が、その絵を持っていたとかなんかで、その絵を描いた人が何か関係があるのよ」

「その絵を描いたやつが犯人かい。大した名探偵だな」

「そう言えば、久保さんもあそこを描いてるわね。構図が似てるみたいだったわよ」

久保は、眉を寄せた。

「僕のことも喋ったのかい」

「別に——。でも久保さんは、あの絵をどうしたの。前にあそこで描いたの」

「だからさ、仕上げちゃったんだ」

「持ってるの？」

久保は眼を伏せた。そして、その話にはもう興味をなくしたと言うような表情をした。

「どうだったかな」

「でも、殺人事件と一枚の絵なんて、ちょっと面白いじゃない」

三枝は楽しそうに言った。

久保はカウンターの所へ戻った。

一日の仕事が終ろうとしていた。不意に、事務室の扉が開いて、三枝が飛び出して来た。彼女は久保の前まで走ってくると、両手を宙に浮かし、泣きそうな顔をして、まるで久保が、何か忘れてしまったのを非難するような眼で見た。

「パパが、怪我したんですって」

久保は椅子から立った。

「何処で」

「よく分んない。車に轢かれたんですって」

「死んだんじゃないんだな」

「うん――。わたし行かなきゃならないわ。一緒に行ってくれる?」

「何処だ」

「池袋の方の病院よ」

三枝は又、事務室へ走りこんだ。久保は、訝しげに眉を寄せた。

8

病院は、池袋の駅の近くの救急病院であった。三枝と久保が病室に入った時、吉村は胸一杯に繃帯を巻いて、青い顔をしてベッドに寝ていた。

彼は眼だけ動かして三枝を見た。

「パパ――」

「大丈夫だ」

吉村は、低いがしっかりした声で答えた。三枝は涙ぐんでいたが、父の体に触れていいものかどうか迷って、手を宙に浮かせていた。

二人用の部屋であったが、一方のベッドは空いていた。室には看護婦が一人、それに警官が一人いた。警官は交通係の腕章をつけていた。

三枝は看護婦に負傷のようすを尋ねた。右の肋骨が二本ひびが入って、多少内出血があるということであった。

「ご心配なことはございません」

中年の看護婦は、冷たく優しい声でそう言った。なぜそんな事故に会ったのかは、看護婦は知らないようであった。

警官は吉村に向って、しきりに質問を続けていた。

「歩道から、何メートル位出てたんですか」

「ほんの少し、足を踏みおろしたばかりでしたからね」

「一メートル位ですか」

「せいぜい、そんなものですよ」

吉村は、なるべく少しずつ息を吐くようにしながら答えていた。

「警笛は聞えましたか」

「聞いた記憶はないんだけど、あるいは、鳴らしてたのかも知れない」

「ほかの車の警笛じゃないんですか」

「よく分りません」

「なんか、車の特徴を思い出せませんかねえ」

警官は、嘆くような口調で尋ねた。職務熱心な男のようであった。顎がひどく張っている。

「意識を失ったわけじゃないでしょう」

「ぶっつけられた時、体が半回転して、丁度車の方へ後を向けるような恰好になったんですよ。それで俯伏せに倒れたら、そこに歩道のブロックが重ねて置いてあった。暫くじっとそのまま動けなかったんだから、ぜんぜん何も見ていない。本当言うと自動車かどうかさえ分らない位なんだ」

「しかし乗用車だと思ったんでしょう」

「最初なんとなくそんな感じがしたけど、念を押されると分らない」

「最初なぜそう思ったんですか」

「多分、タイヤの音とかエンジンの音とかでそんな感じがしたんじゃないかな」

「乗用車だということは分ってるんです。目撃者が出たんです。若い女の子でね、言うことが全然頼りないんですけどね。黒い乗用車だということだけしか分らない」

「僕には、尚分らないな。とにかく、こちらも横断歩道でない所を渡ろうとしたんだし」

「それは危険ですね。しかし先方は、あなたを撥ねとばしたことは承知している筈なんだから、悪質な轢き逃げですよ。とにかく、探して見ます」

警官は、やっと手帳をポケットに納うと、制帽を被り直した。そして三枝の傍を通る時、

「お大事に」

と重々しい口調で言って部屋を出て行った。

「パパ――」

警官が出て行くと吉村は眼を閉じた。

三枝は父の顔を覗きこんだ。

「タバコが欲しい」

と吉村は眼を閉じたまま言った。

久保が、タバコを喫いつけて口に銜《くわ》えさしてやると、吉村はうまそうに煙を吐いた。

「大丈夫？　パパ」

「大丈夫さ。肺に穴が開いたわけじゃない」

「ねえ、どうしてこんなことになったの」

「今聞いてた通りだよ」

「だって、どうしてこんな方へ来たの」

「うん、ちょっとね、ある作家の家を探して、道を勘違いして、ふらふら歩いてたんだ」

「危いわ」

三枝は看護婦の方を向いた。

「どの位かかるんでしょう」

「先生は、二週間位だと言っていらっしゃいますが。でも、退院の方は、少し経過を見ればできるでしょう。下着類など、お持ちになってください」

看護婦はそう言って出て行った。

「でも、大したことなくてよかったわ」

と三枝は少し落着いていた。

やがて三枝は、下着や身の回りのものを整えるために家へ帰った。久保は一人で残った。

「とんだ目に会っちゃったな。これで僕の本少し遅れるかな」

久保は、空いたベッドに寄りかかって、吉村の顔を見ていた。吉村は暫く眼を閉じていたが、

「あれはなかなか出せないぞ」

と言った。

「どうして?」

久保は、子供のような心配そうな表情をした。

「あれは只のフィクションじゃないよ。君はあれを何処から仕入れたか、まだ僕に話してないが、そんなに大勢の者が知っている話じゃない」

吉村は、言葉を切って久保の顔を見た。久保は、難題を吹きかけられたような、当惑した表情をして、黙っていた。

「現職の大臣の選挙に関係した問題だ。話は、選挙の好きな男が、自分のためには殆んどなんにもならない選挙のために、身をすり減らして、最後に殺されてしまうという過程になっている。残酷でサスペンスのある一人の人間の生涯ということだが、しかしそのことは現実の政治問題に関係している。相当よく調べてある。出せば必ず問題になる。殆んど実在の人物と、法人とに当てはまるんだ」

「だから売れるんだろ」

久保は、少し照れたような表情をした。

「売れるだろ――」

吉村は眼を閉じた。何処か痛むのかも知れない。

「しかし、僕や、君が無事におれるかどうか分らないぞ」

「名誉毀損になるんかな」

「裁判沙汰になるかどうかは分らない。しかしその前に、本を出させないようにするだろうな」

「誰がですか」

「連中がだよ」

「連中？」

「連中さ」

「どんな風にして？」

「例えば、おれを自動車で轢き殺してさ」

久保は、吉村の蒼い顔の上に、視線を固定した。そして、そっと傍へ近寄った。

「どうしたんですか。吉村さん――」

「実は、僕はこの話がどこまで本当なのか確かめようと思って、いろいろ調べていたんだ。小説に出てくる一人の婦人に連絡して見た。その人は何もそんなことは知らないと言う。いろいろ尋ねているうちに、池袋に事務所のある興行師に会って見ろと言う。そいつは、小説の中にも出てたな。今日、そいつの所へ寄ったんだ。勿論何も分らない。帰りに、余計なことに首を突っこむと、首の骨が折れるかも知れんと言われた。そして胸の骨を折った――」

「じゃ、そいつ等がやったんですね」

「それは何とも言えないよ。だけど、この事態は少し用心した方がいいようだな。おれもまだ命は惜しい。君は？」

吉村は、久保の顔を調べるような眼差しで見た。久保は、眉を寄せて眼を伏せた。

「君は、一体あの話を誰から聞いたんだ。実は、僕は前に一度、これと同じストーリーを、ある女の作家志望者から聞いたことがある。その時は、それ程重大なこととは思っていなかった。しかし同じ話を君から聞くのは、不思議だね。その女の人に、二、三度電話をしたが、いつも留守らしい。住所は聞いてないから、分らないけれど」

久保は黙っていた。

「これが完全なフィクションだとは思えないね。一体出所は何処なんだ」

「出所は言えません」

久保は答えた。

「君は、これが危険な話だということは知らなかったのか」

「実は知らなかったんです」

久保はひどく神妙な顔で答えた。

9

田沼刑事は、光陰社の玄関を入った。四谷駅に近い静かな通りにある、新しいビルだ。

週刊誌、月刊誌、婦人雑誌、その他の出版。田沼は光陰社について、多少の知識は持ち合せていた。

中は幾つもの部局に分れていた。田沼はそれぞれの編集者達に会った。返事は簡単であった。出版四部という部屋へ入った。雑然とした机に向って仕事をしている若い男をつかまえた。

用件を伝えると、その若い男は、背を反らして腕を組んだ。何も言わない。今まではみんなが直ぐに返事をした。

——知りませんねえ。

——聞いたことないなあ。

田沼は希望を持って、その若い編集部員の横顔を見つめていた。

若い男は、隣りの男の方に顔を向けた。

「あんた、芝とも子って名前聞いたことないか」

「芝とも子？　作家か？」

「うん」

「知らんなあ」

若い男は、まだ諦めずに考えていた。

「なんか、おれ聞いたことがあるんだがなあ」

「それがどうしたんだ」

隣りの男が尋ねかえした。

「警察で聞いておられるんだ」

隣りの男は田沼の顔を見た。

「その人が、どうかしたんですか」

「殺されたんです」

「——え？」

それから、周囲の者が田沼の方を見た。作家が殺されたということが興味を呼んだ。しかし、芝とも子という名を聞いて、みながかっかりした。誰も知らないのだ。

「そうだ、そうだ」

最初の若い男が言った。

「やっと思い出しました」

「——で？」

田沼が、覗きこんだ。

「いや、僕はぜんぜん知らないんですよ。その名前を僕は部長から聞いた憶えがあるんだ。だいぶ前なんだけど」

「どんな事でですか」

「その芝とも子というのが、何か本を書くというんですよ。どういう内容かぜんぜん聞いてないけど、部長が興味を持ってたようですよ。それで、その名前だけ憶えてるんだ。しかし、芝とも子本人については、なんにも知りませんね」

「で、本は出たんですか」

「いや、出やしませんよ。原稿もあったかどうかね。なんなら、部長に聞いてごらんなさい」

「いますか」

「ああ、出掛けちゃったな」

若い男は、窓際の空いている机の方を見た。

部長は出掛けていたが、行先を知っているものはいなかった。田沼は、その吉村という部長の姓名と住所を控えて、光陰社を出た。

吉村部長の住いは目黒区にあった。丁度勤め帰りの人達の波にもまれて田沼は、東横線の駅をおりた。

探す番地は駅の近くであった。庭と若干の駐車場を持っている、六階建のアパートであった。しかし三階にある吉村の部屋の扉は動かなかった。

入口の管理事務室に行くと、初老の管理人が、

「ドアが開かないのなら、いないんですよ」

と答えた。

田沼は待つことにした。今のところ、芝とも子を知っている人物は、吉村以外にはなかなか見付けられそうにはない。そうだとすれば、彼をここで待っているよりほかに良い方法はないのだ。

「吉村さんは、帰りは遅いんですか」

田沼は、事務室で、淹《い》れてもらった茶をすすりながら尋ねた。

「あの人は、出版会社に勤めてるんでしょう？　遅いことが多いですよ」

管理人は答えた。

「一人ですか。家族はあるんですか」

「娘さんと二人暮しですよ」

「娘さんも、勤めですか」

「そうですね。なんか銀座の方とか」

「娘さんは早く帰るでしょう」

「ええ、娘さんの方はね、比較的真面目にね。普通ならもう帰る時分ですよ」

管理人はホールの方を見た。

時々人が入って来て、エレベーターを待ったり、階段を上ったりしている。

「どういう人が住んでるんですか。やっぱり普通の勤

め人ですか」

「勤めの人もいますがね、普通のサラリーマンじゃちょっと入れませんよね。部長とか重役とかになった人ですね」

管理人は、また茶を注いでくれた。話好きらしい。それとも退屈なのかも知れない。

田沼は一時間ばかり待った。その間に一度、念の為に三階に上って来た。

「おかしいな。娘さんぐらいは帰りそうなもんだがなあ。運が悪いですなあ」

管理人は、気の毒そうに言った。

「待つのは馴れてますから、二時間や三時間なんでもないですよ」

それから三十分ばかりして、若い娘が玄関のホールへ走りこんで来た。ひどく慌てているようであった。

「ああ、あの人ですよ。吉村さんの娘さんですよ」

若い娘はエレベーターの標示灯を見たが、それが上に上っているので、急いで階段を登り出した。

「なんか慌ててるようですね。どうしたんだろ」

管理人が言った。田沼は、娘のあとを追って階段を登った。

二階の踊り場で娘に声をかけた。

「吉村さんですか」

娘は振りかえって足を止めた。

「そうですけど、なんでしょう」

「お父さんにお目にかかりたくて来たんですが」

「父は入院しました」

「え？　どうしたんです」

田沼は娘の傍まで来た。三枝は又、急いで登り始めた。

「怪我をしたんです。交通事故に会ったんです」

「今日ですか」

「ええ」

「そりゃ大変だ」

「わたくし、又これから、いろんなものを用意して、病院へ行かなければなりません」

「ひどいんですか」

「胸を打って、肋骨が折れてるそうです。でも命には別状はありません」

「そうですか、そりゃよかった。いや、僕も手伝いますよ。僕も一緒に行きます」

「あの、どなたでしょう」

部屋の前まで来た三枝は、ドアを開ける前に改めて田沼のようすを見た。田沼は警察手帳を出して示した。三枝は、悲しそうに顔を歪めた。彼女の心は、ひどく混乱しているようであった。

「僕の方の用件は、ちっともご心配になるようなことじゃないんです」

田沼は、娘を安心させようとして真剣な顔でそう言った。彼が真剣になると、その太い眉と大きい眼は、ひどく威圧的な効果を持った。

しかし、三枝はともかく納得して、部屋に入ると、父親の寝間着や、身の回りの品を揃えてスーツケースに詰めた。

田沼がそれを持ってやって、二人はタクシーで病院へ向った。

第四章　男と機械と女

1

青木が報告を始めていた。夜の捜査会議の席上であった。

「被害者湯浅千恵子の父湯浅昭太郎氏は、ご存知と思うが、著名な財界人で、名商株式会社の前社長でした。性格的には、派手で政略的で、財界グループの一方の指導的人物として政界との交渉もかなりあったようです。名商株式会社は、ご存知のように、有力な商事会社であります。昭太郎氏の先妻は、十年前に亡くなっております。それから一年後に今の民子未亡人が入籍しました。民子は、もと新橋の芸者で、前の夫人の存命中から、昭太郎氏が二号として引き取っておったものですが、これが正式に本妻となったわけであります。

昭太郎氏と先妻の子供は千恵子だけでして、昭太郎氏が死亡すると、正当な財産相続を受けて間もなく別居し、現在の麻布の家には、民子未亡人と、前から昭太郎氏と民子との間に出来ていた二人の子供とが住んでおるわけであります。

自分としては、財産相続に際しての、千恵子と民子との間に何かいざこざがあったのではないかという点、また民子の出身から考えて、民子の周辺なり背後に、何かあるのではないかという点、そういう所に重点を置いて、一応調査をして見たわけであります。

第一の点、相続の際のいざこざについては、前にも多少の調べがあったわけですが、今日の調べでも、大したことは出て来ませんでした。この点では、少くとも表面上は、問題になるようなことはなかったと思われます」

「それは何処で調べたんだね」

今夜は、会議を主催するために、本庁からやって来ている課長が質問を挟んだ。

「民子の周辺の者からも聞き込みをしたわけですが、被害者の財務上の相談に乗っていた計理士がいることが分りまして、この者から聞きました。千恵子の財産は一億四千万ばかりあるそうです」

課長は、顔をしかめた。

「それは、民子の子供の方へ行くわけだな」

「そうです。しかし民子達も、あの家のほかに、同じ程度の財産を持っております。この際、千恵子の財産が是非とも入用であるという理由は見出せません。そこで、第二の点ですが――」

青木はちょっと課長の顔を窺って、話を続けた。

「民子の身辺には、多少注意すべき人物が居りました。それは民子の実兄で、名前は、橋本泰広と言いますが、浜松町の方に橋本商店という看板を出して、そこに住んでおります。仕事の内容は、言わば金融ブローカーのようなものらしいですが、ともかく正体のあまりはっきり摑めない人物のようです。

余談かも知れませんが、亡くなった昭太郎氏は、前に申しましたように、政界との繋がりが深く、選挙の際など、かなり動いていたようですが、この橋本の店が、その度に選挙事務所になっておったようで、昭太郎氏と橋本との結び付きは、相当あった模様です。そして橋本は、二度ほど選挙法違反被疑で挙げられておりますが、何れも不起訴となっております。そういうこともありますので、橋本は、曖昧な人物ではありますが、われわれの方にも彼についての資料は若干あるわけでして、その点調べて見ますと、彼と密接な関係のある人物には、興行師的、また暴力団的な者もおりまして、例えばその一人に金木という男があります。これは池袋の近くに日光企業という看板を出しておりますが、事業の内容は、トルコ風呂とパチンコ店経営であります。尚、金木の本名は金光暎という朝鮮人です。

このように見て参りますと、民子の周辺には、まだ何か調査すべきことがあるように思われますが、今日のところ、それと千恵子との関係については、何も出て参りませんでした」

青木が話し終ると課長は、暫くその話を反芻するような表情で指で机の上を小さく叩きながら黙っていた。

「今の青木君の報告の線を押して行くとなると、こりゃだいぶ妙な方向へ行くなあ」

課長は、そう言って村越の顔を、その意見を求めるように見た。つまり、そういった方針を、ここで立てるべきであろうかという問題なのであった。

「民子の周辺と言いますが、結局湯浅昭太郎氏の周辺の問題だと思います。そして湯浅氏ほどの人物の周辺に、その程度のことがあるとしても、別に不思議はないと思いますので、本事件を直ちにそれに結び付けるのは、時期尚早の感があるように思いますが」

村越は、低い、アクセントのない喋り方の割りに、はっきりした意見を述べた。

課長は、同意を示すように頷いた。

田沼は、太い声で報告をした。彼の太い声が形式張った事を話す時、その底に何か不満を秘めているような響きが籠った。自分の努力にもかかわらず、あまりに酬われることが少いことを訴えているのかも知れなかった。

「――で、その娘さんと一緒に病院に行きました。池袋駅の近くの安西病院というところです。吉村の負傷は肋骨二本にひびが入った程度でしたが、談話には支障ありませんでした。彼は被害者のことを知っておりました。しかしその死亡したことは初耳のようで驚いておりました。新聞の記事は見ておったわけですが、吉村は筆名の芝とも子としか知らず、新聞にはそのことは出なかったからです。ところが吉村は、被害者に二度ばかり会って、被害者が書こうとしていた小説のことで相談を受けただけで、そのほかの点で、被害者の私生活については何も知らないと言うのです。勿論彼女が殺されたということについて、ぜんぜん心当りがないと言うわけです」

「じゃ、その吉村はどうして被害者と面識ができたのかね」

と課長が質問を挟んだ。

「突然、芝とも子が、面会を申しこんだんだそうです。そして自分が小説を書きたいと言うこと、そしてそのテーマなどについて話したんだそうです。編集者というものは、時々そういう人物の訪問を受けるものらしく、その中には、たまには新人として掘り出せるようなものも、ないわけではないので、編集者は、一応そういう話を聞いて見るんだそうです」

「それっきり、何も分らないと言うわけなんだな」

「そうです。しかし――」

と田沼は一層音程を下げ、そして不満そうに呟いた。

「しかし、何だね」

と村越が、促すように尋ねた。

「吉村は、ひどくショックを受けたようでした」

「千恵子が殺されたということによってか」

「そうです。普通、多少なりとも知っている人間が殺されても、そんなに驚いたり悲しんだりするものじゃないんです。われわれの感受性は、その点では大変鈍くなっております。しかし吉村は、ほんとうに驚いたようでした。自分の怪我で、顔色も悪かったし、神経が高ぶっていたのかも知れませんが」

「しかし、その疑いを押し進めて行くと、吉村と千恵子との関係は、彼が言ったことだけではない。そして、それを彼は隠している、ということになるが、君はそう言いたいのかい」

と課長が尋ねた。

田沼は首を捻った。

「わたくしとしては、何とも言えません」

「じゃ、何とか言えるまで調べて見るか」

「はあ」

「ともかく、家族以外で、被害者と関係のありそうな唯一の人物だ」

「いや、もう一人いますよ」

と村越が横から口を挟んだ。

「誰だ」

「青木君が言ってた計理士ですよ、さっき話がほかへ行ってしまったのだが、青木君はその計理士から、もっと情報を得ていないのかな」

村越が青木の方を向くと、青木は細い眼をしばたたいた。

「勿論一応尋ねました。目黒駅の近くに事務所があるのですが、結局大したことは得られなかったのです。年に一度納税の事務をやっていたそうですが、個人的な付合いは全然ないと言うことで」

「彼女の財産をめぐっての問題とか、最近それに、何か変ったことがないかとか、特に事件前後だな、金が失われていないかどうかだな」

「それも調べました。千恵子の財産は殆んど名商とその他の株券になっております。その配当で生活していたわけですが、千恵子の生活は勿論普通よりは贅沢な方ですが、特別なことに金を使っていないので、財産は少しずつ増加しております。銀行に当座の預金もありました」

青木は手帳を出して開いた。

「残金、百四十四万三千円なにがしで、最後に払い出したのが、四月九日の六万円です」

「殺された日だね」

課長が、念を押すように、又どうしてそれを黙っていたというような声で言った。

「ええ、現金で払い出しています」

「銀行の窓口を調べたか」

「ええ、払出しに行ったのは本人です」

青木は、あまり興味のなさそうな声で答えた。

「何時頃」

「午後だったそうです。銀行の窓口では、彼女の顔はよく知っておりますから、その点は間違いなさそうですが」

「それ以外に、計理士の方から、何かなかったかい」

「ありません。今日のところは——」

「六万円の現金はどうなった。あったのか」

課長は、刑事達の顔を見渡した。

「被害者の所持していた現金は約一万七千円です」

村越が答えた。

「すると、誰の手に渡ったかだな。殺された日の、しかも午後だからな」

「買い物の払いかも知れませんな」

と村越が意見を言った。

「しかし究明する必要がある」

「ええ」

「それから次の報告を聞こう」

と課長が言うと、青木が、

「荻原君どうだった」

と尋ねた。

「荻原君は、何処へ行ったんだ」

「絵の方を調べたんです」

と青木が答えた。

荻原が報告を始めたが、その顔はあまり輝いてはいなかった。

「結果的には、あまり得るところはありませんでした。実は、あの絵は被害者が、誰か親しい素人画家から貰ったものに違いないと考え、その素人画家を探して見ようと思ったわけです」

荻原は、頬が大きい割合に口が小さいので、声が丸い含み声になる。

「で、絵に描いてある風景の所を探しまして、その辺りで写生していた人物について聞き込みをしたわけです。場所は、芝浦の高速道路の工事の所で、特徴がありますから割合い早く分りまして、又そこで写生していた人物についても聞き込みがありました。しかし、それは若い女性でした。ところがその勤め先が銀座だということが分ったので、あるいは死体遺棄現場の附近と、何らかの関係はないかと考え、あの回りを調べて回ったわけです。手間取りましたがようやく見付けることができました」

「その女性をか」

と課長。

「はあ、そうです」

「何処にいた」

「あの空地のすぐ裏に接したビルです。一階に住宅設備のショールームがあります。そこに働いております。何しろ、その事務所の窓の外が、あの空地になっているところです。しかし、彼女は芝浦で写生したことは認めましたが、その絵は現在家にあるし、自分の絵を人にやったことはないと申しておりました。色の白い、はきはきした感じの女性でして、心証としては間違いないように思いました」

課長は、少し頭を垂れて、暫く黙っていた。

「しかし、妙な偶然だなあ」

と課長は村越の方を向いた。

「そうですなあ。女性だとすると、直接犯行と関係はないように思えますが、描いたのが譬えその女性でも、別人の手に渡っているとすれば――」

「しかし家に持ってると言うんじゃ、どうしようもないな」

課長は残念そうな顔をして、荻原の方へ質問を向けた。

「家にあると言うのは確かめたわけかい」

「いや、そこまではやっておりません。信用してよいように思いましたので。それと、自分がスケッチして行った、あの絵の構図が、彼女の描いたのと少し違うらしいので」

「それも、その女性がそう言ったんだろ」

「はあ。じゃ、一応確かめましょうか。大体この捜査は、自分の独断でやったことですから」

「そうだな。ともかく、あの空地と並んでいるということが、ひどく引っかかるな。住所や名前は聞いているわけだろう?」

「住所は聞いておりませんが、名前は、吉村三枝と言います」

課長と村越が顔を見合せた。

「それは、出版社の吉村と同姓だな」

と課長が荻原に質問を投げかけるように言った。

「はあ――」

と荻原は答えたが、それ以上を言おうとはしなかった。誰にも課長の考えていることは分っている。しかしそれは議論をすべきことではないのだ。只、確かめて見ればいい。

「田沼君、病院かアパートへ電話して見てくれ」

と課長が気短かな調子で命じた。

田沼は手帳で番号を調べ、課長の坐っている前にある電話機のダイアルを回した。

三枝はまだ病院にいた。田沼は、質問をし、返事を聞き、送話口を掌で押えて課長の方へ眼を上げた。

「二人は親子です。ほかに何か聞きますか」

課長は、ちょっととまどったように顔をしかめたが、

「よしよし、それだけでいい」

と電話を切らした。

「さて、と、これは整理するとどうなるかな」

と課長が自問した。

「被害者が原稿を売り込もうとした人物と、荻原君が被害者の家にあった絵を描いた人物を探している途中で出会った人物とが親子関係であったということは、一つの偶然で、あまり大した内容は期待できないかも知れない。しかし、その娘の勤めている所の傍に、被害者の死体が遺棄されていたという事実が加わると、やや問題を孕《はら》んでくる。もし、その娘の描いた絵が、被害者の家へ行っていたとなると、尚一層問題だ。娘さんは、もう一度調べ直さなきゃならない。たとえ、色の白い感じのいい娘だったとしてもだな」

課長は、荻原の方へ皮肉な微笑を投げかけた。荻原は何か言いたそうに眼をしばたたいた。

「吉村の交通事故というのは、どういうんだい」

と村越が田沼に尋ねると、課長が村越の方を向いた。

「それが関係があるのかい」

「いや、そういうわけではありませんが」

「交通事故の方はですね――」

と田沼が話し出した。

「本件と関係があるとは思えませんが、被害者の態度が先程申しましたように、なにか尋常でないような感じがしましたので、帰りに近くですから池袋署に寄って、交通係に尋ねて見ました。

事件があったのは、まだ明るい内でしたが、街の裏を通っている広い通りがあるのですが、そこを吉村氏が歩道から出て斜め横断をしようとした時、背後から押し飛ばされたらしいのです。吉村氏は、胸を打って肋骨を二本折っただけで命は助かりましたが、交通係に聞くと、情況に不審な点があると言うのです。目撃者が一人ありますが、その車は、横の道から出て左へ曲って、そこで事故を起したそうですが、被害者が車道へ出て来たにしても、明るいし、道は広いし、被害者を車の左側に見ていた筈だから、ぶっつけるというのは不自然だというのです。

それから、歩道のブロックを取りかえる為に、歩道の

縁にブロックがずっと積んであるのですが、それに車体をこすりつけた跡が残っているのです。つまり、無理に歩道へ接近したような形跡があると、係では言っておりました」

「つまり、故意にやったということかい」

「あるいは、酔っぱらいだったか」

「で、犯人は分らないんだな、まだ」

「そうです」

「しかし、この件は見送りだな、われわれとしては」

と課長は言った。

2

三枝が、電話で呼ばれて病室を出て行くと、久保は、

「僕は、あの原稿を引っこめるわけには行きませんよ」

と言った。

「しかし、君一人じゃ出版できない」

と吉村は、弱い声で答えた。殆んど眼を閉じている。

高い天井から下っている、すすけた大きいグローブが鈍く光っていた。

「そうなんです。だから、吉村さん何とか勇気を出して貰えないかな」

「難しいことだな。うちの社は慎重だからな。それに、人間怪我をすると弱気になるのかな。いろんなことが心配になってくる。娘が一人で家にいる。連中は脅迫の手段をいろいろ持っているわけだ」

「僕はあれを苦心惨憺して書いた。あれが出るかどうかに、僕は一生を賭けてるんです。一躍作家として脚光をあびるか、ビルの片隅の勤め人として閉じこもるかだ。嫌だな。僕は今のような生活で一生を送るのは、我慢できないんです」

久保は、ベッドの縁の棒を両手で摑んだ。吉村は眼を閉じていた。

「下手をすると、君までやられるぞ」

「僕はそんな弱気の人間じゃないですよ。やり度いことは、やっちゃうんだ」

「しかし、いまの状態では不味《まず》い」

久保は、大きく息をして、白いカーテンの下りている窓の方へ行った。それから大袈裟な身ぶりで、振り向いた。

「こうすりゃいいじゃないですか。あの小説の内容が事実だとすれば、大体事件の筋は見当が付くし、犯人達も分る。そいつを摑んで警察に挙げさす。そうすれば、

あなたは警察が保護してくれるし、第一吉村さんを脅迫しても、もう間に合わない。事件は報道されて、センセーションが湧き起る。そこを狙って僕の本を出す。吉村さん、百万部売れますよ」

久保は、又ベッドの傍へ寄って、吉村の顔を見おろした。吉村は少し眼を開けた。

「そんなことができるかい。連中を摑まえるなんて」

「やりますよ、僕は。ここまで来て、あとへ退けるものか。それまでは吉村さんには迷惑をかけませんよ。しかし、連中が挙がったら出してください。百万部ですよ」

吉村は当惑した表情で、久保の輝く黒い瞳を見上げていた。

そこへ三枝が戻ってきた。

「どこからだった」

と吉村が尋ねた。

「警察」

「で、何んて?」

「あなたは、何処に勤めてますかって――」

「それから?」

「そこは、この前女の人の死体が棄ててあった空地の傍ですねって。それからあなたは絵を描きますね。今日刑事が行きませんでしたか。絵のことで質問されましたね。――一体なんのことかしら」

三枝は久保の方を見て微笑した。三枝の顔を見ていた久保も、急いで微笑した。

「どうしてあそこへ棄てたのだろう。まさかお前がいることを意識してやったわけじゃあるまい」

と吉村は呟いた。

「どうして?」

「まあ、そんなことはないだろう。しかし三枝、お前、気を付けてくれよ」

「なにに?」

「なにと聞かれても困るけど、なんだか、この事件に捲き込まれるような不安があるんだ」

「そうかしら。でも考えられないわ」

吉村は、弱々しい視線を、久保の方へ向けた。久保は、殆んど表情のない眼で、それを見返していた。

3

街の裏に、あまり広くない、子供の遊び場のような広場が仕切られている。木が植えられ、地面に固定されたベンチが並んで、街路灯も立っている。

繁華街の裏で、その一部が広場の横のあたりまで続いている。飲み屋と喫茶店の看板灯が二つ三つ、道に沿って並んでいた。

日光企業の事務所は、《湖月》という淡い水色の看板灯を出した、喫茶店の二階にあった。窓にはまだ明りがついていた。その前の道路の広場側に沿って、車が並んで置いてあった。乗用車が多いが、ライトバンや、三輪トラックもある。

通りには、あまり人通りはない。久保は、そこに並んでいる乗用車の車体を調べて歩いていた。その左の側面を、指で撫でるようにしながら、念入りにゆっくりと見て行った。暫くして、やや失望の色を浮べると、広場へ入って行って、ベンチに腰をおろした。

時々、暗い広場を、人が横切って行く。すぐ近くの表通りから、自動車の音や、パチンコ屋の流す音楽などが交って聞えていた。久保はタバコに火を付けた。

彼が、一本ゆっくり吸い終った頃、広場の横の道に、表通りから一台の乗用車が入って来た。それは、喫茶店の前あたりで、広場側に寄って止った。その後の坐席から、小柄な男が降りて、喫茶店の方へ足を運んだ。そのあと、運転台から若い男が降り、ドアに鍵をかけると、小柄な男の後を追った。二人は、喫茶店の横の入口から建物の中へ入った。久保はタバコを揉《も》み消した。

彼は喫茶店の二階を見上げ、更に道路の前後を見渡して、二人の降りた車へ近づいた。黒塗りの中型車であった。久保は、左前車輪の所にかがみこんで、その上の部分の塗装を調べた。すぐに彼は、口の端に、満足そうな微笑を浮べた。

ライトの横の部分に、塗料の僅かに盛り上った所があった。つまり、同じ黒ではあるが、刷毛のようなもので不器用に塗りつけた跡である。塗料の剝げたのを、誰かが応急に修理したことは明らかであった。久保はナンバーを見てから車から離れた。

久保は表通りへ出ると、電話ボックスを探して歩いた。商店の店先に出ている赤電話には近づかなかった。都電通りまで行ってボックスを見つけると、中へ入って、電話番号簿を調べた。

やがて、彼はダイヤルを回した。

相手が出ると彼は、

「交通の係を願います」

と言った。

「なんの用だね」

「いや、ちょっと知らせたいことがあるんでね」

と彼は静かに答えた。

交通係の巡査が出たらしい。久保は話し出した。

「今日昼間、駅の近くの裏通りで、轢き逃げがあったでしょう。やられた人が、安西病院へ今入院してる」

相手は少し間を置いて
「うんうん」と答えた。

「それがどうしたんですか」

「それをやった車が分ったんでね、知らせようと思って」

「どこの車だ」

「事件のあった近くの広場の横に《湖月》って喫茶店があるけど、その前に駐車させてある。黒塗りのトヨペットだよ。左の前の方に傷がある。事件のあった時、積んであったブロックにぶっつけた傷だ。高さも、場所も、色もちゃんと合う。車は恐らく日光企業のものだな。《湖月》の二階に事務所のある」

「あんた誰ですか」

「相手が、おっかない連中だからさ、おれが差した（密告した）となるとまずいから、名前は言えないよ。とにかくすぐ行って調べて見なよ。今なら車が置いてあるから」

「もしもし、君はどうして、それを調べたんです」

「ちょっと訳があってさ、今言えないけど。——じゃあ。——嘘じゃないよ」

久保は電話を切ると、ボックスを出た。あたりに、暗い一瞥を流すと、ポケットに手を突っこんで、殆んど人通りの絶えた夜の街を急ぎ足に歩いて行った。

4

田沼が朝、安西病院に吉村を訪ねると、病室に、警官と若い男がいた。警官は、田沼が前の日に会った池袋署の交通係の者であった。若い男は、黒い細い背広を着て、頬の凹んだ、どす黒い顔色をしていたが、田沼には一目で、それが愚連隊関係の者だと分った。

「いかがです」

田沼が言うと、吉村は、

「ええ」

と曖昧な声で答えた。浴衣の袖から、肉の薄い長い腕を出していた。

「きのうの運転手が分ったのです」

と巡査は田沼に言って、若い男の顔を見た。若い男は、俯向いて、神妙そうに田沼に頭を下げ、

「すみません」

と言ったが、ひどく面倒臭そうな表情をしていた。

「君がやったのか」

「いや、やったってえわけじゃないんですよ、旦那」

若い男は、大きな声を出した。田沼は、この男が、まだこういうグループに入って年が浅く、その道の修業を一生懸命やっているような、いじらしさを感じた。

巡査が代って説明した。

「これは、この近所にある日光企業に使われている男で、石川という者ですが、きのうトヨペットを運転して、あそこを回った時ですね、後から追い越して行くトラックがあったので、ハンドルを左へ切ったんだそうです。吉村さんを転ばしたのは覚えていないけれど、バックミラーで見たと言うのです。しかし、それは自分が撥ねたのではなくて、自分の車を避けようとして、吉村さんがつまずいて転んだんだと思ったので、大したことはないと考えて、行ってしまったというのが、この男の言い分なんです」

田沼は、大きい眼で若者の顔を見つめながら、巡査の説明を聞いていた。

「そして一方、被害者の吉村さんの方も、大体その言い分を認めておられるんです」

田沼は吉村の方に視線を移した。吉村は、一度田沼の方へ向けた視線を外した。

「負傷の方もですね、もし後から強く撥ねられたのなら、なにか打撲の跡があるわけなんですが、それはなくて倒れた時に胸を打っただけなんですから、結局吉村さんは避けようとして転んだと見るのが妥当だと思えるわけです。そういうわけで、この石川の前方不注意の責めはありますが、日光企業の方で病院の費用は持つと言ってるし、示談にしようという結論になって、いま示談書を作っていたわけです」

田沼は、太い眉を寄せて、何度も頷いたが、必ずしも十分に納得した表情ではなかった。それから若い男の顔を、射るような眼で凝視した。

「君、日光企業の者と言ったな」

「へえ」

「大将は金木と言うんだろ」

「へえ、社長は金木さんです」

田沼は、焦立たしそうな顔をしていた。

「君は、バックミラーでこの人が倒れたのを見たんだな」

「へえ」

「どんな風に倒れていた」

「へえ――」

石川は、終始眼を床に落していたが、その視線をベッドの吉村の方へちらと流した。

「どんな恰好だった」

田沼は、押しつけるような太い低い声で繰り返した。

「歩道の角の所に、腹這いになって――」

「歩道の角ってえとどこだ」

「あの――ちょっと縁の高くなってる所に、ぶっつけたんです」

「ふうん。で、その時、吉村さんはどんな上着を着ていた」

「へえ――」

石川は、又吉村の方を見た。

「――どうも、はっきり憶えてません」

「憶えてない？　白っぽい服だったか、黒っぽい服だったか、その位分るだろう」

石川は、短く刈った髪へ手をやった。

「どうも――」

「そうか。着てるものは憶えてないが、この人が歩道の縁の所に倒れたのは憶えているんだな」

「へえ、そうです」

「お前の兄貴分は、なんてえんだ、名前は」

「兄貴は名取仙太郎兄いです」

「仙太郎兄いに頼まれたのか」

「へえ？」

「この人はな、歩道の縁に倒れたんじゃなくて、縁に高く積んであるブロックにぶっつかったんだよ。平らに道の縁に倒れたのと、ブロックの上に倒れたのとじゃ、随分恰好が違うんだな。お前がやったんじゃねえだろ」

「いや、とんでもねえ、おれがやったんだよ」

石川は、顔を上げて、大きい声を出した。彼の両方の眼の大きさはひどく違っていた。

「とにかく、バックミラーで見たんだからな、はっきり分らなかったよ」

「まあいいや、吉村さんが承知なら示談もいいだろう」

田沼は、その話から手を引くように、窓の方へ行った。警察が傍へ来て、

「どうしましょう。もっと調べましょうか」

と聞いた。

「いいでしょう。どうせ連中の中で誰かがやったんだ。事件にしないのなら同じことですよ」

吉村は、服のポケットから印を出して貰って、示談書に押した。

警官は、石川を連れて帰って行った。田沼はベッドの

傍へ寄った。

「お嬢さんは?」

「朝こっちへ寄って、会社へ行きました」

吉村は、足元の壁の方を見て答えた。大きい喉仏が動いた。

「妙なことを尋ねますが、吉村さんは、日光企業から恨みを受けるような憶えはありますか」

「いや――」

吉村は急いで打ち消した。

「日光企業というのは知ってますか」

「いや、知りません」

と、それは少しゆっくり答えた。

田沼は黙って、また窓の所へ行った。

「きのう、あなたはなぜこっちの方へ来られたんでしたっけ」

「ある作家を訪ねて来たんですよ。そしたら私の思い違いで、駅の向う側だったんです。滅多に会わない人だものだで」

「いるんですね、その人は」

「ええ、おる筈です。――なぜ、そんなことを聞かれるんですか」

「いや、あなたが、日光企業を訪ねて行かれたんじゃないかという気がしたもんですからね」

田沼は、表情を隠すように笑った。吉村は忿懣《ふんまん》と恥らいとを押え付けるように、表情を固くしていた。

5

三枝が出勤してくると、久保は一緒について事務室へ入った。永石も中で茶を飲んでいた。午前中入場してくる者は殆んどいないのだ。

「お父さんどうなんだい」

と永石が尋ねた。

「ええ、ご心配かけましたけど、大したことないんです。肋骨にひびが入ってるそうです。それもほんの僅からしいです」

「しかし、肋骨にひびが入ったとなると大変じゃないかね」

「ええ」

「それに、年をとるとなかなか治り難いからね。若い者と違う」

「ええ」

「犯人はまだ分らないのかい」

と久保が尋ねた。

「分ったらしいわよ」

「へえ」

「今朝早く警察から連絡があったらしいの。先方は示談にしてくれって言ってるらしいわ」

「ふうん、いやに大人しく出たもんだな」

「その方がいいわね。幾らか入院費を払ってもらって」

「そんなやつかな。で、先方に会った?」

「ううん、会わないで来ちゃった」

「でもさ、分ってよかったね」

久保は、そう言って事務室を出た。そして入口のカウンターの前に坐った。誰も入って来ない。前の歩道を通る人の数も、まだ多くない。前のデパートの壁が陰になっている。そこに陽が当る時間になると、表の人通りも増えるし、中へ入ってくる人もだんだん増してくるのだ。

外を見ていた久保は、急に立って、台所のセットの方へ足を向けた。その後で入口のドアが開いた。久保は台所の仕切りの中へ入った。場内にはほかに誰もいない。入口を入った男は久保の後を追った。

「もしもし」

久保はゆっくり振りかえった。久保の顔を見て、田沼は眼を見張った。久保の顔を憶えていたのだ。

「吉村三枝さんはいますか」

「事務室にいます」

久保はその方を指差した。田沼はそっちへ歩きかけて、

「あなたは、きのう病院に来ていた方ですね」

と聞いた。

「そう。大変だろうと思って付いて行ったんです。そのことで見えたんですか」

「いや、ちょっと違いますがね」

田沼は事務室へ入った。

久保は、カウンターの前へ戻った。カウンターに肘をつくと、ぼんやりと表へ視線を投げた。その顔は、物憂げに、向いのデパートの壁のように、陰っていた。

暫くして、田沼は、ゆっくりした足取りで事務室から出て来た。彼は陳列品を眺めているようであった。久保は表を見ていた。

「随分いろんな新しいものがあるんですなあ、最近は」

田沼は、久保に話しかけるように言った。久保はその方へゆっくり顔を向けた。

「こういうものをみんな揃えると、随分家の中も快適になるだろうな」

久保は、眼に嘲るような微笑を浮べて黙っていた。

「それに、みんな美しい。なかなか芸術的だ。こうい

うものを作る所では、専門の美術家を傭ってるんでしょうね」

田沼は、暖房器具を眺めながら言った。

「あなたも、芸術に関心がありますか」

久保はそれでも答えなかった。

「あの事務所のお嬢さんは絵を描くそうだが、あなたも絵を描きますか」

田沼は、微笑を浮べた大きい眼を向けた。

久保は事務室の方へ視線を流した。そこのドアは閉っていた。

「前に、少しね」

と久保は答えた。

「吉村三枝さんとは、懇意なようですな」

「一緒の勤めですからね」

「一緒に写生に行ったりしますか」

「一度か二度、前にね」

田沼は、暖房器具の前を離れた。

「お邪魔しました」

彼は表へ出て行った。

久保は事務室へ行った。

「あの刑事、何を聞きに来たんだい」

「この前、殺された女の人のことよ。知ってるかって。それから、日光企業とかいうとこの名前をパパから聞いたことないかとか。一体なにかしら」

三枝は、くったくなげに笑った。

「僕のこと話したかい」

「あなたのこと？」

「絵を描くかとか、なんか――」

「別に。――なあぜ？」

「僕にそんなことを尋ねたんでね」

「誰にでも聞くのね」

「そうだよ。誰にでも聞くんだ」

久保は、又カウンターへ戻った。デパートの壁は、まだ灰色に陰っていた。

午後――。

壁は、陽射しを受けて輝き出した。歩道を歩く人の数も増して行った。久保は、それを眺めて、退屈で長い時間を耐えていた。それを耐えるのに馴れていた。

前の歩道を歩いている人物からガラス越しに彼の方に視線が注がれているのを、彼は感じた。通る人が、何気なく中を眺め、そこに坐っている彼を見て行くのには、彼は馴れていた。

しかし、その時は、彼の意識を呼び起すものがあるのを、彼は感じた。人物は通り過ぎた。すると間もなく、また戻って来た。ひそかな凝視が彼に注がれた。彼は眼を上げた。その女は視線を前へ向けて通り過ぎた。

世田谷の崖の上の建物の隣りに住んでいる女であった。女が通り過ぎたあと、久保は、立って入口のドアの所へ行った。そして扉を細く開け、女の後姿を見送った。女は、急ぎ足に歩いて行った。そのずっと向うの、歩道の縁に、一人の男が女を迎えるように立っていた。それは、今朝やって来た、眉の太い、眼の大きい刑事であった。

久保は中へ入った。

太陽が西に回ると、デパートの壁には、通りのこちら側の建物の影が落ちた。それは下の端の方から、少しずつ上へ登りひろがって、やがて、久保の所から見える壁を被いつくした。壁は再び暗い灰色になった。

前のドアが押し開かれた。久保は、今朝程の刑事が再び入ってくるのを、じっと上目で迎えた。田沼は、四角な平たい風呂敷包みを抱えていた。

「やあ、今朝ほどは――」

田沼は、片頬に微笑を浮べて、その風呂敷包みをカウンターの上に置いた。

「ちょっと見て貰いたいものがあってね」

と田沼は、黒い毛の目立つ太い指で、木綿の風呂敷包みの結ぶ目を、急いでほどいた。中から、額縁に入った六号の油絵が出た。

「これを見てください」

田沼は、絵を久保の方へ向けた。田沼の大きい眼が、久保の顔を見つめている。久保は眉を寄せ、眼を細くした。

「憶えがあるでしょう。あんたが描いたんだね」

久保は小さく頷いた。

「認めるね。なんなら、吉村三枝さんにも見て貰おうか。どうせ一緒に行って写生したんだろうから」

久保は、何か非難するような視線を田沼へ向けた。

「じゃ、認めるね」

田沼は、勢いこんだ、しかし比較的優しい声で言った。

久保は、又小さく、少し面倒臭そうに頷いた。

「それじゃ、これが湯浅千恵子の所にあったのを、どう説明するかね」

久保は、カウンターに肘をついて、こめかみの所を指で押えていた。二人の後を、見物人が入って来た。中年の大柄な女が、絵を覗き見るようにして通った。久保は、視線をその女へ付けて行った。それから田沼の顔へ移した。

「やったんですよ」

「湯浅千恵子にやったんだね」

「ええ」

「君と彼女とは、そういう関係があるんだね」

「まあね」

「今迄、なぜそれを黙っていた?」

「面倒だからですよ」

「なるほどな。しかし、これからはもっと面倒なことになるかも知れんな」

「どうして?」

「もっとも、それは君次第だが」

「どうしろと言うんですか」

「一緒に来て貰いたいんだ」

久保は、暗い表情で、なんとなくあたりを見回した。部屋の向うの方で永石が、数人の客に囲まれて、組立て式のベッドの説明を続けていた。

「今からですか」

「今すぐだ」

と田沼は、絵をしまいながら言った。

6

久保は、窮屈な調べ室で、三人の刑事に囲まれていた。向い合って村越が坐っており、両側に青木と荻原が坐っていた。調書は、荻原が書いていた。荻原は、大きい体で机を覆うような恰好をして、克明に記録を取っていた。村越は、少し体を反らして、穏やかな、抑揚のない声で質問を続けていた。青木は、ズボンのポケットに片手を突っこんで、物憂げに眼を細くしていた。

久保は、誰の顔も見ていなかった。何処か遠くの方にある何かに、心を奪われているような表情であった。

「湯浅千恵子さんが殺された件は知ってるね」

「知ってます」

「知らん顔してたんだね」

「まあね、面倒だもん。いろいろ忙しいからね」

「お互に忙しい時代だからね。それは分るよ。ところで、君と湯浅千恵子とはどういう関係なの」

「知り合いです」

「知ってることは聞いた。どの程度の、どういう種類の間柄なのか訊きたい。じゃ、どういう理由で知り合ったか聞きましょう」

「二人とも、作家志望なんです」

そう言った時、久保はちょっと笑った。嘲りの影のある笑いであった。

「それで？」

「僕は、光陰社の編集長の吉村さんを、娘を通じて知ってたから、あそこへ頼んでた。だいぶ前に、千恵子もあそこへ行った事がある。自分の小説の原稿を持ち込んだんじゃなかったかな。偶然、光陰社であって、帰りにお茶を飲んで――」

「なるほど、それで知り合ったわけですね」

「それから、時々会った」

「会って、小説の話やなんかしたんですか」

「まあね。あの人は車を持っていたから、ドライブしたりしたね」

「それから？」

「その程度ですよ」

「絵も彼女にやったね」

「そう、ほかに貰ってくれる人がいないからね。彼女は、優しいところもありましたよ」

「最後に会ったのはいつだね」

村越は、何気ない調子で聞いた。久保は、机の縁に視線を落して黙っていた。何か考えこむような、しかし特別当惑した風でもない表情であった。

「忘れたのかい」

「時々会ってるんでね。最後に会ったのは、ついこの前だったな」

「いつ？　今月かい」

「五日頃だったね。去年写生しに行って描きっ放しになった絵をね、急に興味が出て、うちで筆を入れてでき上ったものだから、持ってってやったんですよ」

「彼女は絵が好きだったのかい」

「さあ、どうだか」

「今月の五日、間違いないかい」

「間違いないですよ」

「そのあとは」

「だから、その時が最後ですよ」

「君は、九日の日はどうしてた？」

「一日中、いつものように店にいましたよ」

「店は何時に終るの？」

「六時」

「それから？」

「うちへ帰ったかな。それとも、映画でも見たかな。はっきり覚えてないな」

「うちはどこ?」

「深川の清澄町《きよすみ》」

「うちへ帰ったか、映画を見たか、どっちなんだい」

久保は、俯向いて、暫く黙っていた。それから眼を上げた。ずるそうな悪戯っぽい光が浮んでいた。

「映画見たように思う」

「一人で?」

「いや、三枝と一緒です。映画見る時は、よく女の子を誘う。聞いて見てください」

「そうかい、じゃ聞いて見ようか」

村越が、青木に眼くばせすると、青木は黙って立って部屋を出て行った。

「一服どうだね」

村越が自分のいこいをすすめると、久保は、黙ってホープを出して口にくわえた。

「話は戻るけど、あんたと千恵子との関係を、もう少し詳しく聞きたいな」

「どういう風に」

「彼女の家には、時々行ったわけだろう」

「たまにね」

「ぶしつけな質問だが、寝室へも入ったかね」

久保は、黙って、小さく頷いた。

「すると、あの家の中から、君の指紋の一つや二つ取れたとしても、別に不思議はないわけだな」

久保は答えなかった。

「ところが、不思議に、彼女の指紋以外、殆んどないんだな。つまり、指紋を消した跡が歴然としてる。――これはどういうわけかな。犯人は、君の指紋も消してやってる」

久保は俯向いていた。

「これはどういうわけかな」

「僕には、そんなこと分らないな。なぜだか。そうでしょう」

今度は、村越が、黙って久保の顔を見つめた。

青木が部屋へ入って来て、村越を呼んだ。村越は立って行った。廊下の所で二人は声を落して話を交した。

「六時に店をしまってから、二人で夕食をし映画を見たと、三枝が言っています」

と青木は、表情を動かさずに言った。村越は顔を曇らせた。

「記憶は確かなのか」

「確からしいです。今彼女病院にいますがね。映画は十時近くに終ったそうです。彼女は映画館の前でタクシーを拾って別れたそうです」

「それで、六時迄は久保はずっと店にいたのか」

「ずっといたそうです。外へ出たという記憶はないと言っております」

「その点、あそこにいる爺さんにもう一度確かめる必要があるな」

「それは、あすでも確かめますがね。今のところ、脈はないですな」

「推定死亡時刻は、何時だっけ」

「午後六時前後ですよ。五時から七時の間でしょう。今の線では、無理ですね」

「動機も、摑めないしね。被害者を知っているというだけでは——。しかし、死体遺棄の場所が、とにかく近い。どうも単なる偶然とは言えんじゃないかな」

「近すぎるとも言えますね。普通なら自分の近くには棄てないでしょう。特別な理由がない限り」

村越は、青木の顔を一瞥した。二人は部屋へ入り、元の所へ坐った。久保は、黙って村越の顔を窺った。

「吉村三枝さんとデートしたそうだね。あの晩」

「そうですよ。たしかあの晩だと思った」

久保は満足そうに微笑した。

「彼女と別れてどうしたね」

「よく覚えてますよ。バーへ一軒寄ったんです。いつも行く所です。《かがり火》と言ってね、あの空地の横ですよ。聞いてごらんなさい。ママさんが覚えてる筈だ。もっとも、しょっちゅう行ってるから、特にあの晩行ったかどうかまで覚えてないかも知れないけど、しかし間違いありませんよ」

「丁度犯人が、死体をあの空地へ運びこんだ時刻だね。何か気がつかなかったかね」

「ぜんぜん」

「千恵子という人は、どういう人だね。人に恨みでも買うような人かね」

「性格的には、そんな所はないですね。男みたいにさっぱりした所があって。でもやっぱり自尊心と我《が》は強かったですね」

「彼女の、ほかの友人とか関係者を知りませんか」

「あまり人とは付合いはないようでしたよ。どうして僕が気に入ったか分らないくらいだ」

久保は、口を曲げるようにして笑った。

「ただ小説を書いていた女性が殺されるというのは分らないね。金や品物も盗られていないし、どうしても対人関係を重視せざるを得ないのでね。ところが、今のところ彼女と最も関係の深かったのは、君だけなんだがな」

久保は、まだ微笑を浮べたまま、足を組んで膝頭に両手をのせた。

「僕は彼女から、いろんなものを得てたんですよ。年齢も僕より上でしたしね」

「いろんな物と言うと」

「遊びとか、それに小遣いもね。彼女は金持だったから。彼女が死んで、僕は失うものが多いわけですよ」

「つまり、殺す動機はないと言うわけだね」

「あなた方が、そう考えていたとしたならね」

「別に、そう決めているわけじゃないが」

「決められたんじゃかなわない」

久保は、口を開けて笑った。その顔を、青木が横から、細い眼をして見つめていた。

「僕は、素人考えかも知れないけれど、一つの見方をしてるんですよ。この事件で」

「ほう、どういう——」

「言いましょうか」

「聞きましょう」

「実は、彼女は、あまり本気で小説を書く気はなかったんですよ。食うに困りませんからね。しかし話のタネをいろいろ持っていた。僕はその一つを聞いて、それを元にして一本書いたんですがね。彼女の父親は財界の有力者で、政治経済界の裏面に通じていた。そういう話を彼女は、父から聞いたらしく、よく知っていたんです。つまり、彼女は知り過ぎていた点があるんだな」

青木は、薄い眉を寄せて、久保の横顔を見ていた。

「つまり、今度の事件は、そういう点に関係があると言うんですか」

「素人考えかも知れませんがね、個人的なことより、そういった点に問題があるんじゃないかな、彼女の場合」

久保は、そう言って、胸を反らし、村越の顔を穏やかな、説得するような眼差しで見た。

「もし、あなた方が興味を持つのなら、僕が彼女から聞いたいろんな話を聞かせてもいいですよ」

村越は、もう結構だと言うように、二つ三つ頷いた。

「あるいは、またお聞かせ願うかも知れない。彼女の話だけではなくて、君自身の話もね。今日はこれでお引取り願おうか」

久保は、疑ぐるような眼で暫く村越を見ていたが、腰を上げると、

「まだ僕を疑ってるようですね。まあいいでしょう、あなた方のご商売ですからね。しかしあなた方は、吉村さんの轢き逃げ犯人がつかまったことを知ってるかな」

と村越と青木の顔を見比べた。

「聞いてるよ」

と青木が、無愛想な声で答えた。

「あの犯人がなぜ見付かったか知ってますか」

「いや」

「池袋署に尋ねて見るといいですね」

久保は、そう言い残して部屋を出た。

村越が青木の方を見た。

「どう思うかい、やつを――」

「アリバイが証明されてから、いやにご機嫌で喋り出しましたね」

「なんとなく身勝手な野郎だな。自分のことしか考えてないような」

「当節はみんなそうですよ。自分のためになることなら、なんでもやるんだ。罪だろうがなんだろうが、問題じゃない」

「しかし、やつにはアリバイがある。世田谷で人を殺す時間はとてもない」

「まあね」

青木は、久保の出て行ったドアの方へ、細い冷たい眼を向けた。

7

村越は、電話で話をしている青木の方を時々見ながら、冷えた濃い茶をすすっていた。青木は、受話器を置くと、ひどく訝しそうな顔をして村越を見た。

「なんちってる。交通係は」

「差したやつがいるんですよ」

「誰だ」

「分らないけれど、それが久保じゃないですかね。外から電話して来たそうですよ。若い男の声で」

「つまりどういうことになるのかな」

「石川という、日光企業の若い男がやったことになっているんですが、そいつが身代りかどうかは分らないと言っているんです。しかし何れにせよ、日光企業の車であることは間違いないので、差したやつは、その車にかすった跡があるということを言って来ているんです。で、行って見るとその通りだったそうですよ。つまり、そいつは、車が吉村を撥ねた時、道端のブロックをかすったことを知ってるんですね。久保は病院で交通係の巡査から話を聞いているらしいので、自分で現場へ行くなりして調べたのかも知れません。問題はですね——」

「うん」

と村越は頷きながらタバコに火をつけた。

「久保だとすると、彼が短時間内にいろんなことを調べられる筈はないんで、或る程度見当をつけたんだと思われるわけです。その見当が当ったということは単なる偶然だろうかという問題です」

「すると、ともかく吉村氏の事故は偶然じゃなくて、故意だったという線が出てくるわけだな」

「ええ、それと、さっき久保がほのめかしたことがね、まんざら出まかせのことでもないようにも思えるんですが」

「やつが差したのだとするとだな」

「しかし、そうでなかったら、彼が、どうして轢き逃げ犯人が上ったか知ってるわけないでしょう」

「しかし、どうして吉村氏はそんなことをされたんだ」

「そこはまだ分りませんけれど、わたしの調査でも、被害者と日光企業とを繋ぐ線というものは一応あるわけですよ。それから被害者と吉村氏とも関係があったとするとですね、一つの答が出て来ないわけじゃないですね」

「結局、さっきの久保の話みたいなことになるわけだな」

「そうです」

「すると最後は、彼の信憑性の問題だ。君はどう思うかね」

「わたしも、そう信頼できる人間のような気はしていません。しかし、それはわたしと彼とでは、ひどく肌合いが違う、つまり理解し難い点があるので、必要以上に敵視しているのかも知れませんね。ともかく、もう一度ですね、久保に会って話を聞いて見ようと思うんです」

「そうだな。きのうの会議で、君が報告していたような線が、少し出て来たわけかな」

村越は、椅子に背を反らして、腕を組んだ。

「そうですね。わたしも、意外なんですがね。実は、きのう、もう一つわざと報告しなかったことがあるんです。わたしも、そこまでは関係があるまいと思いましたのでね」

「へえ、どういうことだい」

「民子の兄の橋本という人物にかかわる、選挙法違反被疑事件があった時に、まあいろんな人物が捜査線上に浮んだわけですが、その中の重要人物で佐藤某という男がいるのです。これが逃亡しておりまして、最後に江ノ島で水死体となって発見されたんです」

青木はそう言うと、村越の、訝しげに眉を寄せた顔を、じっと見つめた。

8

久保は、黒いテーブルに俯伏せていた。窓の外の大きいトタン屋根に朝日が当って、その上の埃を輝かせていた。

女が、低いだるそうな声で喋っていた。

「――あたし、あんたの何処が気に入ったのかしら。――よく分らないわ。あんたの、黒い陰のある眼かしら、まるで情緒が欠けていて、なにか餌ばかり求めているような眼。あんたが、わたしを愛してるなんて、まるで嘘だわ。わたしの体と、お金と、そのほか、あたしから取られるものは、なんでも取ってやろうと、昆虫が餌に嚙りついているように離れないんだわ。――見たところ、なんとなく謎めいて見えるけど、あんたには、謎なんかひとつもないんだわ。昆虫のように、機械のように、構造も目的も、はっきりしてるわ。――それが、心安さと好意を抱かせるのかしら。

――この細い、筋張った体。無駄なところが、ひとつもないわ。必要な機能がちゃんと揃ってて、ひどく効果的に――わたしを夢中にさせることができる。人間って、だんだん、こんな風になって、いつか、機械と区別がつかない時代が来るのかも知れないわね。――もっと見せて――機械だわ、きっと、これは……」

足音は聞えなかったが、突然、ドアがノックされた。久保は顔を上げた。そして、テーブルの上のテープレコーダーのスイッチを切った。

「だれ――」

久保は、かすれた声をドアへ向けた。

「久保さんだね」

「誰だ」

「入っていいかね、青木だよ」

久保は、ゆっくり立つと、ドアの方へ近寄った。

「いいよ」

ドアを押して入って来た青木は、久保を見ないで、部屋の中をす早く見渡した。

「不思議なところに住んでるんだなあ」

彼は、ゆっくり、部屋の中央に入って来た。久保は、珍しいものを見るような眼を、青木に注いでいた。

「腰かけていいか」

青木は、腰をおろすと、合オーバー代りの古いレインコートのポケットからタバコを出した。

「お休みのところをすまないね」

久保は、コップにポットからコーヒーを注いだ。

「一人で住んでるのかい」

「ええ」

「どうしてこんな所にいるの?」

「これも、千恵子の財産だったんです。父親から引きついでね。誰も買手が付かないんだ」

「なるほどねえ。贅沢な住宅だな」

青木は、眼尻に皺を寄せて笑った。

「君は、ひどく彼女から恩恵を受けていたわけだな」

「まあね」

と久保は素直に答えた。

「恋人だったのかい」

「そう言えるかな」

「死なれると淋しいだろ」

「少しね。——コーヒー飲まないですか」

「ありがとう」

青木は、コップに砂糖を入れた。

「ところで、吉村さんを轢き逃げしたやつのことを聞いたよ」

「ふうん」

久保は、微笑した。

「知らせたのは、君かい」

久保は、返事をしないで、ずるそうな嬉しそうな眼を青木に向けた。

「どうして、その車を見つけたんだ」

「見当が付いてたんだ」

「なぜ」

「ゆうべさ、話したでしょう」

「ゆうべ話したというと、千恵子のことか」

「そうですよ。僕は千恵子から聞いたいろんな話を、小説にしたんだ。それを吉村さんのところへ持ちこんだ。なかなかいい出来だった。吉村さんは興味を持ってくれた。しかし、あの人は、小説よりもその背後の事実に一層興味を持ったらしいんだな。週刊誌のトップ記事にでもするつもりだったのかも知れない」

久保は、コップの底に残ったコーヒーを飲むと、立ってポットを電気コンロにかけた。

「それで、小説の内容がどの程度本当か調べて歩いたらしいんだな。池袋の日光企業へも行ったんだ。あの人は、押しが強くて厚かましいからな。大したことはないと思ったんだな。その帰りですよ、やられたのは。やられた後は、ひどく弱気になっちゃってたな」

「吉村氏は、そういうことを言わなかったがね」

「日光企業が恐くなったんでしょうね。尤も、僕の話も半分想像だけどね。しかし、それで轢き逃げをした人間が捕まったってことは事実だな。実は、それまで、僕も彼女の話がどこまで本当か知らなかったんですよ」

「その話というのは、どんなことなんだね」

青木は、二本目のタバコに火をつけた。

「小説の方の名で言うと江木荘一郎という大臣がいるんです。現職の大臣の内の誰かだと思うけど。東京選出の代議士ですよ。これがこの前の選挙の時、ひどく悪質な運動をやったんだ。その選挙の総括責任者に佐藤友造という男がいる。千住の方で、コンクリート工場をやっている男です。江木の選挙には、名商から莫大な金が出た。佐藤がそれを使っていろんな工作をした。江木は最高点で当選した。そのあとで、選挙違反が下っ端の方からバレて、とうとう佐藤の所まで来た。佐藤はその前に逃げて、捜査はそこでストップした。——当時こういう事件があったのは、僕より刑事さんの方が知ってるんでしょう」

青木の細い眼は何も答えなかった。久保は話を続けた。

「佐藤は、鵠沼にある名商の寮の管理人になって隠れていた。そしてある日、佐藤の溺死体が江ノ島海岸に上った。小説はそこから始まって、最初全く自分の好きで、精力的に英雄的に選挙運動をやっていた彼が、捜査に追われて隠れ、次第に惨めになって行く過程が描かれているんです。そして、それと並行して、佐藤を殺した犯人の追及とがね。テーマとしては目新しくないだろうけれど、すごくドキュメンタリーな書き方で、迫力があるんです。自分で言うのも可笑しいけど、吉村さんも褒めてくれたんだ」

「で、その小説に橋本という人物も出てくるかい」

「どんな人物ですか?」

「金融ブローカーで、やっぱり選挙の好きな男らしい。自分の店を選挙事務所にしたりして」

「日光企業と兄弟分ですね。刑事さんが知ってるとすると、やっぱりそれも実在の人物なんだな」

「そうらしいな。しかし登場人物が実在の人物だとしても、内容が本当かどうか分らないがね」

「そうかも知れないけどね。しかしその選挙法違反事件というのは、ともかく実際にあったんでしょう」

「あったね」

「じゃ佐藤という人物も殺されてるんですね」

「自殺したんだ」

「ふうん——なるほどね。そこで話が違ってくるわけだ」

久保は、椅子を後に反らすと、頭に両手をのせて、青木の顔に調べるような眼を向けた。

「われわれに取っては、事実だけが問題だ」

「しかし、何が事実かを決めるのは、人間ですよ」

「しかし小説家より警察官の方が事実に近いよ」

「九十パーセントはどうだか分らない。しかし残りの十パーセントかな。千恵子が殺され、吉村さんが殺されそうになったことも、新しい見方をすれば解決がつくんじゃないかな」

久保は満足そうな微笑を浮べて、椅子を揺すった。

「千恵子の件についてては、何が新しい見方か、これからゆっくり調べるけどね。佐藤の件は片がついてるよ」

「僕は、それをもう一度調べて見たいと思うな。作家としての眼でね。協力して貰えるかな。僕も吉村さんの件では、警察に協力したんだからな」

青木は答えないで、部屋の中を見回した。

「これで、君は小説を書いてるのかい」

と青木は、テープレコーダーを指差した。

「そんなに忙しくはないですよ」

と久保は答えた。

「これは、嘗ての彼女との愛の記録なんですよ。二人の会話や睦言を録音してあるんです」

青木は、眉を寄せた。

「妙な趣味だな」

「人間の言葉はその場で空気中に消えてしまう。心だって変る。そんなこと言った覚えはないと言えば、それまでだ。しかし機械に記録されたものはそのまま残る。心の変る人間なんかには用はないんです。これが残っておればね。これが僕の愛人なんだ」

久保は、いつくしむような眼差しで、美しい小型のテープレコーダーを見た。

「彼女の心は変ったのかい」

「いや、生きてる内は変りませんでしたけれどね。ともかく彼女は死んでも、これがあれば僕は淋しくはない。ベッドで、夜、これを聞いて寝るんだ。女なんかいらない」

久保は、笑顔を青木へ向けた。その笑顔は少し紅潮していた。青木は、眼をそらした。

「佐藤が死んだあたりのことは、どういう話になっているんだね」

「興味がありますか」

と久保は満足そうに尋ね返した。

「せっかくこうしてやって来たんだ。君の話も聞いて見よう」
「佐藤は市原という偽名で鵠沼にいたんですがね」
久保は立って、壁の所に並べてある木箱の一つを開けた。中に手を突っこむと、紙箱に入った録音テープを二つ三つ出した。
「彼女の言葉は、みんなこの中に入っているんです。彼女の全てはこの箱の中にあるんだ」
久保は、そう言って微笑を浮べ、椅子に戻った。
「まあひとつ、話しましょうか――」

第五章　過去の男

1

男の死体は、片瀬海水浴場の、江ノ島の橋に近い砂丘の上に横たわっていた。浴衣を着て俯伏せた男の死体を、朝日に輝く波が洗っていた。そして、その回りを、大勢の海水浴客が、警官に制止されながら取り巻き、その数は益々増えて行った。二人の警官は神経質そうな眼を、死体と群衆とに向けていた。

佐藤友造の最後の姿は、このようにして発見された。しかし、それが佐藤友造という名の主であることが分ったのは、まだあとのことであった。最初は先ず、すぐ傍の鵠沼にある、名商株式会社の寮に、市原という名で住込んでいる管理人であることが分った。

死体は、藤沢市警の監察医の手で解剖された。その結果、その消化器には多少のアルコールが残っており、また海水も飲んでいた。そして前夜の九時か十時頃死亡したものと推定された。体には、外に異常はなく、死亡の原因は溺死であることは間違いなかった。

ただ、どうして彼が溺死するようなことになったのかは、解剖の所見からは分らなかった。藤沢市警は、その事実を明らかにするために捜査に乗り出した。先ず市原の死亡に到るまでの前日の足取りが調べられた。

市原は一年ばかり前から、新しくできた名商の寮に住み込んでいたが、五十歳を越した年齢にもかかわらず、独身のようであった。無口で、あまり人と顔を合せたがらない性質のようであったし、外出したり、人が訪ねてくることも殆んどなかった。

寮には彼の外に三人の女中がいたが、彼女達ともあまり親しくはしていなかった。

ところが死ぬ数日前から彼の所に客があった。若い不良じみた容貌の二人の男で、夜になるとやって来て、彼の部屋で酒を飲んだ。市原も酒は好きで、毎日晩酌は欠かさなかったのだ。

その前の晩も、日が暮れてから二人がやって来た。女中達はこのあまり柄のよくない二人を好まなかったので、歓迎はしなかったが、それでも一人一番年配のきぬという女中が、彼等のために酒肴の用意をしてやった。勿論仕度だけしてやるので、傍についているわけではなかった。

三人は勝手に燗をして飲んでいたようであった。彼等の声は、女中達の部屋まで聞えていた。十一時頃になって、もう帰るとか、帰らないとか言う声が聞え、間もなく静かになった。帰ったのかと思って、きぬが市原の部屋を覗くと、電灯をあかあかとつけ、二人の若者が座ぶとんを枕に眠りこんでいた。

市原の姿はなかった。便所にも、外の部屋にもいなかった。市原が女中達に気付かれずに外へ出ることはできたのであるが、なぜ外へ出たのかは分らなかった。

二人の若者は、朝になると居なくなっていたが、当然その行方が尋ねられた。そして間もなく見つかった。夏の海岸を狙ってやって来る東京の愚連隊であった。彼等は江ノ島にある青海館という旅館に泊っていた。

彼等の言うところによると、彼等と市原とは前からの知り合いだというのであった。そして、市原というのは本当の名ではなくて、佐藤友造というのがその本名であった。それで警察は警視庁へ照会をし、その時はじめて、彼が、選挙法違反被疑で追われている人物であったことが分った。

二人の愚連隊は、池袋の日光企業という団体に所属しており、日光企業は、佐藤が選挙運動で活躍していた時、その手足になって、相当の実力を発揮したということであった。二人は佐藤の所へ遊びに行って、東京の情報、とくに選挙法違反に対する当局の追及の模様をいろいろと報告した。

彼等は警察の取り調べに対して、佐藤がその報告を聞いて、ひどく悲観し且《か》つ苦悶したようすであったと語った。それで彼を励まして一緒に酒を飲んだが、自分達はすっかり酔いつぶれて、佐藤がいついなくなったかは、全然知らないと言うのであった。

結局、佐藤は、心理的に極度に追いつめられたような強い強迫観念にとらわれて、発作的に飛び出して江ノ島の方へ行き、過ってか、又は半ば意識的に海へ落ちて死んだものであろうと見られた。そして彼の死に関する限り事件は落着したのである。

しかし真相は果してその通りであったろうか。

問題の一つは、女中のきぬに関するものであった。佐藤が死んだ日の夕方、きぬは一つの電話を受けた。それは二人の愚連隊がやって来て間もなくであった。年配の男の声で、市原、つまり佐藤を呼んでくれと言うことであった。

電話は玄関のカウンターの所にあった。佐藤が電話で話している時、きぬはすぐ近くにいた。電話の内容はきぬには分らなかったが、佐藤が、ひどく難しい顔をしているのは分った。最後に彼は、

「じゃ、またあとで」

と、それだけはきぬにも聞えるような声で言って電話を切った。

きぬの感じでは、その電話は、管理人としての彼にかかって来たのではなく、もっとプライベイトなもののように思えた。そういった感じの電話は、時たま彼にかかってくることがあった。それは大抵東京からのようであったが、その日のは市内電話であった。

佐藤がいなくなった時、きぬは先ず、彼がその電話の約束で出て行ったのではないかということを考えた。勿論証拠はない。《あとで》という言葉にしても、それが数時間後という意味か、数日後という意味か、頗る《すこぶ》曖昧なわけである。

きぬはこの自分の疑いをある程度積極的に警察官に述べた。警察官も、一応は耳を傾けたが、あとになっては、あまり重視されないことになってしまった。

佐藤が死んだのでその後管理人は別の人がなり、それから間もなくきぬは辞めた。体の太った女なので働くのが大儀だという理由のようであった。

それからもう一つの問題は、寮から出て行った以後の佐藤の姿を、誰も見ていないということであった。佐藤が何時頃出て行ったかは誰も知らない。推定死亡時刻から逆算すると、八時か九時には出て行ったことになる。きぬが電話を受けたのが、六時半から七時の間位だったらしく、若い男達がやって来たのが、その少し前である。若い男達が、二時間かそこいらの間に、佐藤が出て行くのにも気が付かない程酔ってしまったというのもおかしい話である。

それは措くとしても、八時か九時と言えば、まだ大勢の納涼客が、そこいらにいる筈である。勿論佐藤に面識のある人間はそんなにはいない。それにしても、その大勢の中を、寮から江ノ島まで行ったのだから、誰かに気がつかれて、あとでそれらしい人物がいたという情報が

出て来てもいい筈であるが、警察では、佐藤の足取りについて全く何も摑んでいないのだ。

それから最後に一つ残る問題は、佐藤を訪問した二人の若い男は、たった二人で泊っていたわけではないことが分っている。青海館のその部屋には、他に二人の男が泊っていた。その一人は少くとも、日光企業の幹部であった。その名は名取と言った。彼は佐藤の死体の発見された日の夜、旅館を発っている。警察は、彼からも一応の事情を聞いたらしいが、何も得ていない。

2

久保は喋り終ると、暫くじっと、試すような眼で青木を見つめていた。青木はしかし、表情を変えなかった。やがて青木は久保に尋ねた。

「それで、佐藤は殺されたのかい。そして犯人は誰なんだ。勿論小説の話だよ」

「犯人は特定の個人を指定していませんよ。この小説は、純粋の推理小説じゃないですからね」

「じゃ、それっきりかね」

「それっきりじゃない。どういう連中が、佐藤の死を導いたかは示してありますよ。しかしそれより先に、一つ刑事さんに質問がありますよ」

「なんだね」

「日光企業に、名取という男はいるんでしょう」

青木は首を捻った。

「知らんね。調べて見ようか」

「調べてくださいよ。僕は、今やその人物は実在していると考えていますがね。もしその男が実在すれば問題だな」

「どういう風に」

「つまり小説の内容は現実と殆んど相違していないということですね。千恵子はとても詳しく事実を調べたということですよ。彼女はいつか、僕を連れて佐藤の工場とか、鵠沼の寮とかを見に行ったんですがね、彼女はそうやっていろいろ実際を足で調べた上で——いや、調べたということなんですね」

「警察よりよく調べたと言いたいのかい」

「ある面では恐らくね。そう思いますよ。勿論警察は、調べようと思えばもっと調べられた筈なんだ。只、調べようとしなかったんだな。——どういう理由か分らないけど」

「それで、よく調べたらどうなんだ」

「明らかに一つの可能性がありますよ。いいですか、話は佐藤が《あとで》と言ったその言葉を、一、二時間あとでというふうに取る点で、警察の態度とはっきり分れるんです。そして、やっぱり、これはその方が自然だと思うんですよ。するとですね、佐藤は誰かに呼び出されて、電話を受けてからあまり時間を置かずに外へ出てる筈なんだ。すると、そこで二つのことが、認められる。一つは、彼が寮の外の従業員やなんかには知られないようにこっそり出た。つまり、自分の行動を人に知られたくなかった。そうすると、彼の場合大体どんな用事で、つまり相手はどんな関係の人間か、想像できるわけです。それともう一つは、二人の日光企業の男が、佐藤の出たのを知らない筈はないということですね。裏を返せば、二人は事情を知っているということ、彼等は計画の中の一味だということが、断定できるわけですよ。彼等の役目は、佐藤の死の直前の状況を、あまりはっきりさせず、間違った印象を当局へ植えつけることにあったんです。

結局佐藤は、人目につかないようにこっそりと呼び出された地点へ出向いたわけです。勿論何か重要緊急な連絡があると思ったわけでしょう。そして海へ落されたということになるわけです」

「なぜ殺したんだ」

「分ってるじゃないか」

と久保は腹立しげに言った。

「選挙法違反事件の追及は、佐藤の所まで来ている。しかし佐藤が隠れているので、それから先に進まない。これを永久に隠すためには殺すのが一番いいわけだ。だから彼を殺すことを考えたのは、その上にいる連中なんだ。下請けが日光企業というわけですよ」

「小説としては、それだけの説明がつけば一応いいのかも知れんがね。おれ達はそうは行かんな」

「だから、調べりゃいいじゃないですか」

「調べた上で、処分は済んでるわけだよ」

「あなた、わざと白っぱくれてんですか」

と久保は、青木の方へ顔を近寄せた。しかし、青木は、その細い眼を僅かに更に細くしただけであった。それは、久保なんか全く歯の立たない老練な男の顔のようでもあったし、又まるで想像力に欠けた男の顔のようにも見えた。

「しらばくれちゃいないよ」

「だったら分りそうなもんじゃないですか。当時は当時として、故意に調べを進めなかったのじゃないとしてもですよ、今は状況が変って来てるんですからね。千恵子が殺され、吉村さんも危険に晒されたという事実が加っているじゃないですか。千恵子は、警察以上に調べたんだ。彼女は父親が名商の社長であり、名商はあの選挙の資金源だったんだから、内情を調べ得る立場にあったんですよ。そして、調べ過ぎたんですよ。それから、吉村さんの方は、あるいは半信半疑だったかも知れないけど、やっぱりその話で日光企業をちょっと、突っついたんだ。そしたら、てきめんにやられちゃった。こういう明白な事実がある以上、あなた方として知らん顔はしておれない筈ですよ。もし佐藤の死が、警察の調べの通り、単なる自殺に過ぎないのなら、今度の事件は起きる筈がないじゃないですか」

「君の言うことは分るよ」

「じゃ調べ直して見てくださいよ。それとも素人の僕の指図じゃ、面白くないってわけかな」

「指図は受けない。しかし情報は情報として、決しておろそかにはしないよ。ともかく、日光企業の方は当って見るつもりだ」

「それから佐藤の件も、現地の警察へ照会すれば、当時のことは分る筈でしょう。それで、僕の話と一致していたら、やっぱりそのままにして置いてもらいたくないな」

「調べて見よう」

青木は、平静な表情で、そう答えた。

「それから、お願いがあるんだけど」

「なんだね」

「僕の話と符合したかどうかだけでも教えて貰いたいんだけど」

「ま、さまたげない範囲で知らせるよ」

青木は腰を上げた。

「お邪魔したね。いろいろ参考になった」

「ひとつね、よろしく頼みますよ。僕はね、これで、また少し小説を書き加えなきゃならないかも知れないからな」

久保は、そう言って、両手を頭の上にのせ、片頬にニンマリと笑みを浮べて、青木の出て行くのを見送った。

3

青木は月曜の朝、藤沢の警察へ出張した。そして、佐藤友造の死亡当時の模様を、記録と、担当した刑事の話から調べた。

午後本部へ戻ると、青木はその結果を村越に報告した。

最初青木は、まだ自分自身の言っていることが、本当には信じられないんだというような顔をしていた。

「結論的に言いますとね、きのう久保から聞いた話と、実際がよく合致してるんです。これは、久保が自分で調べたことじゃないでしょうから、結局、千恵子がよく事情を知っていたということになるわけです」

「千恵子はどこから調べたのかな」

「主に父親からじゃないでしょうかね。佐藤が死んだのが三十六年の夏で、湯浅昭太郎が死んだのはその暮ですから」

「昭太郎氏が、そんな細かい事を知っていたのかな」

「あるいは直接昭太郎氏からではなくて、ほかの者からかも知れませんが、何れにしろ、昭太郎の娘としての立場を利用して、いろんな情報がとれたんじゃないでしょうかね。この前、湯浅邸へ行った時、あそこの運転手が、千恵子がよく来て昔話を聞きたがったと言ってたじゃないですか。そういう風に、千恵子はいろんな人物から聞いて歩いたんじゃないでしょうか」

村越は、ゆっくり腕を組んだ。

「ともかく、彼女が知っていた以上、どこかで調べたのには違いない。問題は、只、いろんな所から拾い集めたのか、それとも特定の人間から詳しく聞いたか、もしそうだとすれば、それは誰かだ。つまり、そのために彼女が殺されたのだという仮定を作ると、彼女に教えた人物だって、同じ条件に置かれている筈なんだからな」

「そうですね」

「それからもう一つあるよ。それは、千恵子は何のために、そんなにそのことを調べたのかということだよ」

村越は、青木の顔を、詰問するような眼で見つめた。

青木は、眉を寄せた。

「小説にするためかい？」

「そうかも知れませんね」

「しかし、彼女は自分では小説にしなかった。久保にネタを与えてる」

「久保に惚れてたからじゃないでしょうか」

「うん――」

と村越は眼をそらした。

「あるいは、そういうことも考えられるな」

「それで、話は少し逸《そ》れましたが、佐藤が死んだ時、彼の所へ遊びに寄っていたのは、やはり、日光企業の連中で、その時名取という幹部が旅館に若い者と同宿していたそうです」

「で、そいつは、今でもいるかい」

「まだ確かめていませんが」

「池袋署で聞けば分るだろう」

青木は、黙ってすぐ、眼の前にある電話機へ手を伸ばした。

青木と池袋署との問答は、かなり手間が取れた。その間、村越は腕を組み、眠ったような眼をしていた。青木が受話器を置くと、村越は眼を開けた。

「いるそうですよ」

と青木が言うと、村越は頷いた。

「吉村を撥ねた石川という男はですね、名取の子分だそうです。名取はいつも石川の運転する車を乗り回しているそうです」

村越が、黙りこんだので、青木もまた、黙ってしまった。暫くして村越は、

「話が、少しうますぎるな」

と言った。

「しかし今のところ、みんな事実ですよ」

と青木が反論するように答えた。

「そりゃそうだ。ところで青木君ね、君は佐藤友造の件をどう思うかい。つまり今日向うで調べた時の感じで、当時の捜査に手落ちがあったように思われるかどうかだが――」

「そうですな」

と青木が考えるような表情になった。

「手落ちがあったかどうかということになると、今から何とも言えませんが、当時藤沢署、あるいは県警としては、佐藤が選挙法違反被疑で行方を捜査されている人物である点については、非常に重視したそうですよ。そういう点で手落ちはなかったと思われます。ですから背後関係も調べたし、日光企業についても調べたと言っております。それともう一つ、その方面と関係がないにしても、当時不良分子が相当入って来ていた現状から見て、そういった連中による行きずりの事件という面も、また考えた模様です。つまり、警察側としては、他殺の線も一応押すところまで押したというわけです。しかし、どうしても事実問題となると具体的裏付けが出て来なかったということなんです。ですから、その事実捜査の点で、不十分な点がなかったかということになると、これは今からでは、なかなか難しかろうと思うんです」

「その、何とかいう女中の証言も当って見ているわけだな」

「ええ、それもやはり事実らしくて、それも聞いてるし、それからですね、連中の泊った旅館も調べた際、名取が、丁度佐藤が海に落ちたと思われる時刻に外出していたということも分っているんです」

「なるほど――」

「名取は取り調べに対して、東京から来る知人を迎えに、片瀬江ノ島の駅まで行って、暫く二人でその辺をぶらついたと言っております。その相手も分っておるんです。それが橋本ですよ」

「橋本?」

「湯浅民子の兄の――」

「ああ、そうか」

村越は、ゆっくり眼を見開いた。

「一応人物は揃ってるわけで、だから小説家が、話を組み立てるのは容易だと思うんですよ。又ある種の疑いを差し挟むのも無理はないと思うんです。しかし、連中と佐藤が当夜何処かで会ったという事実の裏付けが、どうしても取れなかった点に、久保の立場から見れば、佐藤があったわけです。これも捜査の方としては行き詰りの方としても、また名取達の方としても、双方にその行動を隠す必要があったから、当然だと考えれば、話の筋だけは通るわけですがね」

「難しいな」

「難しいです」

「どうするかな」

「ともかく、名取を少し調べて見たいと思いますが。前の事件はともかくとして、湯浅千恵子の件、それから吉村の自動車事故の件の両方についてですね」

「ともかく、それはやらにゃならんだろうな」

と村越は答えた。

4

久保は、片手にテープレコーダーを下げて、三枝の部屋をノックした。ひっそりと、何か考えている顔であった。

ドアが開いて、三枝が顔を出すと、久保は急に晴々とした笑顔を作った。

「お父さんまだかい」

「あす退院の予定よ。すっかり元気だわ」

「そう」

久保は、居間を通って、椅子に腰をおろすと、上目で三枝を見た。

「話はお父さんから聞いただろ」

と尋ねた。

「なに?」

三枝は、傍のキチンで飲物の用意をした。

「本のことさ」

「ええ。出せないんですって?」

「なぜ出せないか聞いた?」

「わけは聞かなかったわ」

「聞かせたくないんだな」

「どんなわけなの?」

久保は、息を吐いて難しい顔をした。それから急いでタバコに火をつけた。

「話を聞けば、君は心配するかも知れない」

「そんな話?」

三枝は、ウイスキーの水割りと紅茶とを持って来てテーブルにのせた。

「しかし、前にも言ったように、この本が出るかどうかに、僕のこれからの半生がかかってるんだ。わかってくれるね」

「ええ」

「僕としては、引っこんでいるわけに行かない」

「分るわ」

「お父さんに、僕の本を出させないようにしている連中は、お父さんを怪我させた連中なんだよ。連中は、もっと悪いことをしている」

久保は水割りを三分の一位、ひと息に飲んだ。三枝は、久保が話を続けるのを待っていた。

「実は、本の内容が、政治に関係した凄いスキャンダルなんだ。それは事実なんだ。だから連中はそれを出させまいとしている。例の殺人事件も、連中のやったことなんだ。――多分ね」

久保は、真面目な顔をして、コップを眺めた。

「――へえ」

三枝は、眉を寄せた。

「僕は、その殺された女の人から話を聞いて小説にしたんだ。その時は、それが全部事実だとは知らなかったんだけどね。ところが、僕は今、警察から、その女の人を殺したことを疑われてるんだ」

「あら、それじゃあの殺された人を、久保さんは知ってたの」

三枝は、眼を見はった。久保は叱られたように俯向いた。暫くして顔を上げると、

「実はそうなんだ」

「なぜ黙ってたの」

「だって、知ってる人が、傍で殺されてると、なんだかこっちに関係があるように取られるみたいで、嫌じゃないか」

「そりゃそうね」

と三枝は言ったが、やはりまだ訝しげな表情を崩さな

かった。

「しかし、もうね、警察にもみんな話したし、警察も僕を信じてるんだ」

「だって、今疑われてると言ったわ」

「いや、きのうあたりまではそうだったんだ。それに、何しろ真犯人が挙がってないんだから、僕も関係者であることには変りないわけだ」

「なんだか信じられない話みたい」

「そうだろうな。しかし僕にとっては大問題なんだ。これを解決するには真犯人を挙げるより方法がない。そうしないと本も出せないし、君のお父さんだって安心できない」

「じゃ、どうするの」

「本当言うと、警察は行き詰っている。犯人は全然尻尾を出してないからね。だからこのままではどうしようにもない。結局僕の考えたのは、犯人に罠をかけて尻尾を出さすよりないと思うんだ。つまりオトリ戦術だ。僕がオトリになるんだ」

「オトリ?」

久保はテープレコーダーを指差した。

「そのために君の力を借りたいんだ」

「あたしの力を?」

「君の声を借りたいんだよ。声だけでいいんだ。ほかに打ち明けて頼む人がいないんでね。迷惑はかけないよ。声だけだから」

久保はポケットから、四つに折った二、三枚の原稿用紙を出してひろげた。

「君は、江ノ島であった事件の隠れた目撃者なんだ。僕がたまたまその人に会って、その目撃談をテープに取って来たことにする。それを犯人に聞かせる。犯人が本当に信用するかどうかは分らないし、テープの問答も実際と一致しているかどうかも分らない。しかし連中に後暗い所があれば、僕がこの事件に首を突っこんでいるのを、黙って見てはいないと思うんだ。なんかかね、僕を嚇かすか、テープを奪おうとするか、ひょっとすると殺そうとするかも知れない。その動きを警察に見せてやれば、警察も腰を上げると思うんだ」

「恐いわ、そんなこと」

「仕方ないよ。このままじっとしてるわけに行かないんだ。僕としては、子供じみてるかも知れないけど、窮余の一策なんだ。君には決して迷惑のかかるようなことはないから、声だけ借してくれよ」

久保は、原稿用紙を三枚へ渡した。それには、次のような問答が書いてあった。

《あなたは、死んだ佐藤さんを知ってるんですね》

《ええ》

《佐藤さんの死体が上った前の晩、佐藤さんを見たんですか》

《ええ》

《何処で見たんですか》

《江ノ島橋のところでした》

《一人でしたか》

《一人じゃなくてね、もう一人ぐらい一緒にいたようでしたよ》

《どんな人でした。男ですか》

《ええ、男の人で、あまり背の高い方じゃなくて、少し太った感じでした》

《何時ごろです》

《夜の、八時か九時ぐらいじゃなかったかと思いますけど》

《二人はどっちへ行ったんですか》

《江ノ島の方へ渡って行きました》

《翌日、佐藤さんの死体が見つかった時、どう思いましたか》

《なんだか恐いような気がしました》

《どうしてですか》

《佐藤さんと一緒だった人が、なんか恐い感じの人でしたから》

《あなたは、それを黙っていたんですね》

《ええ、夏になると、恐い人が大勢やって来てますし、変なことを言ってかかわり合いになると、恐いと思ったんです。ですから、わたしが喋ったと言わないで欲しいんです》

《その時の男の顔を、今写真かなんか見れば分りますか》

《さあ——、見てみないと、どうだか》

《ほかに、あなたとその時一緒の人がいましたか》

《いいえ、わたし一人であそこで涼んでいたんです》

三枝は、読み終ると、心配そうな眼を上げた。

「いいかい」

と久保は事務的な口調で言った。

「少し、練習しよう。なんか読んでるみたいじゃ不味いからな。それから君は、できるだけしぶしぶ答えるような、たどたどしい調子で喋ってくれよ。口をあまり動かさないでね」

「大丈夫かしら」

「大丈夫さ」

「いや、あなたがよ。こんなことをして——」

「心配してくれてるのかい」

「心配だわ」

「仕方ないよ。やりたかあないけど、生きて行くためには、たまにはこういうこともしなきゃならんさ」

「でも、ほかの人達はもっと、穏やかに生きてるわ」

久保は、顔を悲しげに曇らした。

「おれは特別なんだ。そうはゆかないんだよ。――じゃいいかい。始めよう。言い難いところは、少し変えたっていいよ」

5

「お前だれだ」

受話器の向うの声は、ひどいしゃがれ声だったが、しかしわざと凄みを付けたようなところはなかった。

「昔、江ノ島橋で佐藤友造という男が殺された話を、小説に仕立てた男さ」

と久保も力まないで答えた。

「佐藤友造?」

「憶えてるだろう。細かい話はあとまわしにしてさ。一遍あんたに会いてえんだ」

「ふん――」

相手は、笑ったようだった。そして少し間を置いた。

「一体、何の話だ」

「つまり、こっちは小説が出したいんだ。あんた方が編集者を、自動車で撥ねたりして嚇かすと、本が出せなくなる。だからそういう邪魔をしないでもらいたいんだ。佐藤友造の件は一応事故死ですんじゃってるんだからな。こっちは単なる小説として出しゃいいんだからな。それで若《も》し出させないと言うのなら、こっちも考えなきゃならない」

「何を考えるんだ」

「小説には出してないがね、ちゃんとした証拠を取って来てるんだよ。佐藤友造が殺された晩さ、あんたが一緒にいるところを見た人間がいるんだよ。江ノ島で。覚えがあるだろう」

電話ボックスの周りは暗かった。久保は、その暗い外へ、時々眼をやった。

「ないねえ」

相手の声は落着いていた。しかし、話を続ける意志はあるようであった。

「そうかい。こっちは苦心してその人物の話を録音テープに取って来たんだがな」

「おかしいな、今頃。どっからそんな野郎を引っぱり出したんだ」

「それは本人のために言えない」

「ふざけやがって」

相手は怒っているというよりは、笑っているようであった。

「本当だぜ」

久保は勢い込んで言った。

「そんなやつがいるわけはないじゃないか。一体どういうつもりなんだ」

「いるんだ」

「だから、どうやって探し出したんだ」

「実はおれが探したんじゃない」

「じゃ誰だ」

「湯浅千恵子が知っていたんだ」

「湯浅千恵子?」

「知ってるだろう」

相手は沈黙した。暫くして返事があった。

「お前は一体誰だ」

「だから会えば分るよ。それからもう一つ聞かせたいことがある。あんたの車が光陰社の吉村氏を撥ねたのが、すぐ分ったろう。その車を、あんたの所のだと、どうしてすぐ警察が見つけたと思うかい。そっちの頭がおかしくなきゃ、分るだろ」

返事は暫く来なかった。久保は、満足げに頬を綻ばした。

「お前が、差したてえのか」

「そうだよ。懇意なデカがいたら聞いてみな。おれにはすぐ見当が付いたんだ。あんた達がやったんだってね。こっちはそれだけのものを持ってるんだよ」

「じゃ、お礼を言わなきゃいけねえな」

「まあ、それもあるだろうしさ。一遍あんたに会ってよく話し合って見たいな」

「じゃあしたでも、この事務所へ来なよ」

「そうはゆかない」

「なぜだい。なかなか威勢のいい兄いさんらしいじゃないか」

「また撥ねられると困るからな。そっちから出かけてくれよ。悪いけど」

「何処だ」

「豊洲に国際見本市をやる丸い屋根の建物があるだろ」

「よく知らねえな」

「誰かに聞けよ。そこへタクシーで来て道に立って待っててくれ。車は行かせちゃってな。あんた一人で、朝の十時だ。いいかい」

「いいだろ。可笑しなやつだな、お前は」

と相手は答えたが、あまり可笑しそうな声ではなかった。

久保は受話器を置くと、又すぐそれを取って、硬貨を入れた。

暫くすると、久保はテープレコーダーを提げて、ボックスから出て来た。少し心配そうな、真剣な表情がその顔にあった。そして又、孤独な淋しささえ、そこに漂っていた。

彼は、レコーダーを提げた右肩を少し上げ、俯向き加減になって、闇の中へ歩み去って行った。

6

暗くて、ぎしぎしきしむ急な階段を上り切った所にドアがあった。

青木が先に立ってドアを開け、田沼が続いて入った。十坪以上ある、割合い綺麗な部屋で、普通の事務所のように、机が幾つか並んでいた。

青木達が入った時、奥の壁を背にしたデスクに腰かけていた男が、受話器を電話へ戻して、二人の方へ眼を向けた。部屋には、そのほかに二人ほど若い男が机に坐って喋り合っていた。その二人も青木達の方へ、陰気な視線を向けた。

「名取仙太郎さんですか」

青木は奥の男へ声をかけた。

「わたしは名取だが」

小柄で、腹の出た男は、しわがれた声で答えた。

「警察の者です」

青木は手帳を出しながら、名取の方へ近寄った。名取は、獣に似た小さな眼で二人を迎えた。

「なんか、わたしにご用で」

「ちょっとお尋ねしたいことが」

「じゃ、どうぞ」

名取は、穏やかな態度で、傍の応接セットの方を手で示した。そして机の抽出しから自分の名刺を二枚出した。

机の上にはウイスキーの角瓶とグラスが載っていた。

彼が出した名刺には、

《株式会社日光企業　専務取締役　名取仙太郎》

と書いてあった。

彼の態度は、仕事で客と応接する普通の会社員のそれと、そう違ってはいなかった。彼は、その客が用件を切り出すのを、慎重な眼差しで待ち構えていた。青木達の背後から、二人の若い男が、喋るのをやめて眼を注いでいた。

「それじゃ、お尋ねしますが」

と青木が切り出した。

「あなたは、湯浅千恵子という人を知っておりますか」

名取はちょっと眼を動かしたが、すぐ穏やかな声で答えた。

「覚えがありませんな」

そして青木の顔をじっと見つめた。

「じゃ湯浅昭太郎は？」

名取は、何か考えるように眉を寄せた。それからタバコのケースの蓋を開け、一本取ると、手真似で刑事達にも取るようにすすめた。指の短い肉の厚い手であった。それからゆっくりポケットからライターを出し、タバコに火をつけると、そのライターをテーブルの上に静かに立てて置いた。

「以前、聞いた名ですな。どっかの社長さんでしょう」

「その通りだね。あなたとどういう関係ですか」

名取は体を起して胸を張った。

「特別関係はないですな」

「聞きに来た以上、こっちも多少調べてある。知っていることは正直に話して貰いたいな」

名取は薄い笑いを浮べた。

「しかし、間接的な関係ですよ」

「どういう間接的な関係なんだね」

「まあ、お調べになったのなら、お分りだろうけれど、ある人を介してね、その人は死んでますがね」

「佐藤友造だね」

「そうです。その人も、それから話に聞くと、湯浅昭太郎さんも、いわば政治が道楽でね、人のため随分駆けずり回ったらしいですね。あたし共は、まあその下請けでね。丁度佐藤さんが死んだころ、事件になって、旦那方もよくご存知でしょう。あたしも、何度か警察へ呼ばれましたよ」

「大体知ってるよ」

「そんなら、お尋ねになることはないじゃないですか。しかし、あの件はもう片付いてますよ」

「それも知ってる」

「じゃ何の用ですか」

「湯浅千恵子の件だよ。昭太郎の娘だ。知らないわけはないな」

名取は、笑っていた顔をさも迷惑そうに曇らした。

「ああ、あの方のお嬢さんね。いたかも知れませんよ」

「その娘さんが、片付いた筈の事件をいろいろほじくり返していたらしい。随分よく調べてある。誰か、よく事情を知った人間から聞いたんじゃないかと思う。喋った人間は、まさか、娘さんにして見れば身内の者のスキャンダルだから、それを外へ漏らすことはないと思って安心して話したんだろうな」

名取は、青木の言うことを、一生懸命理解しようとするような表情をして聞いていた。

「ところが、そのお嬢さんは一風変ってて、洗いざらい小説に仕立てようとしたらしい。そこで、喋ったやつは驚いたんじゃないかと思うんだな」

青木は尋ねるように名取を見た。名取は暫くして口を開いた。

「それで旦那方は、何をあたしにお尋ねになるんですか」

「そういう人間に心当りはないかってことなんだよ」

「ちょっとないですなあ。まるで藪から棒の話で」

「そうかなあ。すると、湯浅千恵子が殺されたことも、藪から棒ですか」

名取は、青木の顔を見ていたが、何となくと惑った影がその眼に現れた。

「なるほど、そういうことがあったわけですか。どうも一向に」

「新聞を見てないんですか」

「どうも気がつかなかったなあ」

と名取は述懐するように頷いた。

「それじゃ、もう一つ聞いておきましょう。あなたは、この四月九日の晩、どうしていましたかね」

「晩ですか、晩ならはっきりしてますよ」

「どうしてたんですか」

「ここにいましたよ」

「ここに?」

「ええ、わたしゃここんとこずっと毎晩ここにいるんです。今、社長がずっと関西へ行っててね、わたしが東京の仕事を一切預ってるんですよ。ここんとこもう一月以上も、日曜休日なしだなあ。働いていることはあなた方以上だ。大体毎日午後の四時か五時から、夜の十時十一時まで、ここにいますよ。ここにいなきゃ、あちこち店を回ってるんでね。何しろ商売が夜のもんですからね。わたしもいちいちは憶えちゃいねえが、わたしんとこの店か、若い連中に当って、順に調べてもらや分りますよ」

と名取は自信あり気な口調で言った。

「それにわたしは、出かける時は、その石川に車を運転させて行くから、あいつに聞いてもらや、何処へ行ったかすぐ分りますよ」

彼は、青木達の背後へ顎をしゃくった。二人が振り向くと、若い男の一人が、田沼の方へ頭を下げて笑った。

「君か」

と田沼が言った。そして名取の方へ向き直って尋ねた。

「あの石川君が、吉村氏を怪我させた日、吉村氏はここへ訪ねて来たんでしょう」

「ああ、あの人ね。来ましたよ」

「何しに来たんです」

「佐藤友造のことで聞きに来たんですよ」

「それで?」

「知ってることは話してやりましたよ」

「それで、おたくの車に撥ねられたんだな」

「まあね、そりゃそうだけど、間の悪い偶然ですよ」

「そうかな」

と青木が言った。

「そうですよ。さっきも言ったように、われわれは何も、書かれて困るようなことはしちゃいないんだから。なんなら、吉村さんに聞いて見たらいいじゃないですか」

名取は少し、機嫌を悪くしたような口調になった。

「そうしよう」

と青木は言って腰を上げた。

名取は二人をドアの所まで送って出た。

「だいぶ儲かってるようですな」

と青木が言うと、名取は、

「お蔭さまでね。世間にゃ、馬鹿が多いから」

と、嘲るように笑った。しかしそれは青木達へ向けられているのではなく、何か両者の共通の対象へ向けられているようであった。

青木と田沼は、病院に吉村を訪ねて、それから本部へ戻った。時刻は遅かったが、村越のほか数人の刑事達が残っていた。

「名取は、否定はしているが、被害者と関係があるように見えましたね」

と青木が報告した。

「関係を隠してるわけだな」

と村越が念を押すように尋ねた。

「ええ」

「君の想像通りだとして、少し飛躍するが、彼が仮りに千恵子を殺したとすると、やはり過去の秘密の漏洩《ろうえい》を恐れてやったことになるな。するとだな、小説を書こうとしたのは、久保じゃなくて、千恵子だというわけか」

「その点はよく分りませんが、あるいは、そうで、久保は千恵子が死んだので、テープを盗んで自分で作ったのか、それとも始めから千恵子が喋り、久保が書くという形で進めていたのか。何れにしろ、千恵子はこれを公表する意志を名取に示したか、勘づかれたかしたわけでしょうね」

「そして、それは公表して貰っては困るという内容だったというわけなんだな。それで吉村氏の方はどうだった」

「吉村氏も、名取を訪ねたことを認めましたが、脅迫を受けた事実は認めておりません。しかし、どうも脅迫されているような感じがありますねえ」

と田沼が報告した。

「するとやはり事故が故意だったことになるのかな」

と村越が聞きかえした。

「そうも取れます」

「もしそうなると結局千恵子殺しは、佐藤事件まで遡《さかのぼ》るようなことになるな」

「しかし、この件はあるいはそうではない場合も考えられます」

と青木が言った。

「連中は、ジャーナリストがやって来て、勝手なことを尋ね、勝手なことを書く。それを自分達を恐れない生意気な奴だと感じて、ひとつ嚇してやろうと考えたのかも知れませんからね。事実問題とは別にですね」

「そうだな。そうも取れないことはないな」

村越は暫く、沈黙した。それから皆の顔を見渡した。

「どうだろう。ここで、千恵子殺しの被疑者として、名取と久保に絞れるかどうかだが」

誰もすぐに答えないので、村越は続けた。

「名取の場合、千恵子を殺したとなると、佐藤の事件が遠因として浮び上ってくる。つまり佐藤を名取が殺したという線だ。確かに、佐藤の死によって、当時助かった者が相当いるのは事実だ。しかしこの件については一応処分が済んでいる。それからアリバイの点では、名取はそれを主張するかも知れないが、仲間の証言だけだとするとあまり信憑性はない。一方久保の方はどうかと言うと、動機がちょっと分らない上に、彼にはアリバイがある。当夜の彼の行動は一応の裏付けもできているし、その供述には間違いがない。しかし、われわれが、全く見当外れの方向に捜査を向けているのではないとしたら、今のところ、この二人しか考えられない。すると結局、名取、あるいは名取の手先かも知れないが、それしか残らぬことになるな」

村越はまたそう言って皆を見渡した。皆は暫く黙っていたが、ある刑事が発言した。

「久保のアリバイは、吉村三枝が共犯の場合は成り立たないでしょう。その点はどうですか」

「そりゃ、そうだ。しかし吉村三枝の共犯説はどうかな」

「わたしは、考えられないと思います」

と荻原が言った。

「君は彼女の支持者だったな」

と村越が微笑を浮べた。

「いや、そういうつもりじゃありません」

荻原は、小さな口をとがらせた。

「まあともかく、吉村三枝の証言の信憑性が、どっちになるか最後の決め手であることは事実だな。青木君の意見はどうだね」

と村越は尋ねた。

「わたしとしては、まだ何とも断定できません。まだ分らないことがいろいろあるんで」

「そりゃそうだろうが、例えばどんなことだね」

「六万円ですね」

「被害者が銀行から下した金だね」

「あれを、誰に渡したかですね。つまり誰かに会ってるわけです」

「もっとも、何か買った支払いだとすれば、大した問題じゃないね」

「そうです。しかしとにかく、まだその点が分ってません。それからもう一つ、これはちょっとしたことですが、妙なことがある。被害者のハンドバッグの中身についていた指紋ですけれど、口紅にあって、コンパクトにない。これはおかしいと思いますね」

「鍵を出す時、手を触れたので拭いたんだろうな」

「そうかも知れませんがね」

と青木は答えた。

やがて会議は散会した。帰ろうとする青木を村越が呼び止めた。

「さっき久保から電話の言伝《ことづ》てがあったよ」

7

太陽の降り注ぐ広い道路には、見本市に使ったアーチや塔のようなものが、残骸のようにまだ建っていた。しかし時折トラックが通る外、殆んど往来はない。

大きい半球型のコンクリートの屋根の建物の前に、一台の黒塗りの乗用車が来て止った。中から小柄で、下腹の突き出た男が降りると、男は手で合図をして、車を行かせた。広い道の端に一人残った男はタバコに火をつけて、あたりを見回した。禿げ上って後に反った額が、太陽を受けて光っている。黒塗りの乗用車は、元来た方向へ去って行ったようだった。

少し離れた別の建物の蔭にタクシーを停めていた久保は、運転手に発車を命じた。タクシーは立っている男の前へ来て止った。

「名取さんだね」

と久保が尋ねると、男は、

「おめえか」

と答えた。

「乗ってください」

名取は、ちょっと車の中を探るように覗いたが、黙って入って来た。走り出すと、名取は、座席の前の灰落しを引っぱり出して、タバコの灰を叩いてから、久保の方に顔を向けた。日に焼け、少しむくんだように肉のついた顔であった。特別の感情を表していない。小さな眼に、薄ら笑いが浮んでいる。

「名前をまだ聞いてなかったな」

「久保と言うんですよ」

久保は、親しそうに体ごとを名取の方へ向け、弾んだ声で答えた。名取は、妙な奴だと言うように、笑っていた。

「どういうつもりなんだ」

「電話で話した通りですよ」

「本気であんなことを考えてるのか」

「本気ですよ。確信があるな、僕は」

「困った兄いさんだな」

「あなたが来たということが、益々僕の確信を深めましたよ」

「いや、おれ達に妙な言い掛りをつけられると困るんでな。一応話だけはつけておこうと思ってな」

名取は、しゃがれた太い声で押えつけるように言った。

「こっちも話をつけたいと思ってね」

久保は、笑おうとしたようだが、片頬が妙に引きつっていた。名取は、久保の顔をじろじろと見た。その眼から笑いが消えて、冷たい色が残っていた。

「何処へ行くんだ」

「僕の家へ行くんですよ」

「おめえの家は何処だ」

「深川ですからね。すぐですよ」

名取は、シートに背をもたせると、太い短い腕を組み、眼を細くして、黙りこんでしまった。久保も、時々運転手に道を指示するほか、何も言わなかった。

古ビルの前で車を下りると、名取は訝しげに、その毀れた窓を見上げた。久保は、ドアをきしませて中へ入ると、促すように名取を振りかえった。

「ここかい」

「そうです」

名取は、嘲るように鼻を鳴らして、久保について来た。

名取は部屋へ入ると、

「なかなかいいとこじゃねえか」

とお世辞を言った。

「坐ってください。茶を入れますから」

久保は、魔法瓶から湯を取って、インスタントコーヒーを入れた。

「一人かい」

「そうです」

二人はテーブルに向き合って坐った。

「話をしよう」

と名取が切り出した。声に特別凄みを持たせるようなところはなかった。子供に話して聞かせるような調子で、何処となく、久保に対して好奇心を抱いている様子が見えていた。

「江ノ島の件は、おれも覚えている。うちの若いもんが、死んだ男の所へ遊びにも行っていた。おれも警察から話を聞かされた。それから今度またうちの若いもんが、どっかの出版社の男を車で撥ねた。しかし話はそこまでだ。聞くところじゃ、お前さんは、そのことを小説に仕立てたそうだが、あんまり妙なことを書かれると迷惑する人間が出てくる。だからそんな小説なら止めて貰いてえんだ」

「あなたの言い分はそうだろうと思いますがね。こっちは小説を止めるわけには行かないから、眼をつむって貰いたいんですよ」

「つむれるものはつむるし、つむれないものはつむれねえ」

「僕の方は調べたことを全部書いてるわけじゃない。遠慮してるところもあるんですよ」

「電話で、何か言ってたなあ」

「そうですよ、聞かせましょうか」

久保は、テープレコーダーを、壁の傍の箱の上からテーブルに持ってくると、コードを電灯の二股へ差しこんだ。

名取は、椅子に胸を反らして、少し機嫌を損った顔で、それを見ていた。テープが回って、男と女の問答の声が聞えると、名取は、眉の間に薄く皺を寄せ、何か感じ取ろうとするように、瞳を動かした。

問答が終った。久保はスイッチを切り、名取の顔を見た。

「それだけか」

「そうです」

「なんにも分らねえな」

「まあね。しかしこの人にもっといろいろ聞くことはできますよ」

「まるでおれが、あの男を殺したような話じゃねえか」

名取は、嘲るような笑いを浮べた。久保は黙っていた。

「おめえも、大した男だな。小説なんか書かしとくのは勿体ねえ位だ」

久保はやはり黙っていたが、テーブルの上に置いた手が、僅かに震えていた。彼はその手をテーブルの下におろした。

「おれはな、もうこの節は、あんまり斬ったはったはやらねえ。だけど、事務所にゃ馬鹿な野郎が大勢いる」

「分ってますよ」

と久保は急いで言ったが、声は昂った調子になっていた。

「こっちもそれ位のことは覚悟してるんだ。それでなきゃ、あんたのような人を呼び出すなんてことはできやしない。僕としては、どうしても小説を出さなきゃならないんです。あなた方は、これ以上騒がないで貰いたいんだ」

名取の眼が急に、日がかげったように暗くなった。彼はゆっくり立ち上った。そして、

「小僧——」

と言うと、久保の襟を摑んだ。久保は抵抗しなかった。

「おれが、こんな子供騙しに乗ると思ってるのか。人をなめるのもいい加減にしろ。お前、何を考えているのか知らねえが、とてもまともじゃねえな。あきれて、ものが言えねえよ。人に罪を着せようなんて了見は、只じゃ済まねえぜ。分ってるだろうな」

「分ってるよ」

久保は蒼い顔をして答えた。

「おれの方は、何も言うことあねえ。おめえも、なんなら好きなようにやって見な。どういう目にあうか。——分らなきゃしょうがねえがな」

名取は、それだけ言うと、ドアを開けっ放しにして出て行った。

その足音が、下に消えると、黄色いカーテンが開いて、青木が出て来た。

「どう思いますか」

久保は、青木の顔を見つめた。

「そのテープはどうしたんだ」

「これは作りものなんです」

「へえー」

青木は、上目で久保を見た。

「しかし、彼は動揺してましたよ。僕を嚇しつけることができなかったのは、何か薄気味悪いものを感じたからですよ。それで、今日は大人しく帰ったんだ」

「そうかも知れねえな」

「それから、もう一ついいことを思い出したんだ、僕は。あいつを一度前に見たことがあるんだ。しかもね、千恵子と一緒にいる時」

「いつだ」

「僕は千恵子と一緒に、佐藤の工場を見に行ったことがある。ほら、この前ドライブした時なんだ。あの時、やつが、佐藤の工場にいたんです。確かにあいつなんだ」

「何をしてたんだ」

「僕達を監視してたんですよ。つまり、連中は千恵子の行動を、当時から或る程度勘付いていたんですよ。それで、あいつが監視についていたのに違いないですよ。あの工場は名商の取引先だから、千恵子は名商の誰かに紹介して貰って行ったんでしょう。だから名商の方から、名取の方へ連絡が行ったんだな」

「一応説明は付くな」

「そうですよ」

と久保は眼を輝かせた。しかしその輝きは、相手の心を読み取ろうとする努力のため一層増しているのかも知れない。

「江ノ島の事件は、あるいはもう古くて十分な調べができないかも知れないけれど、今度の件については、大いに考える余地がありますよ。名取は千恵子の住いも知っていた筈ですからね」

「そうだろうな」

青木はそう言うと、ドアの方へ歩みかけた。

「帰るんですか」

「うん。今の男に会ってみよう。君も案外度胸がいいらしいが、気をつけた方がいいな」

「ええ気を付けましょう」

久保は、青木の後姿を見送ると、口の端に微笑を浮べた。その微笑は、勝ち誇っているようでもあり、又反対に何かに怯えているような感じでもあった。

第六章　罠と檻

1

六時少し前、久保は事務室に入って、

「今夜付き合わないか」

と言った。

「いいわ」

三枝は小さなあくびをしてから答えた。

「いろいろな話があるんだ。何処か静かな所へ行かないか」

「静かなところ？　ホテルなんて嫌よ」

「いや、そういうつもりじゃないさ」

「じゃ事務的なお話？」

「まあね」

「じゃ、おじいちゃんが帰ったあと、ここに残っていたら？」

「そうだな」

久保は、カウンターの所に戻って時間が終るのを待った。

店が閉って、永石が帰ると、二人は事務室へ入った。

久保は暫く黙っていた。

「話ってなあに」

三枝はコンパクトと口紅をハンドバッグへ放り込むと尋ねた。

「僕が今、窮地に立ってるってことは、この前話したから分ってるだろ」

「窮地？　――ふうん、窮地ってほどのもの？」

と三枝は感心したように言った。

「そうさ。一種の窮地だよ。警察には疑われてる。折角書いた小説は出せない。それでね、この前の録音の件は、あれでうまく行ったんだ。名取という奴をうまく引っ張り出して来てね。それと刑事も呼んで。名取が臭いということが、ある程度分ったんだ」

「大活躍ね。それも小説に加えるといいわ」

「まあ聞いてくれよ。名取が殺された女と関係があるってことは想像できるんだ。ところが、それを確実にする方法が、今のところないんだ。それで困ってる」

「警察はやってくれないの」

「刑事なんか、当てにならんさ」

「そうかしら」

「それでね。ひとつだけ方法があるんだ。かなり有望な方法だ」

久保は、黙って頷いた三枝の顔を、確かめるような眼で暫く見ていた。

「あたしに何か頼みたいのね」

「そうなんだ。それに今度は、相手のある仕事なんだけど、是非頼みたいんだよ。ほかに方法がないんだ」

「ふうん、どんなこと」

三枝は笑顔を作った。久保は力を得たように喋り出した。

「君のお父さんに怪我させた石川というやつを知ってるだろ」

「あたし会ったことないわ。話は聞いてるけど」

「そいつに会って貰いたいんだよ。示談書が交してあるんだから、そいつから入院費なんか取れるんだろ」

「でも、健康保険だから、入院費って殆んどないのよ。そのほかに少しはかかったけど、パパがいいと言うのよ」

「それでもさ、いいならいいでそのことを話すという口実で、やつを呼び出して会って貰いたいんだ」

「大丈夫かしら」

「大丈夫さ。昼間、人の大勢いる所で会う分にゃ、どうってことないよ。それでね、やつに会ったら、名取のことやなんか、連中の話をできるだけ聞いて貰いたいんだ」

「そんなこと話すかしら、難しいわ」

「いや話すような、当りさわりのないことでもいいよ。何でもいいんだ。とにかくやつからいろんな話をさせるのさ。あいつはね、名取をいつも車に乗せてるんだよ。何処へでも名取と一緒に行ってるに違いないんだ」

「それで、殺された女の人の所へ行ったかどうか聞くの？」

「そりゃ無理だろうね。まあ、喋ってくれりゃそれに越したことはないけどね。どうせ、あまりおつむは良くない奴だよ。おだてて、なるべく長いこと話しを聞いて貰いたいんだ」

「まあ、やって見るわ」

「連中の事務所の下が喫茶店になってる。そこへ呼び出して、話したらいいだろ。僕も、そこへ行って遠くからようすを見てるよ。大丈夫さ」

「そうね。ああいう人と話して見るのも、面白いかも知れないわ。一度連絡してみるわ」

久保は、ポケットから、手帳を出して開くと、三枝の前に置いた。

「それが日光企業の電話番号だ」

そして、受話器を、三枝の前に向けた。三枝は、眼を大きくして、久保を見た。

やがて三枝はダイヤルを回した。

「もしもし、日光企業さんですか。――石川さんいらっしゃいますか」

しばらくして三枝は受話器を置いた。

「今、いないんだって。――いいわ、また連絡して見るわ」

「恩に着るよ」

「でも、どうして自分で会わないの」

「男だと連中は気を許さないからさ」

久保はかがんで三枝の顔を抱いて、唇をつけた。

「静かなところへ行かないか」

「もう用はすんだわ」

「これからさ」

「馬鹿ね」

「そうだ――」

久保は、体を離した。

「まだもうひと仕事残ってたんだ。帰ろう」

表へ出ると、久保は三枝と別れた。


彼は地下鉄で神田へ出ると、駅の近くの裏通りに入った。そこに間口の狭いビルがあり、その二階に探偵事務所があった。久保はそこへ上って行った。

あまり広くない部屋に、机がぎっしり並んで、三人ばかりの男が仕事をしていた。その内の一人の、背の高い、髪の薄い男が、久保の応対に出た。

「個人調査ですか」

「ええ。池袋に日光企業というところがあって、そこの幹部で、名取仙太郎という男なんですが」

男は、久保の言うことを書き取った。

「主な調査項目は?」

「私行ですね。女のこと、収入とか、その他弱点になるようなこと」

「日光企業というのは、どんな会社です」

「トルコ風呂とかパチンコ屋とかやってるらしい。やくざの作ってる会社ですよ」

「この男はやくざの幹部なんですね」

「そうです」

「じゃ、警察へ行けば、かなり分るんじゃないかな」

「多分ね。とにかく、なるべく沢山のことを調べて貰いたいんです。どちらかというと、浅く広くね。それに急ぐんです」

「いつまでですか」

男は、ギョロッとした眼を上げた。

「二、三日」

「随分急ぐんだな」

「報告書はいらないですよ。又ここへ聞きに来るから」

「広く浅くね」

「ええ、女とか、金のことね」

「分りました」

久保は事務所を出た。

街は暮れかかっていた。久保の頬に、薄い疲労の影が漂っていた。

2

喫茶店《湖月》の中は、割合い広く綺麗であった。久保は、あまり客の入っていない店内を見回すと、奥に近い壁際の席に腰をおろした。それから、二、三分すると、三枝が入って来た。何気なく見回して、久保がいるのを眼に止めると、カウンターの前に坐っている女の子に、

「日光企業の石川さんを呼んでくださらない？　電話でそう言ってあるんだけど」

と言った。

女の子は、三枝を一瞥すると別の女の子を呼んだ。三枝は、久保と少し離れた所で、互に顔の見える席に坐った。

間もなく、若い小柄な男が、入って来た。レジの女は三枝の方を指差した。男は肩を振って三枝の所へ来た。その眼に明らかな好奇心が浮んでいる。

「吉村てえの、あんたかい」

「ええ、石川さんですね」

石川は三枝の前に坐ると、じろじろと無遠慮な視線を向け、やがて薄笑いを浮べた。顔は真夏の雑草のように埃っぽく汚れていた。

「退院したのかい」

「きのう退院しました」

三枝は、ぎごちなく答えた。久保はテーブルのコップを見ていた。そして久保の方へ視線を流した。

「入院費なんか、会社で払ってくれる筈だぜ」

「健康保険で払って貰いましたから、大したことないんです。ですから、それはもういいんです」

「ふうん。じゃ、何の用だい」

石川は、腰を前にずらし、顎を上げた。

「最初お巡りさんが来たりして、あんな示談書を書か

したりなんかしたので、気を悪くされてると困ると思いまして、その点よく――」

石川は、満足そうに笑った。

「それで、話しに来たのかい」

「ええ――。わたし、あなた方のこと、よく分らないものですから」

「つまり、おっかねえというわけだな」

「ですから、わたし達何とも思ってないんですから」

「そんなにおっかながることあねえんだよ。おれ達だって、ちゃんとした会社やってんだからな」

「あら、そうですか」

「そうさ」

「じゃ、名取さんて方なんか、重役さんみたいなんですか」

「お前、兄貴知ってるのか」

「ええ、ちょっとお名前を聞きました」

「そうだな。重役みたいなもんだな」

「あなたが、その車を運転してるんでしょう」

「そうだよ。だけどよお、断っておくけど、おれは唯の運ちゃんじゃないんだぜ」

石川は説得するように、口をとがらせた。

「じゃ、秘書みたいなんですか」


三枝は、眼を丸くして、あどけない表情を作った。石川は返答に困ったようであった。

「いつも、一緒なんですね」

「そうよ。兄貴とおれはいつも一緒だ」

「面白いでしょうね」

「面白いこともあるけどよお、つらいこともあるよ」

「あら、そうですか。わたしあなた方の生活のこと、ちっとも分らないので、とても興味あるわ」

「兄貴は、夜おそいだろ。バーなんか閉ってから、女の子を引っぱり出すだろ。それからしけ込んじゃうだろ。その間、二時間でも三時間でも、待ってんのさ、こっちは」

「あら、そうですの」

三枝は笑った。

「その代りよお、それだけのことをしてっからさ、兄貴もおれのことは目をかけてくれてんだよ。ほかの者よりはな」

「女の人って、やっぱりあちこちあるんでしょうね」

「そりゃな。みんなおれ知ってるけどよ。喋るわけにゃいかねえけどよ。そこんとかあ、やっぱり、知ってて、喋らねえでいなきゃならねえことがあるんだよ。そりゃ、おれも気を使ってるからな」

石川は、真面目な話をして聞かせるような調子になっていた。

「わたし、いつか、あなた方のお話を聞いて見たいと思ってたのよ、でも、何だかこわくって。でも、今こうしてお話ししてると、そんなにこわくないんで、安心したわ」

「そりゃよお、いざという時や、体を張ってやっちゃうけどよ。普通の時は、やっぱし普通にしてんのさ」

「それに、あなたのこと知ってると言えば、ここいらでは、心配ないでしょう、街歩いてて」

「そうだよ。おれのこと、みんなは純って言ってんだ。純を知ってるって言やあ、誰も手を出しゃしねえよ。どうだい、少し表へ出て見ねえか。少し案内してやるよ」

石川は三枝の顔を覗きこんだ。

「そうね」と三枝は答えた。

石川は三枝を連れて、盛り場の中をぶらぶら歩いた。少し遅れて久保がついて行った。暫くして、石川はあるバーの前で止ると、三枝を中へ誘い込もうとした。三枝は石川から急いで離れると、

「あたし、今日はもう帰らなきゃなりませんから」

と言った。

「いいじゃねえかよお」

「又、お目にかかりますわ」

「いいじゃねえか」

「失礼します」

三枝は、急いで歩き出した。石川は少し追ったが、すぐ諦めた。

表通りへ出たところで、久保が追い付いた。三枝は、まだ逃げるような足取りだった。

「やっぱりこわいわ」

「そうでもないじゃない」

「あそこへ引っぱりこまれたらおしまいよ。仲間がいて、二階かなんかに連れて行かれちゃうわ。もうこりごりよ」

「何か話したかい」

「大したこと話さないわ。でも、彼は名取の運転手らしいわね。やっぱり」

「それだけ分りゃいいよ。だけど、もう一度だけあいつに会ってもらわなきゃならない」

「いやだわ」

三枝は、詰《なじ》るような眼で、久保を見た。久保は、視線を落していた。二人は地下鉄の方へ下りて行った。地下鉄を歩きながら、久保は言った。

「もう一度だけだよ。それに今度は、やつをこの界隈

から引っぱり出すだけなんだから、そんなに危険はないよ。電話をかけて、適当な所へ呼び出すんだよ。それからタクシーに乗って、僕の家へ連れて来てくれりゃいい。なんなら、そのあとを僕もついて行くよ。僕の家まで来たら、あとは僕がやるから。やつも、この辺から出てしまえば、そんなに大きな顔はしないよ」

「どう言って呼び出すの」

「やっぱりさ、連中の生活に興味を持っている人間がさ、作家かなんかが会って話を聞きたいと言ってると言えば来るだろう」

「来るか知ら」

「来るだろう。君に対しても多少野心があるだろうから」

「それが困るのよ。これから付きまとわれたらどうするのよ」

三枝は、立ち止るようにして、久保の顔を見た。

「そんなこともないだろう。君は何も、連中に弱みを握られたわけじゃないんだから」

久保は乾いた静かな眼で、三枝を見返した。

3

三枝は、西銀座の交番の前で待っていた。

石川純は、地下鉄の出口から、そこへ上って来た。そして三枝を見つけると、その辺りに落着かない視線を配った。三枝は笑って見せた。石川は、前と同じ黒っぽい背広を着ていたが、ネクタイは、新調したらしく、白地に赤い水玉のある絹のをやっていた。

「一人かい」

「そうよ。これから行くの」

三枝は、タクシーをつかまえた。

石川は、何処へ行くのか、どんなやつに会うのかと、しきりに尋ねた。

「若い売り出し中の人よ。とにかく、あなた達の世界のことを、何でも話してくれればいいのよ」

と三枝は答えた。

「しかし、滅多に喋れねえこともあるからな」

と石川は、少し安心したようすになった。そして、三枝の方へ体を寄せた。三枝は隅に寄って体を硬くしていた。

タクシーがぼろビルの前で止ると、すぐそのあとへ、つけていた久保のタクシーも追いついた。

「なんでえ、こりゃ」

と石川は、ビルを見上げた。

久保は二人の所へ近寄った。

「三っちゃん、もう帰っていいよ」

三枝は、久保の乗って来たタクシーの方へ急いで行った。

「おい、おめえなんだ」

石川が、狼狽したようすで、久保に峻《けわ》しい眼を向けた。

「あの女が話しておいた男だよ。あんたの話が聞きたいんで、来て貰ったんさ」

三枝の乗ったタクシーが走り出すと、石川は舌打ちをした。

「畜生、騙しやがったな」

「騙しやしないよ。おれが頼んだんだ。話を聞かしてくれりゃ、お礼をするよ。まあ、入ってくれよ」

久保は、ビルのドアを押した。石川は、道に立っていた。

「おい、入ってくれよ。誰もいやしねえよ。おれだけだ」

石川は、事態に対する判断がよくつかないらしく、そのために、ひどく腹を立てているようすであった。それでも暫くすると、久保についてビルへ入って来た。

部屋へ入ると、石川はじろじろ見回した。

「おめえの部屋か」

「そうだよ。まあ掛けてくれ」

石川が腰をおろすと、久保はタバコをすすめた。それを取りながらも、石川の顔からは、警戒の色は消えていなかった。

「この前、君の兄貴の名取さんも、ここへ来たよ。いつか、君が豊洲の方へ送って来たことがあったろう。朝さ」

石川は、眉を寄せた。

「おれと名取さんとは、ちょっとした知り合いなんだ。ざっくばらんな話さ、おれは名取さんのことを聞きたいんだよ」

石川の顔は一層曇った。相手の意図を、一生懸命見積り、そして一方では自分の威信を失わない出方を考えているようであった。

「兄貴のことを、何を聞きてえんだ」

「君は、さっきの女の子に、いろいろ話をしてくれたな。だけど、もうちょっと知りたいことがあるんだよ。君としては、あんまり喋りたくないかも知れなけどな」

「この野郎――」

石川は、立ち上った。椅子が後へ倒れた。

「おめえ、このおれに因縁をつけるつもりか」

「おい――」

久保は上目で石川を睨んだ。

「おれはな、おめえの兄貴の名取と張り合ってる人間だ。おめえなんかに嚇かされやしねえよ。おめえがこわかったら、一人でこんな所へ呼びやしねえ。まあ、坐んな、坐っておれの言うことを聞けよ」

石川は、口をもぐもぐ動かしながら立っていた。しかしすぐ行動に移る勢はなかった。

「君はいつも名取を乗せて走ってる。名取の行ったところはみんな知ってる筈だ。おれの聞きたいのは、名取が、世田谷の駒沢の方に行ったことがある筈だけれど、そこを知りたいんだ」

「そんなこと知るもんか」

石川が吐き出すように答えた。

「行ったよ。道からちょっと高くなった所にある、コンクリートの家だ」

「行かねえよ」

「まあ喋らないように言われてるんだろう。だから只で言えとは言わねえ。五千円出すよ」

久保は、ポケットから五千円紙幣を出すと机の上に投げた。それから、もう一度ポケットに手を入れると、手帳を出してひろげた。

「お前はな、あの女の子に少し喋り過ぎたよ。いいな――」

と久保は手帳を読んだ。

「名取には女が現在三人いる。一人は池袋のバー苦楽の美紀。一人は湖月の早苗。もう一人は、新宿で洋裁店をやってるよし子という年増だ。よし子には子供を産ましている。もう一人、映画女優の里見洋子というのがいたが、これは社長の金木に取られた。それから名取の収入だが、社長の方から毎月決ったものを貰ったほかに、会社でやっているパチンコ店やトルコ風呂に寄っては、ちょいちょいくすねている。これは社長には内証だ。バレると金木はケチだから、只じゃ済まないだろう。それから、前科は四つあるが、そのほかに、不起訴になったやつがいろいろある。お前は、名取の腰巾着だから、何でも知ってるが、初対面の女にこれだけ喋ったんじゃ、喋り過ぎだな」

「おれが、それを喋ったてえのか」

石川は、声を上ずらした。

「そうさ。お前が喋ったんだ。名取は自分じゃ言わないからな」

「――野郎――おれは、そんなことは喋らねえ――」

石川は、自分の感情を表わす言葉を見つけることができず、口のあたりを引きつらせた。そして顔の色は青白く変っていた。

「喋ったんだよ、お前は。今度、おれが名取に会った時、石川からこういう話を聞いたが本当かと言ったら、どうなると思う。お前はもう、あいつの腰巾着じゃおれなくなるだろうな」

石川はやはり呆然としていたが、その眼に僅かに、恐れと悲しみの色が浮んだ。

「お前が女の子に会ったり、電話で呼び出されたのは、みんな知ってるからな。女の子におだてられて得意になって喋ったと思われるぜ」

石川は答えなかった。彼の頭には予想していなかった事態に対処する方法が、全く考えつかないのであろう。

「だからさ、もう一つ喋ってくれよ。そしたら、名取にはなんにも言わないよ。少くともお前から聞いたとは言わないからな。――どうだ。駒沢の方へ行ったことがあるだろう」

石川は、悲しげに唇を噛んだ。少年のような表情であった。

ボックスの前を都電が通り過ぎると、あたりはまた暗くなる。時々自動車のヘッドライトがやって来た。

久保は、受話器を耳に当て、深い海の底でも覗きこむような眼をしていた。やがて、その口が急に綻びた。

「ああ、青木さん？　何処へ行ってたんだい。昼間中電話してたんだぜ。捜査して歩いてたの？　何を調べてるんだい。名取はどうした？　分ったの――うん、こっちはこっちでね、調べてるんだよ。今日、凄いことが分ったんだよ。それで青木さんに知らせようと思ってさ、電話したんだよ――」

「うん、名取にいつもついてる石川って奴知ってる？この前吉村さんを撥ねたやつだよ。名取の運転手してるんだ。あいつにゲロ吐かせたんだよ、今日。あんまり、フェアーなやり方じゃなかったがね。とにかくゲロを吐いたよ。何んて言ったと思う――」

久保は、向うの応答を聞きながら、ニンマリと口を曲げて笑いを漏らした。静かに眼を閉じ、満足げに大きな息を吐く――。

「こっちの狙い通りさ。石川はねえ、名取を乗せて何度か、千恵子の所へ行ってるんだよ。つまりさ、千恵子が例の事件を調べていることが分っててさ、それで警戒していたんだよ。既に前からね。そして、そんなことは止めるように言ったんだろ。千恵子は自分の思ったことをやり通す女だったからね、言うことを聞かなかったわけさ。それでああいうことになったんだよ。勿論さ、殺しに行く時は、名取だって、人に運転させた車で乗りつけやしなかっただろうからさ、そこまでは石川は知らないんだよ。だけど、とにかく名取は千恵子の所へ行っていたんだ。動機も十分ある。名取は、前にも佐藤を殺してる。これだけ揃ってるんだ。あとはねえ、あんた達の方で何とかしてくれなきゃね。警察は何してるって言われるぜ」

喋り終ると、久保は又、ニンマリと笑った。そして相手の言葉に聞き入った。

「そうさ。大変だったよ。僕としてはね、警察に協力するという意味もあるけどね。まあそれよりネタが欲しかったわけさ、正直言ってね。その節はね、ひとつよろしく頼みますよ。うん、うん、――そう、石川純ね。そう。あのねえ、昼間そっちへ電話した時、ほかの刑事もいたけどね、先ず青木さんに知らせようと思ってね、黙ってたんだよ。――いや、ま、とにかくよろしく頼むよ」

久保は、電話を切ると、暫くその余韻を楽しむような眼をしてそこに立っていた。やがて彼はボックスを出た。ドアの外へ向けたその眼は、油断のない冷やかな色に戻っていた。

4

名取は、調べ室の机に横向きになって、足を組んで坐っていた。

「へえ、あの小僧がね。驚いたガキだな。大した度胸だ。もっとも度胸なんてもんじゃないかも知れねえな。度胸なんてのは、こうすりゃ、こうなるって分っててやるのが度胸だ。今の若いやつらは、それさえ分っちゃいねえんだ。分らねえで、てめえのやりたいことにずけずけ手を出しやがるんだ」

「まあいいさ。それはともかく、石川からそう聞いたらしいんだ。あんたが、湯浅千恵子を訪ねたことがあるというのは間違いないね」

青木は、両方の前膊《ぜんはく》を机の上でくっつけて、名取の方へ体を傾けていた。入口の近くに、荻原が坐っていた。

名取は舌打ちをした。

「しようのねえ野郎だ。ベラベラ喋っちまいやがって」

「この間、なぜ知らないと言ったんだね」

「なるべく言いたくなかったですからね」

「どうして」

「お互に、迷惑ですからね」

「で、彼女の所へ時々行ってたわけだね」

名取は、眼を伏せて太い息を吐いた。暫くして、穏やかな調子で話し出した。

「変な眼で、見ないでくださいよ。もともとわたし達は、湯浅さんのためには、いろいろ働いて来た代りに、又いろいろ面倒も見て貰ってたんですよ。その時分から、あのお嬢さんのこともよく知ってたんだけど、ああいう社会のお嬢さんにしちゃ、変っててね、わたし達とよく話をしたもんですよ。わたし達が経験してるような、世間の裏話が好きでね。いろいろ聞かれましたよ。それで旦那が亡くなったあとも、時々話しに行ったわけですよ」

「その話を、彼女が公表する意志を持っていたのは知ってたんだね」

「あの人は、小説を書くとかいう話だったから、そういうネタにするつもりだったのかも知れませんね」

「しかし、何もかも公表されちゃ困ることもあるんだろ」

「いや大したことはないですよ。何もこっちはそう悪いことをしてるわけじゃないから」

名取は背を反らして、ポケットからタバコを出した。

「そうかな。彼女は案外とんでもないことを調べ出して来たんじゃないんかな」

「そんなものはないですよ」

「で、彼女の所へ最後に行ったのはいつだね」

「そうですなあ――あれは」

名取はゆっくり煙を吐いた。


久保は、ドアを押して入って来る青木を、眼だけで迎えた。その眼に、小馬鹿にしたような微笑が浮んだ。青木は、無表情でその前に立った。

「名取をつかまえましたか」

「今本部に来ている」

久保は、ゆっくり背を伸ばし、両手を頭の上にやった。

「やっぱり彼はあそこへ行ったでしょう」

「それは認めた。しかしそれだけじゃ仕方がない」

「だから、あとはあんた方の力次第ですよ」

「われわれの力というのは、関係者からできるだけ話を聞くことなんだよ。ちょっと時間をさいて貰えないかな」

久保は、椅子をガタッと言わせて立つと、事務室の方へ行った。中にいる三枝と永石に、得意げな微笑を向けた。

「また刑事が来た。話が聞きたいそうだから、ちょっと出てくる」

青木は久保を連れて近くの喫茶店へ入った。

「名取は行ったことは認めているんだが、もう一ヵ月位前のことだと言ってるんだ」

「一度だけ？」

「いや、たまに行ってたらしいんだ」

「何しに行ったんだろう」

「昔から被害者を知ってるという話だ。それでだね。ひと月も前に行ったきりだというのじゃどうも仕方がない。われわれとしては、最近になって彼が行ったという事実をつかまえたいんだが――」

青木は言葉を切ると、ちらっと久保の顔へ視線を走らせた。

「そんなことできないんですか」

久保は、椅子の背にもたれかかっていた。

「ひとつ思いついた方法があるんだ。あいつが本当はもっと最近に行ってて、それを隠してるんだとしてだね、そしてちょっとうっかりしていると引っかかるかも知れない」

「ふうん、罠にかけるんですか」

久保は顎を出して青木を見ていた。

「あんたが最後に行ったと言うのは、今月の五日頃だっけね」

「そうですよ」

「名取が最後に行ったのは三月の二十日か二十五日頃だと称してるんだ。そこで問題はだね。あんたが行った時、あの部屋のだね、テレビが何処にあったかということを聞きたいんだ」

久保が、思い出そうとする表情になった時、青木は言葉を続けた。

「実はこういうことなんだ。われわれが現場を調べた時、あの部屋のテレビは部屋の隅に置いてあった。しかしよく調べて見ると、それは最近ほかからそこへ移動させられた形跡があるんだ。最近だと思うんだが、しかしいつ動かされたのかは、本当はよく分らない。そこでだね、もしそれが、君があそこへ行った前で、又名取が行ったと言ってる前から、隅へ移されていたのなら、これは仕方がない。しかしどうもそんなに前じゃないと思うんだな。だから、君が行った日からあとに移されたものだとするとだよ、名取に、じゃ最後に行った時テレビは何処に置いてあったと聞くわけだ。先月の終り頃行ったのが本当で、その時のテレビの位置を憶えていれば、万事休すだ。しかし、その後行っていて、その時の位置が頭に残っているとすればだね、隅の所にあったと答えるかも知れない。二十五日以後に移されたものとすれば、彼は隅にあるなんてことを知らない筈だから、その後に行ったことを隠していたことがバレるわけだ」

「分りましたよ」

久保は、青木の説明を遮るように言った。

「それで、君が最後に行った時には、テレビは既に隅の方へ移されてたかどうかを思い出して貰いたいんだ」

青木はそう言うと俯向いてコーヒーを飲んだ。

「どうも僕の憶えてる限りじゃ、その時には、隅の方じゃなかったな」

「何処にあったね」

青木はコップを置いた。

「あれはね、壁の真中辺に置いてありましたよ」

「隣りとの境の壁だね。絶対間違いないね」

「そうですよ。壁にくっつけてね」

「われわれの調べでもそうなってる」

「で、名取にはまだ聞いてないんですか」

「これから聞いて見るんだ。彼がテレビの位置に全然関心がなかったら、どうしようもないし、又いつ何処にあったか明瞭に覚えていたら、それでもおしまいだがね」

「テレビてのは目につくし、又あのテレビは豪華版だったからね」

久保は、何かの専門家のように、落着いて意見を述べた。青木は、伝票を取って立ち上った。

5

石川純は、ゆっくりした足取りで管理人室の窓口へ近寄った。

「吉村さんは帰ってますか」

「どちらさんです」

「石川というんです」

「調べて見ましょう」

管理人は、受話器を取り上げた。暫くして、

「まだ帰ってないようですよ」

と言った。

「吉村さんはもう出勤してるんですね」

「出られてるようですね」

石川は、アパートを出ると駅の方へ向った。道の端の

軒下に体をつけるようにして歩きながら、彼は駅の方からやってくる人々の顔に視線を流していた。駅の前まで来ると、広場の端に寄って立ち、改札口の方へ眼を向けた。

三枝は、渋谷駅の長い連絡路を、厚い人の流れにもまれながら歩いていた。ホームも人で埋まっていた。電車が入って来た。反対側のドアが開いて中の乗客が出てしまうと、こちら側のドアが開いた。水が吹き出すように人々がなだれこんだ。三枝もその中に揉まれながら入った。

調べ室から、青木と荻原が出て来た。荻原は後手で戸を閉めると、

「名取は、テレビが隅の所にあったと言いましたね」

と、興奮した口調で言った。

「言ったね。間違いなさそうだ」

「逮捕状を取りましょうか」

「もう少し、前後の足取りを摑まないとね」

「そうですか。どっから始めますか」

「先ず、吉村三枝に当ろう」

二人は、署の玄関を急ぎ足に出た。荻原は、タクシーへ向って、その大きい体を精一杯伸ばして両手を振った。

石川は何本目かのタバコを吸おうとして、箱が空なのに気がついた。彼は舌打ちをすると、それを地面に叩きつけた。売店に行って一箱買い、火をつけた。それから又、改札口の所へ戻った。立ち続けて疲れた体をほぐすように肩を動かした。

間歇的な人の流れが、彼の前を通って行った。

展示場の前でタクシーを止めると、荻原が降りた。彼はすぐ車へ戻って来た。

「もう閉ってますよ」

「じゃ、住いの方へ行って見ようか」

「目黒でしたね」

車はまた走りだした。

「いてくれるといいですがね」

「また久保のやつとデートでもしてると、今夜はつかまらんかな」

銀座通りは混み出していた。車はあまり思わしく走らなかった。

「しかしもう大体目鼻はつきましたね。テレビの最後の位置を知ってたんだからな」

「しかし、どうもしっくり分らないこともあるよ。つまり動機さ。殺す気持だがね」

　青木は腕を組んだ。

　三枝は電車を降りた。ハンドバッグから定期券を出して改札口を通過すると、急ぎ足に駅を出た。

　駅前に並んでいる商店の一つに入ると、肉を頼んだ。そこを出ると八百屋に入った。それから果物屋に寄った。果物屋で、買物を一つに包み直して貰うと、それを下げてアパートの方へ向った。

　アパートに入ると、三枝はホールにあるエレベーターの指示灯を見た。二台とも上昇中であった。三枝は脇の階段を昇り出した。階段では誰にも会わなかった。二階の廊下にも人影はない。三枝は三階へ向って昇った。

　三階のホールにも誰もいない。三枝は廊下を自分の部屋の方へ歩いた。廊下は静かだ。昼間会社勤めをしていて、夕方戻ってくるという人はあまりいない。それに壁の遮音性がよくて、内部の物音は殆んど聞えない。

　三枝はハンドバッグの中に鍵をさぐった。それを持って自分のドアの方へ近寄る。鍵穴に差し込む。カチッと音がする。その時既に三枝は背後に人の足音を聞いた。しかしアパートの廊下は道路の延長に過ぎない。三枝は振り返らなかった。

　三枝がノブを回すと、別の手がドアを押した。三枝は小さく叫んでふり向いた。石川の顔があった。

　彼は三枝を部屋の中へ押しこむと、ドアを閉めた。

「なにするの」

　三枝は脅えて後退した。

「おい顔見知りじゃないか。そんな妙な顔するなよ」

　石川は三枝に接近した。

「出て行ってください」

　三枝は上ずった声で叫んだ。

「あのなあ――」

　石川は嘲るような笑いを片頬に浮べた。

「おれもなあ、ぶくろじゃ、少しゃ人に知られた顔だ。そのおれがよお、おめえみたいな小娘にいいようにあしらわれて、それで黙って引っ込んでおるわけには行かねえんだ。おめえだって、その位の覚悟はできてたんだろう」

　石川は、三枝の蒼い顔を楽しんでいるようであった。三枝が叫ぼうとした時、石川の手がその頬に飛んだ。三枝はよろけた。石川は用意をしていたようだった。ポケットから、スカーフのような布を引き出すと、体ごと三枝にぶつかって行った。

床に倒れもがく三枝の口のあたりを、石川は先ず布で縛りつけた。それから片手を動かすと、三枝のスカートと下着が、花のようにひろがった。

久保は、電話ボックスに入ってダイヤルを回した。

「もしもし、青木刑事はいますか。――ふうん。そう、出かけてるんですか。――僕は久保という者ですよ。いろいろ青木さんに情報を提供してるんですよ。今度の件でね。今日も青木さんが見えてね、ちょっとしたヒントを与えてたんだ。結果がどうなったかと思ってね。――ああ、いいですよ。じゃあしたでも連絡して見ますよ」

久保は、眉をしかめてボックスを出た。そして人の溢れた歩道をゆっくり歩いて行った。

二人の刑事は、アパートの前で車を乗り捨てると、急ぎ足で中へ入って行った。

「吉村さんは、何階?」

荻原が窓口に聞いた。

「吉村さんは三階、三〇九号室ですよ」

「帰ってるかな」

「お嬢さんの方が帰ったようですよ」

「娘さんがいりゃいいや」

二人の刑事は、階段を急いで昇って行った。

「豪勢なアパートだな」

荻原が言った。

「こんなの増えてるね。これでお互の家は壁一つでくっついているんだが、気持はぜんぜん別だからな」

二人は廊下を歩きながら三〇九号室を探した。

「ここか」

荻原が、ブザーを押した。

応答はなかった。荻原はもう一度押した。そして二人は顔を見合わせた。

石川はタバコを吸っていた。三枝は部屋の隅の床に体を丸くして俯伏せていた。

ブザーが鳴ると、石川は椅子から飛び上った。そして三枝の所へ走り寄ると、

「静かにしてろ」

と言った。

ブザーがまた鳴り、ドアがノックされた。石川は床に片膝をついて、ドアを睨んでいた。やがて静かになった。石川は立ち上った。

「おやじか」

三枝は床に伏せていた。

「おやじなら自分で鍵持ってるだろ」

石川はタバコを灰皿に投げた。

「さあ帰るか。あんまりゆっくりもしておれねえな。おい、あんまり悪く思うなよな。これを縁にひとつ、これからもちょいちょい付き合って貰うかな。おめえだってよ、もうまともな野郎とは付き合えねえだろうから、まあ、おれが可愛がってやるよ」

石川は三枝の所へ行くと、引き起そうとした。三枝は激しくそれを振り払うと、また床に伏せ、声を上げて泣き出した。

「初めはみんなそうだよ」

石川は、そう言い捨ててドアの所へ行くと、静かにノブを回した。それから、先ず細く戸を開け外を窺った。誰もいないようであった。

石川は廊下へ出た。人影はなかった。彼は階段の方へ歩いた。ホールのエレベーターの前に二人の男が立っていた。石川が通り過ぎようとすると、その一人が彼の前に回った。石川は眼を上げた。

「何でえ」

「君は今、吉村さんの所にいたな」

と荻原が尋ねた。

「何言ってやんでえ」

石川は、荻原を払いのけるようにして、その横を通ろうとした。

「待て」

荻原の足が飛ぶと、石川は床へ倒れた。青木は三〇九号室の方へ急いでいた。

6

真黒な塊のようなビルの一つの窓だけ、獣の眼のように、赤く灯がついていた。

青木はドアを押して中へ入ると、手さぐりで階段を登った。上に上ると、ドアを開けて久保が顔を出していた。

「誰だ」

「おれだよ」

「ああ、青木さんか、どうしました」

青木は部屋へ入ると、顔を曇らせて言った。

「悪い知らせを持って来たよ」

久保は、笑いかけた表情を止めて、さぐるように青木を見た。

「うまく行かなかったんですか」

「そうじゃない」

「じゃ何です」

「あまり言いたくないんだが、これは君にも責任があるようだから、やっぱり知ってて貰わなきゃならんだろうな」

「何の話です」

久保は、少し焦れているようであった。

「吉村三枝さんが、暴行されたんだ。相手は石川だ」

青木は、久保の顔を見ていた。久保は青木の言ってることが冗談かどうか確かめるように、暫く黙っていたが、

「本当ですか」

と言った。そして僅かに顔をしかめた。

「本当だよ。偶然おれ達が行き合せたんだが、少し遅かった」

久保は、顔を曇らせたまま椅子に腰をおろした。それは何か、自分に責任を問われるかも知れない事態に直面して、当惑している者の表情に似ていた。

「本人はともかく病院へ連れて行ったし、石川も逮捕した。こちらとしてはできるだけ本人に傷がつかないように計らうつもりなんだがね、娘さんにして見れば、これは取り返しのつかない悲劇だよ」

「そうですな。あいつ、又なんでそんなことをしたんだろう」

久保を見ている青木の眼が険しくなったが、久保は、その方を見ていなかった。

「なぜって君、そりゃ結局君のせいじゃないか」

「そうかな」

久保は、やっと青木の方に眼を向けた。そして青木の表情を見て、驚いたような顔をした。

「そうかなだって？　君が、あの娘を利用して石川に一杯食わしたから、石川は腹が納まらなくなってやったんじゃないか」

「そんなら僕のところに来ればいいじゃないか」

「馬鹿野郎。ここで理屈をこねてたって始まるか」

久保は黙ったが、不愉快そうな顔をしていた。青木は感情を押えるように静かな調子に戻った。

「それより君、君はなんとも思わないのかね」

「いや、そりゃ思いますよ」

「どう思うんだ」

「気の毒に思うし、大変なことだとは分りますよ」

「それだけか」

「それだけって？」

「君は、自分の恋人を与太者に犯されて、悲しいとも口惜しいとも、腹が立つとも思わないのか」

「ああ、そういう意味か」

と久保は言った。

「それだったらね、ちょっと違うんだな。彼女は僕の恋人じゃないですよ。大体僕は恋人なんてないんだ」

「なるほど。じゃこの前死んだ女はどうなんだ」

「あれだってそうですよ。言わなかったかな。千恵子とは確かに肉体的関係はあったですよね。しかし、要するにそれは交際の一つの形式でね。あの女が恋人というんじゃないんだな。僕は人間の心なんて、てんで信用していないんだ。信用できるのは、その時その時の事実だけなんだ。だから僕は、千恵子とのことをみんなテープレコーダーに取った。本人は変っても、こいつは変らないからね。そしてこれを時々聞いてるんですよ。前にそう言ったでしょう。あれを聞いてると、別に女なんかいらないってね」

「そうか。なんだか分るような気もするな」

と青木は静かな眼差しで答えた。

「君達には、恋愛感情なんて、もうないんだな」

「そうかな。しかし恋愛なんていうのは、結局相手を奪いたいという気持じゃないのかな。その奪い方だな問題は。しかし青木さんとこんな話をしようとは思わなかったな。青木さんはこういう話に興味があるの」

「あるな。ある意味でね」

「青木さんも、若い時があったんだからな」

久保は、面白そうに笑った。

「ところで、名取の方はどうなったんですか」

と久保は急に真剣な表情にかえった。

「あれはうまく行ったよ」

「そう、うまく行ったんですか。じゃ名取はテレビが隅の方にあると言ったんだな」

「そう言った」

「そうか」

久保は、背を反らし満足そうに微笑みを浮べた。

「それで、名取は今何処にいるんです」

「署に置いてある」

「逮捕したわけですね」

「いや。人を逮捕するには、相当の理由がないとね、裁判所で逮捕状を出してくれない。まだ不十分だな」

「そうかなあ」

「とにかく君があそこへ行ったのが、五日だろう。千恵子が殺されるまで四日ある。その間のいつかテレビが移されたわけだが、それから殺されるまでの間が、また何日かあったかも知れない」

「そりゃそうでしょうがね。とにかく彼は嘘をついてたんだから」

「それから、判事を納得させるためには形式がいる。君が今月の五日に行ったこと、それからその時テレビはまだ、壁の中央に置いてあった旨の、正式な調書がいる。それからだ、その後君はあそこへ行っていないということも、客観的に納得されないと困るんだな」

「そりゃ行ってないですよ。行ってないと言って判でも押せばいいのですか。しかし行ってないってことを証明するのは難しいな」

「そうだけどね。特に犯行のあった日とか、その一日二日前が重要だね。つまり君の信頼度の問題だ。当日行ってないことは確かだったな」

「そいつは分って貰えてるわけだけど、前の日はどうだったかな。八日だな」

「月曜だ」

青木は手帳を出して見た。

「日曜は確か一日ここにいたな。晩には飯を食いに出た筈ですがね。月曜は、分らないな。なんにも記憶にないから、多分何もしないで此処《ここ》へ帰って来たんだろう。だけど証明はできないですよ」

「よく考えてくれ。証明できなきゃ、調書だけでもいいがね」

「うん。とにかく、あそこへは絶対行ってませんよ。行った直後に、あれが殺されたんなら覚えてるからな」

「じゃ、行こう」

青木は腰を上げた。久保は上着をつけ、ポケットにタバコを入れて灯を消した。

7

「名取にはアリバイはないんですか?」

車に乗ると、久保は青木の方へ体を向けた。

「まだ調べてない」

「なんだ」

と久保は笑った。

「もしあったらどうするつもり、青木さん。もっともああいう連中は、必要とあればアリバイの証人を、百人でも用意できるだろうからな」

「うん」

青木は、あまり話したくないように小さく頷いた。二人は暫く黙っていた。やがて青木が思い出したように言った。

「吉村三枝はな、ああいうことになって君にあわす顔がないと言って泣いてたんだよ」

「あ、そう」

久保は不意を衝かれたようにそう答えたが、それ以上何も言わなかった。二人は署に着くまで黙っていた。

青木と久保が署に着いて、捜査本部になっている二階の部屋に入ると、名取がいた。名取は、村越警部の前の椅子に坐って、入ってくる二人の方を振り返った。

部屋には村越警部のほかに、荻原や田沼、そのほか二、三人の刑事がいて、皆、入って来る二人を眼で迎えていた。

青木は久保を、名取の横に、村越の方を向けて坐らせた。二人の男は顔を見合せた。久保の眼には、薄い笑いが浮んでいた。名取の眼には、強いて言えば、非難するような色が浮んではいたが、しかしあまり強い感情は現れていなかった。

「おたくの若い者が、とんでもないことをやってくれたらしいな」

と久保が言うと、名取は僅かに眼を細くして答えた。

「いい気なもんだな、小僧」

「それじゃ名取さん」

と村越が呼んだ。

名取は、ゆっくりと視線を、久保から警部の方へ移した。

「もう一度尋ねますから、間違いなく答えてください。あなたが最後に湯浅千恵子の部屋に行った時、テレビは部屋の何処にありましたか。詳しく言ってください」

「隣りとの境の壁と外側の壁の隅の所に斜めに置いてありましたね」

「間違いないですね」

「間違いないですよ」

「そうですか」

と村越は久保の方を向いた。

「久保久男さんですね」

「そうです」

「あなたは四月の五日に湯浅千恵子さんの部屋へ行きましたか」

「行きました。確か五日だったと思いますね」

「テレビが置いてあるのを見ましたか」

「見ました」

「何処にありましたか」

「壁の真中辺りにありました。隣りとの境の壁です」

「間違いないですか」

「間違いないです」

「それじゃ、四月の七日八日九日に、湯浅千恵子の部屋へ行きましたか」

「行きません」

「テレビの位置のことで彼女か誰かに聞いたのですか」

「いや。自分で見たんです」

「そうですか」

村越は二人を見較べた。

「今質問したことはあなた方にとって重要なことですが、間違いないですね。二人とも」

二人は頷いた。

「そうですか、じゃあなたはお帰りください。遅くまでご苦労さんでした」

村越はそう言って、名取の方へ頷いた。それからすぐ久保へ向うと、

「あなたをこれから、湯浅千恵子殺害の被疑者として取調べます。しかしあなたは自分の意志に反して、供述する必要はありません」

と言った。

久保は、それが飛んでもない冗談か、それとも、芝居か何かの台詞のように感じたらしい。彼は、青木の方を向いて笑った。

「なんの話だね」

「君が湯浅千恵子を殺したって話だ」

と青木は答えた。

「だっておれは、あの日はあそこへは行ってないよ」

「どうだかな」

「あんた方が調べた筈だ」

「夜中までは行ってない」

「じゃ殺せないだろう」

「しかしあとで行っただろう」

「あとで？　何のために？」

「いろいろ細工をするためにだよ。その時、テレビの位置が変ってるので驚いただろう」

「さっぱり分らんね。あんたの言ってることは」

久保はしかし、どことなく打ちひしがれた表情になっていた。

「じゃ話をしてやろう」と青木は言った。

「千恵子が、駒沢のあの部屋で殺されたとなると、君にはアリバイがある。しかし、彼女があそこで殺されたのでなければ話は別だ。こっちの考える所では、千恵子は、死体の発見されたすぐ近くで殺されたんだ。恐らく君の所の、あの倉庫の中だな。あの日彼女は銀行から六万円払い出して、君の下手くそな絵を号一万円で買ってやりに、あそこへ来た。そういう類の援助を君はいつも彼女から受けていたんだ。見物人のような恰好であそこへ入っても、三枝ですら彼女のことは知らないのだから、

誰も気付きはしない。倉庫の中へ誘って殺すと、外側の窓は開けられるようにして、ドアの鍵を掛けたんだ。夜、三枝と映画を見て帰りに、バーへ寄って、便所から空地へ入り、窓から倉庫へ入って、死体を空地へ担ぎ出した。そしてスカートを絵に押しつけた。靴を脱がせ、ハンドバッグと絵を囲いの扉の傍に置いた。しかし慌ててそんなことをやってる時に、過ってハンドバッグの口からコンパクトが落ちた。それを拾って指紋を拭き取ってまた納めたが、その時、コンパクトの鏡に広告灯の光が反射して、前のタバコ屋の娘の眼に入ったというわけだ。

バーから出ると、駐車場に置いてある千恵子の車を持って来て囲いの前で止め、靴とハンドバッグと絵を取った。それを彼女の部屋へ持って行った。絵は壁の真中にある釘に掛けるより仕方がないし、そのつもりだったのだろう。それから絵を床へ引き落した。

死後数時間静置した死体を動かすと、死斑その他の状況から動かしたことが分る。普通死体を動かすのは、殺害場所を分らなくするのが目的だ。それとも死体を隠すためかだ。そこで、そういう死体を発見すれば、何処か離れた所で殺したと考えるのが普通だ。すぐ傍だとは思わない。スカートに絵具が付いている。こっちはその絵具をやっきになって探す。やっと被害者の部屋で絵が見つかる。誰だってそこで殺したと思いたくなる。君はそれを心理的逆手に使ったんだ。割りと頭はいいさ」

青木は久保の顔を見ていた。久保は、やや顔を伏せていたが、眼は静かに開き、口を少し開けて息をしていた。

「ところが一つだけ予定に狂いがあった。それは、壁の絵を下げる釘の下にテレビが置いてあったことだ。それまではいつも、隅にあったんだ。ところが彼女が部屋の気分を変えるためにしたのだろう、釘の真下にテレビがあった。君は困った筈だ。というのは、君の計画では、彼女がそこで殺され、その時の格闘で絵が引き落され、その上に彼女が倒れたということになる筈だった。しかしそこにテレビがあると、絵が誤って落されるということが不自然になるし、万一落ちたとしてもテレビの後に落ちる筈だから、被害者がその上に倒れることが難しくなる。スカートに着けた絵具の意味がなくなる。それで君は、テレビを元あった隅の方へ移した。しかし四本の脚の跡が絨毯の上に残った。仕方のないことだし、唯それだけなら致命的な問題じゃなかったかも知れない」

久保は、眉を寄せていた。それは青木の喋っていることを、一生懸命理解しようと努力しているような表情であった。

「するとここに名取という人物が出て来た。君は、最初から彼に犯罪を負わせようという計画は持っていなかったんだろう。しかし、だんだんその線が有望になって来た。おれ達も、名取に眼を付け出した。そこで君は、彼に背負わせられるかも知れないと考えた。その時おれが君の話を聞きに行った。君がこの五日に行った時、テレビは何処にあったかと言ってね。君は、名取を引っかけることが十中八、九成功しそうに思っていたものだから、あせって逆におれの罠に引っかかったんだ。

五日には、テレビはまだ部屋の隅にあった筈だ。それを正直に答えればよかったんだ。ところが名取を罪に陥れようとして、つい嘘をついた。壁の真中にあったとね。この壁の真中にあったと言ったのが不味いのだ」

「なぜだ」

久保は、やっと、そして不意に口を挟んだ。

「実はまだ言ってなかったが、名取が最後にあそこへ行ったのは三月の二十五日頃じゃなくて、彼女の殺される二日前の七日の午後なんだ。これは石川を調べても分ったし、その点で名取に嘘をつく理由はない。そして大事なことは、その時テレビはまだ隅に置いてあったんだ。彼女がそれを動かしたのは、それから殺されるまでの間なんだ。君は七日以後彼女の部屋へ行っていないと言った。しかしそんなら、どうして正しいテレビの位置を知っていたんだ」

「ペテンにかけたんだな」

と久保が激しい怒りを顔に現わした。

「少しはな」

と青木が落着いて答えた。

「しかしみんな情況証拠じゃないか」

「追い追い固めて行くよ」

「名取が嘘をついているのかも知れないじゃないか」

「彼には、殆んど動機がない。君についてもはっきり動機が分らなかった。しかし今日、やっと分ったような気がするよ」

「どんな風にだ」

「それはね、君の、自分のことしか考えない非情さだよ。君は彼女から随分面倒を見て貰ってた。彼女はいろんな材料を持って小説を書こうとしていた。昔は彼女の口述をテープから筆記して、それでまた幾らか貰っていたんだろ。所が君は、それを全部自分のものにして、自分が作家になりたくなったんだ。流行作家になりたくなったんだ。子供じみてると言えば子供じみてる。そうだよ、子供だよ。子供みたいに自分中心主義で、残忍だ。その君の心が、今日、三枝の災難に対する君の反応で、おれに分ったんだ。おれ達は、事件の夜の君の足取りをもう一度詳しく聞くつもりで出かけたんだが、その方は聞けなかったが、お蔭で、君の動機と言うものが、理解できたね」

久保は、嘲るような微笑を浮べ、背を反らしていた。

「さあ、調書を取るぞ」

「いやだな。弁護士を頼んでくれ」

と久保は答えた。

結局久保は何も答えなかった。青木が附いて、久保を留置場へ連れて行った。

「作家にはなれそうにないな」

と青木が言った。

「そんなことはないよ。監獄でも小説は書けるよ。それよりあんた方はどうして佐藤の事件を放っておくんだ。おれのような一個人は罠にかけても摑まえるが、大きい組織にはどうして手を出さないんだ」

「あの件は済んでる。君のひがみだよ」

「いいよ。おれには確信がある。監獄の中でゆっくり書いて出版するよ。死刑囚の小説、いや真実の暴露だ。すごく売れるよ。そしたらね、その金を全部何処かの養護施設へ寄付してしまう。するとどうなると思う。無実の死刑囚、美しい心の死刑囚を救えと世間が騒ぎ出す。死刑廃止論者が訴える。おれを殺そうとするあんた方は、世間から冷酷で依怙地な鬼みたいに見られるぜ。あんた方は犯人を捕えないと非難されるし、捕えて死刑にしようとすりゃ、また非難される。あまりいい商売じゃないねえ」

「まあいいさ。是非その小説を読まして貰いたいもんだ。何と題をつけるかね」

「題か――」

と久保は、真剣な表情で考えた。

「《死刑台よさらば》とでもするかな」

青木は何か言い返そうとしたが、思い直したように口をつぐんだ。

そして、檻《おり》の中に、何か気味の悪い動物でも見たような顔をして、鉄格子から離れて行った。

それに背を向けて、冷たいコンクリートの床を歩き出しながら、彼は吐き捨てるように呟いた。

「何が《死刑台よさらば》だ。《死刑台へどうぞ》さ。それが一番ふさわしい題だ」

見たのは誰だ

一

夜空に高く、百貨店の大時計が電灯の点滅で秒を刻みながらほぼ九時三十分を示していた。その下の地面にぎっしり詰った繁華街が夜毎の無限の喧噪《けんそう》を繰り返していた。それを支配しているものは底知れない無目的と倦怠《けんたい》とである。その喧噪からもう少しで外れようとする一角に、電灯を入れた淡緑色《たんりょくしょく》のガラスの看板が軒に出ていた。――「バー・マム」、その灯《ひ》が雨上りの濡れた道に影を落していた。

上部に一寸だけガラスを嵌《は》めた黒っぽい扉を押して小寺勇は中へ入った。誰も客はいない。マダムと友子がカウンターの向う側に並んでこちらを見ていた。そして脇のくぐりを抜けて京子がこちらへ出て来る所であった。

「お先に――」

「何だ、君が今日は早番か」

京子は小寺に向い合って立って悪戯《いたずら》っぽい嘲笑《ちょうしょう》を浮べた。

「友子さんが早番だと思ったの？　それで誘惑しに来たというわけ？」

「そうさ」

京子は大袈裟な身振りで友子を振り返った。友子は笑いもせず小寺を上目に睨《にら》んで小さく口笛を吹いた。

「友子さんは看板まで。ゆっくり待ってるがいいわ」

「何だ。本なんか読むのかい」

小寺は京子がビニールのハンドバッグと一緒に脇に抱えていた小型の単行本を取り上げた。

「驚いたね。翻訳探偵小説とはね」

「その内、人殺しや密輸の甘《うま》い手を貴方に教えて上げるわ」

「ふん、そんなものに用はないよ」

小寺はそれを京子へ抛《ほう》り返した。

「駄目じゃないの、読んだ所が分らなくなるわ」

京子は本から落ちた栞《しおり》を急いで拾い上げると、小寺を睨んで外へ出て行った。

小寺がストレートのウイスキイを飲んでいる時、一人の客が入って来てウイスキイを注文した。

「京子ちゃんが帰ったのを見計らって来たの？　現金ね」

マダムがその男に言っていた。男はそんな事はないよという風な身振りをして空になったグラスを前へ出した。

「出直してくるよ」

小寺は椅子を下りた。

「あら、も一度くるの？」

と友子が聞き返した。

「どうしても友子ちゃんを誘惑するんだって、今夜は」

マダムが可笑《おか》しそうに言うと、友子は黙って、それが癖らしい、何を考えているのか判然しない無表情で小首を傾《かし》げて見せた。

「木星号でお迎えだよ」

「あら、あのボロ自動車、いやなこったわ」

小寺は表へ出ると、三五年のポンティヤックの運転台へ乗り込んでスタートした。

車はよたよたと雑沓《ざっとう》の中へ入り込んで行った。

木星号が再びバー・マムの前に戻って来た時、百貨店の大時計はほぼ十一時を指していた。小寺と入れ違いに二三人の客が出て行って店は空であった。友子は眉を顰《しか》めた。

「あら、ほんとに帰って来たわ」

「今、火事があったらしいね」

「そうよ。私達のアパートの直ぐ傍《そば》。心配しちゃった。小寺さん見てたの？」

「ううん。俺はそこの映画館のナイトショオを観てたんだ」

「よっく燃えたわよ。私アパートに電話したら大丈夫だって言うから帰らなかったけれど。この表からも直ぐ傍みたいに見えたわ、ねえ」

「ええ、材木屋さんだって」

マダムが合槌《あいづち》を打った。

「もう看板だろ？」

小寺が悪戯っぽく友子の顔を見ると、友子は丁度入って来た一人の客の方へ視線をそらした。マダムがカウンターに俯伏《うつぶ》せたその客の傍へ寄って行った。

「藤田さん、何処で飲んでいらしったの？」

「——ふむ、京子は？」

男は友子の方へ目を据《す》えた。

「今日は早番よ、帰ったわ」

「——ふうん、変だな」

「貴方アパートへ寄ったの？」

男はまたカウンターへ俯伏せた。

「今夜は、もうお帰りなさいな。随分酔っていらっしゃるから」

暫くして、急に男は、

「よし」と言って立ち上ると、そのままふらふらと表へ出て行った。

「さあしまいましょう」

マダムが言うと、友子はせっせと洗い物をしながら、

「小寺さんもお帰りなったら」

「では、お寝みなさい」

小寺は丁寧に二人にお辞儀をして外へ出た。しかし二十分ばかりして二人が表へ出た時、目の前に木星号のドアが開いていた。

「まあ、あきれた」

「どうぞ、僕は未だ君のアパートは知らないんだ」

「近くよ。歩いて五分位よ。送って頂かなくて大丈夫よ」

「夜道は物騒だぜ」

「木星号ほど物騒じゃないわ」

「いいじゃないの。せっかくだから送って貰いなさいな。私は駅だから失礼するわ。お寝みなさい」

マダムは一人でさっさと歩み去った。小寺が友子の腕を摑まえると、友子は黙って乗って来た。小寺は友子の澄し込んだ横顔を見ながら、サイドブレーキを戻した。

アパートの百米位手前で友子を下すと、小寺はそのまま時間を計っていた。約束通り三分が過ぎると、彼は車を下りてアパートへ近附いた。木造二階建の比較的感じのよい建物であった。殆んどの窓の灯《あかり》は消えていた。彼は友子に教えられた通りに、玄関へ入らず建物の横へ廻って一番端まで行った。その端の部屋に友子はもう帰っているはずであった。彼は端に面しているガラス戸をそっと押した。何処からも見られる心配はなさそうであった。戸の開く音は意外に大きいように感じられた。二尺ばかり開いた。彼は窓の台に両手を掛けて飛び上った。一旦窓台に腰を掛けた。

「おい」

電灯のついてない暗がりに向って彼は小さく呼んだ。彼は床へ下りた。初めてくる部屋で勝手がよく分らないのだ。

「おい、どこにいるんだい」

彼は反対側の壁へ向って進んだ。闇に馴れて来た眼に、それがベッドだと知れた。その上に誰か寝ているような気がした。彼は躊躇《ちゅうちょ》した。(一番向うの端の下の部屋よ。間違えないでね)と友子の言ったのを思い出した。

彼は片手を延した。薄い衣類を通して柔《やわらか》いふくらみに触れた。それを摑んだ。

「ふふ」

彼は笑った。しかしそのものは笑わなかった。もう一方の手を延した。それが膝の内側へ入った。女の肌は冷い――しかしそのものは余りに冷た過ぎた。それは勇気のいる仕事であった。彼はポケットから小さな懐中電灯を取り出した。そしてそれを差し向けた。彼の前にあるそのものは屍体《したい》であった。

後に退《さが》った彼は小さなテーブルに触れた。彼はそれを押えた。その上には水差しとコップと何かの小瓶があるようであった。

そこを出るのが、入る時よりも何倍も時間が掛《かか》って困難なような気がした。やっと下りた時土の上にぎこちなく転んだ。立ち上ろうとする彼の前に一つの影が近寄って来た。彼は息を詰めた。

「どうしたの？　肱鉄砲《ひじてっぽう》貰ったの？」

友子が優しい小声で尋ねた。小寺は黙っていた。胸と頭を静めるのには多少手間が掛ったのだ。

「怒ってるの？　でも、様子を見に来て上げただけ親切なのよ」

「誰の部屋だい、この部屋」

「あら、いなかった？　京子さんの部屋よ」

「いやね、なかなかいい部屋で気に入ったから、後を借りようかと思ってね。権利金は随分取るのかい」

「……なあに？」

「それから、君の所の店もあれほどの遣《や》り手を捜すのは骨だろうね」

「何言ってるの？」

小寺は片手の親指で後を差した。

「死んでるよ、あの娘《こ》は」

「うそ」

「よし、じゃ入って見ろ」

友子は笑い掛けたが、相手が恐い顔をしているので、そのまま窓へ近寄った。

「ともかくもう一遍入って見よう」

「何かあったのね」

友子は両手を窓台《まどだい》に掛け、足を上げようとした。夜目に脚が白く剝《む》き出た。

「押してやるぜ」

小寺が友子の後へ廻ると、

「ちょっと待って。淑女はお臀《しり》を押して貰うより、手を引っ張って貰う方が似つかわしいと思うわ」

二

友子は直ぐに落着きを取り戻した。

「お坐りなさいな」

小寺に椅子を引いてやって自分も坐った。

「どう思う」

「ふむ」

二人は闇の中で死人を前にして考え込んだ。

「慌てちゃ駄目よ。いろいろ考えなきゃならないわ。この薬はね、京子ちゃん前から持ってたのよ。お兄さんが前に陸軍の化学兵器の方の将校だったの。終戦の時万一にって手に入れてずっと持ってたの。きっとそれよ。だけどどうして死ぬ気になったのか知ら」

「違うね」

「違うって?」

「死ぬ気になったんじゃないね。死なされたんだね」

「そうお? だって全てがこんなにきちんとしてるわ。御当人は真直ぐに寝て、お腹の上に両手を合せてるわ」

「だけどね。今夜店で俺と会った時、俺が本を取って栞を落したら、読み掛けの所が分らなくなるって怒っただろう? 自殺する積りの人間はそんな事では怒らないよ、絶対に」

「そうね」

「この女が自殺するものか」

「すると他殺。自殺を装《よそお》った他殺。つまり智能的計画的犯罪よ」

「そうだ。この薬瓶を彼女が持ってることを知ってる位親しい奴のね」

「何時頃死んだと思う?」

「さあ」

「これ」友子は屍体へ手を延した。「死後硬直が明らかに起ってるわよ。死後一時間は経ってるわ。教わらなかった? 中学校の衛生の時間に。確かそうよ、私覚えてるわ」

「今十二時近いね。彼女が帰ったのがたぶん十時前だよ。かえって直きだね。火事の前だ。正に名探偵だね。あとは本職達に任せようじゃないか。僕は今夜は生きた人間のいる部屋を訪問したいと思うね」

「そうは行かないわよ」

「なぜ?」

「考えて御覧なさい。彼女の死が発見される。今言ったように他殺かも知れないと疑われる。当然彼女の周囲の者が洗われるわ。貴方もその一人よ」

「俺は此処《ここ》へは今夜初めて来たんだぜ」

「それを証明出来る唯一の者は死んでるわ」

「毒薬の件も知らない」

「それについても同じ事よ。それよりか貴方の真新しい指紋が、その窓の廻りや、壁や寝台の縁やテーブルや椅子や、至る所に着いてしまってるわ。何処と何処に触れたかちゃんと思い出して、消して行けて？　この闇の中で」

小寺は暫く返事をしなかった。

「しかし、動機は？　動機が無いぜ」

「何時《いつ》かはお店で彼女と喧嘩してたでしょう。京子ちゃんが貴方のことを麻薬ブローカーの一味だって言って」

「ありゃ飛んでもない嘘だ。俺は片手間にブローカーはやったけれど、正規の品物だよ。麻薬なんか知らないよ。あんなデマを飛ばすから腹が立ったんだ」

「でも貴方の知ってる人がそれで挙げられたでしょう。いつか」

「しかし俺とは関係の無い事が証明されたじゃないか」

「関係の無い事が証明されたんじゃないないわ。関係があるって事が証明出来なかったのよ。違うわ」

「変な事を言うね」

「そうじゃないわよ。私の言うのは、貴方に後暗い所があって、その事自体は証明出来ないとしてもよ——それを京子ちゃんが知っているので、貴方が殺意を抱いたんだと、警察で考えるかも知れないってことなの。京子ちゃんは変なブローカーや第三国人と附き合ってたでしょう。それに一度は貴方も、その方で調べられた事があるんだし。それからアリバイがある？　映画館のナイトショオを一人で見てたのアリバイになり難いかも知れなくってよ」

「莫迦《ばか》々々しい事になったな」

「私だって貴方じゃないって言い切れなくなったわ。増して専門家達でしょう？　こうと睨んだら、きっと貴方を犯人に仕立ててしまうわよ」

「それで？」

「だから私の部屋を今訪問してるわけに行かないのよ。しょっぴかれるのが嫌だったら、自分で犯人をめっけるのよ、朝までに。未だ六時間位あるわ。私手伝って上げるわ」

「大変だな」

「しょっぴかれたいの？」

友子は小寺の手から懐中電灯を取った。

「何か無いか捜して見ましょう」

部屋は八帖位の広さの洋間で、洋服ダンス、鏡、小さな本棚等があった。入口の近くに小さな台所があり食器棚も附いていた。全ては比較的きちんとしていて異常らしい点は無いように見えた。入口の扉の脇の柱に鍵がぶら下っていた。小寺はそれを取って扉を少し開いて外を見た。ひっそりした廊下の扉の外側に、空になった蓋のない牛乳瓶が一つあった。小寺は扉を閉めた。

「俺達には何も調べようがないよ」

小寺が絶望的に呟いた。

「調べるんじゃないわ。想像力を働かすのよ」

「何も無い、此処にはもう。さあ、今度は何をするんだ。限られた時間と、限られた自由しか無いぞ」

「だから限られた事だけをするのよ。外れたら仕方の無い事よ」

「よし、じゃ京子を殺しそうな奴に当ろう。一番関係の深い男は？」

「そうね、佐野さんと藤田さんね。佐野さんは今夜最初に貴方が来た時、その直ぐ後に来た人。藤田さんは最後に酔っ払ってた人。知ってるでしょう？」

「あの二人か、甘《うま》いぞ、両方とも嫌な奴だ」

「佐野さんは前は京子ちゃんと相当深かったのよ。ところが最近いい所からお嫁さんを貰う事になって急に秋風を吹かし出したのよ。それで京子ちゃんの方がやっきになってたわ」

「へえ、彼女にそんな純情な所があったのかね」

「純情だか何だか――。藤田さんの方は、もう二年も京子ちゃんのお臀《しり》を追いかけてて、いいかもにされてるのよ。それで奥さんにも逃げられちゃってるらしいの」

「ふむ。よし行こう。最初どっちにするかな。佐野の所へ行くか。何処だ」

「三軒茶屋」

二人は窓から飛び出した。

「わが木星号が、こういう際に役に立つとは思わなかったね」

小寺は道玄坂を飛ばして上りながら言った。

佐野の家は板壁《いたかべ》で囲った、中流の家であった。二三度呼んで、やっと中から人の起き出す気配がした。

「おい、あのアパートに学生か何かいないかい」

小寺は小声で早口に聞いた。

「いるわ。玄関の近くの部屋に、三人位一緒よ」

「よし」

「何方《どなた》ですか」

佐野が玄関の格子から顔だけ出して訝し気に真夜中の

訪問者の顔を見た。

「急な用事で、恐縮ですがね。京子が急にいなくなったんで、ほらマムのね。さっき貴方が京子のアパートへ行った時は彼女はいましたかね」

「何んですって」

佐野は明らかに警戒の色を浮べて、暫く相手の顔を見ていた。

「知りませんね、そんな事」

「知らないってどういう意味ですか。貴方はアパートへ行かなかったという意味か、京子がどうしてるか知らないという意味か」

「……」

「貴方は行ったでしょう。玄関の町の学生がそう言ってましたよ」

「いや――火事の時ね。火事を京子の部屋から見る積りで寄って見たんだけど京子の部屋は灯が消えてたから、そのまま黙って帰って来ましたよ。いたのかいなかったのか」

「それからどうしましたか」

「君、僕の事を訊ねに来たんじゃないだろ」

「そうでしたね」

「一体、何があったんだい。君達今時分何をしてるの？」

「いや、ほんのちょっとしたことさ」

「真夜中に人を叩き起す位のね。京子がいなくなった事、どうして分ったの？　またどうしてそんなに急いで会わなきゃならないの？」

「別に会いたいわけじゃないがね」

小寺は友子を振り返った。友子は所在なげに小首を傾《かし》げた。

「騒がして済まなかったね」

二人はまた車に乗り込んだ。

「藤田の家は？」

「中目黒」

小寺はアクセルを踏んだ。

「さあ、これで何が分ったかね」

友子は助手席で心細げに前方を見ていた。

「佐野は、ともかく一度は京子の所へ来たんだ。それが分った。奴は始め、それを隠そうかどうしようかというような曖昧な様子だった。つまり隠せれば隠そうという腹だったのかも知れない。学生が見たと言ったら白状しやがった――それだけだ。奴は京子の毒薬は知ってただろうな」

中目黒の、藤田の下宿に藤田は帰っていなかった。

「未だあの辺にいるのかな」

小寺はハンドルを廻した。もう何処の交差点にもストップの信号はなかった。

三

盛り場も殆んど灯が消えていた。百貨店の大時計だけは相変らず着実に秒を刻んでいた。それはほぼ一時二十分を示していた。木星号は灯の消えた裏道を徐行した。バー・マムの前で静かに止った。

「おい、奴かな」

小寺はバーの横の路地へ入った。

「おいおい、こんな所で寝てやがるぜ」

友子も降りて来た。

「あれからずっと寝てたのね」

小寺は邪険《じゃけん》に藤田の肩をこ突いた。

「おいおい。起きろ。——水ないかな」

「お店の鍵持ってるといいんだがなあ」

「仕様がないな。——おい」

藤田はやっと目を覚した。

「起きたな。藤田さん、あんた京子知ってる？　え？今夜京子のアパートへ行ったろ？」

「——京子？」

藤田は小寺を見上げて、現在の事態を静かに考えているようであった。

「行ったろ？……学生が見てたよ」

「京子か。——いなかった。呼んだがいなかった」

「呼んだ、何時頃だい」

「ふむ——火事の——前だな。いなかったけれど、しかし帰ってたはずだな。廊下に何時も夕方配る牛乳瓶が無かったからな。——しかし京子がどうかしたのか」

藤田は初めて小寺達の存在に気附いたように見廻した。

「なあに、ちょっとした事さ」

小寺が抱えている腕を緩めると、藤田はまた地面へ横になった。小寺と友子は顔を見合せた。

「もう何も聞く事無いかな。何かあるわけだがな」

「一度帰って考えて見ないこと？」

「そうするか」

二人は車へ引き返した。

「奴も今夜あそこへ行ったんだ。そして京子がいないことを変に思ったんだな。それでなきゃ牛乳瓶のことまで気が附かないだろう。その時分、京子は死んでたかどうか——」

車はアパートの前に着いた。

「もう死人の部屋は御免だぜ。君の所へ入れて貰いたいもんだね。もう玄関から入っても誰も見てやしないだろう?」

「私の所は窓から入れないわ。二階よ」

友子の部屋は和室であった。友子が電灯を点けると二人はほっとしたようにお互の顔を見合った。

「お茶でも入れるわね」

彼女は台所の方へ行った。小寺は寝そべって、丁度頭の上にある茶簞笥《ちゃだんす》からビスケットの缶を取り出した。

「これで一体何が分ったかね。二人共今夜此処へ来てる。これは大いに有望だ。一人は火事の最中、一人はその前。それから何だ。一人は部屋の灯が消えてたからそのまま帰った。これは我々が入った時もそうだった。もう一人は、やはり部屋へは入らなかったと言ってるが、牛乳瓶が無かったなんてことを言っている、これはしかし我々が入った時はそうじゃなかった。――それだけだ。何処に嘘があるか――あったとしてもそれにどんな意味があるか。――参ったね。頭がずきずきする」

友子はお茶を入れて来て小寺の傍へ坐った。

「何かあるわよ。二人の内、どっちか嘘をついてるのよ。未だ朝まで四時間位はあるわ」

二人は黙った。小寺は友子の顔を静かに見上げていた。それから片手を突いて上半身を起した。二人の顔が近づいて、その呼吸が熱っぽくいらいら立たしく変っていた。沈黙の時間が重々しく流れた。

「嘘をついてる奴が犯人だろうな」

友子は目を上げた。

「何考えてるの?」

「京子の件さ」

「それで考えられるの。あなたは」

「考えられるよ」

「いやよ」

友子は体をどしっと小寺の胸へぶっつけた。小寺は落着いた微笑を浮べて女の顔を見ていた。

「待ってて」

友子は立って押し入れの方へ行った。

四

二人が目を覚した時、朝の光が窓のカーテンを通して射し込んでいた。

「さあ大変だ」

「大変よ」

小寺はタバコに火を着けた。

「俺は覚悟を決めたよ」

「わたしも決めたわ」

「君も？」

小寺は蒲団に伏せたまま横の友子を見た。彼女は天井を眺めていた。

「わたしと貴方とのことがばれちゃうということよ」

「何だ。馬鹿にしてやがる。薄情な奴だ。俺の事は考えないのかい。こっちは人殺しだ」

「それも仕方がないわ。あれだけ一生懸命したんですもの」

「あと寝ちゃったからいけないんだ」

「それは貴方のせいよ。憎らしい――」

「痛い。よせ。――新聞が来てるよ」

「取って来て上げるわ」

友子は入口の戸の脇に差し込まれている新聞を取って彼に渡すと、自分は鏡台の前に坐って、被いを上げた。

「昨夜の火事が出てるよ」

小寺は寝床で新聞をひろげていた。

「大部大きかったらしいね。十軒ばかり焼けてるね。火元はペンキ屋だね、溶剤に火がついたんだって。写真も出てるよ。読者勝又幸造氏撮影、アマチュア報道写真だな。多いね、この頃こういうのが。幾らか貰えるんだろうね」

「このアパートの人だわ。いいカメラ持ってるわ」

友子は鏡を覗き込みながら言った。

「そうか。このアパートね。ここから写したんだな。するとこれはこのアパートだな。――おい」

小寺は急に起き上って、友子の所へ新聞を持って来た。

「そうすると、ほら、この端の部屋は京子の部屋じゃないかい」

彼は写真の近景に一部出ている建物を指差した。友子は暫くそれを見ていた。

「そう、この方向ね。これがこのアパート。そうだわ、京子の部屋だわ」

「見ろ、灯《あかり》がついてるぞ」

小寺は勢い込んで言った。

「大きな声出さないでよ。隣に聞えるわ。なあに？」

友子は眉を顰《しか》めた。

「この写真はね、火事の最盛期だ。つまり終る前だ。ところが佐野は言ったろう。京子の部屋から火事を見ようと思って来たけれど、部屋の灯が消えてたからそのまま帰ったって。不味《まず》い嘘だね。第一、二階でもありもしない京子の部屋が、そんなに火事を見物するのにいい場所じゃないじゃないか」

「それで――?」

「奴が来たと白状したのは、俺が学生が見ていたと嘘をついたので止むを得ずしたんだ。だから来たことは来たんだ。それで突嗟《とっさ》に火事という理由を見つけたんだ。だから奴は、別の理由で、多分火事の時以外に来たかも知れないんだ。そうなると、藤田の方はいい。だから彼の言う事を信用しよう。牛乳瓶が無かった。部屋には応答は無かった。呼んだんだから部屋には灯がついてただろうね。そして火事の前だ。ところがわれわれが行った時は、牛乳瓶は出てたし、灯も消えていた。これをやった奴がいなきゃならない。こいつはその外の事もやる事が出来る。例えば、床に倒れてる京子を寝台の上にきちんと寝かせるとか、テーブルの上に薬やコップを並べるとか、その外部屋の中を片附けるとか。多分奴は火事の後、皆が寝た後来たんだ。それまでバーに粘っていやがっただろう。奴が部屋の灯が消えてたと言ったのは、そもそも自殺を装わせるんだから、自殺者は常識的に部屋の灯を消すはずだと考えて、後に自分で消したんだから、火事の時灯《あかり》がついていたんじゃ不味いわけだ。まさか写真を撮られるとは思わなかっただろうね」

「じゃ、どうして毒を盛ったの?」

「毒は京子のを盗んでたに違いないよ。奴は牛乳瓶をわざわざ外へ出している。奴はこれに拘《こだ》わってると思うね。だからこれだよ。京子の帰る前に、瓶の蓋の横から注射器か何かで毒を入れて、そのままドアの前に置いといたんだね。京子が何時ものように帰って来て直ぐ飲んだんだろう。それで奴、あとで入って来てこれが気になるものだから、毒の附いてない全然別の瓶を代りに出して置いて、京子の飲んだのは持って帰ったに違いないよ」

「なるほどね。それで動機は何だと思う?」

「それはね、京子のことだから奴の弱点を摑まえてなかなか奴を離さないだろう。奴はいい所からお嫁さんを迎えて、これから世間的に出世して行こうとする所だ。バーの女給に喰っつかれては、信用もなくなるし将来が台無しだ。それかと言って大人しく訣《わか》れてはくれない――という所だろうね」

「そうね」

友子は髪をとかすのを止めて感心したようにうっとりと小寺の顔を見ていた。

「さあ、俺の難問は片附いたぞ――」

「わたしの難問は片附かないわ。隣近所みんな起き出したわ」

「そんなもの糞喰《くそくら》えだ」

小寺は勢よく友子の頸《くび》に腕を廻すと、その体を引き倒した。友子は小さな叫びを上げ、その露《あら》わな両脚が、鏡の中に高く映った。そして直ぐ、ゆらゆらと下りてやがて静かになった。

断崖

1

電話が鳴っていた。

電話器は、店との境の敷居際に置かれた小机の上に乗っていた。初冬の朝の寒々とした落着きのない空気を、一層かき立てるようなベルの音であった。

店に置いてあるストーブに、火を燃しつけていた女中の君子が、立って来て受話器を取り上げた。

「……はい、はい、川本でございますが……はあ、ちょっとお待ち下さいませ――」

彼女は受話器を机の上にねかせると、階段の上り口に向って声をかけた。

「俊夫さん――お電話ですよ。――木島さんのお宅から。――俊夫さん――」

彼女は、またストーブの所へ戻って行った。

六坪ばかりの店には、片側の壁にはまった鏡に向って、理髪椅子が三つ並んでいた。表の通りに面したガラス窓と出入口のガラス戸には未だ、白いカーテンが引かれたままで、店の中は薄暗かった。カーテンをすかして、外の舗道にせわしげな靴音を立てて次々に通り過ぎて行く人の影が見えていた。鏡と反対側の壁には、入口近くにソファー、小卓、外套掛けなぞ、その手前には洗髪用流し、壁付湯沸器、戸棚なぞが並んでいた。

君子が燃しつけている、入口に近い所にあるストーブの煙突の継目からは、ほんの僅かに白い煙が漏れていた。

二階から降りて来た俊夫は、敷居の所に立ってちょっとの間電話器を見下していた。心持ち、眉を寄せ唇をまき込むようにして、何か危険なものを見るような眼差しでそれを見ながら、ゆっくりと敷居に腰を下してから、やっとその方に手を延した。

「――もし、もし、――ええ、僕です。――ああ、お早うございます……」

彼は、眼の前の空間の一点に視線を集めて、じっと相手の言葉に耳を傾けていたが、その眉間のしわは少しも広がらなかったし、頬のあたりの硬い影も薄くならなかった。

「……ああ、そうですか——ええ——ええ——。じゃ、そうですね、今日会社の帰りにでも……はあ、はあ、……じゃ……どうも……」

彼は受話器をそっと置いて、太い息を吐き出した。電話器の脇に、新聞紙や雑誌が重ねて置いてあった。彼の指がその中から一枚の新聞を引っぱり出した。彼はそれを机の上にひろげた。三日ばかり前の日附の夕刊であった。三面の下の方に二段抜きで『乗用車錦ヶ浦から転落』という見出しが出ていた——。

三日前の火曜日の朝、熱海の南の錦ヶ浦の断崖の下に、転落している黒塗りの小型オープンの乗用車が発見された。車は、道から殆んど垂直な四十米位の崖の下に、危く海中に没するような位置で大破していた。

崖上の道は、その所で、海を左手にすると右にカーブしていた。道の外側には低い形ばかりの縁石が並べてあったけれど、あちこち破損している箇所もあって、突進して来る車を停止させることの出来るようなものではなかった。そして縁石の外は、殆んど直ちに崖であった。

車が熱海の方から来たとすると、カーブを曲り切れないで道の外へ飛び出したと考えられるのであった。事実、縁石のある箇所には車体でこすったような跡があった。

落ちた車には誰も乗っていなかったが、その所有者はすぐに分った。それは、その南の宇佐美の別荘に東京から来ていた木島家のもので、その時は一人息子の均が乗っていたはずであった。そして均は未だ家に帰っていなかったので、直ちに捜査が始められ、数時間の後に附近の海中から彼の死体が上ったのである。

オープン車だから、崖から落ちる途中で体が外へ飛び出したのであろう。その転落のショックで死んだらしく、水は飲んでいなかった。

均の車は、前日東京の修理屋で直したばかりであった。均はそれを取りに行って帰って来る途中であったのだ。転落を目撃した者は発見されなかったが、彼が断崖の上を通っていたのは或《あるい》は暗くなった時刻かも知れなかった。彼は自動車の運転免許を取って、未だ二か月になっていなかった。車は免許を取った時買った中古車であった。

結局、均の事故は、速度の出し過ぎか、技倆未熟によるものであると考えられた。

別荘にはその時母親のゆり子が女中と一緒に居た。義父の栄一は、均が車を取りに行ったあと、入れ違いに自分も別の車を運転して東京に出かけたたま留守であった。木島家の家族はその三人だけだったのだ。

突然の事故に驚いた一家は、均の骨を拾うとすぐに東京の本宅に帰って来た。

2

俊夫は、どきんとしたように新聞から眼を上げた。台所から出て来た母親のすえが、前に立ってまともに彼を見下していた。

「木島さんから何の電話だい」

俊夫は母の質問を聞き流すように、腰を上げると湯沸器の所に行ってカップに湯を受け、刷毛で石鹸をとかし始めた。

「何なの、え？」

「木島のお母さん、少し気が変になったんだってさ」

俊夫は鏡の前に行って、頬と顎に刷毛で石鹸を塗りながら答えた。

「へええ、そうなのかい。まあお気の毒にねえ。それで旦那さまからの電話なの？」

「うん、多分一時的なことだろうとは言ってたけどね」

「まあ、そうならいいけれど。無理もないよねえ、一人息子が死んだんだもの――」

「それでさ、今日会社の帰りにでも寄って見舞ってやってくれってんだよ」

「そうかい。――でもねえ、普通の病気と違うんだから、行ったたって見舞になるかしら」

俊夫はそのまま黙ってかみそりを当て始めた。暫くして、かみそりの石鹸をゴム皿にぬぐいつけながら、ぼそりと言った。

「木島のお母さんは、俺が木島を何処かへ隠したんだと言ってるんだって……」

すえは、はっとしたような瞳を息子の背に向けたが、すぐにうろたえたようにその視線をストーブの所にいる君子の方へ流した。

「まあ、気が変になっちゃったんですか」

と君子はすえ達の方を見ていた。

「お気の毒ですねえ。息子さんが亡くなって今度は奥さんが気が変になったのじゃ、どうなるんでしょう」

「それに、あの旦那さまというのが頼りにならないだろうからねえ」とすえは言った。

「そうなんですか」

「均さんの本当のお父さんはずっと前に亡くなったんだよ。今の旦那さんは、あとから来た人で、奥さんより若いんだから、奥さんの財産目当に来たんだという人もあるんだけれど……」

「あの親父は前、ホテルのマネジャーやってたんだよ。

――うまく取り入ったんだな」

と俊夫が言った。

「そうなんですか、じゃあ奥さんの方が財産家なんですね。それで均さんは前の旦那さまの忘れ形見なんですね。元気のいい朗らかな方でしたわねえ、――ちょっと我儘な所もあったけど。俊夫さんとは高等学校からご一緒なんですか」

「そうなんだよ、家も近いし」とすえが答えた。

「こうなると、幾らお金があってもどうもなりませんわね」

君子は台所の方へ行った。それを見送ってすえは俊夫の背後に近づいた。

「お前が均さんを何処かへ隠したって、それは奥さんが言ってるのかい」

「そうらしいよ」と俊夫は鏡を覗きながら答えた。「つまり気が狂っちゃってるのさ」

母親は黙って息子を見ていた。暫くすると俊夫は髭をそる手を下して母親の顔を見た。そして、何だいというような顔をした。

「お前あの日、均さんと一緒に行くようなことを言ってたねえ」

「彼がそう言ったからさ」

「どうして行かなかったんだい。あの晩随分帰りが遅かったから、行ったんだと思ったよ」

「だからそう言ったろ。行けば翌日会社をサボらなきゃならないんだけど、あの日はその都合がつかなかったんだって」

俊夫は、かみそりで理髪台を叩くような仕草をした。

「それで一人で映画見たと言ったね」

「そうさ」

「均さんとはすぐ分れたんだね」

「そうさ。永田に一緒に車を取りに行ってちょっと車の調子を見てやってさ、それで別れたんだ」

「自動車の具合は良かったのかい。お前もよく永田さんの所へ行って一緒にいじってたけれど」

俊夫は台の上にがらりとかみそりを投げて、洗面器の前に行くと湯沸器のコックをひねった。

「どうしてそんなことしつこく聞くんだい」

俊夫は大きい声を出した。

「だって、お前が手伝って直した自動車の具合が悪かったなんてことになると困るじゃないか」

すえは息子の方に近寄りながら押し殺した声で言った。

「木島のお母さんの言ったことで気を廻してるんだな。気が狂ってるんなら、何を言うか分りゃしないじゃないか。車は大丈夫さ。永田の正ちゃんに聞いて見な。エンジンのオーバーホールをしたんだ。すごく力が出て来たんだ。それで調子に乗って崖っぷちを飛ばしたんだろう。丁度車の運転の面白くなりかけた頃だしな」

「気が狂ってたにしても、変なことを言われると、やっぱりいい気持はしないよ」

「お母さんは、まるで俺が木島を死なしたんじゃないかと心配してるみたいだぜ」

「え？」

すえがびくっとしたように眼を見開いて俊夫の方を見ると、俊夫は洗面器に顔をつっこんで勢よく洗い出していた。

3

俊夫は母と二人であった。母のすえは女中を一人置き、二人の通いの女の理髪師を使って理髪店をやっていた。俊夫は大学を出て商事会社に勤めていた。二人とも、特別の喜びも悲しみもあるではなく、ただ日の明け暮れに追われ、目まぐるしい都会の渦巻に身をゆだねて、毎日を生きているようであった。

三人だけの朝食を済ますと、俊夫はオーバーをひっかけて外へ出た。すえが表のドアの所まで送って出た。

「今日木島さんの所へ寄るのかい」

「うん」

「変なことを言うんじゃないよ」

「変なことって何だい」

俊夫は横目で母親を見た。

「お前はあの日永田さんの所で均さんと別れて、あとは何も知らないんだからね」

「そうさ」

「それからすぐ家へ帰って来たんだよ」

「嘘ついたってしょうないさ」

「それでもいいから」

「何を心配してるんだい。警察へ行くわけじゃあるまいし——」

「ばかなことを言うじゃないよ」

すえは本気で起ったように眼を険しくしたが、俊夫はその視線を避けるように肩をすくめて歩き出していた。

通りの商店は未だ戸を開けていなかった。彼の歩いている側の歩道には、幾人もの男や女が彼と同じ方向に向って急ぎ足に歩いていた。反対側の歩道は、駅の方からこちらへ向ってやって来る学生の列が続いていた。彼は他の者よりはゆっくりした歩調で歩いていた。そして電車通りに出る手前で足を止めた。

通りに面した平家の建物の広い開口部の上に、永田工業所という看板が掛けてあって、中には三台ばかりの乗用車が入っていた。自動車の修理屋なのだ。建物の奥の方には、旋盤やボール盤が据えてあって、一人の若い男が油に黒ずんだ作業衣を着て、グラインダーの前で火花を飛ばしていた。

俊夫はオーバーのポケットに両手を突っ込んだまま、乗用車の間をすり抜けてその方へ近寄って行った。若い男は俊夫に気がつくと、グラインダーに押しつけていた金物をはなした。

「やあ、お早う」

俊夫は黙って頷いて、意味あり気な微笑を浮べた。若い男は気がついたように、

「そうそう、あの木島さんの車、やっちゃったんだってね」と言った。

「うん」

「うちから出して、すぐなんだろ?」

「そうなんだ」

「あっけねえもんだな。びっくりしたよ。川本さんは一緒じゃなかったんだね」

俊夫は傍のビュックを眺めるように体を横に向けて言った。

「俺が一緒なら、あんなへまはやらないよ」

彼は、ビュックを何気なく眺めながら、ゆっくりと表の方へ足を向けた。

「正ちゃん、正ちゃんあの車を走らして見たかい」

「見ないよ」と修理工は答えた。

「誰も運転して見なかったのかい」

「オーバーホールした後でエンジンの調子を見ただけだよ。足廻りは川本さん自分で見てたのじゃなかったの」

「いや、別に大して見ないよ」

「はじめ、足廻りの具合がどうのこうのって言ってたんじゃなかったっけ」

俊夫は車のドアの所に、修理工の方に背を向けて立って、ガラスを指先でこすっていた。そしてぼんやりした声で言った。

「そんなこともなかったよ」

「あの時川本さんが運転して出たね。何ともなかったんだろ?」

「うん、別に何とも思わなかったよ。——俺はすぐ下りて彼と分れたけどね」

俊夫は、修理工の方へちょっと頷いて歩き出した。修理工の方からは見えなかったけれど、俊夫の顔は奇妙に硬く、白々としていた。そして足はせかせかと歩を運んでいた。

4

俊夫は電車通りを少し行った所の、『洋裁店サノ』とドアのガラスに金文字を浮かせた店の前で足を止めた。ショーウインドにはまだカーテンが下りていた。彼はドアから中を覗いた。赤いセーターを着た若い女が店の中を掃除しているのを見ると、彼はドアのガラスをこつこつと叩いた。女が振り向くと、彼はちょっと頷いて見せてドアから体をはなした。

店の横に小道があった。それを抜けて行くと、新しい道路を作るために広げた空地があった。俊夫はそこまで来ると、顔だけ後へ向けてあとからやって来る女を待った。足元の柔かい土に一面に霜柱が立っていた。

佐野京子は少し彼を待たして、サンダルをつっかけ、両肘を抱くようにしてやって来た。眼は遠くから訝しそうに彼を見ていた。

「どうしたの。暫く見えなかったわね」

京子は傍へ寄りながら言った。

「均さんが死んでから会ったの初めてね」

「木島が死んでがっかりしたかい」

と俊夫は言った。

「どういう意味?」

俊夫は京子の顔をちらと盗み見るようにしたが、別のことを言った。

「木島のおふくろ、気が変になったって――」

京子は頷いた。

「知ってたのかい」

「御主人から聞いたわ」

「僕は今朝、電話で聞いたのさ」

「誰かが均さんを死なしたんだと言ってるんだって?」

「へーえ」と俊夫は、わざとのように大きい声を出した。「僕には、僕が木島を何処かへ隠したと言ってるんだってたぜ。――両方の話を一緒にすると、僕が殺したということになるじゃないか」

「まあ、そうなの」

京子は笑いかけた。俊夫は如何にも寒そうに歯を嚙みしめて体を硬くしていた。

「だから君に会わなかったんだ」

「なぜ」

「僕と君とのことを知ったら、なおのことそう思うだろう」

「どうして」

「あいつは、君の家の借金を全部返してやると言ってた。それからもっと金を出して店を立派にしてやるとも言った。それで、君と結婚出来ると考えてたんだ。――僕に向ってそう言ってたんだ」

「あのお母さんは、均さんのためならいくらでもお金を出すんでしょう。だけど、わたしはそんなことで結婚しないわ」

「しかし、君の両親はすっかり乗気だったじゃないか」

京子は眉を寄せて下を向いた。

「例え、君にその気がなかったにしても、先方が僕の君に対する気持を知ったら、そのことで、僕が木島に恨みを抱いていると思うだろう。――まあ、今の所は未だ知らないと思うけどね」

俊夫は視線を落して、とけかけている霜柱をざくざくと踏んだ。

「そんなことで、わたしに会うのを避けてたの？　随分変ね。考え過ぎじゃない？　貴方は均さんの死んだことに何も関係ないじゃないの」

俊夫は暫く黙って霜柱を踏み続けた。

「そりゃそうだけど。ただね、木島が死んだ後の君の気持を確かめるのがちょっと恐いような気がしたのさ」

「頼りないのね。しっかりしてよ」

俊夫は尚も霜柱を踏んでいた。京子はその俊夫の顔を見ていた。そして寒そうに肩をゆすった。

「もう会社へ行くんでしょう」

「――うん」

俊夫は不意に眼を上げた。ぎらぎらした一途な光がこもっていた。

「いいかい、ここだけの話だよ」

そして伺うように京子の顔を見てから言葉を続けた。

「――実は、僕はあの時木島と一緒に熱海まで行ったんだ」

京子は何か顔にぶっつけられたように、一歩後へ退った。そして何も言わずに俊夫の顔を見守った。

「そんな眼をして僕を見るな。ただ熱海まで行っただけなんだ。あいつが君のことでひどく生意気なことを言うものだから、腹が立って僕は熱海の駅から電車で帰って来たんだ。そのあとのことは何も知らないんだ――」

俊夫の口のまわりが震えているのが京子にも見えた。

「それだけだ。――でも、誰にも言わないでくれ。それに僕と君とのこともな」

俊夫は哀願するまなざしになっていた。

「言わないわ」

京子は顔を硬くして、囁くように言った。俊夫は彼女の傍を離れて歩き出した。

5

俊夫が会社からの帰り木島邸に寄った時は、既に日は没していた。

彼は応接室に通された。高い天井に古風な型の電灯。重々しい模様の壁紙に黒っぽい塗りの造作。白いカバーを掛けどっしりした応接セット。女中がガスストーブに火を点けたけれど、室内の空気は墓場のように冷えていた。

この家は木島ゆり子が亡父からその大きい資産と共に相続したものであった。

木島栄一は和服を着て応接室に入って来た。

「ようこそ」と柔い低い声で言った。

白い艶のいい丸顔、丁寧に手入れをされた頭髪、物静かな分別ありげな表情。栄一は四十を少し越したばかりに見えた。

彼は俊夫の顔を見ていた。俊夫は卓の上に視線を落していた。電灯が白々と輝いていた。

「すっかり淋しくなりました」と栄一が言った。俊夫は釣られるように視線を上げた。

「わたくしはあの日午後少し遅く向うを出かけましたから、何処かで均に出会ってるはずだと思うのですが、分りませんでした。あるいは小田原の街の中で行き違ったのかも知れません」

栄一は瞑想するように眼を閉じて、また言葉を続けた。

「家内に取っては、実に重大なショックでした。そのため家内はあの出来事を一部分しか記憶していないのです。均が死んだということの記憶がなくなっているんです。つまり家内は、均があの日、貴方と一緒に何処かへ出掛けて行ってそのままだ帰ってこないのだと信じているわけなんです」

「――それは困りましたね」

俊夫は本当に困惑した顔をしていた。

「医者は一時的なものだろうと言っておりますが、ともかく均の居所は貴方に会って聞けば、分ると思っているのです。それで貴方に会いたがっています」

俊夫は俯向いて両膝の間に掌を押し込み、少し口を開けて息をしていた。

「お会いするのですか」

彼は臆した眼を上げた。

「おいやかも知れませんが、是非……」

「ええ――」

「あまり病人にさからわないで自然にまかせて見ようと思っているのです」

栄一は椅子から立ち上った。俊夫もそれに従った。

家の中は、無人のように静かであった。二人は居間へ入って行った。庭に面した広いガラス戸、少し低目の天井。軽い感じの椅子テーブルが配置されて、壁附煖炉にガスストーブが燃えていた。

ストーブの前の椅子にゆり子が、黒の長袖のフレアの多いワンピースを着て、入って来た二人の方を向いて坐っていた。痩せた、意志の強そうな五十に近い顔。しかし顔の艶はよく、髪も綺麗にセットされていた。

俊夫は、ゆり子の顔を見ながらおずおずと近づいて行った。ゆり子は彼の方に顔を向けていたが、その視線は彼の頭の上に注がれているようであった。

栄一は彼女の脇に、俊夫はその前に、ストーブの火に向ってそれぞれ椅子に腰を下した。

「俊夫君が来てくれたよ」

と栄一が言った。

「しばらくね」とゆり子は視線をゆっくり俊夫の顔の上に置いて、だるそうな口調で言った。

「均はまだお宅にお邪魔しているのですか」

俊夫は栄一の方を見てとまどった。

「――いや、僕の家には居ません」

「じゃあ何処へ行ったのです、一体。ほんとに困った子です」

ゆり子は叱るような口調になった。

「――僕は……」

「この前、二人で宇佐美に来て頂くはずでしたのに、それきり二人とも姿を隠してしまうなんて。わたしは、ほんとに待っていたんですよ。どうしたんです、一体――」

「僕は一緒じゃなかったんです。僕は、車を出すとすぐ木島君と別れたんです」

俊夫はせっぱつまって怒り出したように答えた。

「そんなはずはありません」とゆり子は厳然と言った。「均は、貴方と一緒に戻って来ると言って出かけました。東京からでは遠いし、運転が大変だから、貴方について頂くようにと、わたしもよく言って聞かせて置いたのです。あの子はわたしの言うことはよく聞きます。貴方とお別れして一人になるはずはありません。きっと何処か別に面白い所があって、二人して行ったのでしょう」

　俊夫は眼をそらして、ストーブの赤い焔を眩しそうに見た。

「わたしは、もう待てません。あの子に用事があるのです。帰って来ないのなら、迎えに参ります。御一緒に均のいる所へ参りましょう」

　ゆり子は突然椅子から立ち上った。俊夫は恐ろしげにそれを見上げていた。

「隠してはいけません。貴方は均の居る所を御存知のはずです。さあ参りましょう」

　ゆり子は決然として言った。俊夫は助けを求めるように栄一を見た。栄一は立ってゆり子の肩に手を置いた。

「ゆり子、少しお待ち。今わたし達は用意をして一緒に行くから。ね、少しお待ち……」

　彼女は硬直した顔で、じっと高い所を見ていたが、急に崩れるように椅子に腰を下すと、その背に頭を投げかけて眼を閉じた。俊夫は立ち上った。部屋の暗い隅々に、寒々とした空気がよどんでいた。

6

　栄一は俊夫を促して部屋を出た。

　玄関のホールに来ると栄一は言った。

「大変御迷惑かも知れないが、明日の午後、暇を作って頂けませんか」

「どうするんですか」

「家内の言う通りにしてやろうと思うのです」

　俊夫は脅えたように栄一を見た。

「毎日のように、均を迎えに行くのだと言っております。あす、車に乗せてその通りにしてやろうと思うのです」

「しかし、——一体何処へ行くんです」

「それは結局、あそこへ行くより仕方がないと思ってるんです。順を追って、あそこへ行って、そして此処で死んだんだということをもう一度再現してやれば、あるいはあれの意識を恢復する効果があるかも知れないと思ってるんです」

「残酷じゃないですか」

　栄一はもっともだというように頷いてから、

「ともかく一度だけやって見ましょう。御迷惑でしょうが、是非つき合って下さい」

彼は俊夫の顔を覗き込むようにして、物静かな、しかし反抗を許さぬ語調で言った。

俊夫は木島邸を辞すると、追われる野犬のように、肩をまるめて急ぎ足に歩いた。

電車通りに出ると、二、三米先の地面を見つめて歩き、何度も人にぶっつかりそうになった。そして京子の店が見えると、彼は足をゆるめた。彼は何気なく店の中を見た。京子がテーブルの上に生地をひろげて客を応待していた。俊夫はショーウインドの前に立った。やがて京子の視線が彼の方へ流れた。彼は急いで店の横に入った。京子はすぐに出て来た。

「今帰るところ？」

「木島の家へ寄って来た」

俊夫はせかせかとしていた。

「お母さん、やっぱり変だった？」

「うん」

「貴方が殺したと言ってるの！」

「いや、そんなことは言わない」

「そうでしょうね」と京子は眼で笑った。

「しかし、あす木島のいる所へ一緒に連れて行けというのだ」

「どうするの」

「分らない——どうしたらいいだろう」

俊夫は通りを通る人の方に時々落着きのない視線を流した。

「知らん顔してればいいじゃない？」

「そうなんだけどね。ただ、何だか——」

「なあに？」

「何か僕にかまをかけてるような感じがしていやなんだよ」

「そんなことはないでしょう。お父さんの方はよく分ってるんでしょう」

「そうなんだけどさ——」

俊夫は眉をしかめ、唇を噛んで、妙に子供っぽい表情をした。京子はじっとその顔を見ていた。

「俊夫さん、一体何を心配してるの？」

「いや——、別に心配なことってないよ」

「——何か、わたしにもまだ話してないことがあるんじゃないでしょうね」

俊夫ははじかれたように京子を見た。

その時——。人の影が店の前にあった。それは暫くそこに立ったまま、二人の方を見ていた。

「ああ、貴方がたでしたか」

そう言いながら、ひと足前へ出たので、店から漏れる光の中に、木島栄一の物柔い微笑が現れた。

「京子さん、この前お願いして置いた家内のオーバーは出来たでしょうか。あす出かけるのに欲しいと言いますので、取りに来たのですが」

7

俊夫はその日、起きてから出掛けるまで怒ったような顔をして殆んど口をきかなかった。しかし出掛けに表のドアの所まで見送りに出た母親を振り返った時は、何か物悲しげな色を浮べていた。それを見て、すえは眉を寄せた。

「今日また、木島さんちへ寄るよ」

と俊夫は投げ出すように言った。

「そうかい」とすえは言葉に妙な抑揚をつけて言ってから、急に強い調子で、

「お前、およし」と言った。

俊夫は下を向いて、

「別に行きたかないさ」と甘えるように言った。

「俊夫、わたしは気になることがひとつあるんだよ」

すえは上目でじっと俊夫を見た。俊夫はその目に押されたように黙っていた。

「あの晩な」とすえは声を低くした。「お前明け方ひどくうなされていたんだよ。寝言を言ってさ。――ハンドルが切れない、ハンドルが切れないって――」

俊夫は急に表の方に顔をそむけた。その顔から血の気がありありと引いて行った。

「お前、大丈夫だね」

「何がさ」

俊夫は突き放すように言うと、ドアを体で押して外へ出た。それから後も見ず、せかせかと歩いて行った。

俊夫の勤めている商事会社は、神田のある小さなビルの二階にあった。彼は、午《ひる》すぎに出先から会社に帰って来た。その出先で、ちょっとまとまった注文を取ることに成功したのだ。主任に話すと、主任はひどく機嫌をよくした。すると、その事で俊夫も急に元気を取り戻して朗らかになった。

木島栄一との約束は、一時頃木島邸に行くということであったが、そんな約束になにも縛られる必要はないという気持になった。そしてもっと別のすばらしい考えが浮んだ。その日は土曜であったので、京子を誘い出して

食事をし、それから映画でも見て午後を過そうということであった。この思いつきは、彼をすっかり有頂天にした。彼は電話器をつかんで、京子の家のダイヤルを廻した。

京子は家に居た。二人は待ち合せの時間と場所を決めた。

俊夫はタイムレコーダーを押すと、既に人気のなくなった部屋を出た。そしてオーバーの袖を通しながら、軽い足取りで階段を下りて行った。道路へ出るとちょっと立ち止って、マフラーの具合をなおし、オーバーのボタンをかけた。彼はもう木島家のことを殆んど忘れかけていたのだ。

彼が再び歩き出そうとした時、

「川本さん」という声がかかった。

俊夫が振り向くと、歩道の脇に黒塗りの中型国産車が止っていた。

運転席のドアが開いて、木島栄一が柔い微笑を浮べて下りて来た。運転席の隣りにじっと顔を正面に向けて坐っているゆり子の姿も見えた。栄一は後部坐席のドアを開くと、俊夫の方に僅かに頷いた。

俊夫は魂の抜けたような表情で、じっとそれを見ていた。それから、憑かれたような足取りでその方へ歩み寄った。

俊夫がそのまま、まるで意志も思考力も失ったように坐席へ入ってしまうと、栄一も運転席へ戻って、それから依然として柔い微笑を浮べたままの顔を後に振り向けた。

「わざわざ、わたしの家まで来て頂くのは大変だと思ったものですから」

と言い訳をするように言って、

「大そう御迷惑なことをお願いして真に申しわけありませんが、今日一日だけ我慢してやって下さい」

とおじぎをするように頷いて見せた。

「さあゆり子、行きましょう」

「川本さんによく行先を伺って下さいよ」

ゆり子は正面を向いたまま言った。彼女は黒のスーツに黒の帽子、その上にシルバーグレイのオーバーを羽織り、頸には真珠のネックレスをつけていた。

「ああ、よく伺ってあるよ。道順を追って行きましょう。まず、均は永田から車を出したのだから、あそこへ行って見ましょう」

栄一は静かに車をスタートさせた。

8

　車が走り出すと、誰も口をきかなくなった。俊夫の方から栄一とゆり子の顔を見ることは出来なかったが、俊夫は栄一のそれまでの柔い微笑を想像することが出来なかった。栄一の肩は冷い岩のように見えていた。そして自身も、冷い流れの底の小石のように戦《おのの》きの中に体を硬くしていた。

　車はやがて永田工業所の前に来た。栄一は車を止め、ゆり子を振り返って、

「ここでちょっと尋ねて見ますからね、待っていらっしゃい」

　と子供をあやすように言った。それから車を下りながら、俊夫の方へちょっと頷いて見せた。——貴方もそのままにしていて下さい——というように見えた。

　栄一を見て修理屋の主人が出て来た。彼は栄一に悔みを述べた。二人の声は車の中までよく聞えた。

「あの時、車の調子は別に悪くなかったのでしょう？」

と栄一が訊いた。

「ええもう、エンジンはオーバーホールしたばかりですから、とても調子が良かったです。——ただ……」

「何ですか」

「足まわりの、ブレーキやハンドルの方は見てなかったのです。今考えれば、見ておけばよかったのかも知れませんが、お急ぎだったようですし、またその方は申しつけられてもいなかったものですから——」

　栄一はなるほどというように頷いた。

「そう言えば、川本さんがハンドルのことを何か言っておられたようにも思ったんですが、そうじゃなかったんですか」

　主人は、車の中の俊夫の方を覗き込むようにした。油にまみれたつなぎの作業衣をつけ、脱いだ帽子を両手でつかんだ五十がらみの主人は真に他意のない微笑を浮べていた。

「——いや、大したことじゃなかった……」

　俊夫は、かすれた声でとっさに答えた。彼は主人の顔に視線を向けていたが、横から栄一の視線が自分に注がれているのを痛いように感じていた。栄一は何気ない表情をしていたが、俊夫にはその顔の中で眼だけが、全く異質の光りを帯びているように見えた。

　栄一は車に戻ると、黙ってスタートした。それから、

「さて、これからなんだが……」

と誰に言うともなく言った。

「あの前の日に、均は酒がなくなったと言って苦情を言ってたから、東京に出たついでに酒でも買ったかも知れないな。いつもうちで取っている酒屋が何処かあったね……」

ゆり子は前を向いたまま何も答えなかった。車はその間、一軒の店の前に来た。

「ちょっと待っておいで、今尋ねて見るから」

栄一はまた一人で車を下りた。その後姿にゆり子は顔だけ向けていた。

店前に主人が出て来た。二人の声はまた、車の中までよく聞えた。

栄一の質問に「ああ、ああ」と主人は大きく頷いた。

「えー、そうでございました。あの時はウイスキーの角瓶を二つお持ちになりました」

「そのまま帰りましたか」

「さようでございます。車の方へお戻りになりながら、一本の箱を明けておられました」

「ほう。車を運転しながら飲んだのかな」

栄一は、わざとらしく驚いた顔をした。

「えー——いや……」

酒屋の主人は、自然に車の後部坐席の方に視線を流した。

俊夫は、まるでばねに弾き飛ばされたように、車から出て来た。彼の顔はやや硬張《こわば》って蒼くなっていた。彼はその顔を栄一の方へ面と向けた。

「ここに来た時は、未だ僕が運転してたんです——」

そう言ってしまうと、今度はその顔が刷毛でも引いたように急激に紅潮した。すると栄一は、

「ああ、なるほどなるほど」

とまるで自分がうっかり忘れていたというような調子で頷いた。

俊夫が修理工場から車を出すと、すぐ均と分れたと言ってたことなぞ、すっかり忘れてしまい、また俊夫が一体何処まで均と一緒に居たかということにもまるで関心を持っていないようであった。

車はまた走り出した。俊夫は前の坐席の背に両手を掛けた。

「僕は、木島君がウイスキーを買ってから別れたんです。木島君も別にウイスキーを飲んだわけじゃないでしょう。ちょっと箱を明けて見ただけなんです」

彼は、もっともらしく話した。しかし、冷い風の中に立っているようにその声はかすかに震えていた。

栄一はほんの僅かに頷いた。その様子はそんなことな

ぞどうでもいいんだというように見えた。ゆり子はやはり、正面を向いたまま凍ったように動かなかった。

9

栄一は行先をすべて心得ているように、落着いてハンドルを動かしていた。

車はあるガソリンスタンドの前に来た。栄一は静かにハンドルを回して車をその中へ入れた。

「僕たちはいつもここでガソリンを買っている。均もあの日は遠出だったから、ここで燃料を補給したかも知れないね」

栄一の口元には、例の柔い微笑があった。それは妻をいたわるものであったかも知れない。しかし俊夫には、鉄槌のような効果があった。彼は早言に言った。

「そうです。ここでガソリンを入れました」

栄一は車から出ながら、俊夫の方へ微笑を浮べて頷いた。しかし、その微笑には、それまでと少し違った、何か無礼な色があるように見えた。

スタンドの若い男が二三人寄って来て、車を拭き始めていた。栄一は、

「二十リットル入れてくれ」と言った。

そしてつっ立ったまま、若い男達の作業を見守っていた。そして俊夫の方には、やはり何の関心も抱いていないようなそぶりであった。給油が済むと、また車は走り出した。

誰も何も言わなかった。車は予定のコースに乗っているように勢よく走っていた。

最初に沈黙を破ったのは俊夫であった。

「僕は、あの日宇佐美まで一緒に行く積《つもり》だったのです」

彼は訴えるようにあえいだ。

「しかし、途中でつまらぬことで木島君と口論して、車を下りて帰っちゃったんです。木島君と死ぬ前に喧嘩なんかしたことが、心苦しくて言いたくなかったのです」

彼は前の二人の背を見比べた。栄一は黙ってゆっくり頷いた。しかし俊夫の言葉よりは、車の錯綜した道路の運転に気を取られているように見えた。

ゆり子の方は、まるで何も耳に入っていないような、今車に乗っていることの目的も忘れたような様子であった。俊夫は倒れるようにシートに背をもたせて眼を閉じた。

車はもう何処にも止らなかった。第二京浜国道をたん

たんとして走っていた。エンジンの単調な響きが車の中の空気も、それから人の心も支配した。栄一は妻をいたわるためか、あまり車の速度を出さなかった。

俊夫はとらえられた獣のように、体をちぢめていた。車は横浜、大船を過ぎて、東海道を西に向った。車の中に、いらだたしい疲労感が、じりじりとみなぎっていた。

小田原を過ぎて熱海街道に入ると、道路を走る車の数も少くなった。日は伊豆の山陰に入った。

熱海に入る前に、車はヘッドライトを点けなければならなかった。そして熱海の灯の中を通りすぎると、ようやくにして車は錦ヶ浦の断崖上にさしかかった。

栄一は車を徐行させ、そして止めた。彼は太い息を吐き出して、ゆっくりと妻の方に向いた。

「ねえ、ゆり子。均はここまで来たのだ」

ゆり子は大きく頷いた。栄一は続けた。

「そしてここで居なくなったのだ。あの崖の向うに落ちたんだよ。もう帰っては来ないんだ。分るだろう。あれは死んだんだ」

「いいえ」

ゆり子は落着いた声で答えた。

「均は死んではおりません。そうです。わたしには今、均のいる所が分りました。その先です。あそこに均がいます」

栄一は黙って妻の顔を見ていた。

「あなた、もう少し車をやって下さい」

栄一は、チェンジレバーに手を掛けた。そして静かに車を発進させたが、時々訝しげに妻の顔を見ていた。ゆり子は、泰然として前方の暗がりの中を凝視していた。

空には未だ薄明りが残って山の稜線が見え、そいだような崖のはるか下の方では波の砕ける音が絶え間なく響いていた。

車は崖の縁に沿ってゆっくりと進んだ。

「ここです。ここです。止めて下さい」

突然、ゆり子は何か秘密を打ち明けるように囁くと、既にドアを押し開いていた。

二人の男はそれに引きずられるように、相次いで車を下りた。

そこでは丁度道が、崖に沿って大きく右に曲っていた。道の外縁には四十センチ位の高さの縁石が並べてあり、その外側はすぐには断崖にならず、手前の方はなだらかで向うに行くにつれ急激な斜面になっていた。その先は勿論断崖であろう。斜面はすすきにおおわれ、あちこちに松の黒い影があった。冷いやわらかい風が暗い沖から吹き寄せていた。

ゆり子はオーバーに手を通さず肩から掛けていたが、躊躇することなく縁石を跨ぎ越していた。

10

「危い――」

二人の男は後を追った。俊夫はようやくゆり子の左腕をつかんだ。

「そこです。その先です。ほら、均がいます……」

ゆり子の声は確信に満ち、常人の如く落着いていた。そして彼女はずるずると傾斜面を下りて行った。

「何をするんだ。ゆり子。――危い」

栄一は叫ぶと、彼女の右側に回ってその体を止めようとした。暗い斜面で足元ははっきりせず、誰の体もあわただしくよろめいていた。

「ほら、そこに居るじゃありませんか。均、均――」

ゆり子は暗い空間に向って呼びながら、尚も先へ進もうとした。

「違う、違う」と俊夫が呼んだ。「木島君はここには居ません。此処じゃありません――」

するとゆり子は俊夫の方に向いた。

「どうして？ どうしてここじゃないの？」

その声は静かであった。俊夫は息をつめて体を硬張らした。するとゆり子は俊夫につかまれていた左手を振った。

正確には、彼女が振ったのか、俊夫が振ったのか分からなかったが、二人の手は放れ、その弾みでゆり子の体は大きく前へのめった。

「――ああッ」

誰かが声を上げた。そしてゆり子の黒いオーバーが大きく舞って闇に消えると、最早、彼女の姿もなかった。

二人の男は、共に一瞬息をつめ、呆然として下の闇を覗いていた。しかし次の瞬間、栄一は激しい勢で俊夫の傍へ寄り、その襟をつかんだ。

「君が落したな」

かん高い突き刺すような声であった。最早それまでの柔和な表情は何処にもなく、荒々しい憤りがその顔面に、眼の中に満ちていた。彼はたたみかけた。

「君は、あの日均と一緒でなかったと言っている。それならどうして今、此処ではないと言ったんだ。均が落ちたのが此処ではないとどうして知っている」

「――いや、そういう積じゃないんです。ただ奥さんを行かせまいとして言っただけなんです……」

俊夫は、かろうじて泣き叫ぶように言った。

「君は既に、僕がどういう積で今日こんなお芝居をやったのか分ってるだろう」

栄一は俊夫の襟を持った両手に一層力を入れ、ぎらぎらする眼を近寄せた。

「君は最初、車を出すとすぐ均と離れたと言っていた。しかしその内段々そうでないことが露《あらわ》れて行った。ハンドルの具合の悪い車をそのまま出して、それを自分で運転して、均には酒を飲まして、いよいよ暗くなって此処の難所にかかる前に口実を設けて車を下りたのだ。酒に酔った運転技倆の未熟な均が、断崖の上の急カーブにさしかかって、ハンドルが切り切れずに転落したのだ。勿論、直接君が手を下したわけじゃない。うまく行けばと考えてやったことだ。それがその通りに行ったんだ。――どうだ。そうだろう」

栄一は激しい息を俊夫の顔に吐きかけた。

「――違う。――そんな積じゃ……」

俊夫の声は弱々しく、今にも泣き出しそうであった。

栄一は容赦なく続けた。

「京子と君と均との三人の関係も分っているぞ。君は均に死んで貰いたかったんだ。それから今、君は思わずうっかりしたことを言って、うろたえてゆり子までも突き落してしまった。俺は見ていた。君が皆を殺したんだ――」

俊夫の顔は醜くゆがんでいた。そして何か言おうとした。

――その時、別の声がした。

「いいえ、違います。俊夫さんではありません」

二人の男は愕然としてその方を向いた。少し離れた横に、オーバーを脱いだゆり子の姿が黒く立っていた。

「幽霊ではありません」と彼女は静かに言った。「わたしは今日のためにこの場所を慎重に選んで置きました。その崖のすぐ下にちょっとした棚地があります。わたしはその上に落ちてこちらから逼《は》い上って来たのです。しかし勿論、自分で落ちたのではありません」

栄一は何時の間にか、俊夫の襟から手を離して、ゆり子の方へ体を向けていた。彼女は静かに言葉を続けた。

「わたしを落したのは俊夫さんの手ではありませんでした。わたしは注意していたのです。わたしの膝を蹴ったのはあなたの足です」

ゆり子は指を上げて栄一の顔をさした。栄一が何か言いかけたが、ゆり子はかぶせるように言葉を続けた。

「その瞬間までわたしには確信がありませんでしたが、今分りました。均を殺したのはあなたです。なるほど、車の具合も悪かったかも知れません。また均は酔っていたかも知れません。しかし均は我儘ですが臆病な子です。車の具合が悪く、道は暗くて危険でその上、酔っていたとすれば恐くて運転出来なくなりこそすれ、無茶な走せ方をするはずはありません。あの子はこの近所で車を下りて酔をさましていたのでしょう。そこにあなたが来合せたのです。あなたは自分で言ってるよりは遅く宇佐美を出たんでしょう。勿論均に出会ったのは偶然でしょうし、それから均と話して車の具合の悪いことや、酔って運転出来ないこと、それまで俊夫さんと一緒だったことなぞを聞くまでは殺意はなかったのかも知れません。あまり好条件が揃っていたことが、日頃あなたがひそかに抱いていた願望に頭をもたげさせることになったのです。その場所は、さっきあなたが車を止めた道からすぐ崖になっている所です。油断を見て均を突き落し、その後で車も落したのでしょう」

「何を言う。お前はほんとうに気が狂ったのか」と栄一は怒りに声を震わしていた。

「気は狂っておりません。あなたは均が死ぬ直前に会っております。それでなければ、あの日均が寄った酒屋やスタンドを、そううまく当てるはずがありません。スタンドの方は知りませんが、あの酒屋は、うちでは最近買っていないのです」

「ばかばかしい。何故そんなことを僕がするんだ」

栄一はゆっくりゆり子の方へ近寄って行った。声には前ほどの強さはなかった。

「わたしは一度はあなたに瞞《だ》まされましたが、今ではあなたを軽蔑しています。わたしはわたしの財産を均の名儀に書き換えようとしております。あなたはそれを妨げたいのです」

栄一が獣のような叫び声を上げて、ゆり子に飛びかかった。ゆり子の体は地に這うように沈んだ。その上を栄一の体がのめり、激しく足を滑らした。それは一瞬のことであった。

「あ――あッ」

叫び声は下の闇へ落ちて行った。

ゆり子はゆっくりと立ち上った。そしてじっと下を見ていた。俊夫は恐ろしいものを見るようにその姿を凝視していた。

「こんなことをする積はなかったのに……」とゆり子は誰に言うともなく呟いた。

「でも、俊夫さんが均を死なしたのだとあまりしつっこく栄一が言うものですから、ふと栄一を疑ったのです。彼はそんなことを言う必要はなかったのです。結局、人を殺した不安が彼の冷静さを奪って、人に罪を着せなければ落着いて居れぬようにしたのでしょう。それでわたしは彼の書いた芝居の筋書に乗って、そして最後にわたしだけの芝居をして、彼を引っ掛けたのです。彼は最後に失敗しました。ひと思いにわたしも殺して財産を手に入れようとしたのです。思慮のない悪人です。……でも死にました。——均も死にました。もう帰っては来ません——」

彼女は闇に立ちつくした。巨大な断崖の下で、波の砕け、渦巻く音が絶間なくいつまでも続いていた。

飯場の殺人

た。

「――へえ、それで、おまえがその探偵の役だったというのかい」

聞き手の一人が、へつらうようなひやかすような調子で聞いた。

「それはな」と源助は満足げに、赤ら顔をうなずかせて言った。「話を聞いてりゃ、分らあな」

「じゃあ、そうもったいぶらずに話しなよ」

吉次は話し始めた。

◆

「あれは中川の護岸工事をやるというので、川っぷちに飯場を建ててあったんだが、その飯場で起った話よ」

吉次は回りの聞き手をゆっくりと見渡しながら、赤ら顔に意味深げな表情を浮べた。

「飯場と言ってもさ、小っちゃな請負人の飯場だからよ、あれで十人あまりも土工が宿っていたかな。ちょうど夏のことで、それも十五日の勘定日だったからさ、銭を持った若え奴ら遊びに出てしまってさ、晩に飯場に残っていたのは、俺のほか、いくらもいなかったんだ。その時、飯場の世話やきをしている源助という男が殺されたんだ。そいつがちょいとした探偵話だったんだぜ」

吉次は、眼玉をぎょろつかせながら、皆の顔を見渡した。

「その飯場はよ、今も言ったように小っちゃな請負人の飯場だったから、ひでえもんだったんだ。夏だからそれで過せたようなもんだけれど、あっちこっちから掻き集めた余り材料でどうにかこうにか家らしいものを作ってあったんだ。真中に土間の食堂、台所があってさ、その両側に部屋があったんだが、部屋と言っても板を張った上に、むしろを敷いただけで、その上にせんべ布団を敷いてみんなでごろ寝をするわけさ。両方の部屋の横には土間の廊下があって、一方の側はその先に風呂場と便所があり、反対側の部屋の横の廊下はその先の建物から横の方へ突き出して、渡り廊下になって、その先に離れの別室があったんだ。この別室は飯場の方よりいくらかましな作りになっていて、そこに世話やきの源助が一人で威張って住んでやがったんだ。この離れの向うは川っぷちの斜面でさ、その下を川が流れていたんだ。まあ飯場の間取りはそういう具合だったんだ。

　飯の方はな、女手がねえもんだから、近所のばあさんを一人頼んで支度をしてもらってたんだけれど、このばあさんは通いで来てたからな、晩飯が済んでいい加減片付けた頃に帰っちゃうんだ。

◆

　さっきも言ったように、その日は勘定日だったもんだから、晩飯が済むと若え奴らみんな出ちまってさ、後に残ったのが、俺に野川という奴と新二郎という奴と、留吉という小僧と四人さ。この四人が残っていたについちゃ、それぞれ訳もあったんだ。四人が、食堂の食い散らかした台の前に腰を掛けて、俺が買って来た二級酒をひやで、漬物の残りかなんかつまみながら飲んでいたんだ。野川という奴は飲んべえで、まあこいつが一人で飲んでたようなもんだ。奴は朝勘定を貰うと、とたんにあっちこっちの借金取りに持っていかれちまってよ、晩にはすってんてんになってやがったんだ。だから何処へも行きようがなかったのさ。

『おい吉次、お前今日の勘定幾ら貰った？』

野川の野郎酔ってくるとくだを巻き始めやがったんだ。

『俺はな、俺の勘定がこう少《すく》ねえたあ、どう考えてもふに落ちねえんだ。な、今、俺は一文もねえんだぜ』

『そりゃお前、借金取りに持って行かれたんじゃねえか』

　と新二郎が言うとさ、

『いや、そんなもんじゃねえ。俺はな、どう考えても源助の野郎がごまかしゃがったんだとしか思えねえ。奴はな、みんなの勘定をごまかしてやがるんだ。そうは思わねえか』

　と野川の奴が言うんだ。それを聞くとほかの三人は何となく嫌な顔をしたな。というのは、源助という奴はみんなから好かれてなかったんだ。それに好かれねえのも道理の奴だったんだ。頭は俺達よりあったにゃ違いねえんだが、欲っ張りで人情のねえ野郎だったからさ。野川にそう言われるまでもなく、みんな内心じゃその位のことはあるだろうと考えてたことなんだ。

◆

『今朝な』と野川の奴が声をひそめるようにして言い

やがるんだ。『奴の部屋で勘定を貰ったあと見たら、野郎の手元にまだごまんと札束が残ってやがるんだ。おらあこの眼で見たんだからな、え？　あんなに野郎一人の稼ぎがあるわけやねえと思うがな、どうだい』

『いくら位あったんだい』と新二郎が聞くと、『そうだなあ』と野川は、頭をふらふら振りながら考えてやがった。『四、五万のところはあったな』それを聞いて『ちくしょう』と新二郎がつぶやいてたっけ。すると、『おまえは、明日は行っちまうんだが、まあこんなひでえ所にいねえで、ほんとにその方がいいよ』と野川が新二郎に言ってたよ。新二郎はその日の勘定を貰って、翌日は、そこをやめて何処かほかへ行くことになってたんだ。

ちょうどその時、噂の主の源助が帰って来やがったんだ。大分酔っぱらってやがってさ、皆の居る所へ入ってくると、お？　というような顔をしやがったけれど、何も言わねえで、廊下づたいに離れへ行っちまったんだ。それをしおに新二郎の奴は明日行く仕度をするというので、便所のある側の部屋へ入っちまったし、留吉の奴は風呂場へ洗濯に行ったんだ。留吉という奴は二十にもならなかったがおとなしい小僧で、酒も飲まなきゃ遊びもしない。しょっちゅう、女みたいに洗濯したりつくろいものをしたりしてたよ。もっとも仕事をする時はなかなか力は強かったがな。それで俺も酔っぱらいの野川の相手をしてるのもつまらねえから、新二郎と反対側の部屋へ入って寝ころんじまったんだ。

◆

そういうわけでその時、離れに源助、そっちに近い側の部屋に俺、食堂に野川、その向うの部屋に新二郎、その先の風呂場に留吉と、不思議なことに、飯場中の部屋に一人ずつついたわけなんだ。それでまあ、最後にみんな寝ちまった。

ところが、明け方近くなって酔っぱらって帰って来た若え者の一人が、間違えるかなんかして、離れの部屋へ入って源助が床の上で絞め殺されているのを発見してから、騒ぎが始ったわけさ。まあ大勢警察の奴ら来やがってさ、いろいろ調べたがね。結局分ったことはさ、第一に源助は飯場へ帰って間もなく殺されたってことさ。すると下手人はその時の四人の中にいるというわけさ。それから下手人のサンダルの足跡が見つかったんだ。足跡は建物の端の便所の所から土の上に斜めに離れの所までを往復しているんだ。便所は風呂場と一緒に建物の端にくっついているんだが、その足跡は離れとの間を8の字を描いていて真中の所で行きと帰りの跡が一つだけ重ってさ、離れへ行く跡の上に、便所の方へ向いた跡がついているんさ。それから源助の床の所にも泥の跡があって、下手人の足跡に間違いないことになったんだ。ところがサンダルはその場になくて、あとで片方だけ川の縁で見つかったんだ。飯場の中に前からあって、誰もが勝手にはいてたやつだから、それから下手人は分りゃしねえ。それから盗まれた金が便所の羽目板の間から見つかった。あとで持って行く積りだったんだな。

◆

ところで、源助が死んだ時は、四人とも起きていたんだから、一番危いのは、便所の前の風呂場にいた留吉ということになるんだ。その次は新二郎さ。留吉は洗濯に夢中になってたから、暗くもあるし、気づかれないように便所の所から出ることもできたはずさ。ところが夏のことだから、部屋と廊下との間の障子は明けてあったから、野川や俺は、新二郎に見られずにそこを通って便所の方へ行くのが難しいんだ。それに、野川はすっかり酔いつぶれて、手前が絞められてもわからねえ位だったんだ。

ところが川っぷちでサンダルをめっけたお巡りが、その傍で一尺角位の薄いベニヤ板をめっけて来てさ、そいつを、8の字の足跡の重ってる所へ持って来て置いてさ『この板はこの足跡のつく前にここにあったんだ。板の跡も薄っすらとであるがここに附いている』と言いやがった。結局下手人はつかまったがね。誰だったと思う?」

吉次は小馬鹿にしたように聞き手達を見渡した。

（解答は313頁）

赤いチューリップ

(一)

ゆりはトイレに立ったついでに、裏の戸を開けて外へ出た。

戸を閉めると、ラジオのかすれたジャズの音が、その背後で小さくなった。彼女は酒と人いきれでほてった頬に手を当てた。闇の中の遠くから、海の香を含んだ生暖かい風が吹き寄せていた。

その風は、眼には見えないけれど、なんだかざらざらと埃っぽい感じがしていた。

ゆりは、それは風が掘りかえされた土の上や、壊されたバラックの上を吹いてくるからだと思った。

彼女の眼の前にも、柱と屋根だけになった骸骨のようなバラックが、のっそりと立っていた。そしてそこから、なにか腐ったような、すっぱい臭いがしていた。

そこに住んでいた人たちは、もう何処へ立ち退いたかわからないけれど、一週間ばかり前までは、そこで安くてすごく硬い肉や、肉の代わりにじゃがいもの皮を入れたコロッケを売っていたのだ。

ゆりは、隣りの勝手口の戸を、がたがたするようにして開けた。

「――小父さんいる?」

土間から店の方へ行くと、店の土間に続いた六畳の間に、源助が一人で坐わってタバコをふかしながら新聞を見ていた。

「――少し休ませて――もうくたくた――」

ゆりは、上り口に腰を下して柱に背中を持たせた。

「最後の稼ぎだね」

源助は、黒い縁の眼鏡をかけた顔を上げた。短く刈った半白の髪に電灯の光が当たっていた。

「――だいぶお盛んだねえ」

「みんな懐が温いんだもん――」

「立ち退き料を貰うと、みんなお前さんたちの所に運ぶんだね」

源助は嘲けるように金歯を光らした。

「小父さんとこは、いつ引っ越すの?」

ゆりは店の中を見渡した。表の戸はもう下してあった。両側の壁に天井まで幾段もつけた棚には、まばらに瀬戸物やガラスの器類が並んでいた。

それから土間の真ん中の台の上にも花瓶や火鉢が並べてあったけれど、それも、もう幾らもなかった。残っているものは埃をかむって、ひどく安物に見えた。あまり広くもない店の中はがらんとして天井に張った棚から、半値大投売と朱筆で書いた紙切れが、いくつもぶら下がっていた。

「小父さんとこは、立ち退き料の交渉はまとまったの?」

ゆりは、源助の方を向いた。

「あした、また旭化学に行くことになってるがね。どうなるかね――」

「なかなか、大会社のくせに渋いらしいわね」

「大会社だから渋いんだよ」

「みんなが、個別接渉やらないで、はじめから六十軒が団体交渉やればよかったのよね」

「そうやりかけたんだけど、仲間内のお互いの都合が違うものだから、すぐばらばらになっちまったんじゃないか。ここいらの連中は、どうせそんな気の利いたことぁできない人だよ。みんな何処からか、この埋立地に吹き溜まりみたいに流れついたもんばっかりだからな」

「けちで悪賢いみたいでいてさ。結局はお人好しで馬鹿でさ。――小父さん、一本くんない?」

ゆりが手を伸すと、源助はむっつりした顔をして、畳の上の煙草の箱を、ほんの僅かだけゆりの方へ押した。

ゆりは煙草に火をつけると、はだけた着物の前を直しながら、足を組みかえて、煙を吐き出した。

「でも、立退料を貰った人は、結構うれしそうな顔をしてるじゃない?」

「おそらく、生まれて始めて拝んだような金だからな。それをお前さんたちの所へ運んだり、与太者にたかられたりさ。どうせ身にはつかねえよ。あとはどうする気か知らねえがね。俺は、あんな馬鹿なこたぁしねえよ」

「小父さんは、ここを出たらどうするの?」

「さあね。もう、でも、瀬戸物屋は止したよ。一人者の年寄りに出来るような商売を探すよ」

「じゃ、ここに残っている品物はどうするの」

「どうせ、もうがらくただよ。手間をかけて運ぶほどのこともねえんだ。穴を掘って埋めちまうよ」

「もったいないわね。――じゃ、何か残ったものを貰ってもいいかしら」

「いいよ」

「これなんか、でも高いもんじゃないの?」

ゆりは、真ん中の台の上に載せてある青い色の艶のいい、大きい花瓶を指さした。

その両側には、赤いチューリップの鉢植えが置いてあった。

「それはいいもんだよ。どうせこの辺のやつらに買えるような品物じゃねえんだけどな。飾りに置いてあったんだ。それだけはまあ持って行くよ。ところで、あんたたちはどうするんだね。店と一緒に引っ越して行くのかい」

「あたし――?」

ゆりは、胸に手を当てた。

「あたしはね、もうこの商売から足を洗おうと思うのよ。このチャンスにね」

「そりゃ、結構なこったね。でも、あんたたちまで立退料を貰うわけでもねえだろうから、貯金でも出来たのかね」

「――まあ、いくらかね」

「そりゃいいね。ついでに、与太者とも手を切るんだな」

「木村のこと?」

ゆりは、伏し目になって嘲けるような笑いを浮かべた。

「あんなの、何の関係もないわよ」

「でも、やつらは、なかなかしつっこいからね。用心した方がいいよ。立退料を貰った連中をおどしては、少しずつ巻き上げてるそうじゃないか」

「そうお?」

ゆりは、その話に興味なさそうに鉢植えのチューリップの方に眼を向けた。

それから灰皿に煙草をこすりつけると、腰を上げた。

「なんだか淋しいみたいね」

ゆりは、濃いアイシャドウをつけた眼に媚びるような微笑を浮かべた。

「小父さんは、ここに住みついてから何年になるの?」

「もう、かれこれ十年になるよ」

「そお? ――。立退料貰ったら、店へ遊びに来てね。みんな巻き上げはしないわよ」

「ゆりちゃんとおわかれに一杯飲むかな」

源助は、はじめて、ごわごわした皮膚の顔に僅かな微笑を浮かべた。

(二)

狭い薄暗い店の中には、あい変わらずかすれたラジオの音と煙草の煙と、ざわめきと、すえたような臭いとが充満していた。三つあるテーブルの一つに、四角な幅の広い顔の男が二人の女給に囲まれて坐っていた。ゆりがその傍へ行くと、男の横に坐っていた女の子が、ビールの空瓶を持って立った。ゆりは、男の横に腰を押しつけるようにして坐った。

「いらっしゃい――。入ったらしいわね」

「おいおい、あまり俺にばかりサービスするなよ」

佃屋の田島は避けるように体を反らした。ゆりは、殆んどこういう所へ遊びに来たことのない田島が、勘定の額を心配しているのだと思った。

「大丈夫よ。この店なんか安いんだから。おたくの卵一ダース分くらいよ」

「一ダースかい?」

「おたくの卵、小さくて高いからね。――ふっふっ――まあいいわよ。飲みなさいよ。遊びに来たんでしょう?」

ゆりは、ビール瓶を持ち上げて体を傾け、田島の腕に胸を押し当てるようにした。田島は、腕を硬くしてコップを握り、大きい口を開けて声も立てずに笑った。

田島は、それから無器用な手つきでぐいぐいとビールを飲んだ。いくら飲んでも平気だという様子を示した。しかし四角な顔はかなり赤くなって、眼も充血していた。大きくて味のないカツを持って来させて、うまそうに食べゆりにもビールを勧めた。

「今日貰ったの?」

ゆりは頃合を見て、田島の方に顔を近よせて尋ねた。

ここの住人たちが、いつの間にか勝手に六十尺のバラックを建てて生業を営んでいた埋立地を、旭化学が正式に払い下げを受けてから、両者の間に立退問題が過去二ヵ年に渡って続けられた。最後になって、住人たちは個別交渉に持ちこまれて、崩れ出していった。個々の接渉の内容や、立退の条件や、立退料の額なぞはみな別々で、それぞれの個人はそれを秘密にしていた。誰れが幾らで手を打ったか、なかなかわからなかったので、みんなはお互いにお互いの懐をさぐり合った。しかし、金を貰うと、大抵の者が立退を始めるより先に、先ず何処かで豪遊をした。それで誰れが話をつけたかはすぐに知れたし、しかし、ゆりの働いている飲み屋もそのために繁盛した。しかし、その店も立ち退く運命にあることは同じであった。田島は、その何人目かであった。

「――まあね」

田島は、満足げに頬をいっそう横にひろげて、ゆりを流し目で見た。

「いくら――?」

ゆりは、悪戯っぽく甘えるような上目で田島を見た。

田島は笑ったままますぐには答えなかった。それは重大秘密だからである。

噂によると、彼らは旭化学と交渉して、帳簿の表面に出さない分を合わせて貰っているということであった。それは税金を軽くしようという企みらしかった。

ゆりは、しかし大金を手にした彼らが、それを誰れかに喋って誇りたいという気持ちになるらしいことも知っていた。ゆりが尋ねると男たちは、大抵それを彼女に喋ったのだ。ゆりが驚いて見せると、彼らは満足そうであった。そして、もっと金を使った。

「――大体、見当はつくわ」

とゆりが言った。

「そうかい? 言って見な」

田島は、おおように言った。

「片手?」

ゆりはそう言って田島の顔を見た。彼女の言った金額より実際の額が多いか少ないかは、その顔を見ているとわかるのであった。多い場合は、満足そうな人を馬鹿にしたような眼をするし、少ない場合は、何となく間の悪そうな、怒ったような顔になるのだ。だから、少くな目に言う方が利口なやり方であった。

田島は首を横に振ったが、もっと多いという意味らしかった。

「じゃ、もうあと、このくらい?」

ゆりは、テーブルの縁の所に指を二本のせた。

「まあ、まあね。そんなところだね」

田島はまた頬を横にひろげて笑った。

「たいしたもんねえ。でも、大事にするのよ」

ゆりは、真面目にたしなめるように言った。

「――うん」

と田島は子供のように頷くと、ビールと料理を注文した。

「キャッシュで持ってるの?」

「いや、俺は今日すぐに銀行に入れたさ。せんべ屋のとっさんみたいによ、ひと晩銭を抱いて寝てよ、強盗にやられたなんて馬鹿なまねは、俺はしねえんだよ。ちゃんと、俺なんか取引銀行ってもんがあるんだからな」

「そりゃ利口だわ」

「でも、少しゃ持ってるよ。持ってると暖ったけえからな」

田島は頬をひろげて腹のあたりを撫ぜた。

（三）

バラックの一群は、幅の狭い黒い水の運河を渡った所に、まるで苔のように貼りついていた。その中で、あちこち板をはがし物を投げ下す音がしていた。そして海から吹いてくる風に黄色い砂埃が舞い上がって一帯を包んでいた。

バラックを壊す仕事は、ひどく造作もないようであった。

外側の薄い板やトタンをはがされた建物は、煤けた滑稽なほど貧弱な骨組を恥しげに露わしていた。それらも、やがて引き倒されると、幾つかの束にされてトラックに積み上げられ、何処かへ運ばれて行った。

そして、その跡には土台の石ころと、ちらばった木片や紙切れと、それに糞尿の臭いとが残った。

こうして既に、部落のあちこちが歯の抜けたように片づけられていた。木村は、その跡のひとつをゆっくりと大股に横切りながら、佃屋の勝手口の方へ近よっていた。

佃屋の田島は、夫婦で家財道具を片づけて荷造りをしているところであった。二人は勝手口に黙って立っている木村に暫く気がつかなかった。

木村は、左眼の上に疵のある痩せた青黒い顔を疲れたように歪ませて、二人を見ていた。そのうち田島の女房がそれに気がついた。彼女の眼が瞬間暗くなった。そして、脅えたような早い手つきで亭主の腰をつっついた。

田島は女房の方を見、それから木村の方へゆっくりと顔を向けた。

「もう引っ越しかい？」

木村は、口を歪めて苦しげな薄い笑いを浮かべた。

「――ああ」

田島は、ぼっそりと気のない返事をした。その眼は、既に木村の目的を知って暗く沈んでいた。

「だいぶ頂戴したそうだね」

「――とんでもねえ――」

「評判だぜ。お宅はうまくやって一番多いんじゃねえかって――」

「じょ、冗談じゃねえよ――」

木村は、ちょっと間を置いて面白そうに田島の顔を眺めた。

夫婦は、荷物の傍に両手を垂らして立っていた。

「忙しいんだろ?」

木村が言った。

「――ああ」

「俺も忙しいんだ。だからよ、話を早いとこ片づけようじゃないか」

田島は黙っていた。

「とっさんだってよ、もともと権利もなにもねえ所に勝手にバラックを建ててよ。それで引き上げる時には立退料を貰って、それを一人占めにしてたんじゃ、寝ざめが悪いと思うだろう? え? ――そう思わねえかい」

木村は突っかかるような巻き舌になって喋った。田島は、やはりむっつりと黙っていた。

「それによ。俺の知っているパン助が、とっつぁんの所にいる時は、随分高けえ部屋代を取られたと言ってたぜ」

「――と、とんでもねえよ。なに言ってるんだ」

「あんなことをしていいのかい? ちょっとお巡りに聞いて見ようか。二階でパン助に商売させていいのかって――」

木村は嘲けるように笑った。田島は女房と顔を見合わせた。女房は木村の方から見えないように指で田島の腿をつついた。田島は急いで腹巻の中に手を突っこんで、二三枚の千円札を摑み出すと、木村の前にやって来て、その手を握るようにして札を押しつけた。

「木村さんよ。少《す》くねえけど、これで話をわかってくんなよ。実は二十万ばかり貰ったんだけど、昨日の内に今度借りる所の権利金の前金にそっくり渡しちまったんだよ」

木村は指につまんだ札に、どんよりした眼視を向けていたが、それをぱらぱらと下へ落とした。

「いくら貰ったんだって?」

「だから二十万……」

「それで、それだけ前金に払ったのかい」

「そうなんだよ。右から左よ。だから一文も残ってねえんだ」

「ともかく払ったなあ二十万だな」

「そうだよ」

「じゃ、あとの六十万はどうしたんだ」

木村は急に大声で突きとばすように怒鳴った。田島は体をすくめるようにした。木村は間を置いて、

「おお、とっさん、おめえが六十万から百万近い金を貰ったのあ、ちゃんとこっちにゃわかってるんだぜ。お

めえは一体俺を誰れだと思ってやがるんだ。二十万貰いました――よくもそんなことを抜かしゃがったな」

「嘘じゃねえよ。会社へ行って調べて貰やわかるんだよ」

「ばかやろう。会社の帳簿なんかどうにだって出来るじゃねえか。おめえたちや、それで税務署の眼はごまかせても、俺の眼はごまかせねえぜ。くだらねえ小細工をしやがって」

木村は本気で怒っているように、顔を紅潮させた。

田島は言葉に窮したように目をそらして、そして、あえぐように言った。

「――ほんとだよ。そんなに貰っちゃいねえよ。それにともかく、もう手元にゃねえんだから……」

「銀行へ入れたのか」

田島は黙りこんだ。木村は足元の札をサンダルの爪先で蹴った。

「おい、こりゃなんの積りだ」

「ほんとにもうねえんだよ。あとは今来る運送屋に払わなきゃならねえし、仕入れの金も要るし――」

「そりゃ銀行から下ろしゃいいだろ――」

木村は、土間からサンダルのまま板の間に上がった。

「おお。おめえ、俺に手間を取らせる気かよ」

田島は、慌てて腹巻に手を突っこんだ。一万円札を含んだ数枚の紙幣がばらばらと落ちた。

田島は急いでそれを拾い上げ、それと土間に落ちた千円札も集めて、木村の前に差し出した。

「――頼む。もう、これだけしかねえんだ。ほんとだよ」

田島は胴巻の中を開いて見せた。千円札が一枚残っていた。彼はそれも慌てて摑み出した。木村は、馬鹿にしたような薄笑いを浮かべて、ゆっくりとその札束を握った。

「じゃな、これはパン助の部屋代の取り過ぎた分として、俺が預かっといてやらあ。いいな、俺の話は、またあとでゆっくり聞いて貰うぜ。おめえの行先もちゃんとわかってるんだからな。――忙がしいところを邪魔したな」

木村は、体をひるがえすと、はねるように勝手口から出て行った。そして歩きながら、手に持った札を数えた。そして嘲けるような笑いを浮かべると、それをさらしの腹巻の中に押しこんだ。

彼は肩をゆすりながら、大股に運河の橋を渡った。そして路地裏の古い木造のアパートに入った。階段をぎしぎし言わせながら二階へ駆け上がると、一つのドアを蹴飛ばすように開けた。

寝床が敷いてあって、スリップを着たゆりが寝そべっていた。

「どうだった?」

「八十万貰ったろうと言ったら、眼をぱちくりさせてやがった」

木村は畳にごろりと寝ころがると、ゆりの前の煙草を取った。

「どのくらい出した?」

ゆりはマッチをすって木村のタバコに火をつけてやった。

「腹巻の中に残ってたやつは、そっくり出しやがったがね。万もなかったよ」

「それっぽっち?」

「ゆうべ、あんまり使わすからだ」

「ううん。ゆうべだって一万円とは使わなかったのよ。──ほんとにそれっぽっち? しようがないわね。一体今までで幾ら溜ったの、あんたちっとも見せてくれないわね」

「おお、おお、俺がごまかしてでもいると言うのかい?」

木村が天井に煙を吹き上げた。

「そうじゃないけどさ、早く商売の元手になるくらい溜めたいからさ──」

「なかなか容易じゃねえよ」

「ねえ──いくら?」

「さあ、俺もよく数えて見ねえけど、十万かそこいらだな」

「それっぽっち?」

「それよかよ。この次はどいつにしよう」

「うん──源助さんが、今日らしいわよ」

「店の隣りの瀬戸物屋か?」

「そう」

「あの野郎はいい玉だよ。高利貸しもしてやがったしな。飛んでもねえ利子を取ってやがったからな。あいつからは、ごっそり頂戴してやるぜ」

「今夜、店へ来ると思うのよ。来なかったら、あたしが様子を見に行くわ」

「そうしてくれ」

木村の眼が、天井のずっと上の方を見て笑っていた。

「──ねえ、あんた、頼むわよ──」

「なにを?」

「いろんなことさ。あたし、自分で早く商売がしたいのよ。堅気のね──」

上を見てる木村の眼が、また嘲けるように笑った。

(四)

ゆりは、源助にべったりくっついたままであった。源助は日本酒をちびりちびり飲み、顔色も変えていなかった。

「――ねえ、もっとぐっとあけなさいよ。景気よくさあ。――うんと入ったんでしょ？――」

ゆりは、細い眼で窺うように源助を見ながら、酔っぱらったような声を出していた。

「おれは酔っぱらいに来たんじゃねえ。みんなにお別れに来たんだ」

「だからさあ――うんと飲んでよ」

ゆりの嬌声が、腐ってぶよぶよしたような店の空気の中に、きんきんと響いた。

「そりゃそうと、お前さんの方はどうだね。なんか商売でも始めるんかね」

源助は盃をゆりの方へ差し出した。ゆりはそれを受け取りながら、曖昧なうなずき方をした。

「だいぶ溜ったらしいね」

「それがね、少し足りないのよ。小父さん貸してくれる？」

「まあね。堅い話ならね」

源助は、ゆりの盃に注ぎながら言った。

「堅い話よ。――ね、どのくらい都合して貰えるかしら、――もし、ほんとにそうだったらさ」

「さあね――」

源助は困ったように苦笑した。

「百万？」

とゆりは声を低くした。

「とんでもねえよ、そんな大金」

「でも、そのくらい入ったでしょう？」

ゆりは熱心に源助を見つめた。

「馬鹿言っちゃいけねえ」

源助は、少し不機嫌な顔をした。

「そうかしらねえ。――」

ゆりは、ほっとせつなげな溜息を吐いた。

「わたし、ほんとにちゃんとした保証人になってくれる人もあんのよ」

「まあ、また相談しようよ」

「それで小父さん、いつ越すの？」

源助は、何かを考え、決心するようにちょっと黙っていた。それから答えた。

「あすの朝さ」

「あすう? ——早いのね。もう支度できてるの?」

「だいたいね。銭をもらってから、ここにぼやぼやしてたやつは、ろくな目に合ってねえよ。どいつもこいつも、巾着切りみてえに人の懐を狙ってやがるからな。おれはそんな馬鹿なこたあしねえよ。あすになったら、さっといなくなっちまうんだ。人に銭なんか取られてたまるかってんだ」

源助は、何かに向かって怒っているように眼を光らした。

「そお? じゃもう行っちゃうの。名残り惜しいわね。それで、朝何時?」

「ああ、夜が明けたらすぐに運送屋が来ることになってるんだ」

「手回しがいいのね」

「そうよ」

源助は、押えつけるような流し目をゆりの方へ向けた。ゆりは、戸惑ったように視線を外した。

（五）

黒い軟らかい土の上に、朝日がはねかえるように照っていた。

瀬戸物屋の裏の家は殆んど毀されて、木材が整理して積み重ねてあった。しかし、まだ人夫は来ていなかった。

源助は、その裏の空地に、すごくでかい穴を掘って、割れた瀬戸物をその中に投げこんでいた。店の中から木箱に瀬戸物を詰めては穴の所に運んで、がらがらとその中に落としこんだ。埃が舞い上がった。まだ割れていないものは、スコップで上から叩き割った。

瀬戸物は、鈍い賑やかな音を立てた。

何度かやっている内に、大きい穴も瀬戸物の屑で一杯になった。源助は、ひと息入れるとスコップを取って、その上に土をかけ始めた。

「——小父さん」

源助は、ぎょっとしたように手を止めて後を振りかえった。ゆりが、家の横にコートを肩に引っかけて立っていた。短いスカートの下から、あまり恰好のよくない膝小僧が出ていた。

「——お別れに来たのよ」

ゆりは近寄って来た。

目が覚めたばかりのような腫れぼったい顔をしていた。

「——みんな埋めちゃったの?」

「割っちゃったよ、もう」

源助は、どこか力のない声で言った。

「もったいないわ。——あたし、なにか貰えばよかった」

ゆりは、そう言いながら勝手口の方へ歩いて行った。

源助はスコップを立てて、それを見ていた。

ゆりは家の中に体を入れた。

「——あら、なんにもなくなったのね」

彼女の声は、家の中に何かを探し求めるように、ぼんやりした響きを持っていた。

「みんな叩き毀したよ。持っててもしょうがねえしな。でも、このまま置いといちゃ人が怪我をするからな。こうして埋めたのさ」

「そうね、あぶないからね。——あら、あれはどうしたの? あの持って行くって言ってた上等のやつ——」

「ああ、あれかい。それも埋めたよ」

「割っちゃったの?」

「割れちゃったんだよ。まるで針金みてえに硬いやつだったよ」

「どうして割れたの?」

源助は、またスコップを持って、穴の上に土を被せ始めた。ゆりはその傍へ寄って来て、じっとそれを見ていた。ひと通り土を被せると、源助はその上に乗って土を踏んだ。下で瀬戸物がぼきぼき音を立て、土が凹んで行った。源助はその上にまた土をかけた。

「うんと深く掘ったからね。危くねえように」

源助は、息をはずませながら言った。

「ねえ、あれどうして割れたの?」

「割られちゃったんだよ」

源助は投げ出すように答えた。

「誰れに?」

「木村のやつよ」

源助は、そう言って腰を伸ばすと、ゆりの方に首を回した。ゆりは、戸惑ったように眼をしばたいた。

「来たの?」

「来たよ。ちゃんと眼をつけて来やがったんだ。何処で聞いたか知らないがね」

「そお——それで?」

「それで暴れやがって、あの花瓶を叩き割ってさ——」

「小父さんは、どうしたの?」

源助は、また土をかけ始めた。穴の上が少し、まわりより高くなった。

「怪我でもさせられちゃつまらねえからさ。少し握らしたんさ」

「どのくらい?」

「よく憶えちゃいねえけどね、二万もあったかな」

「それから?」

「やつかい? やつは帰ったよ」

「帰ったの?」

源助は、ゆりの方を振り向いた。

「お前さん。木村のことを探しに来たのじゃねえのかい?」

ゆりは、慌てて激しく首を振った。

「ううん、違うわよ」

「そうかね。ゆうべやつが帰って来なかったんじゃないのかね。あんたの所へ」

「ううん、あたし関係ないもん――」

「そうかね。そんならいいけど。まあ、あんなやつとあんまりつき合わねえ方がいいよ。どうせやつが握った金は、お前さんに渡るこたあねえだろうからね」

ゆりは、顔を硬くして唇を嚙んだ。そして、暫く黙ってそこに立っていた。

源助は土の上をスコップで叩いて仕上げた。

「小父さん、さようなら」

ゆりが言った。

「ああ、達者でな」

と源助は答えた。

ゆりは、小さく頷くと体を回して、ゆっくりと歩いて行った。源助は、その後姿を暫く見送っていた。

それから家の中に入ると、二つの鉢植のチューリップを持って来て、それを鉢から出すと、穴の上の高くなった土に植えた。

真ッ赤な花は、朝日を受けて誇らしげに頭をもたげた。

「もったいねえけれど、せめて、この花でも植えといてやるか」

源助は呟いた。

「でも、あの花瓶は惜しいことをしたな。ありゃ確かに大した品物だったよ。刃物のように硬くってさ。あれがあんなによく切れるたあ、思わなかったな」

海の方から吹いて来た風が、殆んど家のなくなった部落の跡を撫ぜて行った。埃と紙屑がひそやかに舞い、チューリップの花が小さく身ぶるいをした。

誰が一服盛ったか

1　ひどい話

米田はワイングラスをテーブルにとんと置くと、指で口の上をこすった。

「どうも葡萄酒ってやつは、子供っぽくていけねえな」

「奥さんが好きなんだ」

と金子が言った。

「奥さんこの頃、アルコールを嗜むようになったらしいね」

「おタバコも召し上るようだね」

「ナイトクラブへ行く時のためにだな」

「奥さんナイトクラブへ行くのかい」

「行くらしいぜ」

「誰と——?」

「彼とだろう」

金子が、意味ありげな眼をして台所のある方へ顎をしゃくった。米田は、呑みこみ顔に頷いた。

「しかし、ばれなきゃいいがね。今ばれると彼としては不味いんだろ?」

「特に今はね。ところがそれがばれそうらしいんだよ。奥さんが先生に何か言われたらしいんだな。今夜彼、奥さんに呼ばれたんじゃないかな。二人で善後策を考えようというわけさ」

「へえ、そりゃ大変だな。今先生の逆鱗に触れたら、教授の座にもつけなくなるだろう」

「だから慌ててるのさ」

二人はさも心配そうに顔を見合せた。しかしその表情には、他人の災難が心の快感帯をくすぐっているようすが、ありありと窺えた。

「彼も、少し調子が良すぎるんだ」

金子が言った。米田も負けずにつけ加えた。

「そうさ。大体四十にもならないのに教授になろうってのは、ちょっと早すぎるよ」

「その上、先生の奥さんともよろしくやろうってんだからな。たいしたもんだ——」

金子は、グラスに葡萄酒を注いだ。そして米田に尋ねた。

「ところでどうだい君の方は。うまく行ったかい」

米田は、返事の代りに鼻の根っこの所に皺を寄せて首を振った。

「うまくないのかい？」

金子は満足そうに頷いた。それを見て、米田はいまいましそうに、一層皺を深くした。

「ほんとに執念深い先生だぜ」

と米田は廊下の方を見た。

「やっぱり、最初からのことでご機嫌が直らないんだな」

「そうなんだ。僕もあの頃は学校を出たてでさ、がむしゃらな所もあったんだ。もう先生の下にいるわけじゃないしさ。別の研究所で仕事をしてるんだから、自分の研究したことは、人が何と言おうと信念を持って発表しようと思ったんだ。その第一回の発表の結果が、先生のそれまでの説とまるで矛盾してたわけだ。先生の説というのは、とりも直さず学会の定説なんだからな。すぐ先生に呼ばれたさ。さんざんけちをつけられたけどね、こっちはこっちで自信のある実験をやってるんだから、その場じゃ折れなかったんだ。その時ゃ、これが学位請求論文を出す時にたたろうとは夢にも思わなかったんでな。あの時謝まっときゃよかったのさ——」

米田は自嘲するように笑ったが、顔の一部分に笑えないで凍りついているような所があった。

「じゃ論文を見てくれないのか」

「そうなんだ。君の実験には方法として疑問の点があるとかなんとか言ってね」

「しかし何とか手があるんだろう？　ほかにさ」

「いろいろ話には聞いてるがね。そんな手を使うほど、こっちは金がないんでね。ただひたすら哀訴歎願するのみさ。ここんとこ毎日来てんだが、なかなかいい返事をしてくれないんだよ。もう駄目だと思うよ」

「ほかの先生方はどうなんだ」

「ほかの先生方は一応認めてくれてるんさ。だけど、大先生がうんと言わなきゃどうしようもないさ」

「そうだろうな。全く大ボスだからな」

「学会の癌だよ。ところで君の方はなかなか調子がいいんだろ？」

「え？」

金子は、急にどぎまぎとして、返事の間合を取るようにグラスを口へ持って行った。

「美砂子さんとうまくやってるそうじゃないか」

米田は、からかうようにまた幾分の羨望の色を浮べて言った。

「ああ、あれか」

「結婚するのか？」

「そいつがねえ、どうも――」

金子はグラスを下に置いて、廊下の方に視線を流した。

「――なかなか思うように行かないんだ」

「へえ――。彼女に熱がないのか」

「いや、そうじゃないんだ。やっぱり先生がね」

「そうかね。しかし前に聞いた話じゃ先生は別に反対じゃないってことだったろ？　あの頑固親父も、末娘の美砂子さんには甘くってなんでも言うことを聞くって――」

「大体人間が長生きになり過ぎたんだな」

と金子は、関係のなさそうなことを言った。

「人間の長生きと君の恋愛と関係があるのか？」

「そうなんだ。やになっちゃうよ。先生を見ろよ。来年三月で六十歳の定年というのに、あの通りかくしゃくとしてるじゃないか。この後何年生きてるか計り知れない」

「それで？」

「定年退職したからって、これで我が生涯は終りだなんて気分になってくれねえんだな。それで、その次のコースを考えるわけなんだ。生きて行くためには、働かにゃならんしね」

「名誉教授になるんじゃないのか」

「ところが、この節は年寄もドライになって来てる。床の間の飾物みたいで、収入の少い名誉職なんかより、もっと実質的な方向を狙うんだ。先生が狙ってるのは、Q化学の中央研究所長の椅子だ」

「それは初耳だな」

「あのQ化学が一大研究所を東京近郊に作りつつある。その規模も研究予算も大学なんて比べものにならない。そこでその研究所長に先生を担ごうという話がある。いや、先生の方がなりてえらしいんだな。というのは、ほかにも有力な対抗馬があるらしいからなんだ。そこでおれの方の風向きが変って来たんだよ」

「分らねえな」

「全く分らねえ話さ。Q化学の社長の倅に結婚適齢期の野郎がいるらしいんだ。先生は、そいつへ美砂子さんをくっつけて、そのコネで研究所長の椅子を手に入れようとしてるらしいんだ」

「君なんかにゃ、やれねえというわけか。しかし美砂子さんご本人の気持はどうなんだ」

「信じたいけどね。何しろ大ブルジョアの倅と、貧乏サラリーマンとじゃね。見た眼がだいぶ違うからな」

「そりゃそうだな。そう言や、彼女今夜いないいじゃないか。たまに君が来てるというのにね」

「久しぶりに来たのにな」

金子は力なく呟いた。

「それにしても、ひでえ話だな」

その時、廊下の向うでポンポンと手が鳴った。金子と米田が愚痴をこぼしている所は、大岡家の洋風の居間である。その前から広縁続きになって大岡先生の居室がある。その方は日本間である。そこで、大岡先生が一人で晩酌を楽しんでいるのであった。

手の音に米田と金子は顔を見合せたが、米田が立ち上ると廊下の方へ出て行った。しかし彼はすぐに戻って来た。

「お銚子のおかわりだ」

彼はそのまま台所の方へ行った。

「いきなり入って行かない方がいいぜ」

金子が小さな声で言った。米田はふり返るとにやりと笑って頷いた。彼はわざとらしく足音を立てて台所のドアをあけた。

中には成子と浅川が少し離れて立っていた。二人ともなるべくさっぱりした表情をしようとつとめているようであったが、何となくぎこちない空気がそこにあるようであった。

成子は大岡先生の後妻で四十をちょっと越したばかりであるが、小柄な引きしまった体をしており、顔立ちは愛らしい感じである。

浅川は大岡先生の下の助教授で、成子より少し若い。背が高く比較的整った顔をしている。

「おかわりですよ」

米田はドアの所で、二人を見比べながら、粘っこい調子で言った。

「はいはい、そろそろ持って行こうと思ってたところなんですよ」

成子はその場の気分を引き立てるように、うきうきとした調子で言った。そしてやかんから銚子を取って盆に載せた。米田はそれに手を伸した。

「僕が持って行きましょう。そのきっかけで、ひとつお願いして見ますから」

「そうね。ゆうべもだいぶ話してたんでしょう？　もっと頑張ってごらんなさいよ」

「――ええ」

米田は盆を受け取った。その時銚子がごとんと揺れ、成子は慌てて手をそえた。

「これで今夜の割当はおしまいだとおっしゃってね。すみません、お願いします」

「分りました」

米田は盆を前に持って居間へ入って来ると、銚子の首をつまんで、米田と金子のグラスに少しずつ注いだ。

「葡萄酒よりりゃ増しだろ」

「おいよせよ。分るぜ」

「分りゃしないよ。もうかなりきこしめしてるようだからな」

米田は、妙に顔を歪めて先生の居間の方へ行った。

米田は、それから二三分して居間へ戻って来た。があまり楽しそうな顔はしてなかった。彼は空の銚子を二本持って黙って台所へ行った。

彼が、台所へ入った時、丁度成子と浅川が出てくる所であった。成子は米田から銚子を受け取って流し台の方へ置き三人とも台所を出た。

浅川はもう帰る積りらしくそのまま玄関の方へ行き、成子がそれを送った。米田は居間へ戻り、間もなく成子もそこへ入って来た。

「どうでした」

成子は、自分達のことに話を持って行かないためか、すぐに米田にそう尋ねた。

「酒を飲んでる時に、仕事の話はするなって言われましたよ」

「――そお?」

「仕事をやってる時は、今忙しいから、あとでゆっくり聞こうとおっしゃるしね。話す時がありませんよ」

「あなた下手なのよ」

「そうでしょうかね」

米田はグラスの酒をひと飲みにした。

「よし、こっちのは仕事の話じゃねえからな。ひとつおべんちゃらを言ってくるかな」

金子がそう言って立ち上った。

「ああ、美砂子はね、今夜、急にお花の先生の所へ伺ったのよ」

成子が言い訳をするように言った。金子は、分ってますよという風に頷くと、自ら士気を鼓舞するように肩をゆすって出て行った。

金子が先生の居室に入ったと思われる時から、およそ十秒か二十秒すると、彼が慌ただしく居間へ戻って来た。

「おい大変だ。先生が倒れた」眼を丸くして顎を突き出すような恰好で、言った。

成子と米田は同時に立ち上っていた。

「ほんとうか」

三人は一緒になって居間から駆け出した。

先生の部屋は、庭に面した十帖である。その真中に黒檀のテーブルを据え、床の間を背に厚い座ぶとんの上に坐って、先生は一人晩酌を楽しんでいたのだ。三人が廊下から部屋へ入った時、先生はその座ぶとんから横に、畳の上にごろりと倒れていた。

卓の上には、料理の皿に銚子が一本、盃は先生が取り落したらしく、畳の上に転っていた。三人が傍へ寄って助け起した時、先生は口から一筋の血を吐いて死んでいた。

2 毒と指紋

先生の普通でないことは三人にも大体分ったようであった。

「これは大変だ。おれ達は動かないようにしよう」

そう言ったのは米田であった。

すぐに掛りつけの近所の医者が呼ばれたが、勿論手遅れであり、変死と判断した医者は警察に電話をした。電話は居間に置いてあった。従って警官達が来るまで、三人はお互に他を牽制するような恰好で、居間と先生の部屋とその間の廊下以外には動いていなかった。

間もなく、先ず所轄の署、次いで本庁からの警察官達が大岡邸に到着した。

先生の死因が毒物によるものであることには誰も意見が一致した。まだ温い酒の残った銚子と料理の皿が、分析のために持って行かれた。

その時、指揮をしていた警部が、成子に、

「お銚子はこれだけ召し上ったんですか」

と尋ねた。

「まだ飲みましたが」

「それは?」

「台所にあります。空ですけど」

「洗いましたか」

「いいえ」

「じゃ、それも渡して下さい」

成子は警部と一緒に台所へ行って、空の銚子を見ると、

「おや――」と言った。

「どうしたんですか」

「いいえ。ただ毎晩三本と決めてたんですけど、今夜は四本行ってしまったらしいと思いましてね。ちょっと人とお話してたものですから、うっかりしてたのでしょう」

そこにあった空の銚子は三本であった。

それらのものを科学検査所へ持ち帰って分析するには時間を要する。その間、大岡邸内の捜査と、関係者の取り調べが行われた。先生が死ぬ直前まで、浅川がいたことも分ったので、彼も丁度自宅へ着いた所を呼び戻されてしまった。

一方警察官達は大岡家の内外を捜査した。まだ毒物の入ったものはないかということである。勿論ほかの部屋は、まわりの壁に沿って、内外の書類やレポート類が、所狭いばかりに並べてあった。その上、丁度旧制度による学位請求の最後のチャンスなので、厚い学位論文が、これまた山と積んであり、先生はそれらを検討中で、ここ二三日部屋も片付けてないということであった。従って、そういう書物の間に毒物の隠されている余地は十分にあったわけだが、しかし結局の所、そこには何も発見されなかった。

この捜査はしかし、執拗に行われた。それは検査所からの中間報告で、残っていた酒から毒物が検出されたが、それは特殊な有機化合物で、普通の状態では液体をなしているものであった。つまり、液状の毒物は何か容器に入れて運ばれたはずだから、その容器が何処かにあるはずだというわけである。

やがて、大岡邸の前から電車通りへ下りる道の途中の溝に、褐色の小瓶が発見された。玄関から五十米も離れた所であった。小瓶はすぐに検査所に届けられ、それと同時に、家の中の四人の指紋も採られて、一緒に送られた。

夜明け近くなって検査所から電話が来た。関係者を別の部屋へ移して、警部は電話を取り上げた。検査所員の声である。

「褐色の小瓶から毒物を検出しましたよ。しかし、家の中にあったものでは、飲みかけの最後の銚子以外には毒物は入っておりません」

「しかしその銚子の酒は二人が毒見してるんだがな」

「それじゃ、そのあと入ったのかも知れませんね。それからその銚子についてる指紋は、被害者のと、米田のだけですね」

「瓶の方は?」

「指紋ですか?　ないですよ、残念ながら」

「ふうん。面白いな。ともかくここにいる連中は皆動機を持っている。一人は学位請求論文を拒否されて頭へ来てる。一人は娘との仲を裂かれようとしてる。一人は奥さんとの情事がばれそうになって、そのために先生のあと教授の地位につくのに、先生に拒否権を発動されないかとびくびくしてる。三人とも先生の教え子で、大学の助教授に、科学会社の研究所員。もう一人は製薬会社の工場技師。何れもあの毒物を自分で合成出来る位の連中だ」

「奥さんはどうですか」

「これは別らしいな。大先生は奥さんに首ったけだったそうだし、奥さんは現在の地位に満足してるようだ。先生は生命保険にも入ってないし、それほどの資産もない。あまり動機らしいものはないようだ。助教授との仲も単なる浮気程度で、相手には女房子供もあるので、一緒になろうという気はお互にないらしいんだ。まあ、夜明までには犯人《ホシ》が分るだろうよ」

警部は電話を切って、太い息を吐いた。

（解答は３１３頁）

欲望の断層

作者のことば

だれにでもチャンスというものはあるだろう。しかし、問題はそれを摑むかどうかだ。見方によれば、摑み方ひとつで、何でもチャンスになるのだろう。例え、凶悪犯人が飛び込んで来たとしても、やり方ひとつでは――。しかしひとつのチャンスに対して、人間の欲望は、無限に発展もし、破たんもする。その赤裸の姿をちまたに見かける人妻に描いてみた。

（1）

いわゆるカレー・ハウスのカウンターで近所のサラリーマンが四、五人カチカチという皿の音をさせながら食事をしていた。

時刻は二時に近い。渇いたような感情が流れる商店街もほっとひと息入れたところだ。

「コーヒーもらおうかな」

カレーライスを食べ終わった一人が言った。

「はい」

と八重は答える。

カレーライスとコーヒーだけが売物の、この界隈のサラリーマンと学生を目当てに出した店である。

そのうち、ウィスキー位出すようにしようかなと八重は考えている。しかし、それにしても手がたりない。いま、亭主の徳三と二人でやっているが、昼食時、カウンターと、土間にある小さなテーブル三つが一杯になると、もうなかなか手が回り切らないのだ。

《見習コック募集、住込み可》という紙が、もう一月近く表にはり出されているが、まだ誰も来ない。それにもう一つ八重の不満は、開業してもう一年近くになるのに、どうも店の評判がぱっと出ないことだ。

場所は神田錦町だから、そう悪いはずもない。店は、もともとあった自分たちの家を改造したのだから権利金もかかってない。カレーライスの味も悪くはないつもりだし、客の好みも考えて、辛口と甘口を用意してある。早く、週刊誌かなにかの、うまいもの欄みたいなところに紹介してくれないかしらと八重は考えているのだ。

注文のコーヒーをカウンターにのせてだす、ライスカレーの皿を下げる。八重は、その客の視線が、自分の顔にじっと注がれているように感じた。三十あまりの、荒々しくて、またどことなくふてぶてしい感じのする男だ。

どっかで見たような顔だと、八重は思った。

なんとなく気になって八重が男の方へそっと視線を向けると、男の顔もこっちを向いていた。ニヤッと笑って指を上げる。こいと言うつもりらしい。

「おひやですか」

と八重が傍らへ寄ると、男は声を低くして、

「見習コックを捜してるの？　おかみさん」

と聞いた。

「ええ」

と八重は頷く。

「おれは働き口捜しているんだがどうだろ？」

と男は言った。

八重は、びっくりしたように改めて男の顔を見た。そして、色は黒いが、筋肉もしまってるし、案外いい男だなと思った。

男は野坂平吉と名乗った。身元はよく分らないが、とにかく雇うことにした。野坂は調理はずぶの素人らしかったが、意外とよく働いた。しかし妙なところがあって、店の方へ出るのをひどくきらう。一日中調理場にこもっていて、買い出しはもちろん、ちょっとした給仕にも出ない。

しかし働いてくれることで結構助かる。忙しい時は徳三が店へ出た。もう一つ野坂について、八重が気になることがあった。それはやはりどこかで見たような顔だということだ。向うもそのつもりなのか、八重に対してひどく無遠慮だった。もっともこれは徳三のいない時だけだったが。

店をしまって、徳三が銭湯へ出かけた留守などは、いかにもチャンスといった態度がみえた。食器を洗い終えた野坂に、八重はカウンターで茶を入れてやる。野坂は手をふきながら傍へ寄って来て、なにげないそぶりで八

重の尻にさわる。この頃は、八重が、

「およしよ」

と言った位では、笑っているだけで、その手をどけない。

八重は野坂より四つ五つ上だが、徳三はさらに十以上も年上だ。野坂はひどく自信を持っているようだ。

「おかみさんは、しまったいい体してるなあ」

（2）

「変なことをしないでおくれ」

と八重は口先では言ったものの、怒ってるほどじゃない。

「変なことしてやしないじゃないか。変なことっていうのはね、こうして――」

野坂は相変らずニヤニヤしながら、きわどい所にまで手をやろうとする。八重は「いやらしいの」といって体をくねらしてみせるが、最少限の防御という程度だった。

徳三が湯から戻ってくるのを待たず、八重は野坂をはぐらかすように仕度をして湯へ出かけた。野坂はいくらすすめても銭湯へ行かない。彼は外湯が嫌いらしく、調理場で大ナベに湯を沸して体を拭いていることが多かった。

その日八重は、脱衣場でふと前の壁に眼をとめた。長い間そこに貼ってある紙だ。いつもは殆んど注意を払うこともなかったのだが、

「あれ――?」

と、その時八重は思わず眼を見張った。それは凶悪犯人指名手配の写真である。その中の一人が、野坂にそっくりなのだ。他人のそら似にしては、あまりによく似ている。「やっぱり!」と野坂の不審な点が次々と頭のなかを去来した。

急いで帰った八重は、ごそごそと徳三のふとんの中へ入りこむと、声を低くして手配写真に野坂が似ていることを話した。

「よく似てるよ。年頃といい背かっこうといい」

「ほんとかな」

徳三は、びっくりして片腕を外へ出して腹ばいになった。

ほんとなら大変なことだ。手配の男は、大貫哲男という強盗殺人犯である。山口県と長野県で二人を殺し一人を傷つけていて、もう一年近くも全国を逃げ回っている。

「――しかし他人のそら似ってこともあるからな」

と徳三は八重の考えと同じようなことを呟いた。

「そりゃそうだけどさ、とにかくよく似てる。それにあの男は人前に出たがらないだろう。お湯にだって滅多に行かないし、変だと思っているんだが……」

「もうそうならさ、交番へ話して見ようか」

「――うん」

八重は意外に煮え切らない返事をした。

すぐ近くに交番がある。勤務があけた巡査がコーヒーを飲みに来ることもあって顔見知りだ。

「ねえ、お前さん――」

と八重は粘っこい声を出した。

「もし野坂が大貫だったらさ、こりゃあたし達もチャンス到来だよ。あいつのことをさ、いろいろ調べて、こっそり証拠を握るんだよ。いよいよ間違いないところで、警察へ持って行くんだよ。指紋だとか、なんか特徴みたいなものがあるだろ。それを調べるんだよ。そうするとどうなると思う?」

と八重は眼を輝かす。

「そりゃお前、警視総監賞とか何とか賞がもらえるだろ」

「それも貰えるけどさ、それよりもあたし達の苦心談が新聞や週刊誌にのるよ。相手が相手だもの、絶対だよ。ねえ」

「そうだな」

「そうすると、つまりこの店が一躍有名になるじゃないか。ねえ、そうだろ」

「なるほど」

「あたしはそのことを考えてるんだよ。だからさ、すぐ警察へ知らさないで、なんとか売れるような話のタネを作るのさ」

「おめえは、転んでも只じゃ起きねえやつだな。だけど、その間大丈夫かな。もし大貫だったら、グサリッと一本やられやしねえかな」

徳三も、野坂がどうも大貫に見えて来たらしい。少し声もうわずっている。

「大丈夫だよ。いちかばちかやって見なきゃ、こんなチャンス滅多にありゃしないよ」

八重も興奮してる。その興奮はほかの部分へも移って行くものらしい。徳三の寝巻きの中へ手を突込んだ。だが徳三の心境はもうそんなところではないのだ。

（3）

店は十一時頃から開く。その前に、大きな鍋にカレーを煮ておく。

働いている時、徳三も野坂も、白い大きな前掛をしているが、野坂には妙な癖があった。物を摑むのに、必ず前掛の上から摑むのである。また自分が使った食器やコップは、すぐさっさと洗ってしまう。

きれい好きと言えば言えるが、〝指名手配〟が頭にきている八重には、どうも野坂が、指紋を残さないためにそうしてるとしかとれない。

「ねえ、平さん」

店を掃除している野坂に、八重は声をかけた。野坂は、椅子やテーブルを動かしながら掃いているが、そのあと、必ず手の触れた所を、雑巾で拭いているように見える。

「平さんは、あまりなまりはないようだが、お国はどこだね」

野坂は、先ずニヤリと笑って答えない。

「東京じゃないね。西の方だろ。九州かい」

野坂は、顔を上げて、八重の顔をしげしげと見た。八重は、知らん顔をして、カウンターの上のシュガーポットに砂糖を足している。

「わたし、札幌ですよ」

と野坂は答えて、また掃除を続けた。

「そう。今まで、どんな商売してたの」

「そうねえ、行商やってたこともあるし、勤めたこともあるし、方々へ行ったね」

「えへん」

調理場の方で徳三が咳払いをした。

「どんなところへ行った?」

「なぜ、そんなことを聞くんです」

「あたしも、あっちこっち行って見たいような気がするからさ」

「そうかな」

と言って見上げた野坂の眼には、八重をぎくりとさせる光があった。

八重の胸中をまたしても銭湯のはり紙〝重要凶悪犯〟の顔がチラリとかすめた。

重罪犯人が度胸をきめるとこんなにも落ちついていられるものか。そして急に居直ってきたら……その時はどうしよう?

店の前を救急車がサイレンをはげしく鳴らしていった。

八重はその音でホッとした気分にかえった。

野坂は八重の思惑などにとんちゃくなく、せっせと店内の拭き掃除に余念もないようだ。

柱時計が十一時を打って、街はトラックやタクシーの騒音が、ひからびた街の表情をいっそういらだたしく掻き立てる。

「さあ、商売商売」

野坂は独り言をいいながら調理場にはいって、仕込んだカレー鍋をかき回しながら、

「おかみさん、旅行でもするんですか。わしの知ってるところなら、まあ札幌がいち番よかったなア。酒もよし女もよしだよ」

八重は髪をかきあげながら調理場に出てきた。

「別にいつというほどのこたあないんだがね、ちょっとそんな気持がしたのさ」

巡査が入って来た。巡査はカウンターの前に腰かけると、

「やあ、ゆうべは慌てさせられたね」

と言った。

「コーヒーね」

と八重が聞く。

「なにかあったんですか」

「うん、例の大貫が東京へ入った形跡があるというんでね」

カウンターには、もうほかに二人客がはいっていた。巡査はそれにも聞かせてやるつもりで喋ってるらしい。八重は、はっとしてうしろを振りかえった。野坂は調理場にいるはずだ。手が空いて、週刊誌でも読んでいるかも知れない。店の声が聞えるんじゃあないかと気がもめた。

「それでさ」と巡査は話を続ける。

（4）

「やつは、昔、神田の小さな問屋で働いてたことがあるらしいんだな。だっからさ、こっちの方面へも足が向くかも知れねえってんで、一応受持区域を歩いてさ」

「そりゃ大変だったわね」

八重は口を合せながら、コーヒーをカウンターの上に置いた。八重は《うちには来なかったね》と言いそうになったが、思い直して口をつぐんだ。

巡査は、うまそうにコーヒーをひと口呑んでから、

「やつの手口はな、とにかく念入りだよ。人の家へ入りこむと、仕事を手伝ったりしてまず、信用させて、それからやるんだな。図々しいがうまいんだ」

「図々しいがひっかかるわね」

と八重は首をかしげた。そして急に声を低くすると、

「大貫は、左腕に入墨してるって書いてあったけどほんと？」

とたずねた。

「うん、ここいらという話だ」

巡査は自分の上膊部を握って見せた。

「なんの入墨？」

「小さなヌードらしいんだがね」

「まあ、いやらしい」

「やつは女がめっぽう好きらしいよ。いままでも殺されたのはみんな女だからな。やっちゃってから、殺すらしいな」

「おどかさないでよ」

「えっ？」

と巡査は、いぶかしげな顔をした。

「別になんでもないけどさ、話聞くだけでも、気味が悪いわ」

「だけど女ってなあ、案外そんな男にひかれるんじゃないのかな。マゾヒズムってのかな」

「わたしゃそんな変態じゃないよ」

「ふうん」

巡査は、うす笑いをうかべながら、あまり信用しないような眼付きで、八重のふくらんだ胸のあたりを眺めた。

巡査の帰ったあと、八重は野坂の顔を見るのはちょっと気がひけたが、野坂の方は何も変ったようすはなかった。

巡査の喋ってたことは、野坂がもし注意を向けていれば、耳に入ったはずである。その証拠に一緒にいた徳三の方は、聞いていて、八重の方へ、妙な顔を向けていた。しかし狭い所だから、二人でこそこそ話を交すわけにも行かない。

夜、店をしまうと、八重は徳三と銭湯へ出かけた。八重だけ残っていると野坂が何をし出かすか分らないので、最近は八重も徳三と出るようにしている。

帰りは八重の方がひと足早かった。徳三は誰かに会ったのかも知れない。八重が店へ入ると、調理場で、ザブザブと水音がしている。そこへ行ってみると、野坂が、裸になって髪を洗っていた。問題の左腕は、向う側になって見えない。

「どうしておふろ屋さんへ行かないの」

八重は、わざと大きい声できいた。

「銭湯は汚くていやだよ。できもの作ったやつなんかもいるしな」

野坂は、バスタオルで髪を拭きながら、八重の方を向いた。厚い胸をしている。しかしやっぱりタオルの半分が左腕を隠していた。

野坂は、髪を拭きながら、八重の方へ近寄って来たが、八重は、それほどの恐れは感じなかった。彼女は、昼間巡査が言ったことを思い出していた。

「旦那は?」

「もうすぐ帰ってくるよ」

「そいつあおしいな」

と野坂はニヤッと笑った。

そして、その小麦色の胸を誇らしげに八重の方へ押しつけると、左手を彼女の後へ回した。

「よしなさいよ。帰ってくるよ」

「帰って来なきゃ、いいのかね」

八重は体をよじりながら、タオルを取った。野坂の左腕には白い包帯が巻いてあった。

（5）

野坂は、相変らず食事の後片付けの役を引き受けていた。自分の手を触れたものは、みんな洗うか拭くかしてしまう。勿論、扉とか柱には指紋が残っているかも知れないが、警察を呼んで、そこで指紋を採ってもらうわけにも行かない。また腕の包帯は火傷をしたためだという。

八重の重罪犯を見きわめる苦心はなかなか成果をおさめない。野坂は見たところ、そんなに兇悪な男のようにも感じられないのだが、そういうのが本当の悪人なのかも知れないと思うと、あんまりのんびりとしてもおれないのだ。

八重は夕食の味噌汁を作っている時、ふと一計を案じた。

少し余計目に味噌を溶いたあと、坐って夕刊を読んでいる野坂に、

「少し濃すぎたようだわ。コップにお水一杯頂戴」

と言った。

「あいよ」

野坂は、気軽るに棚のコップに水を入れて、八重に渡

した。

八重は先ずコップの水を半分ばかり鍋の中へ入れると、そのコップを、野坂から見えない反対側へ置いた。そこには前にもう一つの同じコップが用意してあった。

八重は、そっちのコップを持つと、もう一度鍋へ水を注ぐ格好をしてから、

「はい」

とそれを野坂の方へ返した。

野坂はすぐにそれを取ってよく洗うと棚へしまった。八重は、胸がドキドキしてくるのを感じた。

彼女は今度湯へ行く時にでも、野坂の指紋のついたコップを一緒に持って出て、交番へ渡すつもりであった。もうとにかく新聞ダネになるくらいの話は、なんとか作れそうだと彼女は考えた。

しかし八重の目論みはまた外れた。

夕食後、急に腹が痛み出したのである。

「おかみさん、大丈夫かい」

野坂は心配そうにたずねると、徳三より手回しよく、八重のふとんを敷いてくれた。

「医者を呼ぼうか」

「いいよ、いいよ、暫くこうしていれば治るから。お湯で温まればいいかしら」

八重はそう言ったが、まさかすぐ湯へ出かけられもしない。

コップは、あのまま、わざと調理台の上に出しっ放しにしてある。それに悪いことに、徳三にわけを話してない。それに野坂が、そばを離れないので、どうすることもできないのだ。野坂はいやに八重の病気を心配しているようだ。

「もう、大丈夫よ。なにかちょっとあたりものでもしたんだろ」

「そんならクレオソートを飲めばいい。クレオソートないんですか」

「うん、ないなあ」

と徳三が答えた。

「じゃ、おれ買って来てやる」

「悪いわね。じゃあなた、お金出して」

八重がそう言うと、徳三は簞笥にいれてある売り上げから、千円札を出して野坂に渡すと、めずらしく野坂は飛び出して行った。

夫婦は顔を見合わせた。

「あんまり、悪い男でもないみたいね」

「そうだな」

と徳三も、指名犯人野坂という自信がぐらついている。

「あの人の指紋の付いたコップがあるんだけど、どうしようか」

「あっそうか、そうだな」

徳三は自分で意見を言わないたちだ。

「あんた、ちょうどいいから、あの人の部屋を見て来てよ。何かそれらしいものがあるかも知れないからさ」

（6）

そういえば野坂が店に働くようになってから、これといった話をするでなし、手不足にかまけて毎日をなんとなく過してきた。

八重は八重で徳三の煮え切らない頼りなさに比べて、野坂の小まめな働きぶりや、色は浅黒いが胸の厚い男らしさが、妙に目の前にチラついていただけに、重罪犯人、警視総監賞、新聞、雑誌への発表、店の大宣伝がチグハグに心にのしかかっていた。

野坂の身回り品など調べているところへ、万一帰ってきたら、そのときの野坂の形相を想像すると八重は身の毛のよだつ思いがした。

八重は一瞬に野坂が犯人でなく、ずっとこの店にいてくれることを考えたり、犯人として逮捕されて〝殊勲の夫婦、鋭い六感で重罪犯を見破る〞の花々しい情景を想像したりして歯がゆいほどスローモーの徳三をうながした。

「あんた、早くしないと帰ってくるよ。もしそんなとこを見られたら……」

「そうだな。まだあいつの持ち物なんて見たこともなかったからな」

徳三は、野坂の部屋に当ててある三畳を見に行った。

八重はじりじりして待った。先に野坂に帰られては、なんとしても不味いことになる。野坂がここへ来てからというもの、徳三の頼りなさが一層目立ってきたのは八重自身気づいていた。

やはり、野坂が先に帰って来た。彼は、出してあったコップに水を入れ、それとクレオソートの瓶を持って来ると、八重に飲ました。それから無遠慮にふとんの下へ手を突っこむと、彼女の腹を撫で回した。八重は、いよいよ妙な気持ちになるのであった。

徳三が戻ってくると、野坂はコップを流しへ持って行った。

それを見てがっかりしている八重の耳元で徳三は、震え声で囁いた。

「あいつの鞄の中には、大貫事件の新聞の切抜きが沢山入ってるぞ」

大貫事件の切り抜き、関係のない人間がそんなものを持っているはずもなし、徳三の話をきいて八重は《やっぱりそうか》と生つばを思わずゴクリとのみこんだ。

それにしても徳三をさけながらひとの女房にひかれる野坂の心理状態が八重には把みきれなかった。

腹痛の様子を心配しながら、徳三が見えないとなると、薬を飲ませた片方の手は、すばやく布団の中にすべりこんでいる。八重もなんとなく、それを待っていたような気分になった。着物の前をかいくぐるようにして腹から下の方に行きかけた手をとめて野坂はジッと考えるようにしていたが、声をおしころすようになにか言ったようだったが、八重にはなんのことかわからなかった。

野坂が立ちあがるのと、徳三が戻るのとは三十秒とちがわなかったろう。

八重はおどおどしたような徳三の顔がなんとも情けなく感じるのだった。

調理場でコップを洗った野坂は、例のごとく念入りに始末をすると、いつもの様子で八重の寝ているところへやってきた。

「薬がちったあ、きいたかね」

徳三もなにくわぬそぶりで八重の枕もとをすざりながら、チラリ野坂に視線をやった。

「野坂さん、一ぷくすいなよ」

三人がこうしてそばに寄ることはほとんどないし、徳三のお愛想もめずらしかった。

にぎやかなこの界隈もタクシーのサイレンが短い音をたてるくらいだった。

八重は軽くうす目をつぶっていたが、さっきの野坂の手が妙に気になって、

「野坂さん、あんたはおかみさんや子どもはいないの？」

重要犯罪者ならそんな家族もいないのが普通だろうと思った。

「いや、いるような、いないような、わしは甲斐性なしだからね」

彼の顔はさすがにさびしそうにみえた。

（7）

日曜日は、サラリーマンも学生もいないから、店は休みだった。

徳三は午後、近所の者に誘われて碁会所へ行ってしまった。八重は野坂と二人きりになると、やはりなんとなく心配だ。かと言って、野坂一人を置いて出るのも安心できない。それにしても、勿論命の方が大事だから、八重は現金を全部持ってデパートへでも行くことにした。

「平さんも、鍵をかけてどっか遊びに行ったら?」

「いや、ここでテレビでも見てる方がいいよ、おれ」

と野坂は、なにか淋しそうな眼で、八重を見つめているようだった。野坂の視線がジッと八重のうしろ姿にもえていたのである。

「おかみさん、おそくなりますか。夕飯の用意はどうするの」

八重はそう言われるとギクリとした。帰る時刻をたしかめておいて、家さがしでもするのかしら? しかし野坂の顔にはべつに暗い影もない。

「おかみさんが早く帰れば、うまい夕飯をつくっておくよ。まあいってらっしゃい」

とあいそ笑いまでみせていた。

淡路町の地下鉄まで、そう遠くはなかった。

「留守はたのむわね」

八重は独りになった野坂の行動を想像しながら、いつも自分に気をもたせる野坂のそぶりが不思議でならないし、亭主の徳三よりよほどしっかりしたところのある男まえに、まんざらでもない気持がした。

八重は夕方食事も外ですませて帰ってきた。野坂は本当にテレビでも見ていたらしいが、徳三はまだ戻っていない。友達と飲んでいるのかも知れない。

「お茶でも入れようか」

と八重は、買って来た菓子折を開けた。

それを見て、野坂は気の進まない顔をした。可哀そうに思った八重が、

「それとも、一本つけようかね」

と言うと、

「それがいいな」

と野坂は嬉しそうな顔をした。

野坂は、ここへ来てあまり酒を飲んだことがないので、どの位飲むか八重には分らない。

燗をつけ、あり合わせの肴を整えると、八重はコップを二つちゃぶ台の上にのせた。

「これでいいだろ。盃が見えないようだから」

「いいよ。おかみさんも、いける口かね」

「大したことないけどさ、つきあいぐらいはね」

「いいなあ」

「なにがいいのよ、平さん」

野坂がいやにしんみりしているので、八重もその気持をはかりかねた。

「きょうはすっかり留守番させてわるかったね、まあ一杯やって気をはらしてもらおうよ」

野坂はニコニコしながらコップ酒をなめるように飲みはじめた。

「こんなにして飲んでいるとむかしのことを思いだすね」

八重はのみっぷりもよく、うつむきかげんの野坂を見ながら、

「じゃあ、昔のおのろけでもきかせてもらおうか。世が世であればってところかね、ハハハ……」

「そんなこたあなかったね、まあ苦労ばっかりさ。おかみさんはなかなか酒が強いなあ」

八重が酒を注ごうとすると、

「いや、わしがつぐよ」

野坂の手は八重の手にかさなった。

（8）

野坂は二つのコップへ酒を注ぎながら、眼尻にシワを寄せた。それを見ると八重は、この男はどこでどんな人生を送って、人を殺すようなことになったんだろうと、ふといとおしささえ感ずるのであった。

人間が生きていくためには、いやどんなことをしても自分の生命を守るために、かつての戦争は殺し合った。仲間の生血を吸ったという話をきいている。いま戦争ではないといっても、自分が死ぬよりいやなことがないとはいえない。そんなときにきっと、気を失ってしまうと同時に相手を殺してしまう。そんなことだってあるだろう。

八重は野坂の無心に酔った姿を見て、そんな思いがスッと脳裏をかすめた。

たしかに野坂は、あまり酒に強くないようであった。ちびりちびりと、二杯目のコップが半分位になると、もうだいぶいい気持になったようすであった。体をふらふらさせていたが、やがて、ぐったりと八重の方へ倒れかかった。

「ほら、しっかりおしよ」

「大丈夫だよ、おかみさん。しかし、おかみさんはいいなあ。おれは好きんなっちゃった――」

野坂は片手を八重の胸へ差し入れようとする。

「またそんなことを――」

八重はそう言いながら、二人のコップを見た。両方とも同じ位の量の酒が入って並んでいる。――指紋、証拠、いまだ――いまなら取りかえることもできる。八重の頭のなかは次から次へ、期待と失望がチカチカと閃光を放っていた。

ここで野坂にもう少し飲ませて眠らせてしまえば確実だ。八重は二つのコップに酒をたした。その間に野坂の手は、だいぶ中の方へ入りこんでいた。八重は、ふりほどくようにして野坂を起した。

「さあさ、ちゃんとしてもっとお飲みよ」

野坂は、ひと口飲んだが、すぐまた八重の方へ寄りかかった。今夜、この人の指紋のついたコップを交番へ届ける。もし大貫なら今夜のうちに逮捕されるだろう。そう思うと八重は、名残り惜しいような気もしてくるのであった。

手錠をかけられた野坂のうなだれた姿と重なるように、徳三の卑屈で人まかせの、ふやけたような顔が思いだされる。

気さくで、いつも自分の気をひく野坂に比べて、ねちっこいだけで情事にもいっこう張り合いのない徳三、ときに悪感さえする男、八重は頭の中がポーっとしてきた。

野坂は、今度は手を八重の膝の方へ持って行った。彼女は、コップを持って無理に野坂の口に酒を注ぎこむ代りに、手の方はある程度自由にさせてやった。野坂も、少しずつ飲みながら、少しずつ手を深みに押しこんで行く。柔かい手先の感触が陶然と全身をかけめぐった。

だが、いまここで野坂にあまり本気になられても困るのだ。八重は、彼の指が下着の縁にかかる度に、少しずつ後へ体をずらせた。

「おかみさん、おかみさん――」

野坂は、駄々っ子がものをねだるような声を出した。八重はここ数年来、女として男からこんな風に求められた経験はなかった。店の名を週刊誌に載せるのも大事だが、掻きたてられたいまの気持が、切なく身ぶるいを感じさせるのだった。

八重はしみじみと男の顔を見おろした。そのとき野坂の指先は、これ以上入りようのない所まで届いた。八重は、大きく溜息をしてから一瞬のためらいの後。えり元をかき合わせると何かを振り切るように立ち上った。

支えを失った野坂は、畳の上に俯伏せに倒れたが、そのままねてしまった。

八重はもう一つのコップを急いで持って来ると、それに野坂の酒を注ぎかえて、そこに置いた。野坂は俯伏せたまま眠りこんでしまったようすである。

八重は、それを、何となく物悲しげな眼差しで見ていたが、やがてコップをハンカチでくるみ、表へ駆け出して行った。

（9）

八重の駈け込み訴えを聞いた交番の巡査は、半信半疑ながらも、本署にすぐ手配をした。

「指紋はすぐ原紙と照合するからな、大丈夫すぐ分るよ。それより、ともかく本人を見よう」

凶悪犯人らしいとなれば巡査も思わず息をのんで、同僚ともなにかヒソヒソと打ち合わせをしていた。おそらく非常の時の連絡、応援も欠かせない。さきに届けられたコップの指紋照合もそう時間はかからないはずだ。

交番の周囲は内部の空気をうつして、なにかしらピーンと夜の空気まで緊張している。


服装を両手でグッとただしたベテランらしい中年の巡査は、八重に軽く会釈して先に立った。

電灯の消えた店は、居間の明るさだけがぼんやり明るく静まり返っていた。

八重と巡査はさすがに足音を忍ばせて店へはいってみると、野坂は軽い寝息をたててすっかり眠りこんでいた。顔が上を向いていたので、巡査はけわしい視線で見すえた。

「フーン、まさによく似ている」

徳三が戻ってくると、自分のうちに巡査が立っているのでびっくりした。八重から事情を聞いた彼は、落着かぬようすで、カウンターの所へ八重と並んで腰をかけた。

八重はひとり野坂の重罪犯人決定を信じてしまったようだ。

さっきまで野坂の誘いに胸をときめかせ、徳三と比較までして、欲情に心を燃やしていたことなどケロリと忘れて、むしろこの店の名を一気に売りだす機会を握った機転のよさに得意だった。

巡査もひとまず帰って八重と徳三は、こんな大きい運命の転換に声もうわずってまとまった話もできず、しばらく息を殺すように顔を見合わせたままだった。

しかし八重の神経は、せっぱ詰ったなかにも野坂逮捕

た。

大貫事件の主犯捕わる。カレー・ハウス女将の機転から、おちついた処置、凶悪犯人と○日間、本職はだしの苦心……。八重は犯人決定の発表を押しよせるニュース報道陣のなかで語る自分の姿を想像してうっとりとしていた。なんでこんな幸運がころがりこんできたのか、不思議でしかたなかった。やっぱり自分のカンはいいのだ。体を張って握っただけのことはあると自分に言いきかせていた。

いよいよそうなると、亭主じゃとても駄目だから、あたしが一切喋る。テレビ、ラジオ、新聞、週刊誌、どこにもおもしろく手配男の正体を探るためのいろいろの苦心。その恐しかったこと。多少作ったって構やしない。もっとも今夜のことは、あんまり細かいとこまでは話せない。しかしコップのすりかえなんかは、きっと評判になるだろう――。

店は、一躍有名になる。客もふえる。増改築、二階も必要になる。――と、男の野坂をふっと思いだした。しかしあの男とはお別れだ。あれはスリルだけでいいんだ――。

「遅いなあ」

徳三が思いだしたように呟いた。

「もうすぐだよ」

空想を破られた八重は邪険に答えた。

そこへ、さっきの巡査が入って来た。眼を見張っている二人の方へ、巡査はちょっとテレたようにその顔の前で手を横に振りながら近づいて来た。

「全然違うんだよ」

「え?」

八重の顔は一度に血の気がひいて、口をあけて巡査の顔を見つめていた。そばに徳三の泣きそうなしょんぼりした姿があった。

(10)

八重は椅子から転げるように飛びおりた。

「そんな、そんな馬鹿なことある? 新聞の切り抜きも持ってるし、腕の入墨も隠してるし――」

「おかみさんよ、そうかも知れないけど、指紋が違っちゃねえ、話にならないなあ」

大捕物を逃した巡査も機嫌が悪そうに帰っていった。

その後姿を見送った夫婦はがっくりして、また顔を見合せた。

やがて二人は、寝ている野坂を起した。

「やあ、どうも、すっかり寝こんじゃって」

と野坂は素直に起き上った。

その顔を見た八重は、なんとなく、がっかりしたような、しかしまた安心したような気持になった。ハデな手柄話にはならなかったが、この男がこれからもいてくれることは、ぐうたら亭主と二人で顔を突き合せているよか、よっぽどましだと思いかえしていた。

「お休みなさい」

と言って、まだふらついた足取りで出て行く野坂に、八重は熱っぽい視線をやって、

「ずいぶん酔っぱらったね、大丈夫かい」

と言って、三畳までついて行った。

この男がいまのいままで凶悪犯人に見えたのがおかしくなった。

——あたしという女は？　やっぱり金がもうけたいんだ。はぎれのいい男がほしいんだ。いやそのどっちも——八重は野坂のふらつくうしろ姿を見つめながら自分の気持ちににが笑いがでた。

「平さん、あたしが敷いてやるよ」

野坂の体臭がしみついた布団に思わず顔をうずめた八重は、

「あたしもちょっと酔いがでたよ」

としばらくそこへ坐りこんでいた。

「親切だなあ、おかみさん」

と野坂は出て行こうとする八重の肩に手をかけると、ぐいと引きよせた。

「駄目よ。うちの人がいるじゃないか」

「そうか。残念だな」

八重は、その内いつかチャンスがやって来るかも知れないと考えていた。その気持を表すため、男から体を離す前に、ぐいと腰を押しつけた。

「残念だな」

野坂は、そういって見送った。

その翌朝早くである。夫婦は表の戸を叩く音で眼をさまされた。

「誰だろう？」

八重は、寝間着の上に羽織を引っかけて出て行った。ゆうべの交番の巡査だった。そのうしろに、刑事らしい二、三人の私服の男がいる。

「あの男は、どこにいる」

巡査の血相が変ってる。

「どうしたんですか。寝てますよ」

刑事達はものも言わずにバタバタと踏みこんで来た。

しかし三畳は藻抜けのからであった。

「逃げたっ。――何か盗られたものはないか」

と刑事が怒鳴った。

「一体どうしたんですか」

「とにかく調べてみなさい」

八重はハッとしてタンスを調べると、きのうまとめて入れといた現金がすっかりなくなっていた。全身の力がスーッと抜けていくのがわかるように、ヒザ頭がガクガクとくずれて、ぺったり坐ってしまった。

「やつの指紋は大貫のとは合わなかったが、ほかのほうを調べて見ると、別の事件のものだったんだ。つまり、有名になった大貫と顔が瓜二つなことを利用して、人を嚇かして金を奪って歩いてたやつなんだ。まあ、大貫でないことがバレたのに気付いて、行きがけの駄賃を働いてズラかったんだな」

そう言って巡査は忙しそうに出て行った。八重は目の前が真っ暗になる思いで肩を落した。

「あんた、どうする?」

徳三もぼんやり天じょうを見つめていた。

朝の街は埃っぽい陽が流れて、片すみの小さなみにくい人間欲望の破綻などにはなんの反応も示していなかった。

幻への脱走

（1）

どんより曇った秋の日であった。

北区のある道を、野坂加代子は黒いビニールのハンドバッグを抱えこむようにして急いでいた。

道の両側は、古い、ちょっと押せばぐらぐら動きそうな板塀や、トタン張りの塀が続いていた。その内側には、小さな工場や倉庫、そしてそれらと見分けのつかない、押しひしがれたような住いが並んでいた。道には、加代子のほか、誰の姿もなかった。

道もあたりも、空と同じような灰色をしていた。

彼女が十字路にさしかかった時、突然横から出て来た男が、彼女にぶっつかった。彼女は片手で腹を押えると、そのままそこへ蹲《しゃが》みこんでしまった。男は彼女の手からハンドバッグを取り上げると、そのまま走り去った。しかし、彼女の方は僅かの間ではあるが、手を道に突いたまま動かなかった。

やっと彼女はよろめきながら立ち上ったが、そこには既に男の姿はなかった。十字路の四方を見回した彼女は、自分が今来た方へ向って走り出した。

数メートル走った所で、やっと彼女は、

「どろぼーっ、助けてえ――」

と叫び声を上げた。

道はすぐに表通りに通じていた。彼女が、その出口で犯人の行方を見失ったように立ち止った時、近くの家から、彼女の叫び声を聞いて、二三人の者達が出て来た。

「どうしたんです」

加代子は、今にも泣き出しそうに顔をゆがめて、その人達に訴えた。

「お金を盗られたんです。今、銀行から出して来たお金を――」

気の利いた者が一一〇番へ通報した。数分後に数台のパトカーが集って来た。

加代子は、近くの、名前だけは水島製作所という、四人ばかりの工員をかかえた小さな町工場に勤めていた。

その日丁度二十五日で、工員の給料と、材料の代金その他のために六十万円を銀行からおろして来た所であった。

パトカーの警察官達が彼女から聞き出せたことは、犯人は、この表通りへ逃げたらしいこと、そして黒っぽい背広を着、ソフトの帽子を被った若い男らしいということだけであった。犯人の顔は殆ど見なかったと加代子は言った。

パトカーは、それだけの情報をたよりに、四方に散って行った。しかし結果は空しかった。

そのあと、加代子は警察署へ行って調書を取られたが、しかし先に述べたこと以上には何も思い出さないようであった。

彼女は、三十一歳だと答えた。少し色の黒い小柄な体つきで、顔立ちも悪くはなかった。そして、まだ独身であった。

刑事が、何かもっと犯人について思い出させようとして質問すると、彼女は、

「分りません。腹を突かれて暫く顔が上げられなかったのです」

と答えた。

その分らないという返事が、何かかたくなな響を持っていた。それは彼女の性格であったのかも知れないが、調べに当った大里部長刑事は、幾分心証を害したような表情をした。

そのあと、工場主の水島栄三が出頭した。集金に出ていたという水島は、油のしみたような上着を着て、のっそりと調べ室に入り、椅子に体を縮めている加代子を、暗い眼差しで見下した。

乱れた髪のかかった黒い面長の顔を、水島は疲れ切ったように一層くろずませてはいたが、加代子を非難するような言葉は口に出さなかった。

「怪我がなかっただけでも幸いだったよ」

しかし彼は、刑事の前の椅子に崩れるように坐ると、膝に手を突いて、

「これで、いよいよ私の所も廃業ですよ」

と言った。

「廃業?」

と大里が尋ねかえした。

「ええ、われわれなんかのところは、ここんとこ、ほんとにもうやって行けなくなっているんです。工員の給料は上るし、材料も高いのに、元請《もとうけ》からは、ぎりぎりまで叩かれて、仕事をすればするほど、赤字が増えるような状態なんですよ」

「お宅は何を作ってるんですか」

「家庭用電気製品の、モーターの部品をやってるんですけどね、製品を安くする皺は全部われわれのところに寄せて来てるんです」

水島は、ぼんやりした視線を机の上に向けていたが、そこには諦めに似た、静かな光が浮んでいるようでもあった。

「まあ、そう力を落さんでください。何とか犯人をつかまえるように努力しますから」

大里が、慰めるように言うと、水島は小さく頭を動かした。

「ええ、是非お願いします。工員の給料はともかく、材料屋に長い間支払いを待ってもらってるんです。今度払えないと、あすから仕事が止ってしまいます。そうかと言って、もう貯金は一銭もないし」

「元請から出してもらえないんですか」

「それがね、長い手形なんですよ。銀行には、もう枠一杯に割ってもらってますしね。あの金が最後の命の綱だったんです。それを私が自身で行かなかったというのが、私の手落ちでした」

やがて、水島と加代子は、力のない肩を並べて、暮れた街を帰って行った。大里は、それを署の玄関に立ってじっと見送った。

(2)

事件の初動捜査は失敗に帰したようであった。刑事達は、附近の聞き込みに全力を上げた。しかし、犯人らしい者を目撃したという証人はなかなか現れなかった。

加代子が、犯人に腹を突かれ、一時失神同様になり、叫び声を上げて、人々の注意を引くまでにかなり手間取ったことが災《わざわい》をしたのであろう。逃げて行く男に直接気付いた者がいなかったのだ。

その日は暮れた。翌日は、数人の刑事が聞き込みに歩いた。大里もその中の一人であった。事態はひどく悲観的であった。盗られたのは現金だ。加代子のハンドバッグもまだ見つかってはいないが、それは大したものではない。時間がたてば、たとえ犯人が見つかったとしても、金は戻って来ないだろう。

しかし、大里は、水島のくろずんだ顔を忘れることができなかった。華やかに見える大企業の下に、ちょうど大建築の基礎の下に敷きつめられた砂利のように存在する家内工業的な数々の町工場の状態は、水島の話を聞かなくても、およそ大里には分ってはいた。しかし、身近な事件にそれを見ると、それでは一体これからどうする積りなんだろうという気持が、彼の心をじっとさせておかないのであった。

現場を中心に、聞き込みの範囲はだんだんに広がった。ソフト帽を被った男というのが聞き込みの重点であった。今時、ソフト帽を被っている者は、普通には少い。これは愚連隊風の若者のイメージを形作らせていた。

十何回目か、いや何十回目かに大里は初めて、全くの否定でない反応に行き当った。それは街の角に出ているタバコ屋の年寄りであった。

「何だか分りませんがね、急ぎ足で、鞄を胸にかかえるようにして、この横丁から表通りへ出て行きましたがね。時間もたしかその時分でしたね。大してわたしも気に止めたわけじゃないんだが、急ぎ足の足音が近寄ってくるから、お客かなと思ったんですよ」

「横丁からですか」

「ええ」

その方向は、現場の方を向いていた。しかし加代子が言った方向からすると、直角だけ違っているのだ。

「何か帽子を被ってましたか?」

「うん。そう言えば何か……」

「ソフトですか」

「いや、――ソフトじゃないだろうな」

細い銀縁の眼鏡をかけた年寄りは、首を傾《かし》げた。

「顔は?」

「いや、わたしんとこからは、後姿しか見えないしね。客じゃないと分ったので、それ以上注意しませんでした」

大里は、その足で、水島の所へ回った。

立てつけの悪そうなガラス戸のはまった、入口の土間が作業場であった。機械は動いていたが、心なしか、働いている工員達の顔も力なげに沈んでいた。土間の奥の板張りの部屋が事務室で、そこに水島と加代子がいた。加代子は、経理や庶務の仕事をしているようであった。

「どうだったでしょう」

水島は、椅子から腰を上げると、何かおずおずしたような視線を、大里の方に向けた。また、水島の細君も出てくると、

「いかがでしょう」

と、これは、血走ったような眼であった。机に坐った加代子は、俯いたまま、体を動かさなかった。その彼女の傍に、大里は近寄った。

「あなたが、犯人が逃げたと言う方向は確かなんですか」

「ええ、確かです」

加代子は俯いたまま答えた。

「見たんですね」

「ええ――。私が起きた時、ほかの道には人影はありませんでしたから」

「いや、犯人が逃げて行くのを見たかと尋ねているんです」

「ええ、見ました」

と加代子は、硬い声で答えた。

「そしてソフトを被っていたんですね」

「それは、最初にわたしにぶつかって来た時見たんです。帽子の縁で、顔が隠れていました」

「ソフトに間違いありませんか」

「ありません」

下を向き、きっぱりした声で答える加代子の態度には、やはり昨日警察で調書を取られる時に示したように、妙にかたくななようすがあった。それは、それ以上の追及を拒否するような響さえ感じさせた。大里は、唇を嚙んだ。

（3）

大里は署へ戻ると、自分の考えを係長に話した。

「あれは野坂加代子の狂言ということは考えられませんかね」

係長は、机の向うから、禿げ上った丸い額を乗り出させた。

「うん、どういう点でかね」

大金を強奪されたという事件で、今まで狂言であったという例はないでもないのだ。

「加代子のほかに、犯人を見たという人間がいないのですよ。それから、どうもあの女の証言の態度が、積極的でない。自分が本当に被害者なら、もっと切実にわれわれに協力するはずだと思うのですがね」

「そう取れないこともないな。しかし彼女は暫く失神状態にあったんだろ」

「それも本人がそう言ってるだけです」

「しかし、それが嘘だと証明できるかね。ただありそうなことだというだけでは、とても送検できんな」

「そりゃ分ってますよ」

と大里は不服そうに頬を撫ぜた。

「それに彼女は金を持っていたか」

「それは調べてないから分りません」

「しかしハンドバッグはなくなってるんだろ。出て来たかい」

「それも出ていません」

「もし彼女の狂言なら、彼女は銀行から事件の現場と称している所までくる間に、ハンドバッグを処分しているはずだ。もしハンドバッグを確かに銀行へ持って行ったのならね」

「分りました。もう一遍やって見ます」

大里が立ち上ると、係長は、

「村木君」

と部屋にいたもう一人の若い刑事を呼んで、大里に協力するように命じた。

二人は、先ず加代子が六十万円を引き出した、銀行の支店へ行った。

そこは、もう一度調べた所である。銀行帰りを狙う犯人は、銀行で当りをつけて、被害者を尾行することが多い。しかし、それまでの所では、銀行側には、それらしい人物に気が付かなかったという返事であった。

今度は、加代子が確かにハンドバッグを持って来ており、そしてそれはどんなハンドバッグかという問題であった。

窓口の若い女性は、加代子を客として前から知っており、加代子が、窓口で受けた金をそこで黒のビニールのハンドバッグに入れたことを憶えていた。

二人の刑事は銀行を出ると、水島の工場へ向う、最も近い道を選んで歩いた。そして、道の縁の溝の中や、塀の陰などを探し、それらしい所は、塀の中へ入り、人がいれば、それにも尋ねた。

しかし、ハンドバッグは出て来なかった。加代子が最短距離を歩いたという証拠はない。あるいは、わざと遠回りをしたかも知れない。二人は、また別の道を探した。

やがてある所で、村木が立ち止って、指を差した。

「大里さん」

大里がその方を見ると、一軒の家の勝手口にポリエチレンのごみ捨ての容器が置いてあった。大里は村木の言っていることをすぐ察した。

「ごめんください」

大里は勝手口へ声をかけた。

「はい」

中年の女の声が答えた。

「警察の者ですが、ちょっとお尋ねします。ここのごみ集めはいつ来たんですか」

女が戸を開けて顔を出し、暫く二人の刑事の顔を見比べて、

「きのうですよ」

と答えた。

「午後ですか」

「ええ――」

二人は道路へ出た。

「僕は清掃事務所へ行って尋ねて見ましょう」

と村木が、急いで歩き出したあと、大里はまた一人で仕事を続けた。

それから一時間ばかりして、大里は空しく足を引きずって署へ戻った。間もなく、清掃事務所へ行った村木も帰って来た。成果のないことは、入って来た彼の顔を見ただけで分った。

「今、作業に出ている者が戻ったら、よく聞いて見ると言ってはくれましたがね」

と彼は半ば諦めたような口振りであった。係長は眉を寄せて、黙って頷いた。被害物件が現金であるだけに、時が経つにつれ、見通しは急激に暗くなる。

あと、加代子の述べた犯人の人相風体から、界隈の愚連隊にも、捜査の手は伸ばされている。しかし何もまだ目星がついていない。

「可哀そうだ。やっとの思いで今日まで、持ちこたえて来てる人だろうからな」

大里が呟いた。水島のことを言っているのだ。

「僕は、少し気長に野坂加代子を当って見ようと思います」

と彼は、係長の方へ同意を求めるような眼を向けた。加代子が犯人なら、金はまだしも安全だろうという気持も働いているのだ。

（４）

夜、大里は水島の家を訪ねた。奥の部屋で夫婦が夕食をすませたあとであった。二人に子供はいないらしい。大里は、加代子について尋ねた。夫婦は、加代子に疑いがかけられているらしいことを知って、意外だという表情をした。

「あの人は、もう六年にもなるんですよ。大人しい、しっかりした人で、安い給料でずっと不平も言わずやって来てくれた人です」

細君は、心底そう思っているようすで強調した。

「野坂が、盗ったとおっしゃるんですか」

と水島は、眼に蔑《さげす》むような色を浮べた。

「必ずしもそうじゃないですがね。われわれも随分調べたんだが、犯人らしい者を見た人がいない」

「だからと言って、そんな。――私はもう金のことは諦めてますから、あらぬ人に疑いをかけることは止めてください」

水島は怒ったように言った。

「お金のことだって、諦められやしませんけど――」

と細君が、俯いた。

「気持はよく分ります。僕達も何とかしたいと思っている」

「この人は、仕事をもう止めると言ってるんですよ」

と細君が、助けを求めるように言ったが、声は震えていた。

「止めてどうするんです」

大里は、水島の方へ眼を上げた。水島は、その視線を避けるように顔をそむけた。

「どうするったって、どうにももうやって行けないんですよ。いつか、いい日がくるかくるかと、今日まで歩んできたけれど、もう精も根も尽き果てましたよ」

「これからどうするんです」

「機械を売って借金を少しでも返して――、さあ、それからどうするか」

水島は、言葉を止め、大きく息を吸った。

「野坂さんも辞めるわけですね」

「みんなに、もう言い渡しました」

「あの人はまだ独身でしたね。いい人でもいないんですか」

水島が、大きい眼を向けた。

「そんな話、ちっとも聞きませんけど」

と細君が答えた。

「金がなくて結婚ができないわけですか」

「そんなことで、金を盗るような女じゃありませんよ」

と水島が言った。

しかし、大里はともかく加代子の住いを聞き出して、水島の家を出た。表へ出てふり返ると、殆ど明りの洩れていないその建物は、まるで、朽ちた木の塊りのように見えた。

（5）

水島は仕事をやめてしまった。大里は、暫く加代子の身辺を探り続けた。三十を過ぎた独り身の女が、急に金が入用になるとすると、先ず男か、それとも家庭の事情であろう。

水島の所で、彼女に男関係はないと言ったが、大里のそれまでの調べでは、やはり何処にもそんな噂はなかった。それに、あまり身寄りもないようであった。彼女は、豊島区のアパートの一室で、ひっそりと暮していたのだ。

ただ、そのアパートで大里が聞いた話では、時々彼女の所に外国から手紙が来るということであった。そんな所では、多分外国からの郵便は珍しかったに違いない。しかし、それが何処から来、またどんな関係のものかは誰も知らなかった。

加代子はまた、水島の所を辞めても、すぐ職を探しているようすも見せなかった。これからどうするのか、大里には分らなかった。彼女の預金額も調べた。二十万円ばかりであった。六年間地味な勤め生活をしていた女の預金としては、別に多すぎはしないだろう。

ほかに、強奪犯人の目星はつかないながらも、大里は加代子に対する疑いを解きかけていたある日、偶然、アパートから出て来る彼女に大里は出会った。

特に期待があったわけではないが、大里は彼女のあとをつけた。加代子は、地下鉄に乗り、銀座に出るとデパートに入った。何か目的のある足取りで、二階へ上ると、その一隅の売場へ言った。売場の上には、〈渡航コーナー〉と書いた板が見られた。

大里は意外だという感じを受けた。彼女が海外へ行くのであろうか。二十万円の預金で――。それは無理な話だ。大里の胸に期待が湧いた。

加代子は、航空用のトランクを見ているようであった。あれこれ物色した上、彼女はそれを買った。しかも二つであった。彼女はそれの配達を頼むと、その売場を離れた。

大里は後から声をかけた。

「もしもし。野坂さん」

振り返って大里を見た加代子は、まるで子供のように驚いた表情をした。

「外国へでも旅行するんですか」

大里は、微笑を浮べて傍へ寄った。

加代子は暫く答えなかった。やがて小さい声で、

「ええ。でも旅行じゃありません」

と答えた。

「何処へ行くんです」

「伯父がハワイにいるんです。そこのお店で働かせて貰うのです」

「なるほど。で、一人で行くんですか」

「そうです」

「カバンは二つ買いましたね」

「二つ持って行くのです」

「でも飛行機に載せるのに制限があるでしょう」

「割増料金を払えばいいのです」

「なるほど。で、旅費はあるんですか」

「伯父が出してくれます」

大里は黙って頷いた。あり得ることだし、それが事実なら、別に問題はない。

「刑事さんが、わたしをあの事で疑っているのは知っています。だけど、わたしはもう平気です。ハワイへ行くんです。こんなところにもう住みたくはありません。手続も、じき済みます」

加代子は歩き出した。大里もそれについて歩いた。

「結構な話ですな」

「刑事さん、ハワイを知ってますか」

「いや、写真で見ただけさ」

「わたしの伯父は、戦争前からホノルルにいるんです。今ホノルルは、どんどん広がっているそうです。新しい住宅地ができて。今度伯父は、ダイヤモンドの近くの住宅地に、食料品店を出したんです。ワイキキの浜も近いそうです。海岸はいつも、かっと日が照っているのに、後の山の峰にはどんよりと雲が立ちこめているそうです」

加代子は傍にいるのが刑事であることを忘れたように、前の方に視線を向けていた。そして、その頰には、夢みるような微笑すら浮んでいた。

大里は加代子と別れた。

しかし、彼はまだ僅かの執念を残していた。それは自分でも恥しくなる位の思い切りの悪さであった。彼は渡航コーナーへ引き返してくると、店員に身分を明して、加代子の買ったカバンの配達先を尋ねた。

彼の執念は報われたようである。送り先は加代子のアパートではなかった。その方面には近かったが、別のアパートであった。

「これはいつ配送されるのですか」

「明後日になります」

と店員は答えた。

自分の所へ送らせないことには、何か理由があるに違いない。大里は、カバンが配達される日を待つことにした。

（6）

大里は、アパートの近くで、カバンが配達されてくるのを待った。加代子は既にその部屋へ来て待っているようであった。

やがてデパートの配達車がアパートの前に止ると、配達員が、丁寧に紙で包んだ二つのカバンを持って中へ入って行った。それは一階の奥の一室に入れられた。

戻って来た配達員と入れ違いに中へ入った大里は、カバンの受け取られた部屋の隣のドアを叩いた。中から、髪にタオルを巻き付けた若い女が戸を開けた。一見、水商売の女のようであった。

「隣のことで、ちょっと尋ねたいんだが」

と大里は手帳を見せて中に入った。

「どういう人が借りてるの」

「よく分りませんがねえ、住んでないみたいですよ」

と女は答えた。

「住んでないと言うと？」

「つまり部屋だけ借りてるんですよ。そして夜だけ時々来て使ってるって話ですよ。ほら、ホテルへその都度行くより安いでしょう」

女は、意味あり気ににやりと笑った。

「相手の男は、どんなやつ？」

「それがねえ、見たことはないんですよ。あたし達、みんな夜の勤めでしょう。その留守に来て、遠慮なしに楽しんでるらしいですよ。たまに店を休んだ女の人が、物音を聞かされるんですって」

「この部屋が一番良く聞えるんだろ」

女は、また笑って答えなかった。

「最近変ったことはないかい」

「ありますよ」

と女は、大里へ顔を寄せた。

「最近はね、女が昼間時々来て、何だか知らないけど、色んなものを買い込んでいますよ。今日も何か届いたでしょう」

大里は、そこを出ると、隣のドアを叩いた。部屋の中で何か止ったような気配がした。

「どなた」

押えるような加代子の声が答えた。ドアには鍵が掛けてなかった。運ばれた荷物に気を取られたのかも知れない。

大里が開いたドアのその正面に、こちらを向いて胡坐《あぐら》をかいていた水島が、大里を見上げた。眼と口を大きく開けて――。その前には、今来たカバンが置かれ、四畳半の畳の上一杯に、洋服や衣類、その他身の回りの品と思われるものが、置き並べられてあった。そして、どれも買ったばかりの新品であった。

「二人でハワイへ行くのかい」

大里は後手にドアを閉めた。

「水島の仕度も、みんな君の伯父さんが出してくれたのかい」

一旦、真赤になった水島の顔は、気味の悪い位、蒼白になっていた。

「君はあの日外出してたな。君が強盗役をしたわけだな。そして加代子は別の方向へ追っかけた」

「おれの金だ。おれの金を取って何が悪い」

水島は、悲鳴に似たかすれ声を出した。

「悪いさ。君の所は、ともかく法律上は株式会社だ。背任横領だよ」

水島は、俯いた。

「君は、まさか奥さんの承諾を得てるわけでもあるまいな。奥さんをあそこへ捨てて、二人で逃げようというわけか」

暫く息をつめたように黙っていた水島は、

「おれは、もう――やり切れなかったんだ。ただもう働くだけのあのいいから逃げたかったんだ。ただもう働くだけのあのごみ溜のような所から。一度だっておれは、心置きなく胸一杯に空気を吸ったことはない――」

と、泣き崩れた。

「ハワイの太陽の下で、胸一杯空気を吸おうと思ったわけか」

と大里は、水島の震えている肩から目をそらした。

「そうなりゃいいとは思うが、所詮、夢だったようだな」

東京完全犯罪

1

敵はクラブムーンライトのホステス、ユカリ。

わが千商事薬品課は、海外協力公団に対して薬品の大量取り引きを企図している。しかるに、現在までのところ、この面では商敵丸貿易の独占を許し、全く戦果が上っていない。その理由のもっとも大なるものは、丸貿易が、公団の購買担当理事に二号として提供しているユカリの辣腕にあると思考される。

しかるに、先般来、わが方の得つつある情報によると、この公団理事は、ユカリに対し、ややもて余し気味の態《てい》であるも、その醜関係が暴露されるのを恐れ、現状を維持している模様である。

よって当課は、ユカリを撃滅することにより、この関係を断ち切り、その機に乗じて、一挙に公団との取り引きを商敵丸貿易より奪わんとするものである。

思うに、わが課、ひいてはわが千商事の商運は、ひとえにこの作戦にかかっていると言っても過言ではなく、一方この作戦の成否は、いつに諸君の沈着果断なる行動にかかっている。

ちなみに本作戦を二号作戦と名付ける。

「——というわけだ」

野坂は、自宅応接室に集った五人の課員の顔を、ゆっくりと見渡した。

沢水啓助四十二歳、大牟田六郎三十一歳、市原正晴二十七歳、木村勇司二十四歳、新山恵美二十一歳。

「今までのところで、何か質問はあるかな」

「そうですね——」

若い木村が発言した。

「ユカリを撃滅するということは、勿論殺すという意味ですね」

「勿論だ。少なくとも二号としての価値がなくなる程度に破壊することだな」

木村は頷くと、傍の恵美の顔をふりかえって、ニヤリと笑い、左の掌《て》で右の拳をごしごしとこすった。恵美は、もっと落着きなさいとでも言いたそうに、こわい眼をして木村を睨んだ。

そのほかの連中は、落着いた表情で黙って課長の日焼けした顔を見ている。

「先を続けてください。問題は作戦計画です」

と最右翼の沢水が促した。

「よし、では作戦計画と、各自の行動について説明する。最初に言っておくが、この作戦で最も重要なことは、行動とその時刻の正確さということだ。各人の持っている時計は、十秒以上の誤差があってはいけない。また、とくに大牟田君と市原君は、車の完璧な操縦技術を身につけていなければならない。そのため、今後一ヵ月の予定で十分な訓練を行うつもりである。では、細部の説明をする——」

2

木村と恵美——。

木村は、アパートの前の路上にレンタカーの赤いスポーツカーをとめた。駐車ブレーキをかけてスイッチを切り、腕時計を見る。

「二十三時五分。ＯＫだ」

横の恵美の顔を見てニッコリと笑った。

「君を家まで送って行く前に、ちょっと僕のアパートへ上って楽しい時間を持つことにしよう。何しろ、一日中のドライブで、いささか疲れたからね」

木村は、スイッチを抜くと車をおりた。ドアの鍵はかけ忘れたようだ。

それからアパートの入口の前にある電話ボックスに入った。

落着いてダイヤルを回す。ナンバーは記憶している。ブザーが鳴り、最初の応答から約一分を待つ。

「木村です。ただ今到着しました」

「了解」

木村は受話器をかけてボックスを出、恵美の腕を取った。

アパートは、コンクリート造りの独身者向きのものだ。

二人は二階の木村の部屋に入った。

木村はオーバーをベッドの上に投げると、ガスストーブに火をつけた。

「先ずお湯を沸しましょう」

恵美は、部屋の隅のキチンセットへ、湯沸しをかけた。

「お湯が沸くまで四分と少々よ」

二人は、ベッドへ並んで腰をかけた。木村の腕が、恵美の胴へ回る。二人の唇が合う。

「楽しいな」

唇をはなして、木村が呟いた。

「何が？　この時間が？　それともこの作戦が？」

「ふん」

木村は、もう一方の腕を恵美の頸に回して、ベッドの上に体を倒した。

唇を合わせたまま、木村の手がしきりに動く。

「ちょっと――」

恵美が顔をはなした。

「あとで供述をするとき、あまり言いにくいようなことはしないでよ」

「かまわないじゃないか。われわれは自然にふるまうべきだよ。言いにくいことがあって当然だ」

木村が腕に力を入れると、恵美は、うっというような声を上げた。

「寒いわよ。足がすっかり冷えちゃってるんだから。暖まるまで待ってよ」

「すぐ暖まるさ」

「ほら、お湯が沸き出したわ」

恵美は、木村の腕を外して、湯沸しを取りに行った。

「コーヒー入れましょうね。お茶を飲みながらお話ししましょう。まだ二十分あまりあるはずよ」

「どうも、君は作戦の方を大いに楽しんでいるようだな」

「そうかも知れないわ。わたし今まで、こんな張りのある仕事を持ったことがないわ。人間はやはり生物なんだから、心の底には闘争本能があるのね。どうも、平和とか平等とか言うのが、牧師さんのお説教みたいに空々しく聞えて仕方がなかったわ。やっぱし本当に求めているのは自由だわね。それも生き残った強者の自由こそ本物だわ」

恵美は、二つのコップに、インスタントコーヒーを濃く溶かした。木村は、毒気を抜かれたように、黙って恵美の顔を見つめていた。

約二十分が経過した。

「それじゃ家までお送りしましょう」

木村は、ストーブを消し、恵美の肩にオーバーをかけた。

アパートの門を出た二人は、その前の道路が空になっているのを発見した。

「車がないぞ」

木村は、真暗な道路のあと先を、暫く走り回って捜した。

「盗まれちまったらしい。さあことだ。音を聞いたかい」

「聞えなかったわ。誰かさんがあまりしつこいもんだから。でも盗まれたのなら交番へ届けるべきよ」

「そうだ。一緒に行こう」

木村は恵美の手を引いて、交番のある駅の方へ急ぎ足で向った。

3

大牟田と市原。

二十三時二分、二人は東京西南部、近郊会社線の、P駅へ降りた。

アパートの前まで歩いて七分。二人は、手袋をはめ、それぞれ勤人《つとめにん》風の手提鞄を持ち、互に約三十メートルの距離を置いて歩く。

アパートの前にはスポーツカーが駐っている。大牟田はそれを通り越して先へ進むと、市原は車へ乗りこんだ。暫くして大牟田が引きかえして来て市原の横へ乗った。

「異状なしだ」

しかし市原の方は、スイッチの所の工作がまだ終っていないようであった。

「慌てるな」

大牟田がたしなめる。

その時一人の男が、後ろから車の横を通り過ぎた。手に持っているものから想像すると、遅い風呂へ行ったらしい。

男は五十メートルばかり行った角の所で曲りかけて立ち止った。車はやっとエンジンがかかった。

「おい、あそこに妙な男が立ってるぞ。異状なしじゃないじゃないか」

走り出した車の中で市原が言った。

「今ここを通りすぎて行ったんだ」

「どうする。こっちを見てるぞ」

「計画は変えられない。突破しよう」

市原はアクセルを踏んだが、男は、明るい外灯を背にして立っていた。スポーツカーはその体をこするように走り抜けた。男は、慌てて飛びさがって、後ろの板塀にぶっつかり、何やら大声を上げた。

「おい、ここでやっちゃいけねえ」

大牟田が言った。

「なあに、ちょっと小手調べさ。あの男のどてらの前と、ボデイとの間は、かっきり二センチ開いていたはずだ」

「とにかく約一分三十秒遅れている」

「了解」

4

野坂。

彼は、静かに受話器を置くと、ゆっくりとした足取りでテーブルへ戻った。

「さあ君も、あしたからまたお勤めだから、そろそろお送りしようかな」

「そうして頂くわ」

ユカリは、少し顔を傾け、女優のように頬笑んだ。美しい、気の強い、大柄な女だ。

野坂は、ユカリが席を立つのを、外人のような仕草で助けた。そしてクロークで、軽いミンクのコートを受けとると、優しく女の肩にかけてやる。

地下の駐車場から車を出してくると、玄関で待っているユカリを乗せて、Mホテルをあとにした。

「野坂さん、ほんとに折角だったわねえ」

とユカリが、鷹揚な声で言った。

「野坂さんから、お話しがあると伺った時、大体の見当は付いていたんだけど、お目に掛かってわたしの立場も分って頂いた方がいいと思ったのよ」

「君の、丸貿易に対する立場は無論よく分ってるさ。その縁を切れというわけではないんだけど」

「でも、丸貿易としては、独占ということが絶対なのよ。少しでもほかを、とくに千商事さんに食い込まれるということは大変なことだと思うわ。それにわたしの今日あるのは、長い間の丸貿易のお世話によるものだし。わたしって案外古風な女なのね」

ユカリは考え深げに言った。

〈わたしって案外古風な女なのね――〉

よく女の好んで使う言葉のひとつだ。

公団の理事は、一昨年妻を亡くしている。そのあとがまになれそうだと、丸貿易の常務からほのめかされて、大いにハッスルしているのも、勿論古風と言えば古風には違いないが――。

野坂は、女と反対側の口の端を歪めた。

「まあ、その話はすんだんだから」

「分って頂ければ嬉しいんだけど」

「非常によく分っていますよ」

「わたし、野坂さんのような方、敵に回したくないのよ」

女のふくよかな体の重みが、僅かに野坂の脇へかかって来た。

「僕としてもだよ」

「女の仕事ってつらいものね。仕事ぬきの、女になりたいとつくづく思うわ」

女の重みが一層強く野坂の体にかかる。

「ねえ——。今夜わたしの部屋で少しゆっくりして行ってくださる?」

まるで体に似合わない、小さなねっとりとした声であった。

「いや、それはまたの機会に……」

野坂は答え、片手をハンドルから外して、腕時計に視線を走らせながら、その手を女の太腿に置いた。

時刻は予定通り——。

そして予定通り、野坂の車は世田谷の高級住宅地域に入った。

ユカリは、九階建のマンションの中に、三部屋続きの部屋を持っていた。勿論丸貿易の営業経費の中から支払われているものだ。

道路を歩いている人の影は全くないし、車も殆んど通らない。野坂はマンションの前に静かに車をとめた。但し方向の関係で道路の反対側だ。野坂は腕時計に眼を走らせ、耳をすませた。

「いいわここで」

ユカリはドアをあけた。

「じゃ、おやすみ」

野坂は、優しく言った。

ユカリは車の後を回ってマンションへ向って道を横切って行った。

マンションは角地に建っている。その角に、ある音が近づき、その瞬間スポーツカーらしいものが角を回った。殆んど速度を落さない。女の体は一旦はね上げられ、ボンネットを斜めに飛び越えて路面に叩きつけられた。

野坂は、車からとび出して、女の方へ駆け寄った。スポーツカーは、既に走り去っていた。

5

沢水。

二十三時三十分、自身の乗用車で現場付近到着。彼の家は方向としては、あまり外れていない所にある。

もし彼が、パトロールカーなり何なりの異状を目撃したなら、彼は直ちにマンションの角へ位置することによって計画の中止を指示することになる。

四十一分、異状なし。

彼は、マンションから一ブロック離れた道路を、都心の方向へ向って、時速四十キロで走っていた。

四十二分を過ぎて秒針が回る。すぐ眼の前の角からスポーツカーが現われると、沢水の走っている方向へ先行した。暫くしてスポーツカーは速度をおとすと、二人の姿が車の両側から現われた。

沢水は車をとめた。路上の二人は、その両側で待って、後部座席へ乗りこんだ。

沢水は、あまりエンジンの音を上げないように静かにアクセルを踏み、後部の二人は暫くドアを開いたまま手で支え、やがて静かにそれを閉めた。

「やあどうも、こんなに遅く送ってもらってすまんね」

と大牟田が言った。

「いや、久し振りに女房が里へ帰った留守にお二人に来て頂いて、全く伸び伸びと楽しい時間がすごせたよ」

「しかし随分ご馳走になっちゃったな」

市原は、ポケットからウイスキーの瓶を出して、口につけてひと呑みすると、大牟田に渡した。

「これはありがたい」

大牟田は、ふた口あおった。

「これはすぐ酔いが回るな」

「回ってくれないと困る」

「結果は?」

沢水が小さい声で尋ねた。

「恐らく完全だ」

「それは結構」

後部座席の二人は、代る代るウイスキーの瓶を口へ持って行った。

6

事故が通報されてから、四分後に最初のパトロールカーが現場に駆けつけた。通報したのは野坂であるが、野坂は事故が発生してから、七分後に、一一〇番のダイヤルを回した。理由は、気が転倒して、何処で電話を見つけていいか分らなかったからである。

パトカーが到着した時、ユカリは全く死んでいた。それから二十分後に兇器のスポーツカーが、近くの路上で発見された。

新宿の近くにある貸自動車屋に連絡されたが、貸自動車屋はその少し前に、その車が盗難にあったことをP駅前の派出所から知らされていた。主人はまことに不服げな顔をして現場へやって来た。

刑事達は、野坂と木村を別々に呼んで、長い時間かけて調書を取った。事件は、まだ決定は下されていないにしても、事故という見方の方が強かった。勿論多少の問題はあった。

ぶつかった車がブレーキをかけた形跡がないこと。被害者が、背後に複雑な関係を持っている可能性のあるホステスという職業であること。野坂以外には目撃者がないこと。

最後の点は、野坂の調書をとる時間を長くした。しかし彼に関して不自然な事情は何もなかった。

木村については、貸自動車屋に対する責任問題を除けば殆んど問題はなかった。彼がP駅前の交番に、盗難を届けたのは、事件の直前、正確には二分前であった。

刑事達は車を盗んだ者を捜さなければならない。深夜のことで、目撃者のある可能性は非常に少なかった。まず、スポーツカーの指紋が調べられた。犯人は手袋をはめていたか、さわった所を拭いてしまったかのようであった。しかし多くの潜在指紋があり、また木村と恵美のものも沢山検出された。指紋の面では殆んど成果はなかった。また犯人の遺留品らしいものもなかった。

見込みは暗かった。無鉄砲な若者が、偶然道端にスポーツカーを発見し、つい乗って見たくなり、目的もなく深夜の道を走り回っている内に事故を起し、車を捨てて逃げたということが、もっともありそうな内容のように見えた。

戸倉という、古い刑事がいた。彼は、郊外線沿線の、それらしき不良グループを当っていた。何の成果もないまま夜に入った。彼は帰りに、ついでの積りで木村のアパートへ寄って見ようという気になった。

戸倉は、野坂には会っていたが、木村にはまだなので、何となく一度会っておきたいと言う気持が主であった。木村はアパートにおり、既に話したことを戸倉に答えた。戸倉も深くは聞かなかった。帰りぎわに名刺をくれと言った。

木村の名刺を見て戸倉の眼の色が変るのに、木村も気が付いた。木村は申しわけなさそうに頭に手をやった。

「事故のときにいた野坂さんは、僕の課長なんです。びっくりしたんですけどね、恵美と一緒だったのが会社にばれると困るので、黙っていたのです」

「なるほど、しかしこれは意外な偶然ですねえ」

戸倉は、しかしそれ以上は問わずに木村の部屋を出た。

しかし署へ戻ると、戸倉はすぐに野坂と木村の調書を出して読み返した。

「木村達がアパートへ帰りついたのが午後十一時五分、恵美を送るために外へ出て車のないのを発見したのが十一時三十二、三分頃、警察へ届け出たのが三十八分頃。——一方、野坂が、マンションの前に到着したのが午後十一時四十分ちょっと過ぎ。——直後事故発生。——一一〇番通報、五十分少し前。——こうして見比べて見ると、双方ともいやに時刻の点で細かいなあ。これは直接供述者が言ったことなのかなあ——」

戸倉は、呟いた。

「——野坂とユカリの関係は、——以前から知っているクラブのホステス。休みの日を狙って夕食に誘い、できれば肉体的関係を持ちたいと思って、ユカリの住いまで送りましたが、断わられ——か。この位のことではどうということもないが——」

戸倉は、顔を上げた。

「同じ会社か。——しかし事件での二人の結び付きは何もない。もしあるとするなら、車を盗んだ人物。——それが分らなければ、その目撃者でも、せめてあれば——」

戸倉の呟きは小さくなり、最後に太い溜息となった。

7

「同じ会社の者だということは、何《い》れ《ず》の時期にか明らかにしなければならないことだったんだ。丁度よかったろう。一応は刑事達を驚かすかも知れないが、すぐに何の意味もないことが分るだろう。両端を結ぶものさえ摑まえられなければ全く安全なんだ」

野坂は、木村を慰めるように言った。野坂家の応接間に全員が集っている。テーブルにはウイスキーやビールが並べられ、活気が満ちていた。

「勿論その点は大丈夫なんですが、ひとつ予定外のことがありましたよ」

と大牟田がするめを口に持って行きながら言った。

「作戦には予定外のことが発生するのが常なんだ。それは何だい」

と野坂が尋ねた。

「あのアパートの前を出る時、風呂へでも行ったらしい爺さんが立って見てやがった」

「暗かったからね、しかし」

と市原が言った。

「しかし外灯があった。それに爺さんを驚かしたから よく憶えているだろう」

「心配ないよ」

と野坂は、自信ありげに言い切った。

「夜中に人のスポーツカーを盗んだ二人組。これは若いチンピラに違いないと爺さんは思っただろう。そして爺さんの眼は、心の思ったように見たはずだ」

「それより丸貿易の方で、何か感じないでしょうか」

と沢水が質問した。

「もし何か感じたとしても、公団理事とユカリの関係を明らかにできる立場にない。おエラ方のスキャンダルは安全なものだよ。おエラ方でなきゃ別だがね」

と野坂は満足げに言った。恵美の伏せた顔が赤らんだ。

8

戸倉刑事は、兇器となったスポーツカーが走ったと思われるあたりを、こつこつと聞き込みに歩いた。起点と終点のほかは、その経路は殆んど分らないが、時間から見て、そんなに遠くへ行ったとは思われない。毎日木村のアパートから始める。六日目の朝、木村の入っているアパートの隣の民家へ入った。もう三度目だ。

「まだ分りませんか」

出て来たお婆さんが気の毒そうに尋ねた。

「ほんとにこの頃の若い者はねえ——」

「いや、若いものかどうかも分ってないんですよ」

と戸倉は、縁側に腰をおろした。

「しかしあんなことをするのは年寄りじゃないでしょう——」

「まあそうだろうけどね」

婆さんは戸倉の顔をぼんやり見ていた。暫くして、

「年寄りと言えばねえ。あの晩たしか何処かの爺さんみたいな声が怒鳴るのを聞きましたよ。今思い出しましたよ。勿論車の音は聞きませんでしたけどね」

「何処で？　何時頃？」

「うちの前の道ですよ。時間ははっきりしませんけどねえ」

「自動車の盗まれた時分かしら」

「まあ、そうかも知れませんよ」

「その声に憶えはないかな。近所の人で——」

「さあねえ——」婆さんは首を傾《かし》げた。

戸倉は交番へ行くと、付近の世帯の家族構成を調べて、爺さんのいる家を、訪ねて回った。世帯数はかなりある

し、何処まで調べればよいか分らない。それに爺さんと言っても、年ははっきりしない。ひょっとしたら四十台かも知れない。

最初の一日は無駄に終った。

二日目の正午頃、戸倉は木村の駅に近い通りに面した花屋に入った。奥にその年寄りが坐っていた。年は七十に近いが、禿げた褐色に輝く大きい頭を持った、見るからに岩乗《がんじょう》そうな年寄りであった。

「知ってるとも、わしは危く轢かれそうになった」

声も大きい。

「あの車はあの時盗まれたので、それで人が轢き殺されたんです」

「そりゃ重大なことじゃないか。われわれは全然知らされていない」

「新聞には出てたはずですが」

と戸倉は、多少非難をこめた声で言った。

「わたしは、社会面は見ない。不愉快なことばかりだからな」

と老人は苦々しげに言った。

「ところで、自動車を盗んだ者を目撃されましたか」

「ああ見たとも。どうも不審な連中だとは思ったのだ。それで立ち止って見た」

「連中といいますと一人ではないんですか」

「二人連れだ」

「顔は?」

「見た。特に運転している方はよく見た」

「年齢は何歳位でしたか」

と戸倉は老人の顔を見つめた。

「廿歳《はたち》前後のチンピラ風の男だったよ。二人とも——」

と老人は答えた。

戸倉は老人に、署へ来てくれるよう頼んだ。老人は快く応じた。娘夫婦と花屋をやっているこの老人の名は、佐久間真義と言った。

戸倉は、署へ老人を連れて戻ると、沿線の不良分子の写真を見せた。老人は眼鏡をかけてゆっくり見ていたが、どれにも首を振った。戸倉は最後に、ひそかに入手していた千商事の社員の写真を見せた。

勿論、戸倉の期待はそこにあった。写真を調べている老人の顔をじっと見つめる。老人は最後に、

「みんな違うな」と言って眼鏡を外して戸倉を見上げた。

失望した戸倉は、老人を鑑識へ連れて行って、モンタージュ写真の製作を手伝わせた。その際戸倉は、老人が二人連れの内の一人については、かなりはっきりしたイ

メージを持っているような印象を受けた。

戸倉は、結局このモンタージュ写真が唯一の望みとして残ったことを感じた。

9

赤坂に近い、小ぢんまりした料亭の一室に、野坂が先程から一人で待っていた。

暫くして、「お見えでございます」という女中の声が廊下でして、境の障子が引き開けられた。

「待たせたな」

和服を着た佐久間真義が胸を張って入ってくると、床の前にどっかりと腰をおろした。

「どうも――」

と野坂は小さく頭を下げた。

「この度は、いろいろ御指導を頂き有難うございました。お陰をもって無事作戦は終了し、所期の戦果を上げることができました」

「いや、結構結構。わしもあやうくひき殺されるところじゃったが、あれがかえって幸いしたようだ。連中には、わしのことは知らさなんだからの。それで部下達の士気はどうだな」

「意気大いに上って、またひとつやって見たいと言っております」

佐久間は、胸を反らして満足げに笑った。

「あんまり平和でいると、またいくさがしたくなるもんだよ。もともと我国民はいくさの好きな国民じゃ、その素質はあるんだよ。もっともこれは、いくさと言うほどのものじゃない。ゲリラの真似ごとのようなものじゃがな」

「佐久間大佐殿はゲリラの権威者でございましたからな」

「そう言ってくれるな。東京の街の中で、たかが女一人を倒すのに、大袈裟なことじゃよ。年を取ったものだ」

佐久間は、野坂の顔を見ると淋しそうに笑った。

「しかしな、長く生きてると、いろんなことを経験する。あの時な、モンタージュ写真というものを作らされたが、あれは便利な機械だな。また人間の顔というものは面白く変るもんだ」

「そうでしたか、それでどんな写真をお作りになりましたか」

「昔な、わしの当番をやっていた兵の顔を作ってやったんだよ。そいつは戦死したがな。刑事も、最初はわしの記憶を疑っていたようだが、こちらの言うことが確かなので、結局は、信用したようだよ。自分でわしを探し求めて来たんだから、このわし自身を疑う気にはならんだろうしな」

「戦死した兵の肉親はどうしていますか」

「いやその男は台湾の男だったよ」

佐久間は、昔を懐しむように、眼を細めた。

荒涼たる青春

1

暗黒の空から白い塊が落下して青木哲夫の頭蓋骨を打った。彼の体は冷たいコンクリートの上に倒れ静止した――。

その日、第一大学の構内には、冬の近いのを思わせる風が吹き流れていた。風は校舎の出入口やアーケードに立て並べられた貼り紙をはためかせ、名物の欅並木の落葉を追い散らしていた。

第一大学が学園としての機能を事実上停止してから四か月になっている。騒動のきっかけを作ったのは工学部の大学院生達が、ある兵器メーカーからの依託研究を拒否したことであった。次いで工学部教授会の席へ侵入して学部長の腕を摑んだ助手の馘首となり、これに反対する学生達のストライキは、つぎつぎに全学部に及んだ。

学生達は、理事の総退陣と工学部長の更迭を含む要求を掲げて大衆団交を迫ったが、理事会は一部の理事の入れ替えをしただけで、学生の要求に応じなかった。

そして最も急進的な革盟戦線会議系の学生達は文学部、政経学部および工学部の一部の校舎を占拠封鎖した。

しかし闘争が長びくにつれ学生内部に分裂を生じ、民主主義学生同盟系は封鎖反対に回り、ストライキ解除を決議する学部も増えていった。

そしてこの日――。

理事会および教授会は、大学側の事態収拾案についての説明会を開くことにし、一般学生に登校を呼びかけた。同盟系は説明会ではなくこれは大衆団交の場と考えると声明はしたが、ともかく集会には参加することとした。しかし革盟系は、集会そのものを認めずこれを阻止する構えを見せていた。

集会は午後四時から、大講堂前の広場で行なわれることになっていた。四時近くなると学生達は次第に広場に集ってきてコンクリートの上に坐り込んだ。大講堂を背にしてテーブルと椅子が並べてあったが、そこは理事者達の席であった。テーブルの前に白いヘルメットを被った三百人ばかりの学生が陣取った。同盟系の学生である。

その隊形は理事者の席を包囲するようでもあり、外からの攻撃からそれを守るようでもあった。無帽の一般学生は、その後にひしめいた。教官達は中央のテーブルの両側に学生の方を向いて立っていた。そしてそれらの外側には何台かのテレビカメラが、レンズを学生達の方へ向けていた。

四時になったが、中央のテーブルは空席であった。

「時間だぞ！」

「何をしている」

学生達の中から怒号が飛んだ。教官達は互いに体を寄せて、ひそひそと囁いていた。そのようすにはどことなく第三者のようなよそよそしさがあった。四時を十五分ばかり過ぎて、大講堂から白髪でいかつい顔をした大野理事長を先頭に八人の理事が出てきて、席についた。

大野理事長は、直ちにマイクの前に立って大学側の解決案の説明を始めた。それは全ての懸案事項をそれぞれの特別審議委員会を作って検討するというものであった。そしてその委員会の構成員の選び方や予定スケジュールを説明し、また全ての委員会の審議過程において、学生達の意見は十分反映されるであろうと強調した。

学生達の間に失望と非難の声が湧き起り、遂に白いヘルメットの一人が立って、マイクを奪い取った。

「諸君。われわれはいま、当局の見解なるものを聞いた。これは一体何か。われわれは、われわれの要求をはっきりと掲げ、四か月を待った。これに対して当局はいま何ひとつ答えていない。これは、この問題に対する当局の——」

演説は長く続いた。理事者達はおとなしく無表情でそれを聞いていた。学生は具体的解答を迫った、理事長は抽象的な答えを述べ、その誠意を強調し、学生の理解と協力を求めた。集会は次第に熱気と混乱を増し、マイクは殆んど学生達の手に握られていた。

日は暮れ、集会の回りにテレビのライトが輝きはじめた。そのとき、広場から正門へ通ずる道へ青いヘルメットを被った革盟系の学生三百人ばかりのデモが突入してきた。同盟側は角材を持って立ち上り、その方向へ怒声を上げながら移動して行った。革盟側は同盟側を挑発するようにジグザグデモを続けた。多くの者の注意がそちらへ向いているとき、全く突然に、大講堂の横から別の百人ばかりの青ヘルメット姿が、ゲバ棒を振りかざして理事者達の席へ殺到した。

テーブルは倒され、マイクは革盟系の手に渡り、会場は全くの混乱状態に陥った。その中で教官達だけは、静かにそれを見守っていた。約二十分後集会は蹴散らされてしまった。そして革盟系の学生達は、その本拠とする文学部二号館へ引き揚げて行った。

三十分後同盟側は態勢をととのえると、文学部二号館の前へ押しかけた。革盟系はこれを迎え、両者の乱闘は約二十分間続いた。やがて両方とも引き上げ、大学構内はようやく静けさを取り戻した。

そして、文学部二号館の背後、三号館との間の空地に青いヘルメットを被った青木哲夫の死体が残った、翌未明まで、誰にも知られることなくそれは横たわっていた。

2

「この件について諸君の意見をききたい」

文学部二号館の二階の一室で、革盟戦線会議の黒井議長は、テーブルを囲んだ十数人の幹部の顔を見渡した。

「反対だよ」と一人がすぐ答えた。

「青木君は建物の外で死んでいる。警察がこの建物の中を捜査するということは意味がないし許せないよ」

「警察はそれを口実にして、ぼくたちに対してスパイ活動をしようとしていることは明らかだな」

「青木君を殺したのは同盟の連中だ。彼等をこそ調査すべきだ。ぼくらは関係がない」

「どうして彼等に殺されたと分る」

そう反問したのは、ひときわ背の高い髭をたくわえた学生であった。

「連中がここを襲ってきたとき、棒で殴られたんだ」

「警察では、コンクリートのかたまりで頭蓋骨を砕かれたと言っている」

「どっちでも同じじゃないか」

「ぼくは、青木君は狙われていたのじゃないかと思う」

それまで黙っていた一人の学生が言った。

「どういうわけで」

議長が尋ねた。

「ぼくはいつか彼に聞いたことがある。学生の中に右翼のスパイがいる。それを通して資金が流れているというのだ。同盟の幹部にそれがいるのじゃないか。その秘密に感づいた青木君が殺されたのだと思う」

「はっきりした証拠があるのか」

髭の男がきいた。

「ぼくは具体的なことは聞いてないけど、彼が知っていたとすると――」

「もしそういうスパイがいるとするなら――」と別の

学生が発言した。

「そいつは、ぼくらを弾圧するための警察の導入のきっかけを作るために、この事件を計画したのかも知れない」

「ありえないことじゃない」

「ところで、警察の捜査に対してはどうする」

黒井議長が促した。

「ひとつの考えがある」と髭の学生が答えた。皆は彼の方を見た。

「ぼくらがあくまで抵抗したら、そのことを利用して警察は暴力で押し入り、この建物を占拠するかも知れない。それに対して肩すかしを喰わすのだ。つまり条件をつけて彼等の入るのを許すんだ」

「条件というのは」

「入ってくる警察官の人数は五名以下とする。青木君の事件に関係のないものには一切手を触れないし、関係のない部屋へも入らない。時間も制限する――」

「どうだろう」

議長は皆を見回した。

「屋上の石はどうする。警察はあれと結びつけてぼくらに罪を着せるのじゃないか」

一人が言った。

「石は同盟の連中も持っている。ぼくらがやったのじゃないことは確かなんだから問題じゃない」

発言が跡絶《だ》えた。議長は頷いた。

3

岡村警部補は建物に入らず青木の倒れた所に立って見上げていた。二号館と三号館とが直角に出合っており、その間が約五メートル開いていた。岡村の立っているのはそのほぼ真中である。両方の建物とも鉄筋コンクリートの四階建であった。三号館の前に沿って二号館の端までまさきの植込みがつながっていた。

「ともかくコンクリートは上から落したものですね。重さ九キロもありましたからね、いちころですよ」

傍から刑事が一緒に建物を見上げた。

「どっちからかな」

「勿論二号館ですよ。三号館には誰もいませんからね」

「それじゃ同志討ちだな」

「敵も味方も見分けがつきませんからね。それにでたらめに投げたのが運悪く当ったのかも知れません」

岡村は首を傾げて腕を組んだ。

「ヘルメットの色がまるで違うしな。それに味方がいることが分ればまさか投げないだろうに」

「しかし連中のやることは——」

そこへ、建物の中へ入っていた三人の刑事が出てきた。先頭の一人がすぐ報告した。

「屋上には、被害者の頭に当ったのと同じコンクリートのかたまりが沢山ありましたよ。みんな工学部の増築現場から集めてきたやつです」

刑事の一人がオーバーのポケットから拳大《こぶし》のコンクリートを出して見せた。

「もっと大きいのが沢山あります」

岡村は顔をしかめてそれを見つめた。

「しかし、ここは建物の裏手だからな。同盟の連中が押しかけたのは前の方だろう」

「しかし、こっちまで回ってきたのかも知れません」

「もう少し聞いて見る必要があるな。それに屋上に誰が上っていたか」

「屋上なんか誰も上らなかったってうそぶいてましたよ。ここの連中は」

「だからほかの者に聞いて見るんだ。おれは同盟の方へ行って見よう」

岡村は刑事を一人連れて、同盟系の本部のある学生会館へ向った。

会館の一階のホールで岡村達は七、八人の同盟の学生に会った。

「あなた方は昨夜文学部二号館を取り囲んだのかね」

「ぼくらはあの前に行っただけですよ」

「しかし相当の混乱があったんだろ」

「混乱していたのは革盟派の連中ですよ。ぼくらは、きのうの集会にまるで与太者のようなやり方で殴りこんできたかれらの卑劣なやり方を非難し、こんなことでぼくらの意志を押えることは絶対にできないんだということを彼等に分らせるために行ったんです。あそこを襲撃したり奪い返そうというつもりはぜんぜんなかったんです」

「裏手へは回らなかったの」

「回りません」

「一般の学生はいなかったの」

「もうあまりいなかったですよ」

話している学生はほかの者の顔を尋ねるように見た。

「でも、まだ遠巻きにして見物してる者もいたよな」

「テレビ局もまだいたしな」

「どうして、二号館の裏手で青木君がコンクリートをぶっつけられるような状況がおきたのかということなんだな」

岡村は学生達を見回した。

「そりゃぼくらにゃ関係ないな」

と一人が答えた。

「彼等の中には矛盾を内蔵してるからな。少くとも青木は彼等の中で孤立してたと思うんですよ」

そう言ったのは、白い丸首のセータを着た小柄な学生であった。

「どういうことだね」

「ぼくは彼と同じ建築科なんですけどね、最近はあまり口をきかないけど、以前は割合知ってたんですよ。ぼくは正直言って以前の彼には好意を持ってた。すごく生一本なラディカルな男だったな。それで彼等の中に入って矛盾を感じ孤立してたんじゃないかな。最近ときどき顔を見るんだけど、以前のような生気は感じられなかったな」

「それと今度の件と何か関係があるというの」

と岡村は鋭い眼をその学生に向けた。

「それはちょっと分らないけど――」

と学生は口ごもった。しかし彼はそのばつの悪さを恢復させようとするように、すぐまた口を開いた。

「彼はね、もうひとつ問題をかかえてたんだ。一年下にガールフレンドがいるんだけど、その子に高校時代にもう一人ボーイフレンドがいて、それがいま革盟戦線会議派の議長をやってる黒井なんだ。彼女を挟んで二人の間にトラブルがあったということを、ぼくは彼女から聞いたことがある」

「それじゃ、恋の恨みで黒井が青木を殺したとでもいうのかい。すごく次元の低い話だな」

別の学生がからかうような調子で言った。

「それは分んないけれど、結局彼等の行動の根源にはそんな動物的な衝動があるんじゃないのかなあ」

白いセータを着た学生は賛成を求めるように言ったが、ほかの者はその話にあまり関心を寄せていないようであった。

「その女の子は何という名だね。どこにいるの」

岡村は尋ねた。

「中野啓子というんです。彼女はノンポリだから自分の家に引っこんでるんじゃないかな」

暫くして岡村達は学生会館を出た。

「中野啓子に会って見ようか」

と岡村は言った。連れの刑事は、岡村の真意を計りかねたようにその顔を見た。

「いや、おれは恋の鞘当てで青木が殺されたと思ってるわけじゃないけど、被害者の青木という学生のことにちょっと興味がでてきたのでね、もう少し彼のことを知りたいと思ってね」

岡村は、コートのポケットに手を突っこんで正門の方へ足を向けた。

4

「あなたは、青木君が好きだったんですか」

と岡村が尋ねたとき、顔を俯向かせていた啓子は、片手の指で眼がしらを押えながら、

「好きでした」と答えた。

比較的高級なサラリーマンの家庭と思える啓子の家の応接室で、彼女に対坐して、青木の件を切り出すと、啓子はすぐに涙ぐんだ。しかしやがて気を取り直すようにはきはきと答えた。

「大変立入ったことを聞くようですが、あなたと黒井という学生のことをうんぬんする者がいたのですが、どうだったんですか」

「黒井さんは高校のとき一緒でしたし、私達よく付合ってました。黒井さんが私に特別の気持をもってたかどうか――」

彼女はためらうように首を傾げた。

「私としては、普通の意味で親しい友達だったと思ってます。――でも、そのことが何かこんどのことに関係があるのですか」

「いや、そういうことはちょっと考えにくいのですけどね。ただ昨夜のあそこでの状況をいろいろ調べて見ると、青木さんがあの位置になぜいたのか、そしてその上にどうしてコンクリートが落ちてきたのか、非常に不審なんです。あの二号館の裏手ではあまり騒動はなかったらしいんですがね」

「ええ、そうですわね」

啓子は片手を頬に当てて、テーブルの上に視線を落した。黒い素直な髪がその手を覆った。

「そのときのことを知ってるんですか」

と岡村がきき返した。

「ええ、わたし昨夜あそこで見てたんです。心配でしたから」

「そうですか。それで二号館と三号館の間の方に学生達は入ってましたか」

「そっちの方には人はいなかったと思います。騒ぎは表の方だけでしたから。テレビのライトか何かあたって

ましたから、明るくてとてもよく見えたんです。それは一人や二人裏の方にいたかも知れませんけど」

「少くともそこへ石を投げるような状況じゃなかったわけですね。投げるとすれば表の方ですね。屋上には人がいましたか」

「見えませんでした。わたし屋上に石が集められてるという話を聞いてましたから、投げたりなんかするのじゃないかと見てたんです。でもきのうはそんなようすは見えませんでした」

岡村は考えこむように腕を組み、じっと啓子を見つめた。

「みんなが表の方で騒いでるのに、青木さんはどうして裏の方にいたんでしょうね。なんかあの人はみんなとは違ってるんですか。孤立しているといってる友達もいましたがね」

啓子は暫く考えてから話し出した。

「孤立しているというか、純粋な人なんですね。そして淋しい感じの人でした。今の世の中ではとくに純粋であるということは淋しいことなんじゃないでしょうか。わたしはそういうあの人が好きだったんです。青木さんが淋しそうだったのには、ひとつには家庭の事情もあるかも知れません」

「と言いますと――」

「青木さんは、母親一人息子一人なんです。お母さんは非常に苦労された立派な方なんですけれど、やっぱり教育ママというのでしょうか。いつも青木さんにべったりくっついて世話を焼いてるって感じでした」

「それで、その教育ママさんに対する抵抗が学生運動ということになったんですかね」

「第三者からそういうふうに解釈することはできるかも知れません。でも果してそうなのかどうかは分らないと思います。それに、青木さんが大学に入ってからは少し事情が変ってきたんです」

「どういうふうに？――」

啓子はまた暫く口を閉ざした。

「よその家庭のことをいろいろ言うのはあまりいい気持はしません」

「そうでしょう。でもこの場合はわれわれに協力して頂いてるわけですから」

「青木さんのお母さんはまだ四十台なんです。いまその再婚のお話があるんです」

「なるほど」

「それもなにか恋愛結婚のような」

「それで？」

「なんて言ったらいいのかな。これはわたしの勝手な想像なんですけど、青木さんから見ると、今まで自分だけに向っていたお母さんの心が、ほかの人の方へ移って行ってしまったという――」

「ふん、なるほど。裏切られたという感じですか」

「裏切られたということでしょうか。うまく言えないんですけど」

「分るような気がしますよ」

と岡村は片手の拳を片手で揉むようにこすった。

「最近まで、彼によく会っていましたか」

「前ほど会っていません。たまにしか会わないんです」

「で、彼のようすはどうでしたか」

「あまり元気がないみたいでした。お母さんのことが原因かも知れないと思ってたんですけれど。でも、あまり話してくれませんでした。運動に疲れてたのかも知れません」

「いや、大変参考になりました。ありがとう――」

岡村は腰を上げた。

「すみませんが電話をかしてくださいませんか」

岡村は廊下の電話で本部を呼んだ。

「ゆうべ文学部第二号館前の騒動を取材してたテレビ局を調べてもらいたいのです。そして現場に行ってた人に、あそこへきて貰いたいんです。わたし達もこれからそっちへ行きますから」

5

第一大学の構内では、きょうは表立った動きは見られなかった。各派の学生達はそれぞれの内部討議を続け、理事者側もどこか学外で対策の協議をしているということであった。

封鎖されたコンクリートの建物の屋上には数本の赤旗が風にはためいていた。道には落葉が転び、岡村達の足元に吹き寄せてきた。刑事達には、この荒廃した学園がどうなって行くのかは分らない。彼等にとってはいま、一人の学生の死の事情だけが問題なのだ。

「どうなるんですかね」

連れの若い刑事は、二号館の前にはり出されている紙の方を見ながら言った。事件のことではなく学園騒動のことであろう。岡村は答えなかった。若い学生達の心象は遠い国の風景のように感じられていたのである。

分りたいと言う気持もどこかにあった。しかし理解を拒絶され、途方に暮れてその前に立たされているという感じであった。一時間近く待って、テレビ局から若い男がきた。

「何の用ですか」

硬い長い髪をして、度の強い眼鏡をかけたその男は、少し不機嫌な声で聞いた。

「ゆうべ、あなたはここで取材してたんですね」と岡村は尋ねた。

「ええ、きてましたよ」

「そのときテレビのライトが何処に置いてあったか、正確にその位置を知りたいのです。この二号館の前で学生が衝突したときです」

「ライトですか。――三台持ってきてたんだけど、そうですね」

テレビ局の男は、歩きながらあちこちを探した。

「一台はここで、もう一台はと。カメラがここだから――」

やがて彼が示したところによると、二台のライトは、二号館の前方の左右に、他の一台は二号館の横手約二十メートルの位置で、大学の柵の内側であった。

「その位置は間違いないですか」

「間違いないですね」

「ライトの高さは」

「二メートル位ですね」

「じゃ、あなたそこに立っていてください。――長沢君」

岡村はテレビ局の男を、二号館の横のライトの位置に立たせて、若い刑事を促して学生の死体のあった位置に行った。

そして後を振りかえった。テレビ局の男の姿は、まさきの植込みの向うに隠れていた。しかし植込みがなければ見える位置であった。

「見ろ。ライトの強い光の陰に青木の姿は入ってしまっている。そして誰か屋上にいてコンクリートのかたまりを落したとすると彼はライトを受けている。下の暗がりにいる青木の姿は見ることはできないはずだ。また一方、ここから見上げれば落ちてくるコンクリートのかたまりは、少くとも途中まではライトを受けて白く輝いて見えただろう」

「どういう意味ですか」

若い刑事は尋ねた。

「きわめて異常な仮説がひとつ成り立つということさ。被害者は誰かに、コンクリートのかたまりを上から落すことを頼んだ。ああいう情況下だったから、そのことはとくに不自然には感じられなかっただろう。多分何か武器に使うのだろうと思われたかも知れない。青木は下にいて、頭でそれを受けたのだ」

「すると自殺だといわれるのですか」

若い刑事は驚いたように眼を開いた。

「おかしいかね」

「異常ですね。なぜ自殺するんですか。またそんな奇妙な方法で」

「異常だ。ここはしかしわれわれから見れば異常なものの取りまいている世界だ。彼はその中で心の支えを失ったのだ。そういう意味では、多少正常なところがあったのかも知れない」

若い刑事はまだ納得できないという表情で建物を見上げていた。岡村は十分な説明ができなくて途方にくれているようであった。彼自身完全にその異常な情況を十分理解したとは思っていないのだ。

「母親に一から十まで世話を焼かれ、それに反撥していた。しかしその反撥が彼の精神を支えていた。母親に去られて、彼はかえって心の支えを失い崩れた。——そういうことなのかな」

岡村は呟いた。


背の高い髭の学生は、ある裏通りの電話ボックスに入って受話器を外した。

「わたしです。どうなりました」

彼は尋ねた。受話器から低い男の声が返ってきた。

「警察は結論を自殺の線にもって行くはずだ。ただほんとにコンクリートを落した者がいるかどうか知りたがっている。お前が本人に頼まれてそうしたと言っても危険はない」

「では、名乗って出ましょう」

「しかし彼はなぜ自殺したかね」

「自己崩壊したのです。まだ子供なんです。出所不明の資金が組織の中に流れ込んでいるのを感づいて悩んでいたようです。すべてを賭けてやってたことに疑いを抱いたのでしょう」

「資金のパイプがお前だということもか」

「いや、それは誰も知りません」

「今度のことも思わぬ事故だった。ともかく予定通り今月中に警察導入の機会を作れ」

「分りました。今度は火炎びんを使うようにお膳立てできると思います。会議側にはかなり危機感が高まっていますから。多分この次の同盟側の集会の時には——」

「よし。それで落着だ」

髭の学生は、穏やかな表情でボックスを出ると、その長身をゆっくりと夕暮れの街へ運んで行った。

彼の電話した相手が、どのような位置にいる何者なのか、少くとも岡村達の知るところではない。

そして、その何処かでひそかに進められているはかりごとが実現したとき、学園とその中の学生達はどうなるのか、また髭の学生自身の運命もどうなるのか、誰も知らないことであろう。

ともかくここで、学業半ばの一人の学生が死んだ。間もなく刑事達はその事件の記録簿を閉じて棚の一隅に納《しま》うであろう。しかし刑事達はその死の事情を真に納得することはあるまい。

とられた鏡

1

　ガラス窓を通して入ってくる秋の午《ひる》の日射しが、古びた畳の上に伸び、更に積み重ねた布団に少し這い上って、布団の壁に背をもたせている黒川学の、丁度ズボンのバンドのあたりで止っていた。

　部屋は殺風景な十帖で、そこに黒川を含めた六人の労務者の布団が積み上げてある。押入れもあるが、そこには彼等の身の回りの品も入っている。

　こういう部屋が、この二階に三つもあり、今使っているのは、その内の二つである。階下は雑品倉庫と食堂、便所は裏に突き出した別棟。建設現場の典型的な労務者宿舎だ。

　この宿舎の持主は、山口県の瀬戸内の土建業者、川本組である。大きい業者ではないが、この地方では古い。先年、化学工場用地のため、近くの海岸の大規模な埋立てが行われたとき、川本組は、大手業者の下請で働いた。

　今年になって、埋立てに反対する漁業組合と会社側の話し合いが纏らず、促進するはずの自治体も腰が砕けて、工事が止ってしまった。その止ってしまった端の所に、背後の山合いから流れ出る小川があり、埋立地の傍を通って海へ注いでいる。

　この小川の改修をやり、一部橋の架け替えもするということは、化学会社が地域と約束していたことなので、その仕事に川本組がありついているのである。

　現場は、この宿舎から、まだ埋立てしてない海岸を歩いて、三百メートル位の所にある。労務者達は、昼飯を宿舎へ戻って食べる。そして昼休みの一時間を、食堂にあるテレビを見たり、中には、海に突き出した岩の鼻へ出て釣糸を垂れたりして、過す。

　その海が、黒川の前の窓から見えていた。瀬戸内特有の柔かい陽が、凪いだ海面に落ちている。下の食堂からはテレビの音と、男達の声とが交って聞えていた。

　しかし黒川は、その声も聞いていないし、窓の外の景色も見ていない。彼は俯向いて伸した膝の上で手を動かしていた。彼が持っているのは、薄い円形の金属製の板である。それには細い鎖がついていて、つまりペンダントである。彼はその滑らかな金属の面を、羊の皮で丁寧に磨いているのであった。

羊の皮は、彼がそのために手に入れたものである。それだけ、彼はその、何の飾りもなく、径が十センチ位で少し大きいという以外、これという特徴もないペンダントを大切にしていたのだ。

彼とそのペンダントの関わりは、誰も知らぬ秘密であった。彼に取ってそれは、秘密であると共に、今の彼の存在感の象徴とも言えた。

まだ三年にはなっていない——。

関西の大学のキャンパスで、反体制活動家のセクト間に、主導権争いの抗争が激しくなっていた。彼等は、互に相手セクトの活動家を、暴力で襲撃し合った。

新学期の始って間もなくのある夜、郊外にある大学の近くで一人の男が、十人ばかりの者達に襲われた。襲撃者達は、手に手に鉄パイプを持っており、それで相手を殴ったので、襲われた男は、殆んど抵抗もできず、地上に横たわった。襲撃者達はなおもその体——あるいは既に死体となっていたかも知れないが——を叩き、やがて引き上げて行った。

その時、中の一人が足を止めた。彼は、被害者の傍に何やら光る物を認めたのである。彼は、夜目にも血で真黒になった顔を横に捻じ向けている男の脇にしゃがんだ。男の顔の前の路面に横たわっている円い金属盤は、鎖で男の頸につながっていた。

彼は、円盤を片手に取り、片手で男の髪をつかんで、鎖をその頭から外した。そしてそれをズボンのポケットに納うと、仲間の後を追って走った。

その後彼はそのペンダントを身につけて放さなかった。彼に取ってそのペンダントは、まず、敵を倒した彼の力の象徴、丁度首狩族に取っての敵の首のようなものである。もうひとつは、彼がそれを持っているということは、あの殺人事件を真面目に捜査しているはずの権力の眼から逃れるためには非常に危険な行動である。つまり、権力に対する挑戦であり、つかまらない限りそれに対する勝利のシンボルである。

そしてそのこと以外に、各地を放浪の揚句、山口県の労務者宿舎に潜り込んでいる現在の彼に取って、これと言って生きているあかしもなかったのだ。

彼はペンダントの面に息を吹きかけ、皮で拭き、そして眺めた。鮮明ではないが顔が映る。裏に返した。裏には磨きはかけてない。前の持主のイニシャルを鑢《やすり》で消して、M・Kと彼のイニシャルが入れてある。彼はこのイニシャルがあるために、此処で使っている偽名も、同じイニシャルになるように川上真と称している。

また表に返す。白い影が映った。何か妙なものであった。それが何か気になったので、黒川は後を振り向いた。

そして思わず息をつめた。

2

「男のくせに鏡見ている」

何時の間にか、誰も居ないと思っていた部屋に入っていた娘が、布団の山の横に立って覗いていた。

「何だ、なみちゃんか。こりゃ鏡じゃないよ」

「じゃ何かね」

「ペンダントだ」

黒川は、鎖を首にかけた。

「男が、そねえなものするんかね。おかしいわ。わたしに頂戴」

十歳を超えたばかりの少女は、ためらいもなく手を出した。黒川は、それに強い威圧を感ずると、ペンダントを作業衣の中へ押し込んだ。

この宿舎へ寝泊りするようになって、まだ十日ばかりしかたっていない黒川は、この少女の素性をよくは知らない。彼女は賄婦の小浜のぶと、厨房の横の一部屋に住んでいる。しかし二人は親子ではないようだ。

なみの顔は目鼻立ちがくっきりしており、美しい方であるが、あまり可愛気はなく、どこか気位の高そうな所が見える。ここに住んでいる男達に声を掛けられても、あまり取り合わない。しかし、賄婦としてののぶの仕事は、黙ってよく手伝っていた。

何処かの身なし子を、のぶが面倒を見ているのかも知れない、というのが黒川の印象であった。そのなみが、傍へ来て、積極的にペンダントを要求する態度に出たことが、黒川に威圧を感じさせたひとつの原因であろう。

「やれないよ」

「呉れた方がええよ」

「なぜだい」

「悪いことがあるよ」

「どうして」

「そねえな気がする、うち」

「欲しいもんだから、そんなことを言うんだろ。子供のくせに悪いやっちゃ」

黒川は、その場の居心地の悪い違和感を消すために、冗談めかして笑うと腰を上げた。しかし少女の言葉が与えた、むかつくような気持の悪さは、さっき食べた昼食と一緒になって、彼の胃の中に残った。

彼は少女の方に背を向けたまま、階段を下り、泥のついた作業靴をはいた。そこは食堂の土間の片隅である。壁にかかっている時計は、一時五分前を示し、男達は既に現場に向ったらしく、木製のテーブルと長椅子が並んだ食堂はがらんとしていた。

カウンターの向うの厨房では小浜のぶが食器を洗っている水音がしていた。そして一人の男がテレビの前に坐っていた。

その男は、テレビのスイッチを切って、ゆっくり立ち上りながら、黒川の方を向いた。中背のがっしりした体つきの中年の男で、茶色のシャツにネクタイは結ばず、黒っぽい背広を着ていた。

黒川は、男の顔に気付くと、僅かに会釈した。彼がこの男に会ったのは二度目である。陰沼という名で、この工事現場へ来るについて、関西のある男から、彼への紹介状を貰って来たのであった。

黒川はだから、陰沼という男は多分、川本組の番頭か何かだろうと想像していたが、それ以上のことは知らないし、また興味もなかった。

黒川が外へ出ると、陰沼も出て来て、そこで二人は何となく一緒になった。

「ちょっと話がある」

陰沼は黒川の脇を歩きながら、前を向いたまま言った。

「何ですか」

「住吉という小料理屋知ってるか」

「いいや、知りません」

「末門町の通りの中程にある——」

末門町というのは、そこから歩いて二十分ばかりある市の飲食街のひとつである。

「今夜、仕事が済んでから俺を訪ねて、そこへこいや」

黒川が、陰沼の横顔を見ると、彼は、

「一人でこい。ほかの者、誰にも喋ったらいかんで、ええな」

と押えつけるように言うと、足の向きをかえて、街の方角へ歩いて行った。

黒川は、浜を現場の方へ急いだ。岩の多い海岸で、砂浜が岩の列で幾つにも仕切られている。海は割合に深い。海水浴にはあまり適さないが、その岸に近い岩の底あたりで、昔は子供達も潜って、さざえなぞを沢山採ったと、小浜のぶが話していた。勿論少し沖では魚も沢山採れた。今はそれらの海の幸も少なくなったので、埋立てて工場を建てようというのが、この地方の政治家達の考えであろう。

黒川は、途中で労務者の一人に追いついた。五十を超えた一番の年寄りで、体も少し前かがみになっている。この地方の出らしいが、他の者から、少し仲間外れにされていた。そのためか、新しく来た黒川に、近づきたいという様子が見える。

その時も彼の方から顔を向けてきた。

「この浜は歩きにくいのう。岩が多うて上ったり下ったり。山の方へ行きゃええんじゃが、ちょっと遠回りになるしのう」

黒川は答えない。

「あんた若いけど、なぜこんな仕事をやるんか」

「分らんよ」

「わしも、若い頃は道楽したが、結局は土方じゃ。しかし今は土方らしい土方がおらん。ちょっとえらい仕事をさせりゃ息を切らして文句ばかり言うし、第一技術がないよ」

そう言ってまた黒川の方を見た。彼も、喋りながら悪い足場の所を歩いていると、息が切れるらしいのだ。

「あんたも土方でやって行くんなら、技術を身につけんと駄目じゃ。わしゃ知っちょるで。今の若いやつら何んにも知らん。組の監督も知らん。今やりよる工事のお、護岸のブロック積みもなっちょらんよ。裏込めのコンクリもろくにやらんし、あれじゃ、大水が出たらいっぺんじゃ」

そしてまた、大きい息をついた。

黒川は、黙ってその老いた土方を振り返った。嘗つて、黒川とその仲間の学生達が、この国の革命を考えたとき、その主体となるのはこのような虐げられた労働者達のはずではなかったか。彼等との連帯が歌い上げられた。

しかしその連帯の実態はなく、やがて仲間内の争いになった。その争いが何処へ行くという展望も、せいぜい言葉の上でしかなく、今、この老労務者を何か遠い物を見るような眼で見ている。

黒川は、作業服の上からペンダントを押えた。そして陰沼のことを思い出した。

――酒でも飲ましてくれるのかな――。

3

住吉の入口を入ると、右手にカウンターがある。まだ時刻が早いせいか、そこに男の客が二人だけ、左側にある二つのテーブルも空いていた。その奥に小部屋がある。

しかし陰沼が待っていたのは、二階の四帖半であった。彼は一人で銚子を二本置いて飲んでいた。

「お前ビールか」

と聞いた。

黒川が頷くと、案内をしてきた、おかみらしい中年の女にビールと銚子を注文した。顔馴染みという感じであった。

「お前、これまでも土方やってたのか」

「ええ」

「ふーん」

と言うように、薄笑いを浮べ、自分の杯に酒を注いだ。彼が何を考えているのか分らない。しかし何かあまり愉快でないことを考えているように黒川には感じられた。

ビールが来ると、陰沼は、

「さあ、やれ」

と瓶を突き出した。

女はすぐ下へ降りて行った。

また料理が運ばれ、黒川が何杯か飲む間、陰沼は、とりとめもなく、仕事の様子なぞを聞くだけで、あまり口数は多くなかった。何とはない緊張を、黒川は感じた。

「お前、川上と言うとるが、本名は違うやろ」

暫くたって、陰沼がそう言った。

黒川の眼に、まるで沼の底から湧き上るように、ゆっくり光が浮んだ。しかし、彼は何も答えなかった。

「隠さんでもええ。俺は知ってるんだよ。お前が藤岡という何んとか派の学生を殺したのを。勿論お前一人じゃなかったらしいがな」

陰沼は、杯を置いて体を黒川の方へ傾け、声を低くした。

「実はな、俺はお前がそういう男だちゅうことを承知で、こっちへ呼んだんや」

黒川は、ビールのコップを前に置いたまま、何か考えるように視線を高いところに向け、唇を嚙んだり突き出したりしていた。

「そういうお前に頼みがあるんじゃ」

黒川の視線は陰沼の顔へ移った。陰沼はその視線を受けず、眼を伏せた。黒川は、焦立たしげに、す早くコップを取って、ビールをぐいと飲んだ。

「――何だ」

「ついでと言うのも可笑《おか》しいが、もう一人やってもらいたいのや」

陰沼の声には、慰めるような優しさがあり、黒川の頬は硬く引きつった。

「嫌か。勿論只でとは言やせんで。五十万じゃ。大して難しいことはない。俺がやり方教えたる。どうや、な」

陰沼の言葉には、この土地の訛と関西弁が交っている。今は、黒川の顔をじっと見ながら、熱っぽく訴えた。

「断ったらどうする」

「わしはお前の正体を知っちょる。断らん方がええじゃろ」

黒川は、自分のコップへビールを注いだ。

「誰だい」

「お前が承知せんけりゃ言えん。ろくでもないやつじゃ。一人で一軒家に住んでる。夜は大抵酒を喰って酔っぱらっている。わけはないいんじゃ」

黒川は黙ってビールを飲んだ。

「まあな、こういう話にすぐ返事せいというても無理じゃろ。あしたの晩もう一度ここへきて返事をしてくれ。なあ」

陰沼は、上着の内側に手を入れ、紙袋に入れたものを出して、黒川の前に置いた。

「手付けじゃ、一応取っといてくれ。残りは済んでからじゃ。嘘は言わん」

黒川は、紙袋を暫く見ていた。

初めて来た土地の飲み屋の薄暗い部屋。自分を支配しようとしている得体の知れない男。それらに取り囲まれた狭い空間が、逃げようもなく自分が置かれている状況であると、黒川は感じた。その状況を飛び出して行ける新しい展望のある天地は自分にはない。彼は昼間、なみが自分に言った言葉を思い出していた。

彼の手が、紙袋の方へ伸びた。


宿舎の食堂では、小浜のぶを交えた四五人の者がテレビを見ていた。

「小母さん茶漬けでもないかい」

黒川は、のぶに言った。

のぶは振り返ると、

「ああ、お帰り。茶漬けかね。茶が沸いちょるか知らん。ちょっと待ってね」

と、気軽に炊事場の方へ行った。

彼女は、五十に近いが、体はがっしりして、大きい顔は健康そうに赤い。気は強いが、気さくで親切で、少しお喋りである。つまりこういう所の賄婦としては適当な女で、彼女も満足している風であった。

彼女は、どんぶり一杯の飯と佃煮とたくあんをカウンターの上に出した。黒川はそれらをアルミの盆に載せて、テレビを見ている連中から離れたテーブルへ運んだ。

その後からのぶは、大きな薬缶と塩こんぶを入れた皿を彼の所へ持ってきた。

「茶漬けにゃこぶがよかろう」

そう言って、のぶは彼の前に坐った。

黒川は、飯の上に塩こんぶを載せ、茶をかけ、黙って食べ始めた。

「飲んできたんかね。それにしちゃ顔色が悪いねえ。悪酔いしたんかね」

のぶは黒川の食べるのを見ていた。

「いや、大して飲みやしないよ」

「若い内からあんまり飲まん方がええね」

「小母さん――」

「うん?」

黒川は食べながら聞いた。

「なみちゃんは、小母さんの子じゃないんだろ」

「うん。ありゃちょっと事情があってね、うちが預っちょるんよ」

「そう――」

「何かね」

「ちょっと変った子だな。今日、おれの持っているペンダントを欲しがってね。おれがそれを持ってると、何か悪いことがあると言ってたよ」


「へえー」

のぶは、暫く間を置いて、

「そう言うたんかね、いやじゃね」

と、呟くような声になった。その様子に黒川はふと顔を上げた。

「人の物を欲しがる子なのかい」

「いや、特別そういうわけじゃないけどね、すこしあの子は変っちょるんよ」

「悪い子じゃないけどね、なにかこう、神がかっちょるちゅうかね」

「そうらしいな」

「神がかり?」

「去年こういうことがあったんよ――」

のぶは、テレビを見ている連中をちょっと振り返って続けた。

「ちょうど今頃かね。やっぱり此処に泊っとった土方の人がね、休みの日に舟で釣に出たんよ。ちょっと風があったけど、あんまり波が高いこともなかったんじゃけど。そしたらね、なみちゃんがその人に、今日は海へ出ん方がええ、あんたの顔に何か悪い相があるとかなんとか言うたんよ。土方の人は、子供の言うことじゃからね、相手にせんで出て行ってしもうたよね。そしたらあんた、晩になっても帰ってきてないんじゃ。みんなが、どねえしたんじゃろうかと心配しておっちゃったら、そしたらね、翌朝死体になって、浜に上ってきたんよ。死因は心臓麻痺ちゅうことじゃったけど、沖で高い波に会うて海へ落ちちゃったのかも知れんね。もう水もつめとうなってた頃じゃから」

「へえー」

黒川は、空になった茶碗に茶を入れた。

「もうご飯はええかね」

「うん」

「それにあの子、子供のくせに、信心深いんじゃね」

「何かの信者なのかい」

「そういうわけじゃないけど、あんた達が今工事やってる川の傍にお稲荷さんの祠があろうがね、小さな」

「うん」

「あそこへ、時にお参りに行きよるんよ。花持って行ったりね。あの子の生れた家が、あれから山の方へ行ったところにあったんよ。母親がようあのお稲荷さんへ参ったちゅうてたけどね」

「それでその母親は?」

「もう五年も前に一家が死んだんよ。あの子だけ助かって」

「なんで——」

「大雨で家の後の崖が崩れて、家が埋ってしもうてね」

「——可愛相に——」

黒川は、部屋の向うの薄暗い隅に眼をやった。

「川上さん、あんたの親ごさんは?」

黒川は、自分のことを此処で人に話したことはない。

「死んだよ」

「どっちが」

「親父は子供のとき。おふくろは、五年前、自動車にはねられて——」

「そりゃまた、むごたらしい話じゃね」

のぶは眉をひそめた。

黒川は、唇の片端に薄く笑いを浮べた。なぜこの女にこんなことを話す気になったのだろうと思ったのである。

「それで兄弟はあるんかね」

黒川は、黙って眼をつむった。

十以上年の違う兄が、東京の何処かで平凡なサラリーマンをしているはずである。しかし黒川は、もう長い間、その兄に近づいたことはない。

黒川は腰を上げ、胸に手を当てた。そして、ポケットに入っている紙幣の厚さを、その手に感じた。

4

翌晩、黒川は住吉へ行った。前の晩陰沼に言われたことに従って、住吉の裏口から入って二階へ上った。

陰沼はまだ来ていなかった。

暫くたって陰沼が部屋へ入ってくると、立ったまま黙って黒川を見下した。

「誰だい、相手は」

黒川が聞くと、陰沼の顔に、この場にふさわしくない朗らかな微笑が浮んだ。多分、気が高ぶっているのであろう。

「大丈夫やな」

「何処にいる。誰だ」

陰沼は、黒川にぴったりくっついて坐り、暫くその横顔を見ていた。

「よし。お前達が飯場から現場へ行く途中で、山側に畠があろう。あそこにぼろの一軒家があるのを知ってるか」

「あったな」

「あそこに一人者の男が住んでるんや」

黒川は、その辺りで畠仕事をしている男を見た記憶があった。

「そいつか」

「うん」

「あんな男を、なんで――」

「それは聞くな。聞かれても言えん」

黒川は黙っていた。

「あいつは、畠仕事をしたり、漁に出たりしよるから、わし見たいに体はがっしりしておる。しかし酒が好きで、毎晩へべれけになっちょる。そこをやりや、赤子の手をひねるようなもんじゃ。ほかに誰も居らんし」

「今夜もいるのかな」

「今夜やるのか」

陰沼は、かえってびっくりしたようであった。

「――そうか、気の変らん内がええかも知れんの。しかしまだ時間が早い。あいつが飲むのもこれからじゃろ。こっちも少し入れて行った方がええ。ま、ちょっとゆっくりしよう」

「それからのう――」

陰沼は、手を叩いてビールを運ばせた。

陰沼は黒川のコップへビールを注いだ。

「家の中でやるなや。浜の方へ呼び出せ」

「なぜ」

「一軒家いうても、ちょっと離れた所にほかの家もあるんで、声や音が聞えるかも知れん。なるべく海側へ出た方がええ。それにの、向い合って坐っちょるより、一緒に歩きながら後からやる方が、やりよかろうが」

陰沼は、生徒の気持を静めながら、丁寧に道理を教えようとしている教師のようであった。

黒川は、ビールをひと息に飲んだ。吐き出す息が震えていた。

「呼び出しても、出てくるかい。おれは会ったことがない」

「お前は、使いの者と言やええ」

「誰の」

「伊沢さんと言え」

「伊沢というのは誰なんだ」

「この件にゃ関係ないんじゃ。ただ、あいつの知り合いじゃから、必ず出てくる」

「そうか。それであいつの名は」

「古郷千太というんや。いちおう会うたら確かめとけ。どうせあいつしか居らんけども。それから、済んだら、ここへ戻ってこい。今夜、ここで一晩中飲んだことにしておきゃ、アリバイは完璧じゃからな。おかみにも頼んどくけ」

「おかみは、このことを知ってるのか」

「ばか言え、そこまで話しちゃおらん。そっちは任しとけ」

それから一時間あまり過ぎた。黒川は、ようやくビールを一本ばかり飲んだが、体は少しも熱くならなかった。

黒川が部屋を出るとき、陰沼は、両端に結びこぶを作った、手頃な長さのナイロン製のロープを黒川の手に握らせた。

「これは持って戻れ。何んにも残すな。落着いてやれよ」


陰沼が言ったように、古郷は一人で酒を飲んでいた。昔風な家の作りで、囲炉裏に鍋がかけてあり、魚でも煮ている臭がした。

その前に彼は、黒い古びたセーターを着て黒の毛糸で編んだ帽子を被り、あぐらをかいていた。がっしりした肩の上で、伸した髪が女のように巻いていており、黒川を睨んだ目は、既に赤くうるんでいたが、陰気な光を帯びていた。

「伊沢さんがこいと？　何の用じゃ」

彼はそう聞き返したが、関心をそそられている様子が見えた。

「おれは頼まれたので、用は知らない」

古郷は、鍋をおろして代りに薬缶をかけ、火のまわりに灰をかけて立ち上った。土間に降りてサンダルをつっかける彼の足は、かなりふらついていた。

外へ出ると、黒川は畠のふちを通り、海岸の砂浜の方へ降りて行った。

「どこへ行くんじゃ」

古郷が、なじるように聞いた。

「向うの飯場で待ってます」

「自分からこっちへくりゃええのに」

月は出ていたが、足元は暗かった。岩の多いこの海岸を歩くのに、古郷は馴れているようで、少しふらふらしながらも、ためらわず進み、やがて黒川はその後になった。風が海からときどき強く吹いてきた。

馬の背のようになった岩に当り、古郷は這《は》うような姿勢でそれを越えた。越えて下へ降りようとしたとき、黒川は、ロープをその首へかけた。

ロープのかけ方は完全であったので、古郷は殆んど声を出さなかった。しかし体の力はすぐには抜けなかった。二人は重って砂浜へ落ち、激しくもつれ合った。古郷の両手両足はすさまじい力で動き、黒川の体を打った。耐え難いほど長い時間のようであった。

ようやく古郷の体が動かなくなっても、なお暫く黒川は両手の力を緩めなかった。

その後で、黒川はロープを外し、古郷の手首を指でさぐった。突き上げてくる恐怖と震えを、必死で押えながら、黒川は、何度も古郷の脈のないことを確かめた。


部屋へ入ってきた黒川を見上げた陰沼の眼は、まるで自分が殺されかけているように、大きく見開いていた。

「済んだ」

黒川は、ロープを陰沼の前へ投げ出した。

「残りの金は貰おう――」

黒川は、腰を落すと、コップに残っていたビールを飲み干した。その顔は悲しげに歪んだ。

「やったか。しかしちょっと待て、今日は金を持ってきちゃおらん。あしたやる。それに結果を確かめんとな」

陰沼は、言い訳をするように早口に言った。

「間違いはない」

「分っとる。分っとる。金はあしたじゃ。晩にここへこい。お前、今夜ここで飲んで泊れ。あしたの朝帰れ、ええな」

黒川は、立て続けにコップをあけた。焼けるように喉が渇いていたのだ。

黒川が、少し落着くのを見ると、陰沼はロープをポケットへ入れて立ち上った。

「わしは、これから金を出してこんにゃならん。お前ゆっくりして行けよ。今夜はここから出るな」

黒川は、空のコップを覗いて、黙って頷いた。

5

朝、住吉の二階で眼を覚した黒川は、胸にペンダントがないのに気付いた。

飛び起きると、掛布団をはがし敷布団を返した。横にはゆうべ飲んだままの卓があった。しかしペンダントは部屋の何処にもなかった。彼は、夜の浜辺での格闘を想い出した。

彼は二階から駆け降り、外へ出た。既に夜は白く明けていた。彼は人通りのない道を海の方へ走った。

――あれの傍でペンダントが見つけられてしまったら――しかし今、それを探しに行けるだろうか。

厚い雲が空を覆い、海の方からゆっくり動いてきていた。その下に、労務者宿舎の炊事場から出る白い煙が立ち昇り、風に乱れていた。

黒川は足を止めた。

浜辺との境にある岩の背を、小さな人影がこちらへ越えてきたのである。それはなみであった。彼女は、そこから宿舎の方へ向って駆けた。

そして黒川の姿に気がつくと、かん高い声で叫んだ。

「浜で人が死んじょるよ」

しかし黒川は、なみが手に握っているものを凝視していた。丸い金属板が光っていたのだ。なみはしかしそのまま走りつづけ、宿舎の勝手口へ駆けこんだ。黒川はその後を追った。

「小母さん、浜で人が死んじょってよ。あそこの小屋の小父さんじゃ」

なみは、プロパンガスのコンロの前に立っている小浜のぶの袖をつかんでいた。

「ほんまかね。あんた見たんかね」

「見た、見た。うちお稲荷さんからの帰りに見たんじゃ。すぐ警察へ知らして、小母さん」

のぶは事の真偽を計りかね、かつ炊事の手を止めるわけにも行かずうろうろして、あたりを見回した。そして黒川を認めた。

そのとき食堂にはまだ誰もいなかったが、それに続いた廊下にある洗面所で、二人の男が顔を洗っていた。彼等は、なみの声で食堂への降口へ顔を出した。

「あんた達、ちょっと浜へ行って見てくれんかね。人が死んじょるちゅうんじゃけど」

男達は、そこにあったサンダルをつっかけた。

「ほんまかい。なみちゃん」

「ほんま、ほんまよ」

男達は外へ駆け出した。黒川も、あとに従った。男達は浜へ降りて行ったが、黒川はそこの岩の所で止った。

二人の男は、ときどき岩陰に隠れたり現れたりして、次第に遠くへ進んで行った。浜の巾は五十メートル位で、向うの埋立ての完了している所まで、約三百メートル位である。浜の陸地側は雑草の茂った荒地で、一部畠になっている所もある。

男達は、浜の向うの端まで行った。埋立地との境には小川がある。その少し上の所が、彼等の工事現場である。男達はその川を覗いていたが、また浜を戻ってきた。

彼等が、何か異常なものを発見した様子はなかった。

「なんにもありゃせん」

黒川の所まで戻った男が言った。

「あの子はちいとおかしいのう。夢でも見たんじゃろ」

二人は宿舎の方へ帰って行った。

黒川は、一人で浜へ降りて行った。ゆうべの場所は、正確には分らないにしても、大体の見当はつく。

古郷の小屋は、小川の手前百メートル位の所で、浜の縁から五十メートル位上った所にある。ゆうべ、そこから浜へ出て、少しこちらへ歩いてきたのだ。三十メートルから五十メートル位であったろうか。

黒川はそこまできた。丁度、浜を横切るようにして海へ突き出ている、平行な二つの岩があって、その間が二十メートル位の砂浜になっている。

ここだと黒川は感じた。しかし何もなかった。浜の砂は荒目であって、あまり明瞭な跡が残らない。彼は腰をかがめ、砂の上に目を注いで歩き回った。ペンダントも落ちてはいなかった。

暫く、周囲を捜したあと、黒川は古郷の小屋へ足を向けた。

表の戸を明けると、見渡せる部屋の中には誰も居なかった。囲炉裏の火は消えていたが、薬缶はそのまま掛っており、その上に、電灯が点いたままぶら下っていた。

「ごめん――」

黒川は呼んで見たが、小屋の中は静まりかえっていた。

黒川は、得体の知れない恐ろしさを、焦立たしさを感じていた。

——死体がないはずはない。あいつは確かに死んだ。ひょっとして生き返ったのだろうか。それならしかし、何も知るはずのないなみが見つけるはずはない。小屋の小父さんと言った。小屋とはこの小屋であろう。彼女は顔見知りなのかも知れない。

——なみが見つけたあとで、誰かが運び去ったのであろうか。なみが、あそこから急いで戻って、俺に会うまで、たとえ少女の足と言っても二三分であろう。それからなみが宿舎へ駆け込んで、男達が飛び出すまで、やはりせいぜい二三分であろう。このそれぞれの二三分間は、浜を誰も見ていなかったと言える。しかしその程度の時間で、死体をひとつ、あの一帯から運び出せる方法があろうか。舟も近くにはなかった。砂浜へ埋めたのであろうか。人間の体が隠れる位の穴を、人力で砂の中に掘るとすれば、十分やそこらでも難しかろう。しかもその後、スコップを持って何処かへ逃げて行かねばならない。

黒川は、宿舎へ戻ってきた。

先の二人を含めた四人が食事をしていた。

「何んにもなかったろうが」

一人が言った。

黒川は、炊事場へ入った。

「うそじゃったかね」

のぶが配膳をしながら聞いた。

「なにも見つからなかったよ」

「おかしいねえ。なんでなみちゃんが、そんなことを言うたんじゃろう」

「なみちゃんは？」

「みんなが嘘じゃちゅうもんじゃから、腹を立ててしもうた。そとへ出たんじゃろ」

黒川は、炊事場の口から外へ出た。そこに、なみが海の方を向いて立っていた。

「ほんとに人の死んでるのを見たのかい」

「うん」

なみは大きく頷いた。

「小屋の小父さんと言ったな。あの向の小屋の小父さんのことかい」

「うん」

「なぜ分った」

「黒いセーターと、黒い帽子を被って、俯伏せていたんよ。波がきて、髪がゆれちょった」

「どの辺で？」

「小屋に近い方よ」

「その近くの波打際に死んでたんだな」

「うん」

黒川は、なみの両手を見た。何も持っていない。

「なみちゃん、さっき手に丸いものを持ってたろう」

なみは、黒川の方をきつい目で振り向いた。黒川は次の言葉に詰った。

あんな金属盤は、そこいらにあるものではない。彼のペンダントとすれば、何処で彼女が拾ったかが問題である。その場所によっては、子供とは言えどもその意味することを推察できるだろう。

しかし、それならばなおのこと、取り返さねばならない。もし第三者に知らされればのっぴきならないことになる。幸い死体が今の所見当らないのが救いではあるが。

「あれは僕のだろ」

「ちがう。うちんじゃ」

なみは身構えて、強く反発した。

「拾ったんだろ。返してくれよ」

「あれはうちんじゃ」

「何処へやった」

「分らんところへ隠してある。誰にもわたさんよ」

「そんなことを言うなよ。あのペンダントは僕の大事なものだ。返してくれ」

黒川は、一歩なみに近寄った。

なみが怯えたように身をひるがえしたので、黒川は反射的にその手を摑んだ。なみが叫び声を上げた。

「おい、子供をいじめるな」

黒川は、手を離して後を振り返った。

黒っぽい背広を着て、ずんぐりとした色黒い顔の男が立っていた。土方ではない。黒川の知らない顔であった。

「いじめてるんじゃない。物を返して貰おうと思ってるんだ」

「ペンダントか。まあええじゃないか。子供は欲しがるもんじゃ。暫く預けておいてやれや」

なみは、既に家の中へ入っていた。黒川も続いて入ろうとすると、男が引き止めた。

「ちょっと待ってくれ。あんた陰沼ちゅう男知らんか。ここへもときどきよったろ」

黒川は、暫く男の顔を見ていた。

「知ってはいるよ」

「あいつ、ゆうべ此処に泊らんかったか」

「知らんな。何か用?」

「そうか。ちょっとあいつに聞きたいことがあってのう。ゆうべ探したんじゃが、何処にもおらん。ひょっとして此処に泊ったんじゃないかと思うての」

「あなたは、誰ですか」

黒川は尋ねた。

「おれか、おれは磯崎ちゅう刑事じゃ。お前まだ新しいの。なんちゅうんじゃ」

「――川上」

黒川は中へ入った。磯崎も入ってきて、小浜のぶに、陰沼のことを聞いた。のぶはこの刑事と懇意のようであった。彼女は、陰沼は来ていないはずだと答えた。

刑事は、食堂へ入って男達に尋ねた。

「おらんで」

中の一人が答えた。

テレビの天気予報が、九州に大雨があることを知らせていた。丁度そこへ、川本組の世話役の男が入ってきた。

「おお、雨がくるらしいで。今日はみんなしっかりやってくれや。川へ大水が出たら、わやじゃけえ」

磯崎は、世話役にも彼の質問を向けた。

「知らんで――」

頬骨の高い世話役は答えた。

「あれが何んかしたんかいの、刑事さん」

6

午前中も川の護岸のブロック積みであった。世話役の男も、

「大雨がくるかも知れんけのう。ようやれや」

と口では言うものの、土方達の仕事に細かい指図をするわけではなかった。多分、大雨で護岸が流されたら、不測の天災地変ということで、工事代金を増額して貰う積なのであろう。

黒川は、ブロックを運ぶ途中、手を滑らして落し、足の甲を打った。

「持ち方が悪いんじゃ」

年寄の土方が注意した。

「朝帰りじゃけえのう。腰が抜けとるんじゃろ」

別の男が笑った。

午、黒川は、軽いびっこを引きながら、宿舎へ戻った。飯を食ったあと、のぶに頼んで救急箱を出してもらった。足の傷は大したことはないが、皮がむけてひりひりするので、テープで押えた。

「大丈夫かね。ゆうべ遊びすぎたんじゃろ。気いつけ

さんや」

のぶも、黒川の朝帰りを知っているらしく、横目でにやりと笑った。

「古郷というのはどういう人間なんだい」

黒川は傷の手当てをしながら小声で尋ねた。

「あの人かね。あの人は偏屈もんで通っちょるけど、あの辺の土地をだいぶ広う持っちょってんじゃ」

「地主か」

「それでこの前の埋立て反対にも先頭に立っちょっちゃった。道路にあの人の土地が取られてしまうちゅうてね」

「反対してたのは漁業組合じゃないのかい」

「一緒じゃね」

「反対して、土地を高く売りつけようというんだろう」

「うん、そりゃどうか分らんけど」

黒川は靴をはいた。

「今朝刑事が陰沼さんのことを訊いてたね。なんかあるのかな。陰沼という人は何をやってるんだい」

「何をやっちょってのか知らんけどね、顔は広い人じゃね。いろんなことに関係しちょるんじゃないかね。世の中の裏の方でね。ああいう人には、警察でもいつも目をつけとるんじゃないか知らん。来年は県会議員の選挙があるちゅうし」

「ああ、そっちの関係か」

「この春の市長選挙のときも、あの人は警察へ呼ばれたちゅうしね。別に罪になったわけじゃないらしいけど」

「なるほどなあ」

黒川は考えた。この土地の人間関係にひとつの図式ができる。

古郷が埋立てに反対している。一方、埋立てを推進しているグループには、直接そこを使う化学社会、工事で利益を得る土建会社、地域の経済的発展をもくろむ自治体、そして社会の動き全てを自分の利益に結びつけることのできる政治家乃至《ないし》政治屋、これらが入る。

陰沼がこれら推進グループの手先であることは、のぶの話から容易に推察できる。

そうすると、黒川は、そのまた下の、あわれな汚らしい手先である。数年間の彼からは、考えられもしないことではないか。当然、激しい自責の念と自己嫌悪に身をさいなまれなければならない。

しかし、それは稀薄であった。あるのは、眉間の奥の痛むようなもの憂さと、対象のはっきりしない焦立たしさとであった。

嘗ての闘いが、彼に取って何の必然性があったのか、それは今日の日のそれと同じく、ひどく頼りなく感じられた。

何《いず》れにしろ、陰沼から約束の金を取らねばならぬ。それだけは、黒川の意志としてひどくはっきりしていた。

7

夜、黒川はまた住吉へ行った。裏口から入ると、おかみが、

「ちょっと、上へあがっちょって」

と言った。

二階には陰沼はいなかった。

暫く待たされて、おかみが、書類袋をひとつ持って上ってきた。

「陰沼さんから、あんたに渡してくれと」

袋はホチキスで三か所止めてあった。

黒川がそれを開け始めると、おかみは下へ降りて行った。袋の中には、平たい紙の箱と紙が一枚入っていた。

箱の中は紙幣であった。袋の上から感触で金と分らないための配慮であろう。数えて見ると十万円であった。

「畜生」

黒川は呟いて、紙片の方を広げた。手紙であった。

『彼は行方不明　確認できず　逃げたやも知れず　お前も危険　ここを一刻も早く去れ　おれも会わぬ　この紙を焼け』

「畜生」

黒川はもう一度吐き出した。

古郷殺害が確認できないから、残り三十万の内、十万しか渡さぬと言うのであろう。

――確かにあいつは死んでいた。それなのにどうしたことか――

黒川は、何か分らぬが陰沼に騙されているように感じた。

――残りの金も取ってやる。

黒川は憤りながらも、手紙を灰皿の中で燃やし、箱から出した金を内ポケットにしまった。そして古郷の消滅について考えた。

考えられることが二つあった。

古郷は死にきらず蘇生した。なみに見つけられる前か後か。前とすれば、そのままじっとしていたことになるが、その理由はよく分らぬ。ともかくなみが去ったあと、彼は逃げた。岩陰を利用するなり、海へ潜れば、労務

者宿舎の方へ姿を現さず逃げられたかも知れぬ。最後は、埋立地との境の川を通って山の方へ行ったのであろう。

もうひとつは、なみの去ったあと、誰かが――最もありうることは陰沼が――死体を隠したのである。これは、しかし今朝も考えたように、常識的には難かしい。

前者の場合は、古郷は自分を殺そうとした人間を知っている。しかしその男は手先であって、誰かがその背後にいるのを感じているのかも知れぬ。殺人者から己を守ると共に、背後の人物を確かめるために、とりあえず身を隠しているのであろう。

しかし、なぜ警察へ行かないのだろうか。

後者の場合は、陰沼が殺人の発覚を防止し、一層自分を安全にするためにやったことであろう。そして、死体のないことを理由に、二十万円値切ったわけである。

状況は混沌としており、かつ極めて危険である。黒川には、どう対処してよいのか分らない。唯ひとつ彼の心の中ではっきりしているのは、陰沼との関係をこのままにはしておけないということであった。

彼は下へ降りて行った。その足音を聞きつけたように、おかみが階段の下に顔を覗かせた。

「帰る?」

「ああ。陰沼さんに会いたいんだがね、何処にいるか知らないか」

おかみは頭を振った。

「知らんよ」

「家はどこだね」

「それもよう知らん。あの人住所不定じゃね」

「前からよく知ってるんだろ」

「ここにゃときどき来てじゃけどね。何処に住んじょってのかは知らんわね」

多分、知っていても黒川には言わないように口止めされているのかも知れない。陰沼は黒川の追及を避けようとしているのに違いない。

――あいつを見つけてやろう。

それが、黒川の当面の目的になった。

『ここを一刻も早く去れ』

と陰沼は書いている。ここはこの土地であろう。彼としてはもう黒川に用はない。早く縁を切りたいに違いない。黒川としてもこの土地にいることは危険である。古郷の死体が何処かに隠されているとしても、いつ出てくるか分らない。生きて隠れているとしたら、猶更である。

しかし黒川が危険だということは、ひいては陰沼が危険なことである。だから黒川がここにぐずぐずしていることが分れば、陰沼は何かの対応策を取るために出てくるに違いない。それもチャンスである。

少し落着いて、陰沼の行方を当って見ようと、黒川は考えた。しかし、一体どういうふうに捜したものだろうか。

彼は宿舎へ帰った。

8

翌日は、夜明け前から雨が降り出した。

雨が降れば仕事は休みだ。男達は、寝床から窓の外の雨を見ていた。

黒川も、波形鉄板の軒先から落ちて行く滴を見ながら考えていた。

――休みで都合がいい。今日は陰沼を探して見よう。

黒川は、陰沼の紹介でここへきた。とすれば陰沼のことを尋ねるには、まず川本組の事務所へ行って見るのが順序であろう。

彼の想像によれば、川本組は陰沼と同じ側にいるのだから、彼にとって不利な情報は与えてはくれまい。彼が隠れる必要のあるときは隠すであろう。

しかし、ほかに当てもないとすれば――

黒川は、起きて着更えると、下へ降りて行った。食堂では、年寄りの土方が一人でテレビを見ながら飯を食っていた。

「休みちゅうのに、早いの」

飯の膳を取りに行くと、のぶが言った。

「ちょっと行くところがあってね」

「まだ映画館も開いちょらんじゃろ」

「遊びに行くんじゃない」

食事をすませると、黒川は、傘をさし、長靴をはいて出かけた。

川本組の事務所は、市の中心街を外れたところの、小さな四階建のビルの一二階を占めていた。

黒川がそこへ着いたときは、出勤時刻前で、二人の女の子が部屋の掃除をしていた。

ぽつぽつ男の社員達もやってきて、その内黒川の待っていた男が入ってきた。彼がここへ初めてきたとき、挨拶させられた大本という男である。

太った四十四五の、いかにも土建屋らしい男で、庶務や労務関係の担当者のようであった。彼は黒川の顔を見て、思い出すのに手間取った。

「この前来た人だな、あんた」

彼は壁を背にした自分の机に坐ると、先ず新聞を開いて、その上の端越しに、丸い小さい眼を黒川へ向けた。

「陰沼さんに紹介された川上です」

「うん、それで何か用があるんか」

そっけない言い方ではあったが、面倒がっているわけでもなさそうだった。

「陰沼さんにちょっと用があって。何処におられるか聞きにきたんです」

「あの人の家か」

「ええ」

「知らんど。うちの社員じゃないしのう」

「分らないでしょうか」

「うーん。君は、何の用があるんじゃ」

大本は、陰沼の居所を尋ねられて、困ったという表情ではなかった。

「あの人に頼まれた用があって、その事で話しに行きたいんです」

黒川は、取りあえずの言いつくろいをしたが、大本はほかの事に気が行っているようであった。

新聞を置き、手を伸すと電話を取った。ダイヤルを回しながら、

「ちょっと待てえや」

と言った。

大本は電話に向って陰沼のことを聞いた。相手は、川本組の出入りの人間のようであった。

大本は受話器を置くと黒川の方へ顔を上げた。

「ふた月位前の話じゃけれど、第三中学校の近くの共栄荘ちゅうアパートにおったそうじゃ。今おるかどうか分らんゆうんじゃがの」

黒川は礼を言って事務所を出た。

共栄荘でうまく陰沼が見つかるかどうか分らないが、大本という男が親切に調べてくれたことは黒川に少し意外であった。

大本の会社での仕事は技術面ではない。その立場から言っても、年恰好から見ても、会社の隠れた面には通じていそうに思える。もし陰沼と川本組の関係に何か黒い部分があるとすれば、彼はそれを知っていそうであるし、知っていれば、黒川の頼みで電話までかけたりはしないであろう。

勿論、ことはそんな簡単な図式ではないのかも知れぬ。

第三中学校は、山の手の方にあった。黒川はその近くのうどん屋で聞いて共栄荘を見つけた。モルタル二階建て、一方の端に階段があり、それにつながった外廊下が二階の北側についていた。雨で、外に出ている者はいな

い。

黒川は、各戸のドアの脇についている名札をひとつひとつ見て歩いた。一階の端から二つ目に名札のないドアがあった。二階に上る。どのドアにも名札があったが、陰沼という名前はどこにもなかった。

下へ降りる。名札のないドアの隣のドアの中から、女達の話し声が聞えた。黒川はその呼び鈴のボタンを押した。

ドアがあき、三十過ぎの女が顔を出した。中の声はやんでいた。

「陰沼と言う人はここにいませんか」

黒川は尋ねた。

「隣ですいのう」

女は答えた。

「――でもおってないでしょう。呼んでみちゃったかね」

「いや。名札がないので。いないというのはどういうわけですか」

「十日ばかり前から姿を見んし、夜あかりもつかんけえ」

「ほかに誰かいないんですか」

「ううん、一人もんよ、あの人は」

「何処へ行ったか、何処へ勤めてたか分りませんか」

女は強く首を振った。

「うちら、ぜんぜん知らんね。近所づき合いをせん人じゃから。あなた、あの人の知り合いですか」

「ええ」

「遠くから尋ねてきちゃったんかね」

女は黒川の言葉からそう察したのであろう。

「うちら分らんけど、大家さんに聞いたら分るかも知れませんよ」

女は、近くに住んでいる大家の家を教えてくれた。

黒川は、念のため名札のないドアを叩いた。応答はなかった。陰沼が姿を隠したのなら、こんな所にいるはずはない。

大家の家は瀬戸物屋であった。主人は店に出ていた。きれいに頭が禿げ、老眼鏡をかけた主人は、この地方特有の柔らかい親切な調子で答えてくれたが、陰沼について知っていることは、この九月の初め頃にそのアパートにやってきたということ位であった。

「不動産屋の紹介か何かですか」

「いいえ、知り人からの紹介ですいの」

「誰ですか、その人は」

「市役所の人です。遠縁に当りましての」

「陰沼さんとその人はどういう関係ですか」

「友達ちゅうような話でありましたのう」

「そうですか」

黒川は、市役所の保健課の係長をしているという、その男の名前を聞いて、市役所に足を向けた。雨は止まず、ズボンの裾はぐっしょり濡れていた。

市役所の建物は、多くの都市のそれのように、明るく近代的なデザインであった。つまりは非個性的な建物であった。そしてその一階の片翼に、黒川の訪ねる係長は在席していた。

「ほう、何処へ行ったんじゃろ」

小柄で丸顔の係長は聞き返した。

彼は、確かに陰沼にアパートを紹介したが、それ以来会っていないと言うことであった。

「お友達なんですか」

「そうじゃ、中学ののう。ありゃその後関西へ出て、何をしちょったのか知らんけど、この夏ひょっこり現れての」

「陰沼さんは、この土地の人ですか」

「そうじゃ」

「家は何処にあるんでしょう」

「家か――」

係長は、ちょっと言葉を止めた。

「もうないわい」

「ない――」

「あいつの家は漁師での。ちょうど今化学工場のある辺にあったんじゃが、埋立てのとき補償金をもろうて、漁師をやめて岡山の方へ行ったちゅう話じゃ」

「陰沼さんの友達はまだいるんでしょう、ここに」

「そりゃ昔の友達はおるよ。そこを尋ねて見ようちゅんかね。分らんで、また大阪の方へでも戻ったんかも知れんしのう。まあ、何か聞いたら知らして上げるから」

係長は、黒川の宿舎の電話番号を書き止めて、黒川への応待は、その位にして置きたいという様子を見せた。

黒川は、玄関ホールへ出た。柱の陰から一人の男が、ゆっくりと彼の前に現れた。

9

磯崎は、コーモリ傘を体の前につき、両足を開いて立っていた。

「陰沼の居所分らんかったろう」

黒川は、本能的に身構えた。権力に対する憎悪と侮蔑と畏怖がとっさに体の中に蘇っていたのだ。

彼は答えなかった。

「図星じゃろうが」

磯崎は満足げな眼をして黒川を見ていた。

「はっは、実はなおれも陰沼を捜してアパートの大家の所へ行ったんじゃ。しかし君は、なんで陰沼を探しちょるんじゃ」

「おれの勝手だよ。個人的な用があるんだ」

「そうじゃろうな。君に公の用があるはずもなかろう」

黒川は、磯崎をよけるようにして歩き出した。磯崎は、それを止めるわけではなく、横に並んでついてきた。二人は傘をさした。

「わしらは職業柄、人の個人的な用ちゅうのに興味があっての。話しちゃくれんか」

「話す義務はないだろう」

「まあそうじゃがの、世の中権利や義務ばかりじゃなかろうに」

黒川は、黙って歩いた。もう何処へ行く当てもない。宿舎までは、歩いて二十分位であろうか。彼はその方へ足を向けた。

「ところで君は、ここへはいつきたんかいのう」

刑事は話題を変えた。


「十日ばかり前だよ」

「何処から」

「関西の方だよ」

「そうか、十日ばかり前、関西方面からきたのか」

刑事は、さも興味深そうに頷いた。黒川はからかわれているように思った。

「それがどうしたんだよ」

「どういうわけじゃないがのう。ちょっと面白い」

「おれが関西からきてて、関西弁を使わないからか」

「そんなことじゃない。十日前にここへ来たちゅうことがじゃ」

「ちょうど十日前じゃない」

「分っちょる。十日ぐらい前じゃ」

「それがなぜ面白いんだね」

「大して意味はないけどのう、君が十日ぐらい前にこの土地にきて、陰沼も十日ぐらい前から居所をくらました」

「どうってことないじゃないか」

刑事はうんうんというように頷いた。二人の傘の端から、雨の滴がぽたぽた落ちていた。

「その君が今日陰沼を探して歩きよる。そしてその前の日ある男が行方不明になった」

磯崎は、横から黒川を見上げた。

黒川は、磯崎の心を計りかねて黙って歩き続けた。

「或る男ちゅうのは、君達の宿舎の近くに住んじょる古郷ちゅうやつじゃ」

黒川は、磯崎の顔も声も、すうっと遠くへ行ったように感じた。しかし彼の口は反射的に応えていた。

「関係ないじゃないか」

「そうじゃ、これだけじゃなんちゅうことあない」

磯崎は、間を置きながら話した。

「もうひとつあるんじゃ。それがあるから、ちょっと気になったんじゃ」

「なんだい、そりゃ」

「うん、そりゃ言えんけどのう」

二人は暫く黙って歩いた。

その内磯崎は、ふっと思いついたように聞いた。

「君は、古郷のことを知っちょるか」

二三秒の間があいた。

「知らないなあ」

黒川は答えた。

「そうじゃろうのう。十日前にここへきたんじゃからのう。じゃ、わしは署へ帰るけえ」

刑事はちょうどさしかかった四つ角を別の方へ曲った。

しかしすぐ足を止めて振り返った。

「そうそう。わたしが聞いた話では、ゆうべ駅で、古郷らしい人間を見たちゅうやつがおるんじゃ。どこかへ行ったんじゃろうかいのう」

黒川は、返す言葉もなく刑事の顔を見ていた。刑事はくるりと背を向けて歩み去った。

黒川は、さした傘がずれて片方の肩に雨がぐっしょりかかっているのにも気づかず、宿舎へ戻った。

男達の半分は、何処か遊びに出ていた。残った者は、テレビを観たり、将棋をさしたり、雑誌を読んだりしていた。

黒川は、濡れた体を拭くと、畳んだ布団によりかかって足を伸した。

「何処へ行ったんじゃ。もう戻ってきたのか」

将棋を差していた年寄りの土方が声をかけたが、黒川は答えなかった。

——あの刑事は何を捜しているのか。おれがここへ来た頃、陰沼がそのアパートから身を隠した。そしておれが陰沼を探している頃に一人の男が行方不明になった。それが一体どういうことか。無理にくっつけた話ではないか。

黒川は、磯崎の言ったことを思い返した。

――もうひとつあると彼は言った。それを加えると、少しはひっかかりができるのかも知れない。それは何であろうか。

おれが陰沼を探していたという事実はある。しかしその前の日に古郷が居なくなったという事実とどうして関係づけられるのか。それにはもっと別のデータが必要であろう。それを刑事は持っているというのであろう。何であろうか。

おれと古郷との関係、あの夜のただ一度の関係、それを刑事が知っているはずはないとすれば、残るは陰沼と古郷の関係であろう。

磯崎が陰沼につきまとっていたのは、おれが古郷をやる前からのことだ。ということになると、警察は既に彼等のまわりに犯罪の臭いを嗅いでいたということか。陰沼はそこで身の危険を感じ、自らなすべきことをおれにさせ、自分は身を隠してしまったのか。考えられることだ。

――しかし、古郷らしい人物を駅で見かけた者がいると刑事は言った。一体そんな馬鹿なことがあるか。なぜそんなことが起きる。そして、なぜ刑事はおれにそのことを話す。

「ひるごはんが食べられるよー」

階段の下から小浜のぶが大きい声でどなった。

将棋を差していた男は、盤を見つめながら、

「おー」

とこたえた。

寝転んで雑誌を読んでいた男は黙って起き上った。黒川は、のぶの声が耳に入らないように、ぼんやりと窓の外に眼を投げていた。

10

黒川が昼飯を食べ終った頃には、また何人かが雨の中を出かけて行き、残った者も二階へ上って、食堂にはテレビを見ている者もいなかった。

「よう降るねえ」

のぶは、黒川の近くに腰をかけて窓の外へ目をやっていた。

「うん」

「これからまだだいぶ降るらしいよ。テレビでそう言いよった。あしたも仕事にならんかね、これじゃ」

「ブロックが流されなきゃいいが」

「そうよね。今朝ね――」

のぶは黒川の方へ顔を向けた。

「なみちゃんが雨の音で目を覚して、家がつぶれる家がつぶれる、人が死んじょる、ちゅうて叫ぶんよ。うちもびっくりした。かわいそうに、自分の家がつぶれて親が死んだときのことを夢に見たんだねえ」

「いまいるの」

「まだ学校よ。給食すんだら今日は帰ってくるじゃろ」

「あの子はやっぱり頭がおかしいのかい」

「不断そんなことはないがね、多少無口なところはあるけど、学校の成績も普通じゃしね」

「この前の朝、浜で人の死んでるのを見たと言ったろ」

「そうじゃねえ、ありゃおかしかったね」

「何かの拍子に親の死の記憶が蘇えるのかな。そうだろ。いつも、人が死ぬとか、死んでいるとか……」

「そう言やそうやねえ——」

のぶは言葉をつまらせた。

「かわいそうな話じゃねえ。それじゃけど、あの子は見んものを見たちゅうて人を騙すような子じゃないよ」

「そうだろうけど。ゆうべあの小屋の男を駅で見た者がいると刑事が言ってたよ」

「そうかね。そう言や、古郷さんは小屋におってないちゅうて、今朝新聞配達の子が言いよった。だけど川上さんはなんでそんなことを刑事さんに聞いたのかね」

「きょう町でこの前ここへ来た刑事に会って、話のついでにね」

「そうね」

のぶは黒川の言うことを素直に受け取ったように頷いた。そののぶの態度が、黒川の心の扉を、もう少し開かせた。

「おれ、陰沼さんを探してるんだ。あちこち探したけど見つからなかった」

「それで早うから出て行ったんかね。川本組へも行って見た?」

「うん。誰かあの人の知り合いはいないかな」

「そうじゃね」

のぶは、唇を嚙んで、真剣な表情で考えこんだ。そして首を振った。

「その内、誰か聞いて見て上げよう」

そう言って彼女は、黒川の膳を持って炊事場の方へ行った。

黒川は、その後について炊事場へ入った。

炊事場の片方が、のぶ達の部屋に接している。黒川はそこの上り口に腰をおろして、部屋の中を見た。一間の押入れがついており、古いけれど一竿のたんすもある。

窓に向って置いてある勉強机はなみのものである。黒川はそれに眼を注いでいた。

「おばさん。なみちゃんがおれのペンダントを持ってたら、どこに納ってるのかな」

「あんたのあれ？　なみちゃんに上げたのかね」

のぶは流しで食器を洗っていた。

「やったんじゃないよ。取られたんだよ。あの子欲しがってたからね」

「そねえな悪いことはせんじゃろうに」

のぶは大きい声で言った。

「この前、持ってるのを見たんだ」

黒川は、部屋へ上ってなみの机へ近寄った。それを見たのぶは、上り口の所へやってきた。

「あんた、いけんで。なんぼ子供ちゅうたって、本人のおらんときに人の机を探しちゃ」

「うん」

黒川は足を止めて躊躇した。

のぶも、知らぬらしい。なみはあれを誰にも見せていないし、どこで拾ったかも話してはいない。その限り安全ではある。しかし、子供のことだ。いつ誇らしげに人に話すかも知れない。——小屋の小父さんの死んじょった傍にこれが落ちてたんよ——。


「ただいまア」

なみの声がした。

黒川は振り返った。なみはもう上り口に来ていた。その眼が黒川をとらえると、硬く黒く光った。彼女は駆け上り、黒川を押しのけるように机の方へ走り寄ると、ランドセルをその上に起き、抽斗のひとつを開けて中へ手を入れた。

そこから何かを取り出したらしい。体の後にそれを隠すようにし、黒川の方に眼を向けながら、上り口ののぶの所へきた。

「あんた、黒川さんのペンダントを持っちょるんかね」

のぶは尋ねた。

なみは強く首を振った。

「なにを持っちょるんかね。見せさん」

のぶは、なみがその背に回している手を取った。黒川は傍へ寄った。なみは少し抵抗したが手を前へ出した。それに握られていたのは、一枚の絵はがきであった。

「ああ、これかね」

のぶは笑った。

「これは、あんたの大事なもんじゃね。誰もこれを取りやせんよ」

「なんだね、それ——」

黒川は、失望はしたものの、なみに対して具合の悪い立場から、その機嫌をとる積りで尋ねた。

「こりゃ、パリの絵はがきじゃねえ」

のぶが代りに答えた。

「きれいじゃねえ、なんとか言うお城の写真じゃね。これなみちゃんが陰沼さんからもろうたんだよね」

「陰沼から？　陰沼がパリからなみちゃんに出したのかい」

「そうじゃないよ。陰沼さんとこへきたのを、陰沼さんがこの子にくれたんよ」

黒川は、子供の傍へしゃがんだ。

「お兄ちゃんにちょっと見せてくれよ。きれいだね」

なみは、絵はがきを黒川に渡した。ベルサイユ宮殿のシャンデリヤの写真であった。黒川は裏を返した。陰沼信二あてになっており、その住所は神戸になっていた。

黒川は文面へ目を移した。

〈見るもの聞くもの珍しいものばかりで、毎日を楽しく旅しているが、うまい魚が食えんのが閉口。それに時間ぎめの団体旅行も気疲れだ。九月に入ったら帰る。用があるのでその頃山口の方へ戻ってきてくれ。パリにて伊沢〉

11

「この伊沢……」

というのは誰だろうと言いかけて黒川は、はっと口をつぐんだ。

あの時、古郷を誘い出すために使った名が伊沢であった。同じ人物であろうか。

黒川は、黙って絵はがきをなみに返し、炊事場の土間へ降りた。

その名を使って易々と古郷が誘い出せたのだから、伊沢という人物は古郷が信頼している、古郷の側にいる、つまり反開発反体制側の人物であろうと、黒川は想像していた。

しかしその同じ人物が、陰沼を呼んで、自分の仕事——その中に古郷の抹殺が含まれているとして——をさせたとなると、どう説明したらよいのだろうか。

「このはがきを出した伊沢という人は誰か知ってるのかい」

黒川は聞いて見た。

「知らん」

なみに取ってそんなことはどうでもいいので、パリのお城のシャンデリヤが彼女の宝物なのだ。

食堂では二人の男がテレビを見ていた。一人は年寄の土方であった。

「よう降るのう」

彼は黒川に声をかけ、湯呑みに茶を注いだ。黒川はその傍に腰をおろした。

「川の方はどうなっちょるかのう」

黒川は年寄りの顔を見て尋ねた。

「山辺さんは、この土地に古いのだろ」

「ここばかりじゃないわい」

年寄りは答えた。

「伊沢という人を知らないかい」

「ふうん」

年寄りは湯呑みを口元で止めて考えた。

「この夏に、ヨーロッパへ団体旅行で行ったらしいんだがな」

「団体旅行？　農協さんか――あっ違う」

何か思い当ったように彼は目を上げた。

「漁協だよ。ここの漁協の組合長だよ。伊沢久太郎だ。この夏ヨーロッパへ行ったよ」

年寄は、この土地の名士の動静に通じていることが、いかにも誇らしげであった。

漁協の組合長。それが呼べば古郷は出てくるだろう。同じ埋立て反対の立場にいる二人だ。しかしそれでは陰沼が古郷を殺そうとした理由がやはり分らない。

――どうでもよいじゃないか。

黒川は考えた。

俺はどうせ、目的のない汚らしい殺し屋だ。陰沼のごまかした金を取り戻せばよい――

彼は、のぶに頼んで電話番号簿を出して貰い、伊沢久太郎の住所を調べた。

そして雨の中を出て行った。電話では心もとないと考えたのだ。

伊沢の家は港の近くにあった。嘗ってその辺りは漁村であったのであろうが、市の発展の中に取りこまれて、商店街のような趣きがあった。

その家は古い土塀に取り囲まれていたが、中の建物は比較的新しく、また大きく、瓦葺き二階屋の重々しい造りであった。

案内を乞うと、着物を着た年輩の女が出てきて、雨に髪を濡らした若い男を訝しげに見上げた。

「どなたでござりますか」

「川上と言います。伊沢久太郎さんはおいでですか」

「どういうご用で」

「陰沼という人のことを尋ねたいのです」

「陰沼さんですか」

老女は念を押すように聞いた。

「そうです」

「ちょっとお待ちください」

老女は玄関から奥へひっこんだ。

暫くして出てくると、変らない柔かい声で言った。

「陰沼さんというお方は、うちではよう知らんと言っとります。何かお間違いではないかと――」

「そんなことはないんです」

黒川は胸を張った。彼はこの老女を憎む気にはなれなかったが、その奥にいる男に聞えるように声を高くした。

「伊沢さんはこの夏、陰沼を神戸から呼び寄せたでしょう。ぼくは陰沼の世話で川本組の現場で働くことになって、彼の依頼である仕事をした。そのときの約束の金をまだ全部貰ってないんです。あの人はぼくをごまかしたんだ。許せないんだ。このままにはできない。でないと――」

おれはあまりにみじめだと言いかけて、止めた。それを声に出して言うことは更にみじめに思えたからだ。

「はあ――、ちょっとお待ちを――」

老女は、狼狽の様子を見せたが、その眼には、この若者に対する憐れみの色も浮んでいるようであった。

奥へ入った彼女が、今度出てくるには、かなり時間がかかった。門から玄関までの敷居の上に、雨が白いしぶきを激しく上げていた。

「お待たせしました」

老女は、上り口に膝をついた。

「事情はよう分りませんが、何かお困りの様子なので、御相談に乗ってもよいと申しております。よろしかったら今夜七時に、住吉という小料理屋へおこし頂けんじゃろうかちゅうことですが」

逃げ切れぬと考えたのであろう。それでなければ、席を変えて呼び出すわけはない。

「――住吉というところ知っちょってですか」

「よく知っております」

「それじゃ――」

「間違いなく行きます」

黒川は老女に、小さく一礼した。

12

住吉へ行くと、二階の小部屋に通されたが誰もきていなかった。おかみはビールと料理を運ぶと、

「しばらく一人で飲んじょってくれと」

と言って降りて行った。

部屋は冷えた。電灯は暗く、何やらおぞましい気配が彼を取りまいているようであった。

四十分ばかりしておかみが上ってきた。

「いまあんたに電話があったんよ」

黒川は腰を上げかけた。

「もう切れたけどね、あんた陰沼さんのアパート知っちょってかね」

「知ってる」

「これから、そこへきてくれと」

「陰沼がそう言ってきたのかい」

「そうじゃろうねえ」

おかみは、頼りなげに眉をひそめた。

黒川は店を出た。

そこから陰沼のアパートまで十分あまりの道のりである。雨の勢は衰えず、風も交えていた。路面を叩く雨の音で、彼は自らの足音も聞くことはできなかった。

まして、十数メートル後を歩く人の足音は耳に入るはずもなく、また後を振り返る余裕もない。彼は昼間歩いた道の記憶を、闇の中に必死に甦らせようとしていた。

漸く第三中学の傍へ出た。右手は広い校庭である。道の左に小川が添い、その向うは畠のようであった。校庭の角にある外灯のまわりで雨がきらきらと輝き、その明りはあまり遠くまで届かなかった。

殆んど闇に滲みこんでいた背後の人影は、するすると彼に接近した。彼がそれに気付いたのは最初の一撃を受けたときであった。

襲撃者は木刀のようなものをふるった。黒川の持っている傘の柄にさまたげられて、一撃目はその耳をかすめて肩を打った。しかし、その強さに黒川は傘を落し前にのめった。そして第二撃がその後頭部をとらえた。

黒川は悲鳴を上げ、同時にどこか遠くで別の叫びを聞いたように感じた。しかしそれも瞬時で、忽ち彼は昏倒した。

脳の中で脈動する痛み。

それが最初の感覚であった。そして眼の前に広がる白

い空間。焦点が定まると、それは白く塗られた天井であった。

そしてだんだんに黒川は、自分がベッドの上に横たわっていることを知覚した。それから額に巻かれている繃帯。彼はうなった。

「どうじゃ」

男の顔が上から覗きこんだ。黒川は眼をしかめてそれを確かめた。刑事の顔であった。

「頭の骨も折れちゃおらんそうな。大丈夫じゃ」

黒川は眼を閉じた。

「君は、陰沼の所へ行きよったんじゃな。しかし、あいつは今夜もあのアパートにゃおらんじゃったぞ。君は一体何をしちょるんじゃ。伊沢の所へも行ったの。何しに行ったんじゃ、話してみてくれんか」

「答える義務はない。おれの用事だ」

「そりゃまあ、そうじゃけどのう。君を今夜助けてやったのは、このわしじゃ。もっとも犯人は逃がしてしもうたがの」

「おれをつけてたのか」

「そうじゃ。君は興味があってのう」

「なぜ」

「わしの仕事じゃからのう。それはともかく、君はへたをすると命を狙われるぞ。わしらに協力して保護を求めた方がええんじゃないかのう」

「おれを襲ったのは陰沼のやつかな」

「そう思うか」

「いや、分らない」

「陰沼は、君を避けなきゃならん弱みがあるようじゃのう」

黒川は答えなかった。

「ま、大事にせえや」

磯崎はドアの方へ行って振り返った。

「また誰かに襲われるといけんのでのう、警察官を一人ここにつけちゃるから、安心して寝ちょれよ」

その警官の主な任務は黒川の逃亡を阻止することであろう。

磯崎は、黒川が古郷の頸を締めたことは察知していないかも知れない。しかし陰沼、古郷を廻《めぐ》って犯罪の臭いがあり、今やそれに黒川が関係しているというところまでは確信しているのであろう。

その犯罪というのは何であろうか。海岸埋立ての推進とか反対とかいう問題だけだろうか。多分、磯崎はそのことについて、もっと深く知っているのであろう。そしてそれはどうやら、黒川がここへ来る前からのことらしいのである。

それにしても、古郷はどうなったのであろうか。死んでいるのか、生きているのか。何れの場合でも、なみの言ったことと合わせて考えると、まことに不可解である。とは言っても、この際なみが死体を見たという嘘をつくはずはない。そんなことを考えつくわけもないし、彼女にとってその必要もない。

このことについて、もうひとつの情報がある。磯崎の話で、誰かが古郷らしい男を駅で見たということである。その通りに取れば、古郷が身の危険を避けて、この町から逃げたのかも知れないと考えられるが、その情報は、磯崎すら必ずしも信用していないらしい不確かなものである。

もし、古郷が生きて逃げたのなら、陰沼から何か苦情がきそうなものである。しかし陰沼も姿を現さない。いや、今夜黒川を襲ったのか、襲わせたのかも知れない。

なぜ、黒川を襲ったのだろうか。殺す積りか、それとも脅して早くこの地を去らせるためか。何れにしろ、黒川の任務は終ったのであろうか。

とすれば、黒川が病院に収容されたことは、彼等にとって大変な手違いである。磯崎が黒川の身辺につきまとっていたことを知らなかったのであろう。

13

朝。雨は殆んど止んでいた。雲が早い速度で流れて行くのを、黒川は顔を横へ向けて窓から眺めていた。

食事が済んでから、小浜のぶが見舞にやってきた。

「ひどい目に会《お》うちゃったね」

彼女は、ベッドの横に坐って、持ってきた柿をむいた。

「巡査がおってじゃね」

のぶは、声をひそめて、ドアの外へ目くばせした。

「守ってくれてるんだそうだ」

「警察もえらい親切なことじゃね」

のぶは何も疑わぬようであった。

「そうそう——」

のぶは柿を載せた皿を、黒川の枕の脇に置いた。

「ゆんべの大雨で山が崩れたそうよ。なみちゃんの言うたことが当ったわけでもないじゃろうけど。あんた方の現場の上の方で山津波が起きたらしいんよ」

「また人が死んだのかね」

「そりゃまだ分らんけど。崩れた土砂が川の方へ流れてきて、お稲荷さんの祠を押し倒して、あんた方が積んだブロックの所もだいぶ傷んだちゅうて、今朝世話役の人がきて、みんなで現場へ直しに行っちゃったよ」

「そりゃ大変だな」

黒川は、気のない返事をしながら、柿の一片を口に持って行った。


のぶが言ったように、川の上流の崖が崩れて、流れの方向を変えた。量を増して勢の強まった流れは、稲荷の祠の下を削った。もともと簡単な土台石の上に載せられていた小さな祠であったから、流れに持って行かれてしまった。

しかし、そのまま海の方まで流されず、工事中の護岸にぶっつかった。護岸のブロックもだいぶ崩れてしまったが、そこへ土砂と祠がいっしょになって止っていた。

水嵩の増した激しい濁水の中で、修理は困難であった。

「こりゃ、水がもうちっと引くまで待たんと、どうもなりゃせん」

「裏ごめのコンクリをよう打っちょらんからこうなるんじゃ」

「お稲荷さんが、ぶっつかったから崩れたんじゃ」

「誰か精進の悪いのがおるんじゃろ」

土方達は口々に不平を鳴らした。


「お稲荷さんだけでも引き上げちょけ。ばちが当るど」

世話役が怒鳴った。

土方達は、つるはしやスコップを使って、土砂の中から祠を掘り出そうとした。

「ばらばらになっちょるで。出してもはあ、使い物になるまいが」

「とにかく出すだけ出せや。どうせここの泥は取らにゃならん」

土方達は手荒く作業を進め、そのためかえって祠は毀れて行った・

「おい、気をつけて丁寧にやれ――」

世話役が注意した。

「その中に、御神体があるはずじゃ、それがなくなると祟があるど、お前達」

土方達は鼻白んだ様子で、その作業も少し静かになった。

「厄介なことじゃのう」

先ず、古くなった鳥居が、ばらばらになって掘り出された。それから社の形をした祠の本体が引き上げられた。観音開きの戸はかろうじてついていたが、中には泥が流れこんでいた。

「御神体はこん中じゃろ」

高さ一メートルにも足らぬその祠の中の泥を、世話役は両手で丁寧に除いて行った。

間もなく泥は取り除かれたが、御神体らしいものはなかった。

「流されたんじゃのう」

土方の一人が呟いた。

世話役は当惑した顔をしていた。信心深いのか、あるいはこういう商売の者らしく、神仏をおろそかにできない習慣を持っているのであろう。

「どうせ、これと一緒に流れたんじゃ。遠くへは行っちょらんじゃろ。もうちょっと掘って探して見てくれや」

彼は皆に言った。

「えらいことじゃのう」

「世話役さん、御神体ちゅうのはどねえなものかいのう」

一人が尋ねた。

「丸い鏡じゃ」

世話役は答えた。

「ガラスかね」

「いいや、そねえなものじゃない」

土方達はまた働き出した。


空は雲が切れ、ときどき日が射してきた。

14

正午前に、磯崎は病院へやってきた。

「だいぶええかいのう」

と聞いた。

「鎖骨にひびが入ってると言われた」

黒川は答えた。

「そねえなことは大したことはない。ゆっくり静養せいや」

磯崎は機嫌がよく親切であった。黒川は、このやや鈍重に見える田舎の刑事に、少し好意を持った。

「刑事さんは、何の捜査をしているの」

「おれか」

「陰沼が何かしたの」

「うん。そりゃまだよう分らんがの。わしの捜査しよることを話してやろうか」

「ああ」

刑事は傍の椅子に腰を降してタバコを出した。

「一本くれ」

黒川は手を伸した。

刑事は両方のタバコに火をつけた。

「君達が工事をやっている先の所の埋立てでのう、化学会社が漁業協同組合に七億ばかりの補償金を払うたんじゃ、去年のことじゃ」

「大したもんだね」

「すったもんだあってのう。県が中に入って話をまとめたんじゃ。そこまではええわ。ところが、組合に入った七億ばかりの金の内、四千万ばかりがどっかへ行ってしもうたという噂が流れた。わしはその事件を調べちょるんじゃ」

「それで分ったの」

「まだはっきりしたことは分らんが、金の勘定が合わんことは確からしい」

「誰が取ったんだい」

「うん――」

刑事はちょっと口をつぐんで考えた。

「まだ責任のあることは言えんけどのう。組合長の伊沢久太郎が来年の県会議員の選挙に立つことになっちょる。その資金に流れたらしいのう」

そういうことか、と黒川は心の中で呟やいた。

「それから上には上がおってじゃ、そのことを察知した人物が伊沢を恐喝して、幾らか上前をせしめようとしちょるらしい。この噂が表に出りゃ、伊沢は破滅じゃからな。噂はその辺のごたごたから流れたらしい」

その恐喝者が古郷なのであろうか。古郷と伊沢は同じ側でなく、敵対者だったのだ。だから古郷は、伊沢が話があると言えば当然乗ってくるわけだ。

伊沢はやくざ者の陰沼を呼び寄せて、この事件の始末をつけさせようとしたのであろう。しかし磯崎が、その辺りをどこまで知っているのか。きのうの彼の口振りでは、恐喝者が古郷であることは推察しているようではあるが。

黒川は、磯崎が何処までの事実を握《つか》んでいるのか知りたいという気持になった。

「じゃ、陰沼はどういう役をしてるんだろ」

「伊沢は立場上、表面に立てん。陰沼の親父は伊沢と古い友達での。伊沢は陰沼を腹心にして使うちょるとわしは睨んじょるんじゃ。じゃから、陰沼の尻をつかまえれば、事件はほぐれて行くんじゃろう」

「陰沼の行方はまだ分らない？」

「分らん。君は何かあいつにかかわりがあるらしいが、もう追いかけ廻さん方がええのう」

「おれは、金が預けてあるだけだ」

「おお、そうか。しかし近づかん方がええぞ。わしらが摑えたら金は取り戻してやる」

刑事は立ち上った。

「大事にな」

彼は、ドアの方へ行きかけて足を止め、ポケットに手を入れた。

「忘れちょった。さっきわしは君らの宿舎へ行ってのう。あそこの娘が丸い鏡みたいなものを持っちょるのを見つけたんじゃ。君はこの前、あの娘になにか取られたと言いよったのう」

磯崎は、ポケットから丸い金属盤を出して示した。

「君が取られたちゅうのはこれかい」

黒川は、そのペンダントを手に取った。

「ああ、これだ」

「間違いなかろうのう」

「うん。裏におれのイニシャルが刻んである」

黒川は、それを刑事に示した。刑事はそれを見てゆっくり頷いた。そしてその眼から潤いが、その頰から緩みが消えた。黒川の腹に不安が滲み渡った。

「間違いないな。ところでこのペンダントはどこで見つかったと思うかい」

「さあ――」

「分らんじゃろうな。今朝がたな、君達の現場の所が大水でやられてのう。あそこにあったお稲荷さんも川にはまったんじゃ。それをみんなで掘り出しよった。そしたらのう、崩れたブロック積みの裏からこれが出てきよったんじゃ。しかも死人の手にしっかり握られてのう。その死人ちゅうのは古郷じゃ」

黒川は、暫く刑事の顔を見つめていた。

「……でも、いま刑事さんは、なみちゃんが持っていたと言った……」

「おお、そう言うたのう。ちょっと言葉が足りんかった。あの娘も、これとそっくりのものを持っちょったんじゃ。しかしこれじゃない。それはのう、お稲荷さんの御神体の鏡じゃ」

「鏡――」

「あの子の言うには、雨の降る前の日の朝、お稲荷さんにお参りしたら、お稲荷さんが雨に流されるような気がしたちゅうんじゃ。それで御神体の鏡だけ持ってきて大事に納っといたんじゃと」

黒川は唇を嚙んだ。あの時見たのはそれか――。

「欲しかったんだろ」

「そうかの。分らんど。あの鏡は、あの子の親達が、娘が生れたときその無事成長を祈って奉納したもんじゃちゅうからの。何かお告げがあったのかも知れん。けれども、君はしまいじゃのう。君が、古郷を殺して埋めたんじゃな」

黒川は眼を閉じた。

――埋めたのはおれじゃない。しかしどれ程の差があろう。がともかく、それは陰沼のやったことだ。陰沼は要心深い男だ。彼は、古郷の死体が発見されれば危いと思ったのであろう。黒川と自分の偽アリバイを住吉で作って、そのあと現場に行き、古郷の死体を作ったばかりの護岸ブロックの裏に埋めた。何れその地表面はコンクリートで舗装されることも知っていたのだろう。

「駅で古郷らしい男を見たという話があったねえ」

「あった。それがどうかしたのか」

「あれは陰沼だよ、きっと」

陰沼は、念を入れて明るくなって現場をもう一度調べたのだ。何か遺留品や証拠が残っていないか。あるいは古郷の家に、彼が恐喝の種にした何かメモのようなものが残っている可能性もあったのかも知れない。

いや――と黒川は考えた。

古郷が死んでいるのを知りながら、死体が無いと言いがかりをつけて二十万円をごまかすような男だ。古郷が恐喝で既に得た金でもないかと探したのであろう。

ともかくそのとき、ひょっとして人に見られて怪しまれないために、古郷のセーターと帽子をつけ、多分長髪の鬘をつけて古郷に変装して行ったのであろう。

そして運悪く海岸で、お稲荷さんから戻ってくるなみに出会った。なみは古郷を知っている。顔をまともに見られれば怪しまれる。とっさに波打際に伏せたのだ。

少女に見られたとしても、そしてその後、岩陰づたいに、あるいは水に潜って逃げ、姿を消してしまえば、少女の言うことに大人達は重大な関心を抱かないだろう。

その後、彼はその同じ姿で駅に現れた。古郷が何処かへ行ってしまったという印象を与えるためである。

小細工を弄する、ずる賢い男だ。

「陰沼を早くつかまえてくれ」

黒川はそう言って、静かに目を閉じた。

「勿論」

あまり風采の上らぬこの刑事は、いまや自信満々として頷いた。

「飯場の殺人」解決篇

吉次は言葉を続けた。「足跡がくせものなんだ。下手人は一カ所しか重ならねえように用心深く8の字に歩いてるんだ。便所から離れへ向いた跡の上を反対向きの跡が踏んでるんだが、最初の時そこへベニヤの板を敷いたら、そこだけ一つ跡はつかねえ訳だ。それから帰りに板をとってそこを踏み、ついでに片足だけ反対へねじってその上を通ったら、行きと帰りの足跡の順序が逆になるだろ？　つまり下手人は離れから便所へ行って、離れへ帰ってきたんだ。便所の方から下手人が来たように見せるためにな」

「すると、人に見られずにそれができるのはお前だけだな」と聞き手の一人がいった。

「そうよ」と吉次は答えた。

「それでお前はここへ来たんだな」

「そうよ」と吉次は胸をはった。そしてドアの方を見た。覗き窓から監守が顔を覗かせていた。監守は窓の蓋をしめると、ひっそりした刑務所の中廊下をゆっくりと歩いていった。

「誰が一服盛ったか」解決篇

犯人は、米田。

毒の入った銚子に成子の指紋がないということは、それが成子が米田に渡した銚子でないことを意味する。但し酒は温かったのだから、酒をその銚子に移したわけである。即ち、小量の毒液を予め入れた銚子があったわけである。それは先生の部屋の乱雑な本の後にでも隠されていたのであろう。それを準備することの出来たのは、前夜もやって来て先生と会っている米田しかない。彼は先生に一旦お酌などしたあと、空の銚子を片附けるふりをして、卓の陰で酒を注ぎかえることもできたはずである。従って銚子の数は四本になった。

毒を入れたのが前日とすれば、米田は小瓶を外へ捨てることもできた。しかし最近大岡家へ来ていない金子にはそれができない。

成子や浅川には勿論、毒を入れるチャンスがない。

評論・随筆篇

尼僧に口説かれた青海島での幼年期

出家を熱心にすすめられて

これは戦争前の古い話である。

しかし、青海島《おうみしま》はあまり変らず今も昔の面影をそのまま残しているに違いない。あの島は、そういう風な懐しい島だと私は考えている。

青海島は山口県の山陰側の丁度真中あたりにある周囲約四十キロの島である。陸から鼻のように突き出した仙崎港から僅かに水をへだてた海上に横たわっている。ここに小さな渡し舟が往き来していた。しかし島の東の端は仙崎から海上五キロあまりも離れているので、別に渡航船が出ていた。

島の仙崎に近い側は仙崎町の一部であったが、東の端の部落は通《かよい》村として別の行政区画になっていた。その後昭和二十九年にこれらはみんな一緒になって長門市が生れた。

私が知っているのは、勿論その前の事だ。私は小学校の一年生の時、始めて通村へ渡った。当時、仙崎から通村へ通っている船は、れっきとした蒸気船であった。確か三島丸と言ったと思う。何噸《トン》位の船かその数字は憶えていないけれど、何《いず》れそんなに大きい船ではなかった

しかし、太い煙突から黒い煙を吐き出し、力強い汽笛を発するその蒸気船と、いつもその操舵室に立っている、太い縁のロイド眼鏡をかけた、日焼した真赤な頬と、太いしゃがれ声を持った船長を、私は心ひそかに誇りに思っていた。

数年後、この三島丸は突然に姿を消し、小さな発動機船に変った。三島丸が老朽化したのか、採算上の理由か、分らないけれど、その時の心の痛みを、私は今でも憶えている。

青海島は、手元にあるパンフレットによると、国定公園ということになっているが、この島の風光のライトモティーフは、島の周囲にある侵蝕された無数の奇岩と、それを取りまく青い透明な海の水とである。大門小門とか、烏帽子岩とか、象ノ鼻とか、形に似せていろいろな名前をつけた岩があり、その下の海の底には、さまざま

の色の光が揺れている。

私は、なにもお国自慢をするつもりはない。このような風景は、多分ほかにもあるであろう。極めて日本的な風景である。そこが観光地として有名になるかどうかは、しかし、その風景の美しさだけによっては決らないのである。十分な観光人口を擁したバックグラウンドがあるかどうかということと、もひとつ大切なのは、風景にプラスするアルファである。

青海島はこの両方とも、あまり恵まれているとは言えない。従って天下にその令名を馳せるというに至っていない。しかし、観光地としてのプラスアルファになるかどうか分らないが、この島には独特の宗教的雰囲気があった。

仙崎に近い方に大日比《おおひび》という部落があり、ここに、あの辺りでは有名な西円寺という寺と法船庵という尼寺がある。また通《かよい》の方にも部落の中心部に二つの寺がある。私は、この通部落の、港から見上げた山の中腹にある向岸寺という寺に養子に迎えられて少年の日を送ることになった。

大体においてこの辺の寺は、戒律が厳しくて、肉食や妻帯は許されていなかった。尼寺に知っている人がいたので、私はそこへ遊びに行ったことがあるが、子供でも、男である以上玄関から上へは上げて貰えなかった。また彼女達の傍へ寄ってその衣の袖に手を触れることも許されなかった記憶がある。

私は、一度ここの尼さんに口説かれたことがある。場所は仙崎のある家の二階の一室で、相手は彼女達が外出する時はいつもそうであるように二人であった。当時、尼さん達は皆私のことを知っていたらしいが、私にはどの尼さんも同じに見えた。あとで考えると、この時の彼女等の行動は、前からの計画に基いていたように思えるふしがあった。

それはともなく墨染の衣を着て私の前に坐った二人の尼さんの要求することは、私に出家せよということであった。(ここで註釈を加えると、私は向岸寺の住職の養子にはなったけれど、それは住職の個人の問題であって、私が向岸寺の跡を継ぐとか、坊主になるとかには関係がないことであった。事実、私の養父は私を坊主にするつもりはなかった。その理由は、坊主の世界は案外に醜いものだからということであった。小さい時から坊主になってほかの世界を知らぬ父には、ほかの世界が少しは増しに見えたのだろう)

「——ぼっちゃんが、出家しちゃったら、かならず大僧正になってじゃ。ぼっちゃんが大僧正になっちゃったら、どねえにわたくし達、嬉しかろかね――」

「――そりゃ、在家《ざいけ》もええかも知れんけど、なんちゅうても如来さまの功徳《くどく》は出家に多いいんじゃから――」

二人の尼さんは、こもごも、随分長い間かかって私を説得した。軍事や大学教授の方が僧侶より偉いと思っていた私は、始終黙りこくって遂に首を縦に振らなかった。あとで父にそのことを報告すると、父は、「尼さん達はなんにも世間を知らんからな」と言った。

今、栄養失調すれすれにまで制限された粗食と、厳しい起居に耐えながら、「出家にこそ仏の功徳がある」と自信に満ちた顔で語っていた尼さん達のことを思い出すと、何となく清々《すがすが》しい気持がするのである。

生活に溶けこんだ信仰

通部落は現在七百戸二千人ということであるが、当時はもう少し少なかったかも知れない。それを向岸寺と、真宗の真光寺という寺とで二分して檀家としていた。寺の行事はなかなか活潑であって、全く村の日常生活の中に溶けこんでいたようである。

村の山には、猫の額のような田畠もあったが、主たる生業《なりわい》は勿論漁業である。漁業には常に多少の危険と不安がつきまとっている。そのことが村人達を宗教に近づけて行ったのかも知れないが、しかし漁民はどこでも信心深いとは限らない。通の人々と寺との結びつきには何か特別な伝統があるように思える。向岸寺の開山は一五三八年ということになっているが、その間にきっと偉い坊さんがいたのかも知れない。

ここでの特長は高唱念仏《こうしょうねんぶつ》ということである。浄土宗だから木魚を叩いて念仏をとなえるのであるが、口の中でぶつぶつ小さく唱えるのではない。大きい木魚を極《ご》くゆっくりとしたテンポで叩きながら、大きく高らかに、

「――あみだあ――なむあみだあ――」

と唱えるのである。

そしてこのような唱え方では、それを職業としている坊さん達の声よりは、平常激風に鍛えられている漁民達の太い張りのある声の方が、はるかに堂に入っているように聞えるのであった。

寺に住んでいても、出家していない私は、寺の行事には加わらなかったが、朝は毎日暗い内から本堂で鳴り出す木魚の音で眼を覚した。そういう時刻でも、大体きまった人らしかったが、二、三人はお参りしている人があったのである。

朝のお勤めが済んで、寺の内外をすっかり掃除したあ

とで朝食になる。それから寺に二、三人いた坊さん達は、檀家を廻る。午後は、またお勤めがあって、そのあとまた手分けをして檀家を回る。夜行くこともある。ともかく、坊さん達は一日中忙しく働いていた。

これが、年に何回かある大法要となると、寺は一層活気を帯びるのである。先ずその前に、檀家総代世話人という人達が、日に焼けた肌をよそ行きの着物で包んで、打ち合せにやって来る。どういう相談をしていたのかよく知らないが、父の回りにいかつい体をかしこまらせて、しわがれ声で話し合っている彼等を、私はまことに頼もしく思った。

法要が始まると、炊出しや接待の手伝いのために数人の女房達がやって来て、台所あたりで忙しく働き始める。広い本堂は参拝人で一杯になり、庫裏との境の襖も取り外して、殆んど寺中が人で満ちあふれるような感じになる。

その連中が声を合せて、高唱念仏をやるのである。よく訓練されたとまでは言えないにしても、かなり馴れたよどみのない調和を作り出していることは、ひとつの偉観であった。

観光プラス宗教的雰囲気

寺と村民の生活とを結びつけているものはもう一つあった。それは本堂の前にある井戸である。村には当時、淡水の湧く井戸は三つ位しかなかった。この三つの井戸から毎日の煮焚きに水を掬《く》んで来るのは、女の仕事であった。寺は山の中腹にあるので、そこへ行くのに五十段ばかりの石段を登らなければならない。老若の女達が、二つの水桶を天秤に担いで石段を登ってやって来た。これは相当な労働である。私の記憶では、若い方では小学校の低学年の子供もいた。

彼女達は水汲みの順番を待つ間、桶に渡した天秤棒に腰かけたり、本堂の前の石燈籠の台坐に腰を下したりしながら、賑やかな井戸端会議を始めるのであった。年寄りが、遠慮会釈のない大声で若い女房をからかったり、卑猥な噂話に打ち興じたりした。遠くの物蔭でその話を聞いて、私と小僧さんが顔を見合せてくすくす笑ったりしたものだ。

本堂の奥に鎮坐された阿弥陀如来に取って、高唱念仏と同じくこの女房達の話もまたお楽しみのひとつであったろうと思うが、各戸に市営水道が出来た今は、いささか淋しく思召《ほぼしめ》しておられるのではなかろうか。

しかしこの女房達の会話に限らず、ここの人々の言葉は、よそ者にはなかなか厄介な代物である。すぐ前の仙崎の人達にも分らない方言がかなり残っているらしい。

よく使う言葉で、『なるほど』というところを『げに』という。またはこれが少し変って『げんた』となる。それから『それはすごい』とか『意外だ』というような意味に『あな、ごうな、まあ』あるいは『あな、ごうな、まあ、はち』もしくはただ単に『はち』という感嘆詞を使う。『ごうな』は『豪な』であろうと思うが『はち』はなんだか分らない。何れにしろ暢気でユーモラスな雰囲気を持っている。

村人達は、自分達が、世間に通用しない方言を持ち、都会的風俗に遠い存在であることを、よく承知していて、そういう自分達を戯画化するような寓話を作っていた。

例えば、何屋の誰それが（ここの人達は、互に姓でなく屋号で呼び合うことが多かった）神戸へ行った時、回りの者が、絶対に「あなごうなまあ」という言葉を使っちゃいけない、人に笑われるからと、一生懸命言い聞かせたにもかかわらず、神戸駅に下りたとたんに「あなごうなまあ」と大声を発して、あたりの人々を驚かせたとか、また何屋の何さんが大阪へ行った時、洋食を出され、どれから先に食べてよいのか、その作法を知らなかったけれど、少しも慌てず、一枚の大皿を持って来させる、とそれに全部の料理を一緒に入れて食べてその難を脱したとかいう類である。

この話の作者は、洋食というものが、一皿ずつ出て来るものだということも知らなかったわけであるが、そのような話を作るところに、人々の自分達の人世に対する陽気で肯定的な態度が見出せるのである。

山陰地方というと、一般に山陽地方に比べて、何か暗いものを意識する。気候にはそういう所があるかも知れない。また両方の海を比べて見ても、瀬戸内の海には柔らかく不透明な暖かさがあり、日本海には、鋭く透明な冷たさが感じられる。しかしそこに住んでいる人の心は、必ずしもその通りには行かないようである。

海についてあまり触れなかったが、勿論人々の一生は海の中にある。子供達に取っては遊び場であり、大人達に取っては仕事場である。私は仕事場としての海のことはあまりよく知らない。しかし、遊び場としては、この上なく変化に富み、空想を刺激する楽しい場所であった。

部落の裏側の外海に面した方に、山から突き出した岩によって三つに区切られた浜があった。夏になると三つの浜は子供達で一杯になった。男も女も小学校へ上って泳げないという者は殆んどいなかった。

三つの浜のうち、一番部落に近い浜は、砂浜で比較的遠浅であり、内海とともに漁船の港として使われ、遊び場より仕事場の色彩が強かった。真中の浜は、比較的大きい礫《こいし》で被われ、後の崖に近い所にある岩蔭を、人々は火葬場に使っていた。夕方ここで泳いでいると、岩の蔭から赤い火が、ちょろちょろ立ち上っていることがあった。死人の近親者らしい人達がやって来て、その火の中を覗きこみ、

「おう、よう焼けちょる焼けちょる」

と安心したように呟いて帰って行った。現在はちゃんとした火葬場が出来ているらしいが、鉄の釜の中で焼かれるより、浜の岩蔭で焼かれる方が、明るくていいように思う。

一番端の浜は、大体砂の多い浜だったように思うが、宝貝その他の美しい貝類が拾え、海中には手ごろの所にいろんな形の岩が散在して、最も変化に富み美しい浜であった。子供達は岩づたいに泳いで行き、岩から飛びこみ、また岩の下に潜ってサザエを取った。取れるサザエの大きさは、取る子供の大きさに大体比例していたようで、彼等はそれを浜で焼いて食べた。

少し大きい子は、アワビを取ったり、タコをつかまえたりした。透明な水の底の海草に被われた岩の裂け目は、そこから何でも出てくるような、神秘的な色に満ちていた。

市政の敷かれた今、島の様子は少しずつ変っていることであろう。しかし美しい海と、陽気な人々の気風とは、あまり変っていないだろうと私は考えている。

波のまにまに

今、日本の社会経済状態は、先進諸国の中でも良い方である。物価、失業率、生産性、貿易収支、為替レート、寿命、犯罪など、いろんな係数を見ても、外国より勝れているものが多い。

それにもかかわらず、人々の心の中に将来に対する不安が潜んでいることも、また事実である。政府は、各種の難問を抱えているが、その解決に明確な見通しを示していない。経営者の多くは、企業の将来の姿について、自信のあるイメージを持っていない。若者の多くも、心に大志を抱くことなく、中年以降の者達は、自分の老後について切実な不安を抱いている。

これらのことをひと言で言えば、現在は見通し難の時代だということである。

見通しが難しいということは、変化がこれまでの延長線上に乗らないということである。これまでの経験や傾向で推測できないのである。こういうとき、曲り角という言葉がよく使われるが、それまでの方向から曲がり、その先がどこへ行くか分からないという状況を表現している。

こうした曲りは、実は現在だけのことではなくて、歴史上何度も生じている。そしてその変化の方向はある場合には悪く、ある場合には良い。……ということになると、全体としては、波を打っているように見える。実際「波」という言葉がよく使われている。

＊　＊　＊

一番有名で古典的なのは、コンドラチェフの「経済生活における長期波動」である。コンドラチェフはソビエトの経済学者で、彼は過去の統計によって、18世紀の産業革命以来、物価の変化に50年を周期とする波があると述べた。そして資本主義国でもこの説を受け入れる学者もいて、この波が世界の景気の変動の波として説明されることがある。

いつか野村総合研究所が、この波に対する説明として発表したものは、話が整然としていて面白い。

ひとつの経済圏はその中で発展して行くが、その内その周囲の国々が参入してくる。そのときに需要供給のバランスが崩れ、いろんな矛盾が生まれて景気は下降する。しかしやがて、全体としてひとつの整合性のある経済圏を確立して発展して行く。するとまた、その周辺から別の国々が参入して混乱が生ずる。その周期がコンドラチエフの言うように、だいたい50年であったという説明である（文責筆者）。

波のピーク、つまり上昇から下降へ向かう点を拾ってゆくと、産業革命で発表した英国経済圏へヨーロッパ大陸諸国が加わった1810年、欧州経済圏へアメリカが参入した1865年、欧米経済圏へ日本やカナダ等が加わった1920年、そして最後は、先進国経済圏に対して発展途上国が影響を持ち始めた1970年である。

もちろんこの話は、その時代時代での世界の先進工業国を中心にした所見であって、例えばアフリカやニューギニアの奥地の人々が、どんな景気変動を経験したかということではない。しかしそれにしても、われわれの身の回りではなるほどと思わせる話である。

たしかに1970年以降、我が国においても、それまでのような高度成長路線は続くまいと誰しも考えるようになったし、また発展途上国との関わりが大きくなり、そのためにいろんな難問が生まれていることも確かである。

そうすると、1970年から下降に向かう景気は、今の発展途上国を含めた全世界的経済圏がうまく組み立てられるであろう今世紀の終り頃から、ようやく上昇に転ずるという、現在のわれわれにとってはあまり有難くない予測が成り立つ。コンドラチェフの説が意味のあるものかどうか、野村総合研究所の説明が正しいかどうか、筆者にこれを評価する力はない。しかし、今日の世界の抱えている諸矛盾はあまりに大きく、これを解決するのには今世紀一杯ぐらいはかかりそうだという気はする。

＊　＊　＊

次は、少し違う歴史的波である。

最近よく売れている本で、アルビン・トフラーの「第三の波」というのがある。彼の言う波はコンドラチェフの波よりずっと長いもので、第一の波は約1万年前の農業革命、第二の波は300年前の産業革命を指し、今や世界は第三の波に襲われていると言うのである。

人類は農耕をするようになって、一人の食糧生産量が一人の消費量以上となり、その余剰によって、直接食糧の生産に従事しなくてもすむ人を養うことができるようになった。そういう一部の人々が、道具作りや、祈禱師や、支配者や役人になり、そこに最初の文明が生まれた。

われわれは今、もちろん第二の産業文明の中にいる。その点では資本主義の国も社会主義の国も同じ波の中にいるというのである。この波が、社会の仕組みからその中に住む人間の意識も規定する。

第二の波の特徴は、分業、規格統一、集中生産、時間にうるさいこと、何でも大規模にすることなどである。われわれには、こうしたことは当然なことのように感じられ、例えば、時計のメーカーはますます正確な時計を売り出そうとしている。

第二の波が日本へやってきたのは幕末である。そのため明治維新が生まれ、日本は全体としては、この波に非常にうまく対応して第一の波から乗り換えた。しかしそのときに、それまでの第一の波時代には当然とされた意識や、制度や、社会的階級の一部は、捨て去られ、滅びてしまった。そこに、苦しみ悲しんだ人々がいた。英国に第二の波が生まれたとき、その牽引車である蒸気エンジンを破壊しようとした人達がいた。しかし、やはり蒸気エンジンの方が勝ち残った。

同じように第三の波がくれば、第二の波の世界で特徴的なことが葬られてしまおう。それは一般的に言えば、脱画一化であり、分散化である。その中で企業や国家という組織が変革を迫られることになる。

＊　＊　＊

以上、歴史の波動についての二つの説を紹介したが、いずれも、ここしばらくは苦しみに耐え、これを抜け出すよう努力しなければならないと言っているように思う。それは、現在のわれわれの実感とも一致している。

さて、そこでわれわれ建設に関わる技術者としてはどう考えるか。以下は、筆者のこれらの波についての感想である。

トフラーの言う第二の波といえども、世界中がそれに覆われているわけではない。いや、面積においても人口においても、より大きい部分がそれ以前の状態にあり、そこに第二の波が押し寄せて、いろんな悲劇を生んでいると言える。工業化社会においても、その進み方はまちまちである。

トフラーの言う第二の波の特徴は前述のようであるが、それは最先端の工業のものであって、建設業はそこまで行っていない。規格化という点でも、確かに規格基準類は沢山あるが、出来上がった構造物はひとつひとつ個性的である。設計者はむしろ個性的であろうと競っているように見える。仮に同じ設計であっても、出来上り状態は、工事監理者や職人の腕によって相当に変わってくる。

作業時間についても、最近は工程管理技術が進んでいるとはいえ、自動機械を遣う先進工場に比べれば、建設作業は、どちらかと言えば農耕作業に近い程度のラフさである。また集中生産、大規模化と言っても、プレハブ建設の工場生産部分を除けば、おのずから限度がある。生産は、密室的工場の中ではなく、社会そのものの中で行われている。

このような、第二の波の中では比較的中途半端な建設業は、かえって新しい波の到来にあっても、うまくこれに乗り入れて行けるのではないかと思える。……ちょうど農業が、ある程度工業化されたとはいえ、本質的な様態はそのままで、今日存在しているように。

コンドラチェフの波については、これと技術革新との関係が考えられる。景気が盛んになる前、つまりその谷間の所で、いろんな技術革新が行われ、それによって景気が押し上げられた形が見られるということである。産業革命前の蒸気機関、19世紀末前後の製鋼法、無線、内燃機関、自動車、飛行機、今世紀前半の農薬、ナイロン、ジェットエンジン、テレビ、コンピュータ、原子力など……。そして景気のピークにある最近は、新しい技術革新がないという嘆きをよく聞く一方、次の山に向けて、ライフサイエンス、新エネルギー転換技術、新材料などの技術突破が期待されている。

そう言えば、我が国の建設分野でも、大正末から昭和前期の谷間に、当時若手であった佐野利器、吉田徳次郎、武藤清、浜田稔その他の活躍があり、その研究成果が戦後の発展の基礎になったことは否めない。

ということになると、これがこの小文の結論であるが、次の建設産業の発展、ひいては社会の発展のためには、この停滞期の間に、若い研究者・技術者が、大いに努力を重ねなければならない。それに対する期待が非常に大きいということである。そしてそれは、従来のような海外からの輸入ではなく、もっと独創的なものでなければならない。

草取り

今年は、庭にいつまでも雪が残った。

そしてその雪がようやく解けて見ると、その下には既に、一面に雑草が芽をふいていた。夫婦二人の暮らしになってしまっているが、何かと忙しく、庭もそのままに放って置いたら、芝生が青くなる頃になっても、雑草は益々猖獗を極める。

これでは芝がたまらないので、夫婦で腰を据えて草取りを始めたが、これがなかなか大変で、二人で二、三時間もかけて漸く畳一枚位にしか取れない。

「除草剤を撒いとけばよかったのにね」

と妻が言う。

——なるほど、除草剤か、便利なものができたものだな、と思う。

確かに、世の中には何かにつけ便利なものが沢山できてきた。新しい情報通信システムの発達で、これから益々便利になるらしい。ホームショッピング、ホームバンキング、在宅勤務、在宅診療……

しかしこちらは大正生まれのせいか、そういうものに、何かしら引っかかるものを感ずる。

少し前、岩村昇先生の講演を聴き、二十年前、先生夫妻がネパールの僻村でやられた診療活動の映画を見る機会があった。人々は貧困と疫病の中に暮らしており、勿論在宅診療どころではない。患者は、歩いて、或いは人に担がれて、何日もかけてやってくるのである。

悲惨ではあるが、そこには人間と人間の関係がある。病気で親を失った子達を、先生夫妻が引き取っている。子を失って嘆く親を、村人達が助けてやる。あまりに病人が多いので、患者は治癒していなくても三ヵ月で退院しなければならない。

そうした母親の一人が、自分の最早生きて戻れないことを覚悟し、娘を先生夫妻に託して、丘を越えて去って行くシーンなぞは、まさに感動的であった。

しかしいくら感動的ではあっても、こんな状態が良いわけはない。私達の方が幸せである。けれども一方、私達の社会がこのままの方向で進めばよいかどうかについては、不安がないでもない。

病気というものは、その人に取っては人間総体に関係してくる。文明国の医療技術は進んでいるが、その技術が相手にしているのは、病巣であり細菌であり、ビールスであって、人間ではない。

ホームショッピングにしろ、ホームバンキングにしろ、要するになるべく直接人間に会わないようにする仕掛けである。ＶＡＮにしろ、テレビ会議にしろ、大体そういうことだろう。

つまり、今われわれの社会では、人間というものの臭いや影が段々に薄くさせられているように見える。それでよいものだろうか、あるいは収まるものだろうかということである。例えば、校内暴力のような青少年犯罪。ああいうものは極めて人間的である。影を薄くさせられた「人間」の恨みがああいう所で反撃しているのだろう。それに対して「ニューメディア」はどんな対策を用意するのだろうか。

――庭にしゃがみ込んでいると、取り留めのないことをいろいろと考える。

しかしともかく、便利な除草剤を使わなかったお陰で、日常あまりやったことのない妻との協同作業と会話を持つことはできたわけである。

騎馬型技術

51年の秋だったか52年の春だったか忘れましたが、ある日梅村魁先生から電話があって、ＰＣ技術協会の理事になってくれんかということでした。

当時私は清水建設の研究所長をしておりましたので、所《しょ》としてはいろいろＰＣの研究をやっておりましたが、自分として直接手がけたことはなかったので、少し戸惑いはしたもののお引き受けすることにしました。そのとき先生は、多分副会長をやって頂くことになると思いますということを付け加えられましたが、副会長をやれば二年後には会長をやる羽目になるということがわかったのは、その後のことでした。

協会の会長は、土木・建築それぞれから交互に出すしきたりになっており、大学の卒業年次もあまりちぐはぐにできないので、私のような者にもその大任が回ってきたのだと思います。それにもかかわらず、ＰＣ技術のベテランの方々に受け入れてもらい、いろいろ勉強できたことには、大変感謝しております。

あの頃、関西空港の計画が持ち上がっておりまして、技術的提案が幾つも試みられておりました。われわれの方も造船業の向うを張って、ＰＣで浮体を造りこれを並べて洋上空港にしようという検討を行い、ＰＲ用の綺麗な絵にしたものが理事会の席に持ち込まれました。

現実はその方向には進んでいないようで残念ですが、ああしたことはＰＣだからこそできるという面があり、それで大きなプロジェクトに挑戦していくことは、技術の進歩のためには重要なことだったと思います。

ＰＣは、ＲＣより遥か後に生まれた弟分のようなものですが、仕掛けの面白さに特徴があり、そのため鋼材の緊張定着システムに様々の工夫があります。そしてその構造的特質を利用した用途もバラエティに富んでおります。こういうことを門外漢が言うと無責任な発言という謗《そし》りを免れないかも知れませんが、ＰＣ技術は夢の多い技術で、まだまだ工夫の余地が多いのではないかという気がしております。

最近北欧から届いた雑誌に、水中トンネルの説明が載っておりました。フィヨルドのような深い水路の底にアンカーをして、水面下十数メートルの所、水上を通る船の邪魔にならない深さに沈めたというか、浮かせたというか、軸方向にプレストレスをかけたコンクリート製の円筒形のトンネルです。

誠に大胆な発想ですが、これもプレストレッシングの技術に信頼性があればこそできることです。

ただ残念なことは、こうした技術の基礎やいろんな発想の大部分が外国産であって、日本人のそれが少ないということです。日本人は頭は悪くないはずですが、どうもひとつことを深く深く探求し磨きをかけていくことは得意ですが、変わった所へ飛んで行くということをあまりやりません。

私も長いこと研究所長をやっておりましたが、ある材料の性質を詳しく分析調査する者は多く、新しい材料を考え出す人は少ないのです。また外力の評価や構造体の複雑な応力解析をする人は多いのですが、変わった構造法を考え出そうという者は少ないのです。前者はオーソドックスな研究者ですが、後者は研究者としては変り者に見られ勝ちです。

こういう日本人の性格を、農耕民族特有のものだという説明はよく聞きますが、しかし日本人にも騎馬民族の血が混じっているという説がありますし、またヨーロッパの連中にしても、産業革命以前は大部分が農民であったはずです。渡部昇一先生によりますと、日本人も戦国時代には、かなり不羇《ふき》奔放な騎馬型であったのを、徳川家康が天下をとって、以後のお家安泰のために農民型の制度にしたのだということです。

年功序列を徹底し、すべて前例を重んじ、新しい工夫発明をすること自体法度《はっと》となったこともあるのですから、近代技術など育つわけがありません。士農工商の序列も騎馬的人間ほど下に置かれたということでしょう。それにしても徳川幕府が倒れてもう百年以上も経ち、農業人口も十数パーセントになっている今、いつまでも農耕民族だからと言っているのは困ったものです。

話が妙な方向へそれて行きましたが、ＰＣ技術というものが、私には騎馬型の躍動的なイメージを持っているということが言いたかったのです。日本の若い技術者が、この技術の新しい可能性を追求していって、進歩のリーダーになることを、当協会に縁を持った一人として切に願う次第なのです。

歳月の墓標

半年繰上げの卒業式が、昭和十七年九月の末安田講堂で行われ、東條大将が挨拶に現れた。その独特の甲高い声に追われるように大学の門を出た私は、三日後の十月一日広島にあった西部第五部隊の営門を潜《くぐ》り、陸軍二等兵となった。部隊にはまだ騎兵の中隊があって、私はそこに配属された。当時騎兵に何の役割があるのか不思議ではあるが、兵隊はそんな事を気に病むことなく、日夜馬の世話と乗馬訓練にいそしんだ。

一方軍は消耗の激しい飛行兵の補充に学生を動員することを考え、特別操縦見習士官という制度を新設した。軍内部からも応募できたので、地上を這い回るより楽だろうと考えた私は、これに志願した。勿論死ぬ確率は高くなるが、所詮確率の問題だ。

パイロット（軍では空中勤務者と言っていた）として

の適正検査は卒業式のあった東京大学の安田講堂で行なわれた。

建築の教室には、在学中仲の良かった一人の学友が徴兵検査をうまいこと逃れて残っていたので、彼を訊ねた。私が飛行兵になるんだと言うと彼は〈オイオイよせよ。すぐに死んじまうぞ〉と言った。まァそうかも知れんが今更止められない。

その彼は、戦争には行かなかったが、戦時中出回っていた質のよくないアルコール飲料を飲んで、すっかり体を壊し、戦後助教授までなりながら、割合早く亡くなってしまった。すぐ死んじまうぞと言われた私は未だに生き残っている。人間の運命は分からないものだ。

適性検査に合格した私は、十八年十月一日熊谷陸軍飛行学校館林《たてばやし》教育隊に入った。そこで中等練習機で操縦の手解《てほど》きを受け、そのあと台湾の花蓮《かれん》の訓練校に移って、九七式戦闘機による訓練を受けた。それで何とか戦闘機乗りの雛《ヒヨコ》になった私は、十九年の夏、九州芦屋にあった五十二戦隊に赴任した。以後この隊に運命を託することとなる。

五十二戦隊は小月《おづき》の五十一戦隊と共に十六飛行団を構成し、使用機は当時陸軍で最新最強の四式戦闘機であった。隊内では試作番号に由来するハチヨン（八四）と呼んでいた。私達新入りはいきなりは乗れないので、まずは一式戦闘機（通称隼《はやぶさ》）で訓練を始めた。

九月の末、十六飛行団は新人を残してフィリピンの戦線へ出発した。残された私達は山口県の防府《ほうふ》に移って八《ハチ》四《ヨン》の訓練に入った。防府には私の実家がある。時々は家族とも会えたが、せっかく大学まで出た息子が戦闘機乗りになったのを、その時母親はどう思っていたのだろうと、後になって考えた。あまり感情を面《おもて》に現さない女性だった。

八四《ハチヨン》の訓練が終り次第、私達も本隊の後を追う予定であったが、その前に本隊の方が歩兵部隊同様、壊滅状態となったのだ。そこで方針が変更され、戦隊は最後の本土決戦に備えてその年の暮、新しい隊長に率いられて茨城県の下館《しもだて》に移動した。

下館に蔵福寺という寺がある。当時そこに東京落合の学童が疎開して来ていて、私はもう一人の戦友と共によく彼等を訪ねた。本道の前の庭に大きな銀杏の木があって、その周りなどでよく彼等と遊んだのだ。

一方、敵機の来襲は既に日常的となっており、本土決戦に備えて温存されるべきわが隊もしばしば出撃し、犠牲も出るようになった。二十年二月十六日、初めて機動部隊が関東を襲った。艦上爆撃機にグラマンＦ６Ｆの掩《えん》護《ご》をつけて、太田の飛行機工場や宇都宮あたりを荒し回った。しかし、この日は敵にもかなり損害が出たようで、翌日はグラマンだけで大挙してやって来た。こちらの戦闘機を誘い出して殲滅《せんめつ》しようという魂胆なのだ。

私の機は前日の戦闘で燃料漏れを起していて、まだ直っていなかった。その旨週番士官に告げると〈あれがあるけどな〉と彼が指した先には、古い予備機が所在なげに佇んでいた。普通自機が故障なら上らないのだけれど、まあいいかと思って、私はそれに乗り換えて本隊の後を追った。

週番士官は霞ヶ浦上空四千と言ったが、そこへ行く前に、筑波山の辺りで東から進入してくるグラマンの編隊を見付けてしまった。数えてみると十二機。私が落着いて数えられたのは、敵が千メートル位下にいたからだ。機関砲が機首方向に固定されている戦闘機同士の戦いでは、上にいる方が断然有利である。上は射ちまくり、下は逃げまくるという具合になる。しかしそれは一対一の基本型で、一対十二となると話はまた別だ。交戦を始めてから間もなく、いきなり背後から猛烈な射撃を浴せられた。一番重要な後方警戒を忘れるという初歩的なミスを犯したのだ。グラマンは12・7ミリ機関砲を六丁備えている。合わせると一秒間に数十発発射される計算になる。そして数発に一発、照準を調整するための曳光弾が入っているから、これでやられるとまるで花火の中に入ったような感じになる。

回避し切れず終《つい》に風防を割られ、強い風圧で体が動かなくなると共に、顔に焔を感じた。最後の手段で、手順通りにして落下傘で脱出した。落下傘はうまく開いたが、空中にぶら下った私を目がけて敵の一機が掃射を浴せた。幸い彼の腕はあまりよくなかった。この両日、五十一・五十二戦隊の未帰還は十一。内私を含め四人が命だけは助かった。

やがてその欠員も補充され四月に入って、飛行団は新しい命令を受けた。特攻隊の掩護をやれと云うことだ。掩護すべき特攻隊は、館林で訓練を続けていた第十八及び十九振武《しんぶたい》隊であった。

それまで特攻隊に掩護がついたという話は聞いたことがなかった。それをやろうというわけは大体見当がつく。多分、あまり予期した戦果が挙がらないからであろう。

当時は既にレーダーの時代である。日本側もB29の来襲を探知していたように向こうも特攻機の来襲を知っていたであろう。連日のように九州から沖縄方面へ向かっているのである。コースははっきりしている。大体何機位か分かるであろう。そうすればそれに倍する戦闘機を舞い上らせて待っておればよい。アメリカはそれが出来たはずである。

重い爆弾を抱えた特攻機は、もともと敵機と渡り合うのが目的ではない。どういう事になるか、ほぼ想像がつく。で、米軍機と渡り合える戦闘機を、こっちも用意しようという訳である。

それで取り敢えず関西へ移動することになり、五十一戦隊は伊丹へ、五十二戦隊は加古川へ移った。五十二戦隊が掩護するのは十九振武隊、一式戦闘機（隼）十二機である。

そこで暫く、機体の整備と訓練で日をすごし、四月の下旬になって九州へ行けということになった。いよいよだなと思った。ところが出発の日になって、特攻隊は単独で出発せよ、十六飛行団は、元の基地に帰れという命令に変わった。

私達としては、これでまた命が延びたと思ったが、特攻隊員達の気持ちを考えるとまことに後味が悪い。しかし何れ《いず》後か先かの問題だと心の中で言い訳をして、加古川の飛行場で十九振武隊を見送ったのである。この時の光景は心に焼きついている。

その時私は一機の特攻機のすぐ側に立っていた。パイロットが乗ってから出発まで、いろいろする事がある。先ず座席ベルト（英語は使わなかった思うが、何と言っていたか忘れた）を締め、座席になっている落下傘のフックを身に着けている縛帯《ばくたい》に掛け、無線のコードを繋ぎ、各計器の示度《しど》を確認し、最後にエンジンの出力を上げてその調子を確かめるなどである。

私は、眼の前の搭乗員が、それを静かにやっているのを眺めている内に、心にある衝撃を覚えた。誰もが普通にやる事なのだが、今の彼は自分が死にに行くためにそれをやっているのである。謂うならば切腹の作法のようなものだ。やがて彼等は離陸し、私はそれを半ば呆然と見送っていた。

その後彼等がどうなったか気になって、戦後目黒にある防衛省の研究所へ行って調べてみた。知覧《ちらん》から出撃した特攻隊の記録が残っていて、十八、十九振武隊のものもあった。しかし私の予想と違って、彼等がそれぞれの隊として纏《まと》まって出て行ったわけではなかったのだ。四月の末から五月の初めにかけ、三回に分かれて、しかも他の部隊のこれまたばらばらに分かれた特攻機と一緒になって出ているのだ。なぜそういうことになるのか、考えてみれば想像はつく。

それは、飛行機の故障の多さ、稼働率の悪さである。私達の部隊は、その編成から三十機位は保有していたはずであるが、日常の訓練に使えたのが二十機足らずということもしばしばであった。よく特攻隊が出撃して戻って来たとか、途中で不時着したとかいう話を聞くが、大いにあり得る事なのだ。

しかし何れにしろ彼等は出撃した。そして南溟《なんめい》の果てに若い屍《かばね》を沈めたのである。私達も間もなく下館に戻った。

この当時の戦隊長は歴戦の大尉であった。六月十日には少佐に昇進することが決っていたので、彼は早々に佐官用の刀緒《とうちょ》（軍刀の吊り紐）を手に入れ〈どうだ貴様達と差がついたろう〉と私達に見せ、陽に焼けた厳つい顔を綻ばせた。刀緒には裏布がついていて、その色が尉官は青、佐官は赤なのだ。

やがてその六月十日が来たが、敵もやって来た。Ｂ29と、Ｐ51との大編隊。Ｐ51は当時世界最高傑作といわれた単座戦闘機である。戦隊はそれぞれ編隊を組んで上った。梅雨時の雲の多い日で、その雲を出たり入ったりして敵を追い、あるいは追われての戦であった。

戦隊長の僚機の報告では、戦隊長は敵三機を撃墜した直後、背後の雲から現れた別の敵に射たれ、そのまま海に突入したということであった。戦場は非情な運命の支配する所だ。結局、戦隊長は赤い刀緒を付けることは出来なかった。しかしその日の悲劇はそれだけでは終らなかったのだ。

九州出身の少尉がいた。長身でハンサム。低い声のボソボソした話し方に何処となくユーモラスな雰囲気を持った人であった。この人の所に前日婚約者が面会に来ていた。遥々《はるばる》九州からだったろうか。その彼も翌日未帰還となったのだ。戦闘の模様は誰も知らないが、遺体には二ヶ所の銃創があったという。後日遺骨の安置された部隊へ、私はその婚約者を案内したが、途中ずっと彼女が頬を濡らし続けていたのを覚えている。

七月に入って、戦隊は新しい隊長と共に東京の調布飛行場へ移った。蔵福寺の学童達の方も、中学生になった者は既に東京に戻っており、その他は更に遠く東北の方へ再疎開していた。

戦後、既に中年に達していた嘗《かつ》ての疎開学童数名と共に、蔵福寺を訪ねる機会があった。〈あの時から、又一段と太くなりましたよ〉と寺の方が言われた例の銀杏の木の肌を、皆が愛しげに撫ぜたのである。

この頃、邀撃《ようげき》は少なくなっていたようだが、八月に入り情勢は一変する。広島長崎への原子爆弾攻撃である。三発目は東京かもしれないと誰かが考えたのであろう。各戦闘機隊は交代で東京上空を哨戒《しょうかい》することとなった。私が上ったのは十三日だったと思っているが、命令は〈特殊爆弾攻撃を行うB29は昼間一乃至《ないし》二機で襲来する。これを必ず撃墜せよ。射撃は効果不確実なるを以て、攻撃方法は衝突とす〉というようなものであった。

B29が射撃では簡単に墜ちないことは現場ではよく分っていたので、これは尤《もっと》もな命令ではある。九千メートルの高さから見る空は澄んだ菫色であった。その美しさは今も目に残っている。その下で私は練習機時代から見馴れた関東平野を眺めながら、特攻隊員の気持を味わっていた。しかしB29は来なかった。

最近テレビが、三発目を東京に落す計画について報じていた。戦が長引けばあるいはそうなったのかもしれない。

そして、八月十五日。

予定では十四日だったのだが、一日延びてこの日、戦隊はどういう意図か熊本へ移ることになった。この頃九州上空にはしばしば敵機がやって来ていた。もし向うへ着いた時、敵の戦闘機がいたら、これを追い払うか墜さなければ着陸できない。その戦闘のための燃料はせいぜい十分間分位しかない計算になる。これまで幸運に恵まれて生き延びてきたが、その運もいよいよ使い果してしまったと感じていた。

しかし、その前に玉音放送があるからそれを拝聴してから出発するという。正午、出発の準備を整えて待機所の拡声器の前に整列した私達は、昭和天皇の、あの特有の抑揚をもった声を聴いたのである。

カミカゼなぞというものを発明した飛行隊は、危険視されていたらしく、早々に解体され、私達は八月下旬には復員した。とりあえず防府へ向う途中、私は広島を視た。西部第五部隊は広島駅の北側、あまり遠くない所にあったが、それが目に入らなかったら黒々とした一帯の焼け跡の中にその位置を特定するのは難しかったかもしれない。

それとは、朝夕水を飲ませるために馬を繋いだ御影石の角柱の列である。起床ラッパで跳ね起きると厩舎に駆けつけ、担当の馬を曳き出してその石柱に繋ぐ。馬が水を飲んでいる間に、その尿をたっぷり含んだ寝藁を胸一杯に抱きかかえて表に運び出して広げる。それから飼葉《かいば》を作る。馬には一日四回飼葉を与えねばならない。人間の分は全てその後だ。馬部隊の兵隊は忙しい。それでも馬は可愛かった。

白い石柱はその日々を思い起させる。馬はあの時までいたのだろうか。あれから三年。ひたすら生真面目に戦った。そして何が残ったのか。焼け跡に白々と立つ石柱はその三年の歳月の墓標のようでもあった。

〈インタビュー〉遠き歳月を追って――――――（インタビュアー）廣澤吉泰

廣澤　飛鳥先生は大正十年二月十二日のお生まれですから、今年（平成二十八年）で九十五歳。日本推理文壇の最長老ですね。

飛鳥　そうですすか。いやぁ、そういう認識はないですね。最後に書いたのは原田（裕）さんが興した出版社へ書き下ろした長編だから。もう、かなり前になります。

廣澤　『青いリボンの誘惑』ですね。これは平成二年に新芸術社（現在の出版芸術社）から刊行されています。今から四半世紀以上前です。

飛鳥　そんなに前ですか。そういえば、原田さんとは長い付き合いになるなぁ。

廣澤　二年前（平成二十六年）に原田さんが初の著書『戦後の講談社と東都書房』を論創社から刊行された際、四ツ谷の主婦会館プラザエフで開催された出版記念パーティーには飛鳥先生もいらっしゃいましたね。

飛鳥　彼は長く出版業界にいながら、あまり業界の事を書いたり、話したりしたがりませんでしたからね。その原田さんが本を出したのなら、駆けつけないわけにはいきませんよ。

廣澤　奇しくもと言いますか、その論創社から『飛鳥高探偵小説選』の刊行について連絡があった時は驚かれましたか。

飛鳥　ええ。まさか今頃になって「飛鳥先生が『宝石』などに書かれた作品を二冊にまとめたい」という連絡がくるとは夢にも思っていませんでした。しかもハードカバーで二冊本だそうですから、すぐには信じられませんでしたよ。

廣澤　単著としては平成十三年に河出文庫から刊行さ

れた『飛鳥高名作選　犯罪の場』以来ですから、驚かれるのも無理もありませんね。

飛鳥　しかも二冊で終わりと思ったら、まさか三冊目も出るなんて。

廣澤　第三巻には作品リストや著書一覧も収録されます。もちろん、このインタビューも載ります。

飛鳥　うかつな事を喋ると活字になって残るから怖いなぁ（笑）。

廣澤　そこは上手く取捨選択します（笑）。

飛鳥　まあ、せっかくの機会ですし、話せることは何でも話しましょう。

廣澤　それでは最初に飛鳥先生の生い立ちから伺ってもよろしいですか。

飛鳥　出身地は山口県佐波郡防府町《ほうふ》（現在の防府市）。父親の名前は南部直之《なんぶなおゆき》、母親は雪野《ゆきの》。大正十三年に父親が亡くなったので母親の実家の三戸《みと》家に移り、昭和三年に烏田隆道《からすだりゅうどう》という浄土宗のお坊さんの養子になりました。

廣澤　養子になられた経緯《いきさつ》をお聞かせいただけますか。

飛鳥　同じ年に母親が再婚したのですよ。僕が生まれた時、母親は二十五歳だったから、まだ二十代です。相手も再婚でした。

廣澤　吉田善市《ぜんいち》さんという方ですね。

飛鳥　そうそう、吉田善市さん。この人は、今の防府市にある向島という島の漁師の集落で網元をしていたんです。母には姉がいまして、彼女は山口県長門市の青海島《おうみじま》にある法船庵という尼寺の尼僧でした。

廣澤　伯母さまが尼さんだったのですか。

飛鳥　そうです。養子に行ってから、その尼寺の尼さんたちに僕は可愛がられました。伯母の縁から、同じ青海島の向岸寺《こうがんじ》とも関係ができ、そこの住職だった隆道さんのところに養子へ行くという話になったと思うのです。僕も幼かったから詳しい事情は記憶にありませんが、吉田さんと前の奥さんとの間には子どももいたので、母は僕を連れているのが気まずかったのでしょう。

廣澤　そういう事情があったのですか。お寺へ養子に入られたということは、僧侶になっていたかも知れなかったのですね。

飛鳥　いや、それはありませんよ。寺を継ぐ人は決まっていましたからね。この辺の寺は戒律が厳しくて、お坊さんは妻帯しなかったから子どもはいないのです。だから、お寺を継ぐのはお弟子さんなのですよ。僕が養子になったときは、すでに継ぐ人も決まっていました。

廣澤　お弟子さんがいたのですね。

飛鳥　ええ。確か、学校名は覚えていませんが、京都の宗教学校に行っている学生でした。だから、親父も僕を坊さんにする気はなかったんだと思いますよ。

廣澤　育てて学問を身に付けさせる、ということですね。

飛鳥　そういうことです。だから大学までいかせてくれたのでしょう。山口師範学校付属小学校から山口中学校、山口高等学校、東京帝国大学とね。

廣澤　エリートコース一直線ですね。

飛鳥　まあ、そう言えるでしょうね。師範学校付属小学校も山口中学校も、わりとエリートが行くところでしたから。僕は小学五年の夏休みに転校したので二学期から編入しましたが、入学前に試験があったのです。一緒に入学試験を受けたのは四、五人だったかなぁ。六年生になるまで約一年半いて、それから山口県で一番の進学校といわれる山口中学校へ進学しました。中学校へ行く人は少なかったけど、師範学校付属小学校に通う子は、だいたい中学校へ進みました。

廣澤　山口師範学校付属小学校ともなると、中学校へ進学できる学力、資力がある子が来ていたのでしょうね。飛鳥先生の成績は、どうだったのですか。

飛鳥　定員二百人なので一番から二百番まで順位がありましたが、そんなに上位の成績ではありませんでした。

廣澤　その順位は中学校の成績ですか。

飛鳥　そうです。五十人定員で四クラス、合計で二百人いましたが、二百番中、十五番から四十番の間でしたよ。試験だけは一生懸命やったのですが（笑）。

廣澤　十五番目から四十番目だったら、十分、良い成績だと思います（笑）。

飛鳥　でも上の下ぐらいの成績ですからねぇ。でも、高校受験は頑張りましたよ。あの頃は高等学校に入ればば、あとはわりと楽でした。僕は山口高等学校から東大工学部へ進みましたが、あの頃の東大入学は今ほど難しくなかったのです。どの大学を出たか聞かれて「東京大学です」って答えると、「えっ、東大ですか」と言いますけどね。

廣澤　どうして東京大学を志望されたのですか。

飛鳥　当時、受験雑誌から送られてくる試験問題に解答して送り返し、学力を判定してもらうシステムがあったのです。もちろん、解答時は参考書類を見ないという条件で。そうすると「あなたは、このクラスの大学に入れます」という返事がくるのですが、僕の場合は「東大、京大、大丈夫です」と書かれていたのです。

廣澤　受験産業は、当時から盛んだったのですね。でも、山口からだと一番近いのは九州大学ですし、京都大学も大丈夫だったわけですよね。近くに進学しようとは考えなかったのですか。

飛鳥　やっぱり野心があったのでしょうね。どうせ行くなら東大だって。

廣澤　そこで一気に東大を目指された。

飛鳥　それで冒険だと思ったけど受験したら合格しちゃってねぇ。あの時は親父が大喜びしていました。

廣澤　順番が逆になりますが、受験の際には文系、理系と分かれますが、理系を選ばれたのはなぜですか。

飛鳥　まあ、自然にそうなったのでしょう。中学校で成績のいいやつというのは、数学や物理といった理系の科目がよくできるやつだったのですよ。できるやつとできないやつとでは、数学や物理ではものすごく差がつきます。僕は数学が得意だったし、物理の成績もよかった。まあ、化学はあまりよくなかったけど……。

廣澤　理系のなかでも工学部建築学科を選ばれたのは、なぜですか。

飛鳥　山口高校の理系のクラスは、理甲（英語）と理乙（ドイツ語）に分かれていました。そして、英語の授業では日本人だけでなく、アメリカ人とイギリス人の教師がいましたし、ドイツ語にはドイツ人の先生がついていて、田舎の学校でしたが外国人向けの官舎もありましたよ。そういえば、僕が教わった英語教師は、確か元飛行機乗りでした。

廣澤　飛鳥さんも、その後戦闘機乗りになるわけですが、この頃から飛行機にご縁があったわけですね。

飛鳥　不思議な因縁ですよ。それで、僕はドイツ語が苦手だったので理甲でした。理乙が医者で、理甲がだいたい工学系で、工学部の中で一番易しそうなのが建築、土木、鉱山冶金で、その中では何となく建築がきれいな仕事のように感じたのでしょうね。だいだい、何になろうという考えはあまりなくて、大学に入ればいいと思っていたから、易しいところに入っちゃった。

廣澤　建築学科は何人クラスだったのですか。

飛鳥　四十人です。ただし、卒業前に病気で二人が亡くなりました。肺結核です。

廣澤　まだ、肺結核が「不治の病」の時代だったのですね。

飛鳥　就職先については文部省から割り当てがきましたが、やはり民間企業より官庁が多かったです。鉄道省に何人、建設省に何人、みたいに。そうそう、大陸のほうへも紹介がありました。

廣澤　大陸というと満洲ですか。

飛鳥　そうです。でも、満洲国大陸科学院の求人には誰も手を挙げませんでした。まあ、鉄道省や建設省への割り当てがあるし、誰だって率先して大陸へ行こうとは思いませんよね。僕は山口県出身で満洲は地理的にも近い場所だったから手を挙げたんだけど、卒業してすぐ軍隊に入ったから、けっきょく、満洲には行きませんでした。卒業も繰り上げ卒業でしたし。

廣澤　入隊したのは広島市の西部第五部隊でしたか。

飛鳥　捜索連隊です。確か、元は騎兵連隊だったと思います。

廣澤　自動車の発達により、旧来の騎兵連隊が偵察等を目的とする捜索連隊として再編されたようですね。

飛鳥　二個中隊のうち、馬が一個中隊、軽戦車が一個中隊でした。

廣澤　馬の中隊に配属になったのでしたね。

飛鳥　ええ。でも、馬でよかったと今でも思うんですよね。題名は忘れましたが、司馬遼太郎さんが軽戦車についていて「鑢《やすり》で削れるような装甲」という悪口を何かに書いていたでしょう、そんな戦車でしたよ。僕は馬の方へ行ったおかげで馬に乗れるようになったんです。世話は大変だったけど、けっこう楽しかったですよ。

廣澤　馬のお話は「歳月の墓標」というエッセイにも出てきますね。

飛鳥　ええ。そこに書いた以外にも馬との思い出は多くあります。乗馬の教官、たぶん准尉《じゅんい》さんだったかな、その人が遠乗りに連れて行ってくれたんです。広島の郊外をずっと走っていきました。どこの辺りだったか忘れちゃったけど、地面にゴロンと寝転がったりしたものです。

廣澤　こう言っては語弊がありますが、なかなか楽しそうな軍隊生活だったようですね。

飛鳥　ええ、よく言われるような内務班のいじめもあったと思いますが、少なくとも、僕のいた乗馬部隊ではありませんでした。乗馬部隊というのは忙しいから。

廣澤　馬の世話は朝も早いですからね。

飛鳥　僕も割り当てられた馬が一日に四回も飯を食べるので大変でした。

廣澤　一日に四回も食べるのですか。

飛鳥　うん。起床ラッパが鳴ると飛び起きて、軍服を着て身支度する。それからすぐに厩《うまや》へ行って馬を引っ張り出し、水を飲ませ、飼い葉を与える。

廣澤　起床ラッパは何時頃でしたか。

飛鳥　何時だったかな。ちょっと覚えていません。でも、七時とか八時じゃなかった。とにかく早朝（筆者註・夏季は午前五時、冬季は午前六時）だった事は間違いありません。馬に餌をやったら、今度は自分たちのご飯です。飯を取りに行くのは当番制ですが、自分が当番の時は大変でしたよ。

廣澤　自分たちの軍隊生活に馬の世話も組み込まれるわけですからね。

飛鳥　ええ。怒鳴られるのはしょっちゅうでしたが、陰湿ないじめはありませんでした。前にも言ったように、そんな暇がないのですから。

廣澤　飛鳥先生は大学卒業後に入隊されたわけですが、そうすると士官だったわけですか。

飛鳥　はい。幹部候補生でした。

廣澤　そういうことになりますよね。

飛鳥　もちろん、大卒でも入隊直後に幹部候補生として迎えられるわけではありませんでした。はじめは二等兵として入隊します。翌年に陸軍兵器学校へ入り、そこで下士官になりました。階級は伍長です。

廣澤　一年で伍長とは早いですね。兵器学校へは、どのような経緯で入られたのですか。

飛鳥　やはり、工学部出身だからでしょうねぇ。僕は技術将校になる予定でした。ところが、そこへ飛行機乗りの募集が来たのですよ。飛行機乗りが嫌なら、あとは工兵になるしかなかった。僕は工学部建築学科だから工兵でしょう。

廣澤　パイロットか工兵の二択ですか。

飛鳥　工兵は下積みで苛酷なことが分かっていたし、歩兵より先に川に橋を架けたりする命がけの仕事もしなければなりません。それで、どうせ危ないなら飛行機のほうがいいと思って、飛行機乗りになったんです。給料はいいし、歩かないで済む、おまけに、どこへ行くにも自分の飛行機に乗って行ける。それに飛行機乗りは消耗して数が少なくなるので大事にされましたよ。

廣澤　パイロットというと、予科練や航空士官学校のような専門の育成機関を経た人がなる兵種だというイメージでしたが、飛鳥先生のような経緯でパイロットになる場合もあったわけですね。

飛鳥　特別操縦見習士官という制度を急遽作ったのです。臨時の飛行機乗りですよ。

廣澤　それだけパイロットが必要だったのですね。

飛鳥　戦争をやっている国はどこだって同じだろうけど、パイロットの消耗は激しいですからね。そこでこうした操縦士の速成制度ができた。僕は第一期生なんですよ。

廣澤　熊谷飛行学校から館林教育隊を経て台湾へ行か

れたのですね。
飛鳥　ええ、台湾に。いいとこでしたね。
廣澤　台湾の花蓮《かれん》飛行学校で訓練を受けたわけですね。
飛鳥　花蓮は台湾の東側にあるのですが、そちらで操縦訓練を受けました。台湾で訓練を受けたあと、福岡県の芦屋にあった五十二戦隊へ赴任したのです。そこで初めて実用機に乗りました。一式戦闘機の『隼』です。
廣澤　中島飛行機が開発した戦闘機ですね。
飛鳥　その頃になると、もう『隼』は戦場に出せない旧式飛行機になっていました。一通りの訓練が終わる頃には戦争も激化していましてね、B17だったかB24だったか、とにかく中国のほうから敵機が編隊で八幡の製鉄所の方へ攻めて来るんですよ。僕たちがいる芦屋基地の真上を通ってね。下から対空双眼鏡で見ていると、ちょうど僕たちのいるところで弾倉を開いたのですが、そこに黒い爆弾が見えたのを覚えています。
廣澤　その爆弾は落とされなかったんですか。
飛鳥　八幡へ落とすのです。敵機の高度は七、八千メートルだったかなぁ。B29みたいに高く飛んでなかったから高射砲でも当たりました。僕の見ている前で砲弾が機体に直撃するのも見えました。
廣澤　対空双眼鏡で撃墜を確認したのですね。
飛鳥　うん。七、八千メートルの高度だから小さくだけどね。バーンと木っ端みじんになりました。編隊を組んでいるから、一機が破裂するとその爆風で、傍のもう一機が錐揉《きりも》みになって墜ちて行きました。その時は戦争の真っ最中でしたから、敵機の撃墜を見て「やったー」って叫びました。その秋、五十二戦隊の所属していた第十六飛行団は新人を残してフィリピンの戦線へ出発しましたが、そこで全滅してしまったんです。いずれは僕らも行く予定でしたが、もう行っても駄目だということになり、けっきょくは行きませんでした。
廣澤　戦時中のお話は、初めて聞くことばかりですね。
飛鳥　探偵小説の本なのに、戦争中の話ばかりでいいのかなぁ。
廣澤　では、そろそろ探偵小説の話に……。
飛鳥　まあ、ここで話せなかったことは「歳月の墓標」に加筆する機会をいただけたので、そこで書くことにしましょう。
廣澤　では、ここからは終戦後のお話をお聞かせください。復員後は東京下谷区（現・台東区）下谷中根岸の西念寺に寄寓されます。
飛鳥　行くところがなかったからですよ。当時、西念寺の和尚さんは佐山学順さんというのですが、彼は僕の養父のハワイ友達でした。

廣澤　烏田隆道さんはハワイで何か布教をされたと伺ったことがありますが、その関係ですか。

飛鳥　養父も佐山さんも知恩院から派遣されたんです。その縁を頼って僕は根岸の寺に寄せて貰いました。ここは震災にも戦争にも焼けなかったんです。

廣澤　西念寺は戦災にはあわなかったのですね。

飛鳥　ええ。だから寺は僕のほかにも、いろいろな人が泊まり込んでいました。

廣澤　住宅営団への就職も、その頃でしたか。

飛鳥　そうです。住宅営団へ就職したのは昭和二十年の八月です。

廣澤　終戦直後に就職先が決まったのですね。

飛鳥　そうです。満洲国がなくなって、働き場所がなくなった僕は母校の東京大学へ足を運び、就職係をやっていた浜田先生に新しい就職先について相談しました。

廣澤　浜田先生とは、その後、いろいろお世話になる浜田稔先生ですね。

飛鳥　そうです。その浜田先生から「住宅営団は人が足りないから、そこへ行ったらどうだ」と言われて住宅営団に就職したのです。でも、翌年にＧＨＱの閉鎖命令が出たので、一年くらいで仕事を失くしました。それで、住宅営団時代の上司だった部長の紹介で明楽工業に行ったのです。

廣澤　明楽工業は民間の建設会社ですか。

飛鳥　民間企業です。三沢の米軍基地、夕張の炭鉱住宅へ出張させられました。

廣澤　夕張の炭鉱住宅は、映画「幸せの黄色いハンカチ」に映っていますね。

飛鳥　いきなり現場に廻されましたが、僕には現場の仕事なんてやれませんよ。大学を卒業しただけですからね。けっきょく、うまくいかずに東京へ帰ってきました。それで、またどこへ行こうかと東大の先輩を頼って特別調達庁に行って、「僕、失業したんです」と言ったら、「あっ、そうか。じゃ、明日から来い」って返事がありましてね。

廣澤　即決ですか。話は少し戻りますが、すると、「犯罪の場」を書いたのは住宅営団に勤務していた頃だったのですね。

飛鳥　そうです。

廣澤　どうして探偵小説を書こうという気になられたのですか。

飛鳥　探偵小説が好きだったからです。中学校のころから読んでました。江戸川乱歩とか、それから木々高太郎、小栗虫太郎、渡辺啓助。『新青年』や『ぷろふいる』といった探偵小説の雑誌も買っていました。

廣澤　今でいう定期購読をされていたのですか。

飛鳥　いや、店頭に並ぶ分を買っていました。いつごろ本屋に出るのか分かっているから、その日に本屋へ行くんです。

廣澤　『ぷろふいる』なんか一冊か二冊しか書店には置いていなかったそうですね。

飛鳥　まあ、買う人が限られる内容の雑誌だからね。置いてくれていただけ、ありがたいですよ。

廣澤　その読書経験がなければ、探偵作家の飛鳥高は誕生しなかったでしょう。

飛鳥　そうかもしれません。僕は読者投稿の小説に好感を持っていて、熱心に読んでいました。作者の情熱というのかな、なんだか熱っぽくてね。自分で小説を書く際も、「あれぐらいなら書けるぞ」と、当時の投稿作品を思い出しながら書きました。

廣澤　そして、見事に「犯罪の場」で入選を果たしたわけですね。

飛鳥　驚いたのは原稿料が貰えたことでした。確か、八百円だったと思います。当時としては大金でした。

廣澤　一ヶ月の生活費が五百円だった時代ですよね。

飛鳥　そうです。新円切替による金融制限で一世帯の月間引き出し金額が五百円までと制限されていた頃だから、大変な原稿料でした。

廣澤　その原稿料は、どのように使われたのですか。

飛鳥　さあ、どうしたかなぁ。覚えていません（笑）。

廣澤　第二作「湖」の発表は昭和二十五年ですね。第一作目からずいぶんと間隔がありますが、その間は小説を書かれなかったのですか。

飛鳥　二作目を書いたのですが、確か水谷準先生だったと思うのですが「これは駄目だ」と言われたんです。

廣澤　それで書く気が失せてしまったのですか。

飛鳥　没になったというのも理由の一つですが、実際は東京から離れたり、仕事が忙しくなったり、なかなか小説を書く時間が取れなかったので、一時期書かなくなりました。

廣澤　執筆活動を休止されていても、探偵作家クラブには入会されていますね。

飛鳥　『宝石』の懸賞でデビューしたメンバーが乱歩さんに呼ばれ、神田へ集まり、ごちそうしてもらった時に探偵作家クラブの話を聞きました。入会したのは、しばらくしてからです。

廣澤　『宝石』の懸賞でデビューしたメンバーといいますと、飛鳥先生の他、山田風太郎、島田一男、香山滋ですね。
飛鳥　懐しい名前ばかりだなぁ。
廣澤　乱歩さんに呼ばれたのは神田とのことですが、なぜ神田だったのでしょう。
飛鳥　当時宝石社が近くにあったのです。その時に乱歩さんから「飛鳥君は長編の方がいいんじゃないか」と言われ、僕も調子に乗って「そう思います」なんて答えてしまったのです。何の確信もないのにね（笑）。
廣澤　探偵作家クラブの会合にも参加されましたか。
飛鳥　土曜会という会合がありましてね、そこへは頻繁に顔を出していました。だから、昭和二十三年かな、探偵作家クラブに入会したのは。
廣澤　すると最初期の会員になるわけですね。土曜会の会場も神田だったのですか。
飛鳥　今はもう建物が建て替わっているけど、鍛冶橋《かじばし》通りと中央通りが交わる京橋の交差点の南側に第一生命が持っている「第一相互館」というビルがありました。そのビルの中に「東洋軒」というレストランがあり、そこで会合をしていました。
廣澤　現在、ビルは建て替えられて「相互館110タワー」が建っています。
飛鳥　まあ、半世紀以上も前のことですからねぇ。
廣澤　土曜会には、同時期にデビューされた島田一男さんや山田風太郎さんも出席されていましたか。
飛鳥　たぶんね。彼らも会合にきて、探偵作家クラブへ入会しているはずですが、付き合いはありませんでした。土曜会で顔を合わせるだけです。
廣澤　そうでしたか。
飛鳥　僕は技術屋として仕事をしていた兼業作家だったから、専業作家になった人たちとの間に、どうしても踏み込めない一線みたいなものがあったのです。
廣澤　山田風太郎さん、島田一男さん、香山滋さん、みなさん専業作家になられましたからね。
飛鳥　風太郎さんは医学生だったのに医者ではなく作家になったでしょう。島田さんは新聞記者だったけど、やっぱり専業作家になっている。香山さんなんかは大蔵省の役人から作家に転身しちゃった。でも、全く没交渉だったわけでもないんですよ。
廣澤　なにかエピソードがあるのですか。
飛鳥　エピソードというほどではないけど、覚えているのは、香山さんは仕事量が増えて収入も増えたのでしょう、僕らにごちそうしてくれた事があったのですが、大河内常平さんが二、三人集めて香山さんにたかっていた。いや、「たかっていた」と言っては語弊があるかな。とにかく、大河内さんは楽しい人で、場を盛り上げるのが上手でした。

廣澤　そうでしたか。

飛鳥　香山さんも人がいいから、気前良く、ごちそうしてくれました。

廣澤　このほか、同時期に土曜会に出ておられた作家さんで交流のあった方というと、どなたでしょう。高木彬光さんはどうですか。

飛鳥　高木さんは、僕より少し遅れて探偵作家クラブに入会していますが、彼とは土曜会で会うぐらいでしたね。

廣澤　高木さんは京都大学工学部の出身なので、理系同士、話が合うと思っていましたが、あまり交流していなかったというのは意外ですね。

飛鳥　あッ、そうだ。高木さんのことで思い出したことがあります。

廣澤　なんでしょう。

飛鳥　僕の書いた作品が映画化された年、映画会社が年末に開いたパーティーで会ったんです。あまり交渉がなかっただけに嬉しかったですよ。

廣澤　飛鳥先生の作品は二作、映画になっていますね。昭和三十四年に「疑惑の夜」が東映で映画化。昭和三十六年には「死を運ぶトラック」が「情無用の罠」として東宝で映画化。どちらのパーティーですか。

飛鳥　うーん、どっちだったかなぁ。申し訳ない、そこは忘れてしまいました。

廣澤　いいえ、古い話ですから無理もありません。

飛鳥　さっきも言いましたが、僕は別に本業を持つ身だったから、探偵文壇と深い繋がりというのはなかったのですよ。家が隣同士だった乱歩さんは別ですが。

廣澤　奥さま（星野純子《すみこ》）のご実家の所有していた土地が乱歩邸の隣だったのですね。

飛鳥　家内とは浜田先生の奥さんの紹介で出会い、その後、奥さんから「結婚したらどうですか」と薦められて結婚しました。

廣澤　島田克己さんの編まれた飛鳥先生の年譜（芳林文庫『推理作家・飛鳥高』収録）を見ると、昭和二十四年に池袋へ引っ越された直後から創作活動を再開されていますが、それは乱歩邸の隣に居を移されたことと関係があるのですか。

飛鳥　はい。乱歩さんの奥さん、隆《りゅう》さんですね、彼女が盛んに「お書きなさい」と勧めるので、僕も短編を書く気になって執筆量が増えてきたのです。

廣澤　なるほど。第二作の短編「湖」が『宝石』昭和二十五年九月号へ掲載されて以降、コンスタントに作品が発表されるようになったのは隆さんの励ましがあったからなのですね。

飛鳥　そういうことになりますね。あとは何となく執筆スタイルが確立して、雑誌に載る程度の作品が書けるようになってきたからでしょうね。『宝石』以外からも執筆依頼がくるようになりましたから。

廣澤　商業誌だと『探偵実話』ですね。あとは、鬼クラブが発行していた同人誌の『鬼』。

飛鳥　鬼クラブの集まりには何度か行ったことがありますね。

廣澤　鬼クラブへ入会されたのは、どういう経緯《いきさつ》からですか。

飛鳥　作品発表の場が『宝石』だったので編集部に出入りしていましたから、『宝石』編集部の誰かか、『宝石』で活躍していた先輩作家に誘われたからでしょう。七十年近く前のことなので、はっきり覚えていませんが。

廣澤　『宝石』編集部といえば、編集長の武田武彦さん、永瀬三吾さんでしょうか。永瀬さんは鬼クラブにも関わっていました。『宝石』関連の作家ならば、山田風太郎さん、高木彬光さん、山村正夫さん、大河内常平さんが鬼クラブに関わっておられます。

飛鳥　そうそう、永瀬さんがいたのは覚えています。あと、椿八郎さんもよく覚えています。

廣澤　椿八郎さんは推理小説の第一作とされる「カメレオン黄金虫」を『宝石』に発表していますね。

飛鳥　すると『宝石』編集部や周辺作家がサークルの求心力的な役割をもっていたのかな。その辺の細かいことも忘れていて、ぜんぜん覚えていません。なんとなく仲間に入れてもらった、という記憶だけですね。

廣澤　鬼クラブ結成の経緯については、末國善己氏により『日本ミステリー事典』に次のように紹介されています。「(一九) 五〇年一月に木々高太郎邸で偶然行われた座談会が『新青年』に掲載され、その内容が本格派非難だったため、反発した本格派の有志」が結成し、同人誌『鬼』にて「『本格探偵小説の牙城を永遠の未来に向って守る』ことを宣言した」とのことですね。

飛鳥　当事者ではないので詳しくはしりませんが、木々さんを中心にした文学派に対し、それでは本格派も自分たちの意見を主張するために集まろう、みたいな感じで『鬼』が創刊されたのは間違いないと思います。

廣澤　「犯罪の場」や「湖」などはガチガチの本格物ですし、『鬼』へ寄稿していたことからも伺えますが、やはり飛鳥先生は本格派支持者だったのですか。

飛鳥　どちらかといえばね。本格派のほうが書き易いんですよ。

廣澤　本格物といえば、やはりシリーズ探偵の存在は外せません。江戸川乱歩の明智小五郎、横溝正史の金田一耕助。飛鳥先生の作品では、初期短編に登場する袴田《はかまだ》実《みのる》しか思い浮かびませんが、他にシリーズ探偵というのは創作されておられますか。

飛鳥　どうだったかなぁ。僕の記憶では、シリーズキャラクターは作らなかったと思います。

廣澤　それは何故ですか。

飛鳥　シリーズキャラクターを作ると、どうしても、そのキャラクターに頼ってしまうでしょう。僕は「人間」に対する興味はもっているけれど、名探偵という「キャラクター」に関しては謎解きの道具という程度の興味しかないんです。

廣澤　謎解きの道具ですか。

飛鳥　例えば「超人的に頭がいい」みたいに強烈な個性を設定しても、だからといって「キャラクター」が「面白い人間」になるというわけでもないんです。その代表例がエラリー・クイーンとかシャーロック・ホームズだと思います。クイーンやホームズのファンに怒られる発言かもしれないけど。

廣澤　袴田実にモデルはいるのですか。あと、名前の由来もあるのでしたら、教えてください。

飛鳥　袴田という姓は、「犯罪の場」を書いた頃に読んでいた本の登場人物から採ったのを覚えています。「いい名前だな」と思って、それが頭に残っていたんです。ただ、なんという作品だったか、誰の小説だったか、その辺りは記憶が定かではありません。

廣澤　その作品は探偵小説ですか。

飛鳥　どうだったかなぁ。申し訳ない、まったく思い出せません。

廣澤　実という名前も小説の登場人物からですか。

飛鳥　名前は恩師の浜田稔先生からお借りしました。

廣澤　浜田先生のお名前からでしたか。そういえば、浜田稔と袴田実は語呂が似ていますね。

飛鳥　本当だ。確かに似ている。

廣澤　コナン・ドイルは恩師の教授をモデルにシャーロック・ホームズを生み出したといわれていますが、飛鳥先生も恩師の浜田稔教授をモデルにして袴田実をつくった、という裏話なら、分かりやすかったのですが……。

飛鳥　それはいいですね。そう言っておけばよかったかな（笑）。

廣澤　そうもいきませんよ（笑）。

飛鳥　そうそう、いつだったか鮎川（哲也）さんに言われたことがありましたよ。「なぜ、探偵役のキャラクターを育てなかったのですか」と。

廣澤　飛鳥先生の短編は鮎川さんの編まれたアンソロジーにも何作か採録されていますね。「犯罪の場」のほか、初期の「犠牲者」や「孤独」とか。「二粒の真珠」も密室物のアンソロジーに採られました。

飛鳥　鮎川さんは本格派の先輩でしたが、それだけにこだわらず、社会的というか人間の内面を描く作品というか、必ずしもトリック重視の作品だけを書いていたわけではないと思います。

廣澤　飛鳥先生の年譜を見ますと、創作活動を再開された頃、本業や私生活にも大きな変化がありますね。昭和二十五年にお嬢さんが生まれ、翌二十六年に特別調達庁から警察予備隊（自衛隊）へ出向。その翌年には警察予備隊を辞めて東京コンクリート株式会社へ入社したと書かれています。

飛鳥　東京コンクリートへの入社は浜田先生の紹介によるものです。この頃は人材不足だから、各企業が浜田先生のところへ頼みに来ていました。「誰かいませんか」みたいな求人募集にね。

廣澤　警察予備隊を一年でやめられたのは何故ですか。

飛鳥　お役人の世界が性に合わなかったからです。浜田先生から東京コンクリートの話を聞いたときは、渡りに船だと飛びつきました。

廣澤　就職活動をされずに新しい職場が見つかったわけですね。

飛鳥　そういうことになりますね（笑）。でも、現在とは時代が違いますからね。終戦直後の労働力といえば、戦争に生き残った人だけでしょう、だから苦労も多くて楽なことばかりではありませんでしたよ。ちょうど、働き盛りとなる世代が少なかったので引く手数多《あまた》にもなるわけですよ。

廣澤　戦争で婚約者や夫を亡くした、女性も多かったでしょうね。

飛鳥　ええ。男が死んだのでお嫁さん候補もたくさんおりました。最初にお見合いしたのが、浜田先生の奥さんが引き合わせてくれた星野純子だったんです。しっかり者だということは話をしてみてわかったし、美人だったし、断ることはないと思って結婚しました。ただ、彼女の実家は軽井沢ですが、乱歩さんの隣に土地を持っているということはしりませんでしたが（笑）。

廣澤　そんなことは、言う必要があると思わないでしょう（笑）。

飛鳥　その頃僕は大塚の方に下宿していました。

廣澤　西念寺から大塚に移られたのですね。

飛鳥　戦友の塩澤隆《たかし》くんと彼の友人と一緒に護国寺脇に下宿していたんです。彼とは今でも電話で連絡を取り合っています。講談社（当時の大日本雄弁会講談社）も近くにありました。僕たちが住んでいたのは、しもた屋の六畳間でした。僕らのような下宿人からの支払いで生活していたのでしょうね。

廣澤　家の住人は一階で暮らし、下宿人には上階の部屋を貸していたのですね。

飛鳥　そう。僕らは二階の六畳間でした。だけど、僕が入ると六畳間に三人になっちゃうから大変でした。だから、布団だけを持ち込んで狭いスペースで暮らしていました。不便でも、屋根があるだけありがたかったです。そんな下宿に彼女が何度か来てくれました。どこかへ遊びに行ったり、洗濯物を持って行ってくれたり、何かと世話を焼いてくれたのです。婚約してから、池袋の彼女の実家が持っている土地に既に建っていた、彼女の姉夫婦の家へ時々行くようになりました。それでその隣が乱歩邸だと知らされたのです。

廣澤　乱歩邸の隣に住むことになろうとは夢にも思いませんよね。

飛鳥　まったくです。乱歩さんの自宅が池袋にある事は知っていましたが、詳しい住所はしりませんでしたから、まさか隣とは思いませんでした。池袋の家へ遊びに行ったとき、「そういえば、乱歩さんは池袋に住んでいるそうだが、どの辺りかなぁ」と思った事はありましたが。

廣澤　すぐ隣に乱歩さんが住んでいたとは、さぞ驚かれたことと思います。

飛鳥　隣に住む事になって始めて乱歩邸に挨拶に伺ったとき、玄関に出てきたのは知らない女性だったけど、もしかしたら、その時の女性は静子さんだったのかもしれないなぁ。

廣澤　静子さんというのは、どういうかたですか。

飛鳥　乱歩さんの一人息子の平井隆太郎さんの奥さん。つまり、乱歩さんの義理の娘さんです。戦時中、隆太郎さんが茨城に赴任していた時、そこで知り合ったと聞いたことがあります。美しい人でした。

廣澤　隆太郎さんと静子さんは恋愛結婚だったのですね。

飛鳥　お隣りに住むようになって、乱歩さんの奥さんの隆さんが家内の所へお喋りによく見えるようになりました。

廣澤　そういう経緯《いきさつ》もあって、隆さんが飛鳥先生へ「新作を書きなさい」と勧めるようになったのですね。

飛鳥　僕の想像かもしれないけど、乱歩先生が「飛鳥高という男は面白い作品を書いたのに、一作限りで終ってしまいそうで残念だ」みたいに仰るのを聞いて、「書きなさい」と助言してくれたのでしょうね。隆さんは家内に「一作でやめるのはもったいないから、もっと書くように説得しなさい」と言っていたようです。

廣澤　第三回江戸川乱歩賞へ応募された「疑惑の夜」は、飛鳥先生の長編第一作になりますが、長編を書くようになったのも隆さんの勧めがあったからですか。

飛鳥　短編はだいぶ書いたから、そろそろ長編も書けるようになっただろうと思って書きました。

廣澤　第三回から乱歩賞は創作公募となりましたが、ここに応募したのは、やはり恩人ともいえる乱歩さんの賞だからですか。

飛鳥　ええ。でも、乱歩さんには内緒で応募したのです。

廣澤　乱歩賞応募の翌年、東京コンクリートを退社されていますね。

飛鳥　はい。東京コンクリートを辞め、ある事情から、四ヶ月くらいは東京大学工学部の浜田さんの研究室で働いていました。その後、清水建設に勤めますが技術研究所ですから定時で仕事が終わりますし、残業もないので平日は午後五時に帰れました。土曜日も仕事でしたが、役所と同じく半ドンです。

廣澤　研究所勤務の頃、執筆時間は平日の夜か休日だけだったのですか。

飛鳥　うん。平日は午後五時で帰れるといっても、そのあとで小説を書く時間なんて二、三時間が限度だから大変でした。

廣澤　東京コンクリートから清水建設へ入社するまでの四ヶ月間、浜田研究室に勤務されていた事情を伺ってもよろしいですか。

飛鳥　東京コンクリートは清水建設と日本セメントと小田急電鉄の三社が出資して設立しました。小田急電鉄はセメントに必要な砂や砂利を運んでいた関係です。当時の本社は小田急沿線の東北沢にありました。この三社で株を一番多く持っていたのが清水建設でした。当初、清水建設出身の方が社長をしていましたが、この方が亡くなり日本セメント出身の方が社長となったのを機に私も清水へ移る事になったのですが、清水としては他の二社への遠慮もあり、一時、浜田教室に私を引き取って貰うことになったのです。それで東大の研究室に四ヶ月ばかり在籍していたのです。

廣澤　そういう事情があったのですか。

飛鳥　そう。で、技研に行くことになりました。

廣澤　清水建設の技術研究所ですね。

飛鳥　浜田先生のお声がけもあって、今まで東京コンクリートでコンクリートをやっていたのだから、技研でもコンクリートの研究に携わることになりました。当時、建設会社ではコンクリートを自分で練った経験者が少なくなっていました。

廣澤　そうだったのですか。

飛鳥　ミキサーを使って現場でコンクリートを練るやり方から、プラントでコンクリートを作って現場に運んでくる「生コン」の時代になったのですよ。東京コンクリートは、わりと草分けですけど、生コン会社がどんどんできてきました。そんな風に現場で練るのを止めちゃったので、ゼネコンでコンクリートのことが分かる人間が少なくなったのですよ。

廣澤　今は、現場ではスランプ試験をして、品質の確認をしていますね。

飛鳥　そんなことはやっていますね。それでコンクリートの問題が起きると、ほかに分かる人が少ないから僕が引っ張っていかれる。なにしろ生コンですから、生ものでしょう、時々、事故があったのですよ。そして、事故があったときに責任を持つのは清水建設です。得意先は、清水建設に仕事を頼んでいるので、生コン屋を出すわけにはいかない。だから、問題が起きるとあちこち行くことになる。

廣澤　また、引っ張りだこなところに行っちゃったわけですね。そういえば『死刑台へどうぞ』の裏表紙の作者紹介欄に「『以前、東京タワーが崩壊する小説を書かないかと言われましたが、どうもね……』／……の示すニュアンスは、「出来ない」ではなく「興味がない」であった」とありました。そのようにお答えになられたのは、東京タワーは鉄骨でできていますが、飛鳥さんはご専門がコンクリートだから「興味がない」ということだったのでしょうか。

飛鳥　専門はコンクリートですが、鉄骨の構造もある程度分かります。だから、東京タワーが倒れるというのは、あまりにも空々しいと思いました。ありもせんことを、ただ話を面白くするためにやるというのは技術屋として興味がない、ということです。

廣澤　なるほど、真意はそういうことだったのですね。以前から気になっていたのですっきりしました。少しコンクリートの話が長くなってしまったので、創作活動について話題を戻します。昭和三十三年の『疑惑の夜』以降、精力的に書き下ろし長編を発表されていますが、これはすべて出版社からの注文で書かれたのですか。

飛鳥　はい。全て注文です。自分から書かせてくれと企画や作品を持ち込んだ事はありません。サラリーマンだから、持ち込みをする余裕もなく、原稿依頼を受けて書いていました。

廣澤　それにしても、かなりの執筆量です。

飛鳥　幸か不幸か、限られた時間内に書ける程度の注文しかきませんでしたから。今になると、絶妙なタイミングだったと思っています。出版社側の締切り提示もありませんでしたし。

廣澤　書き下ろし作品ですからね。

飛鳥　雑誌の場合は締切りがあるけれど、書き下ろしの場合は締切りがあってないようなものでしたからね。だから、雑誌掲載の短編を依頼されたときは時間調整に苦労しました。

廣澤　雑誌掲載だと締切り厳守ですからね。

飛鳥　そうなのです。でも、あまり断ると注文がこなくなるので、それなりに注文を受けてはいました。

廣澤　『疑惑の夜』が乱歩賞の次席というかたちになり、乱歩さんも「恐怖のサスペンス小説」という帯文を書いていますから、やはり乱歩効果が大きかったのですかね。

飛鳥　『疑惑の夜』は講談社が本にしてくれましたが、乱歩先生の帯文は効果があったと思います。

廣澤　この頃から年間の執筆量が増えはじめ、それと同時に文体も変わってきたように感じますが、やはり数多く書いているうちに文章がこなれてくるのですか。

飛鳥　執筆量が増えてから文章のスタイルが変わってきたという意識はありませんでしたが、書いているうちに文章がこなれてきたのでしょうね。まあ、純文学の先生が書いた本を読んで文章修行のようなこともしていましたが。

廣澤　純文学の先生が書かれた文章修行本ですか。

飛鳥　誰の著書だか思い出せませんが、当時のトップクラスの作家が書いた本です。（筆者註・インタビュー後、丹羽文雄『小説作法』と判明）あと、僕は志賀直哉が好きで、彼の書く文章に憧れていました。

廣澤　文章読本を読みながら、志賀直哉の小説を書き写して文章のリズムを摑むような訓練もされていたのですか。

飛鳥　いや、筆写まではやりませんでした、でも、余計な修飾語を使わなくなったのは、頭の中に入っている志賀直哉の文章に影響されているかもしれません。

廣澤　確かに、飛鳥先生の文章は修飾語が少ないですね。

飛鳥　あと、中学校のつづり方教室で「文章というのは簡潔に書きなさいと。くどいのは駄目だと。同じ形容詞を何度も使うな」と指導されたのも影響していますね。

廣澤　文章が変化したあと、今度は事件を描写する視点にも変化が見られますね。例えば、子どもの視点で書いた短編があるように。

飛鳥　それは人間に対する興味ですね。いわゆる不良少年物を書き出したのも、人間を描写することに関心をもったからです。

廣澤　文章修行をしながらコンスタントに作品を発表し続け、昭和三十七年、ついに『細い赤い糸』で第十五回日本探偵作家クラブ賞を受賞されるわけですね。

飛鳥　おかげさまで、最後の探偵作家クラブ賞、正確には日本探偵作家クラブですが、この名誉ある賞をいただけました。

廣澤　そうそう、昭和三十八年からは日本推理作家協会賞になるのでした。飛鳥先生が受賞された年は、土屋隆夫さん、結城昌治さん、佐野洋さん、多岐川恭さん、星新一さんも候補に挙っておりますね。

飛鳥　この当時は受賞者にエドガー・アラン・ポオのブロンズ像が贈られたけど、最近の受賞者は貰っていないようですね。あと、副賞で五万円をもらいました。そうそう、その副賞には面白い裏話があるのです。

廣澤　どのような裏話ですか。

飛鳥　大河内さんが僕のところへやってきて「これから乱歩さんに借金しに行く。おまえのための借金だから一緒に来い」って言うの。

廣澤　大河内さんは乱歩さんから借りた金で副賞の五万円を支払った事は、「乱歩邸の〝金策〟」（『飛鳥高探偵小説選Ⅰ』収録）でも書かれていますね。自分のための賞金の金策に立ち会うなんて複雑ですね（笑）。

飛鳥　あの時は忙しいうえに体の具合も悪く、大河内さんが乱歩さんに借金した事はよく覚えています（笑）。

廣澤　日本探偵作家クラブ賞を受賞されて知名度はあがったと思いますが、取材を受けたり、執筆依頼が殺到したり、ということはありましたか。

飛鳥　取材よりも注文依頼のほうが圧倒的に多かったですね。これまで短篇を書いてきて、自分がどのくらいの量をこなせるかという目安はわかりましたが、それを上回るくらいの注文でした。先輩作家から「あまり雑誌掲載の仕事を断ると注文が来なくなるから、辛くても書き続けなきゃいけない」と言われていたので注文には応じました、正直、書き続ける自信がなくなってきました。そのとき、「俺は、もう駄目だ」と思いましたよ。

廣澤　兼業作家のままでは書き続けられないと思われたのですね。仕事を辞めて、筆一本で生きていこうと考えたことはありませんか。

飛鳥　筆一本でいく気はありませんでした。そこまでの勇気はなかったので。

廣澤　それでも兼業作家として書き続けておられますし、書いているときは楽しかったのではないですか。

飛鳥　まあ、書く事を楽しいと思う事はありました。舞台となる世界から登場人物まで、全て自分の好きなように作れるのですから。それに文章を書くのも好きでしたし。

廣澤　会社に勤めながら書いていると基本的には休日しか執筆時間はないと思いますが、そうしますと、奥さまや娘さんとのお相手をする時間がなくなりますよね。

飛鳥　まあ、そうなりますね。

廣澤　奥さまや娘さんに不満はなかったのですか。

飛鳥　なにかしらの不満はあったとは思いますが、お金が入るので喜んでました。そういえば、娘をかまう時間は少なかったなぁ。

廣澤　休みの日は書斎にこもって書いている、そんなお父さんだったのですね。

飛鳥　うん、あんまり遊んでもやれなかったしね。今は、その娘に世話になっているけど。

廣澤　昭和四十年代になると作品数が減り、昭和五十一年に『幻影城』へ発表した「とられた鏡」で事実上の創作活動終了となっておりますね。原田さんへのお祝いとして書かれた『青いリボンの誘惑』は別にして。長篇にしても『ガラスの檻』以降は依頼に応じて書かれておられませんが、やはり多忙で本業に専念せざるを得なかったのですか。

飛鳥　多忙という理由もあるけど、やはり書けなくなったというか、アイデアはあっても書く気力がわかなくなったのです。よく相撲取りが引退するときに「気力、体力がなくなりました」と言うでしょう。他人事のような言い方ですが、やっぱり僕も気力が衰えたのだと思いますよ。研究所の所長になったり、大学の非常勤講師になったり、仕事に忙殺される日々と執筆活動は両立できませんし、それで小説を書く気力がなくなってきたのでしょう。建築学会のコンクリート関係の委員にもなり、学会関係の仕事も増えましたし。

廣澤　仕事に忙殺され、作品数が減ったわけですね。

飛鳥　技術本部ができて、その長もやりましたけど、その頃からかな、技術関係で他社とも付き合いをするようになってきて、サラリーマンの営業っぽいことをしていました。

廣澤　私の理解では、技術本部というのは研究だけではなくて、研究の商品化で資金を得るような業務もやるということでしたので、まさに営業部のサラリーマンと同じような仕事をされていたのですね。

飛鳥　いろいろな商品開発もしていました。

廣澤　研究所の所長、コンクリート学会委員。そのほか、早稲田大学工学部の非常勤講師もされていますね。非常勤とはいえ、早稲田大学が東大出身の人間を講師に置くなんて珍しいですね。

飛鳥　早稲田大学工学部の建築材料関係の先生とも付き合いがあったので、その方から非常勤講師の話がきたのです。それを引き受けたものだから、本業以外の仕事も増えてしまったんですよ。

廣澤　会社の仕事だけではなくて、コンクリート関係の学会の委員としての仕事、大学の非常勤講師、これらを掛け持ちするのは容易ではありませんね。小説を書く時間や気力がなくなるというのも頷けます。

飛鳥　学会というのは一つの村ですから、みんな仲が良いのですよ。大成建設や鹿島建設の関係者とも、よく話をしました。また、建設会社だけでなく、関連業界、官庁の役人、大学の先生も学会のメンバーだったので人脈も広がり、学会の雰囲気は好きでした。

廣澤　繋がりも増え、顔も売れていったのですね。

飛鳥　相手が役所や大会社のえらい方でも、その前から付き合っているような人だと、気軽に会えますから。

廣澤　でも、そういうことで、いろんなところに行かないといけなくなって、忙しくなるわけですね。

飛鳥　そうですね。建築業界は――業界というのは、いずこも同じかもしれませんが――村社会でしたね。こう言っては誤解を招くかもしれないけど、探偵作家クラブも村社会でした。

廣澤　そうした村社会において、探偵作家クラブでは江戸川乱歩先生、建築業界では浜田稔先生というトップの知遇を得たわけですね。

飛鳥　だから、実にこれは運なんだ。僕の力と言うより、運ですね。
廣澤　幸運に恵まれていたのですね。
飛鳥　まったくです。本当に運が良かった。そうそう、運といえば、原田さんと縁ができたのも幸運でした。〈東都ミステリー〉で何冊か長編を出してもらえたし、長く休筆していたにも関わらず『青いリボンの誘惑』という新作が書けました。
廣澤　昭和六十一年に清水建設を退職し、その直後、ポリテクニクコンサルティングの社長に就任されていますね。その頃から創作活動する時間的余裕もでき、『青いリボンの誘惑』の執筆へと至るわけですか。
飛鳥　そうです。講談社を退職した原田さんが出版社を興したので、旧知の僕に「新作を書きませんか」みたいな誘いがあったのです。それで「原田さんからの依頼だし、もう一回だけ書こう」という思いで『青いリボンの誘惑』を書きました。
廣澤　結局、その一作だけで終わってしまいましたが、出版芸術社（当時の名称は新芸術社）から続けて長編を刊行する予定はなかったのですか。
飛鳥　ありませんでした。兼業作家として長く書いてきたので、心の中で「もういいだろう」という気持ちがあったのでしょうね。探偵作家という村社会の中でも、僕自身は末端にいるという意識で、続編を求められるような大作家だと思っていませんでしたから。
廣澤　それは残念です。私としては、『飛鳥高探偵小説選』第三巻に飛鳥先生の書下ろし短篇が収録される事を期待していたのですが。
飛鳥　ご期待に添えず申し訳ない。
廣澤　飛鳥先生は執筆にあたっては、原稿用紙に手書きというスタイルですね。
飛鳥　ずっと手書きです。『青いリボンの誘惑』を書いた頃はワープロが普及し始めていましたが、あの長篇も手書きでした。
廣澤　けっこう大変ではないですか、長篇を手書きで脱稿するのは。
飛鳥　まあ、長い作品の場合は疲れますよ。ワープロだとキーボードを押すだけだから、手書きよりは楽かもしれません。加筆や訂正も簡単にできますし。あッ、今はワープロでなく、パソコンですかね。
廣澤　現在の作家は、ワープロソフトを使う方が圧倒的に多いようですね。長文を消したり、挿入したりする作業が簡単な操作で行なえますから。
飛鳥　仮に創作活動を続けたとしても、僕はワープロやパソコンは使わなかったでしょうね。そうした機器が苦手なので。

廣澤　それは意外ですね。飛鳥先生は理系の技術者ですし、新しい技術や機械はお好きだと思っていました。

飛鳥　パソコン自体は持っていますが、電子メールのやり取りくらいでしか使っていませんでした。ここへ来る前の自宅に置いてきましたので、今では全く使っていません。

廣澤　電子メールで利用されていたのですね。

飛鳥　足が悪くなった友達に「俺、もうお前のところへ話しに行けないから、電子メールでやり取りしないか」と言われ、それでパソコンを買ったのです。普通、作家だったら小説を書くためにパソコンを買うのでしょうが、僕の場合は電子メールを始めるためにパソコンを買ったようなものです。

廣澤　そうでしたか。

飛鳥　その友達は医者でしたが、彼も亡くなってしまいました。

廣澤　話は変わりますが、これまでに書かれた作品で、「これが一番気に入っている」とか、「この作品には愛着がある」とか、思い入れのあるものはありますか。

飛鳥　やっぱり『細い赤い糸』ですかね。あれが一番よかったと思っています。あの騙し方は何となく思いついただけですが、自分でも気に入っている作品です。本格物とは言えないでしょうが、読者を上手く騙した感はあると自負しています。

廣澤　確かに読者は騙されますね。

飛鳥　もしかしたら、あの騙し方は僕が好きだったウィリアム・アイリッシュから知らず知らずのうちに影響を受けていたのかもしれません。代表作の『幻の女』は乱歩さんが絶讃していましたが、評価通りの大傑作だと思います。最後の意外性よりも物語の面白さで読ませる筆力は凄いですよ。

廣澤　飛鳥先生がウィリアム・アイリッシュの愛読者という事は聞いておりましたが、アイリッシュの他にも好きな海外作家がいるのでしたら教えていただけますか。本格物がお好きという事は、エラリー・クイーンやヴァン・ダインなんかも読まれていたと思うのですが。

飛鳥　ヴァン・ダインはガチガチの本格物だった初期長編が大好きで愛読していましたよ。エラリー・クイーンは熱中するほどではなかったけど、代表作は読んでいました。

廣澤　ある意味、王道ですね。

飛鳥　そうそう、最近になって『樽』を読み直しました。

廣澤　クロフツの代表作の『樽』ですね。

飛鳥　前にも読んでいましたが、その時は樽の移動が全然分からず、途中で挫折したのです。その事を知っていた新保博久さんから『樽』の新訳が出たときに本を頂いたので再度挑戦しました。

廣澤　最近の新訳ですと創元推理文庫から出た霧島義明さんの訳ですね。確かに新訳の『樽』は大久保康雄さんの旧訳よりも読み易いと聞きます。

飛鳥　おかげで、今度は樽の移動も完全に理解できました（笑）。

廣澤　『樽』以外、最近読んだミステリで何か印象に残る作品はありますか。

飛鳥　特にありません。

廣澤　読書自体、そんなにされないのですか。

飛鳥　いや、本は読んでいます。読んではいますが、ミステリとか時代小説とかではなく、歴史関係の本です。人類誕生の起源とか、最近ダロン・アセモグルとジェイムズ・ロビンソンの、なぜ産業革命がイギリスで起きたか、サハラ砂漠以南のアフリカがなぜ遅れているのかというのを読んでいます。（筆者註・『国家はなぜ衰退するのか』（早川書房））でも、体力が続かないので読書も途切れ途切れになっています。

廣澤　世界の謎、文明の謎に興味を持たれているのですね。

飛鳥　歴史というのは、推理小説とは違う意味で謎めいたところがあって面白いのです。僕らの手に負えない謎だけど、それを読むだけならば充分に面白い。

廣澤　読書の他に何かご趣味はありますか。

飛鳥　特に趣味といえるものはありませんが、たまにテレビでサッカー中継を見ます。

廣澤　サッカーですか。テレビで野球観戦するのがお好きと伺った事もありますが、現在はサッカーの方がお好きなのですか。

飛鳥　もともと、僕はサッカーをやっていましたし、今と違って昔はサッカー中継なんてありませんでしたからね。野球よりサッカーの方が好きだったのです。

廣澤　なるほど。

飛鳥　野球の話になりますが、僕はアンチ巨人なのですよ（笑）。

廣澤　アンチ巨人ですか（笑）。

飛鳥　清水建設は東京の会社だから社内は巨人ファンばかりでしたが、僕は関西方面出身なので阪神ファンでした。ピッチャーの藤村（隆男）とか、村山（実）とか、贔屓の選手もいました。

廣澤　最後に近況をお聞かせいただけますか。

飛鳥　池袋から調布のつつじヶ丘に引っ越したあと、平成十六年に家内が亡くなってからは一人暮らしをしていました。娘は僕が一人で生活していけるのか心配してくれて、熱を出して寝込んだときなんかは、別居しているから付きっきりで看病もできず、非常に心を痛めたそうです。

廣澤　責任感の強いお嬢さんなのですね。

飛鳥　子どもの頃、あまり面倒を見てやれなかった娘に心配をかけるのは申し訳なかったし、今は老いた親が子どもの世話になる時代ではないから、十年くらい前に施設入りを決めました。

廣澤　それでグランダ狛江参番館、こちらへ入居されたのですか。

飛鳥　家内が亡くなった直後から介護付有料老人ホームへの入居は考えていましたが、なかなか踏み切れませんでした。でも、近所でお付き合いのあった方が「あそこはいいよ」と言ってくれたのが、グラン《こ》ダ狛江参《こ》番館だったのです。本当は調布市内の施設に入りたかったけど、地理的に不便な場所だったんです。

廣澤　調布市も広いですからね。

飛鳥　それで隣の狛江市にも足を運んで施設を探しました。そのときにグラン《こ》ダ狛江参《こ》番館も見学していたので、ご近所の方の言葉に背中を押され、入居を決めたんです。

廣澤　よい施設が見つかってよかったですね。

飛鳥　ここは最期まで看取ってくれるし、介護レベルも高いから、終《つい》の棲み家としては十分ですよ。今はまだ元気だけど、だんだん僕も体力の衰えを感じています。去年（二〇一五年）は転んで骨折しちゃったし。そうそう、貴方も見舞いにきてくれたね。

廣澤　はい。骨折されたと聞いて驚きました。

飛鳥　転んで骨を折る入居者は多くてね、僕が知っているだけでも男が一人、女の人は二人、骨折しています。なまじ立って歩けるような人のほうが事故を起こすようです。

廣澤　入院されたとき、医師から「車椅子じゃないと退院できませんよ」と言われたとおっしゃっていましたね。

飛鳥　そうは言われても、頭のほうは元気だから、車椅子では困ると思ってリハビリを頑張りました。病院側も全面的に協力してくれたおかげで、なんとか自分で歩けるようになりましたし、医者からは「あなたの年齢でここまでになったのは初めてですよ」と言われました。

廣澤　そうでしょうね。こう言ったら失礼ですが、老齢の方が転んで骨折したと聞いたら、たいていの人は「ああ、もう歩けなくなるなぁ」と思ってしまいます。

飛鳥　だろうね。僕も骨折したのは九十四歳でしたから、病院側は車椅子生活になると思っていたでしょう。

廣澤　それでもリハビリして歩けるようになったのですから、驚異的な回復力ですよね。

飛鳥　医者も驚いていましたよ。僕が入った病院にはリハビリ部門があったけど、そこの担当の先生が「リハビリに成功した年齢の新記録ですよ」と言ったくらいです。

廣澤　九十四歳でのリハビリ成功はすごい事ですよ。

飛鳥　僕が「とにかく歩けるようにしてくれ」と言ったものだから、病院側も一生懸命やってくれたのでしょう。患者がやる気になると先生のほうもやる気になるみたいですね。逆に患者のほうが諦めちゃうと病院側も「まあ、いいや」と放ってしまう。

廣澤　当初から自分の足で歩きたいというお気持ちでリハビリに臨んだのですね。

飛鳥　そうです。でも、リハビリは辛かったです。もう転ばないように気をつけないと。

廣澤　名残惜しいのですが、二時間以上もお話ししてしまいましたので、この辺りで切り上げさせていただきます。本日は長い時間、お付き合いいただき、どうもありがとうございました。

飛鳥　こちらこそ、いろいろと話す機会を設けていただき、ありがとうございました。

（平成二十八年十月二十二日　於・狛江）

本書著者の飛鳥高氏（右）とインタビュアーの廣澤吉泰氏（左）。

【撮影：黒田　明】

解題

廣澤吉泰

「飛鳥高探偵小説選」は、『飛鳥高探偵小説選Ⅰ』（論創ミステリ叢書95。以下「Ⅰ集」）、『飛鳥高探偵小説選Ⅱ』（論創ミステリ叢書96。以下「Ⅱ集」）と上梓され、本書で第三巻を数えることとなった。

創作に関しては、「Ⅰ集」「Ⅱ集」同様長篇一作＋中・短篇という構成とし、中・短篇は週刊誌や新聞に発表されたものを中心にまとめた。

飛鳥高については、『日本ミステリー事典』（新潮社）でも「本格派とみなされたが、人間の生活そのものが謎小説の無限の源泉とし、物理的なトリックにはこだわっていない」（山前譲）と記述されているのだが、選集などで再録されて、読者の目にふれるものが「犯罪の場」「二粒の真珠」といった物理的トリックを効果的に用いた作品であるため、そのような実像が伝わりきらないところがあった。

本書収録の長篇「死刑台へどうぞ」と短篇群から、飛鳥高の幅広い作風を味わって頂きたい。

随筆に関しても、探偵小説関係のものは「Ⅰ集」「Ⅱ集」に収録しているため、烏田専右名義による建設業関連のものも含めて、幅広く渉猟した。本書には、飛鳥高本人へのインタビューもあるが、そこでは話題にのぼらなかった幼少期の思い出を語った随筆もある。インタビューと併読して頂ければ幸いである（なお、創作・随筆の選択・構成は論創社編集部による）。

〈創作篇〉

解題にあたっては、作品によっては内容に踏み込んでいる場合もあるので、未読の方は注意されたい。

『死刑台へどうぞ』は、昭和三八年一〇月二〇日発行、文藝春秋新社（現・文藝春秋）から書き下ろし出版された。「ポケット文春」という新書版での刊行である。

　銀座の空き地で若い女の死体が発見される。そのスカートには絵具が付着しており、死体は他から運ばれてきたと推定された。被害者の湯浅千恵子は、裕福な家庭の娘で、出版社に小説の売り込みをしていたらしい。千恵子は、ペンネームの芝とも子名義で駒沢に家を借りていたが、その家でスカートに付いたらしい絵も発見される。刑事たちが聞き込みを続けるうち、千恵子と恋愛関係にあった小説家志望の青年・久保久男が容疑者として浮上する。しかし、犯行当日、久保には会社の同僚の吉村三枝とデートをしていたというアリバイがあった。捜査が暗礁に乗り上げたところ、久保は刑事たちに対して、千恵子は、ある事件の真相に肉薄したために殺されたのではないかという推理を持ち出す……。

　本書に関しては、盲点をついたアリバイトリックや、残り十数頁からの強烈などんでん返しなど、本格ミステリとしても充分に語りどころがある（ラスト近くで刑事が犯人を追い込んでゆく場面は江戸川乱歩の「心理試験」（大正一四年）を思わせる）。だが、なによりも印象的なのは、久保久男という登場人物の造形だろう。久保は、銀座のショールームで働きながら、作家として身を立てることを夢見ている。そうした夢を抱きながらも、地道な努力は厭い、他人を非情に利用する、徹底的に利己的な人物なのである。

　本書について、飛鳥自身は『宝石』の連載特集「ある作家の周囲・29／飛鳥高篇」の青柳尚之のインタビュー「趣味こそわが生命」（昭和三八年一二月掲載）で「これは人間の気持自体が、あてにならないという、人間に対する不信みたいなものを書きたくて書いた作品です」と答えているが、そうした「人間に対する不信」が象徴的に現れているのが、千恵子との会話等をテープレコーダーに記録する久保の行動であろう。久保は、自分の行為を「人間の言葉はその場で空気中に消えてしまう。心だって変わる。（中略）しかし機械に記録されたものはそのまま残る。心の変る人間なんかに用はないんです」と正当化し「いつくしむような眼差しで、美しい小型のテープレコーダーを見」るのである。

　ちなみに、前掲のインタビューでの〈自分の作品で好きなもの〉という質問に対しては、飛鳥高はこのように答えている。


　好きな作品というと困る。いつも不満がありますから。それは、印象に残っている作品というのはあります。例えば、「死にぞこない」「猫とオートバイ」「死刑台へどうぞ」など――。

自作に厳しい飛鳥高としても「死刑台へどうぞ」は、人物造形と謎解きが融合した、手応えを感じる作品だったのであろう。それゆえに「印象に残っている作品」として名前が挙がってきたのだと考える。

「**見たのは誰だ**」は、『探偵実話』昭和三〇年一一月号に掲載された。この時期の飛鳥は寡作で、同年に発表されたのは本篇の他には「雲と屍」「兄弟」（いずれもI集に収録）の二作であった。

〈情炎怪奇スリラーミステリー号〉とうたわれた誌面には、「白い鯛」川島郁夫、「泣虫小僧」鷲尾三郎、「密猟者」大河内常平、「蚯蚓の恐怖」潮寒二、「アトランタ姫」中川透といった本叢書の愛読者にはおなじみの顔ぶれが名前を連ねている。本篇には目次で「愛欲殺人」との角書が付されているが、お色気シーンはさらりと描かれている程度である。

主人公の小寺は、死体を発見してから、朝までの六時間で真犯人を見つけようと奔走するが、こうしたタイムリミットサスペンスの設定は、飛鳥が好きな作家として挙げているウィリアム・アイリッシュの長篇「暁の死線」（一九四九年）を想起させる。本篇では、短い枚数の中に、二人の容疑者から真犯人をあぶり出す伏線を巧みに織り込んでいる。

「**断崖**」は、『娯楽よみうり』昭和三四年一月一六日号から三〇日号の三回にわたり連載された。前年に初めての長篇「疑惑の夜」を「15日間ほどで筋を考え、2ヵ月間で書き上げ」（前掲のインタビュー「趣味こそわが生命」より）て、江戸川乱歩賞に投じたことで自信を得たのか、この時期から作品量が増えてくる。

川本俊夫の友人・木島均が亡くなった。運転していた車が断崖から落ちて死亡したという。俊夫は、均と一緒に車を修理工場に見に行き、すぐに別れたというが、その証言には不自然な点がある。そんな俊夫に均の義父・栄一がある〝実験〟を持ちかける。東京から事故現場まで車を走らせ、均の道のりを再現しようというのだ。栄一が運転する車に、俊夫と、均が死んでショックを受けた栄一の妻・ゆり子が同乗し〝実験〟はスタートする。

本篇では、構図の逆転が見事で、その伏線もさりげなく散りばめられている。サスペンス物の好篇といえる。

「**飯場の殺人**」は、『週刊スリラー』昭和三五年一月二二日号に掲載された。「江戸川乱歩監修・短篇ミステリークイズ」という企画に応じて執筆されたものである。ちなみにこの時期の同誌では、高木彬光「黄金の死角」(改題し「白昼の死角」)が連載中であった。

昭和三五年は、長篇「死にぞこない」を書き下ろし、かつ『宝石』七月号に「安らかな眠り」「こわい眠り」「疲れた眠り」の三篇を一挙に発表した時期である。

中川の護岸工事のための「飯場」(労務者用の宿舎)で発生した殺人事件。容疑者は、語り手の吉次をはじめとする四名で、殺人現場となった離れへの往復の足跡が、犯人を限定する手掛りとなる。短い枚数のクイズにもかかわらず、プロットにもちょっとした工夫が凝らされており、作家として脂の乗り切っていたことがうかがえる。

なお、このクイズに対しては一四万六千三百七十七名の応募があり、正解者は六千八十一名であった。正解者が多数に及んでいるのは、設問が「犯人は誰か?」という単純なものであるためで、理由まで問えば、人数は絞り込まれたことかと思う(応募総数も減っただろうが)。正解者の中から抽選で、副賞(一千円)五〇名が選ばれ、その中から正賞(五万円)一名が決定された。

「赤いチューリップ」は、『週刊特ダネ実話』昭和三六年五月一三日号に掲載された。特集「女性の記録」とうたわれた誌面には「病院ストに踏みにじられた女の愛情」「新妻にかけた恐怖の生命保険50万」といった記事が満載で、その中に北部成男「女トップ屋」と本篇の二作が読切小説としてラインナップされている。

ゆりの働く埋立地の飲み屋は、立退料として思わぬ大金を手にした住民たちで賑わっていた。ゆりは、客から立退料の金額をさりげなく聞き出し、情夫のやくざ者・木村は、その情報をもとに住民から金を搾り取っていた。親しくしていた瀬戸物屋の老人・源助が、翌朝引っ越すことを知ったゆりは……、ここからラストにいたる場面は読者の想像に委ねる心憎い展開となっている。

昭和三六年は、一月に書き下ろし長篇「崖下の道」が刊行され、六月にも書き下ろし長篇の「細い赤い糸」が刊行されている。翌年の一月に長篇「虚ろな車」も出ているので、かなりの執筆量だったと想像される。「書く量」については、前掲のインタビュー「趣味こそわが生命」で「年に1000枚ほどです。長篇が一本半と短篇が少しというところ」「このへんが物理的にいっぱいですよ」と回答しているのが、本年前後に相当するのだろうか。仕事の傍らとしては、かなりの執筆量だといえよう。

「誰が一服盛ったか」は、『文藝春秋漫画讀本』昭和三六年一二月号に掲載された。加藤芳郎、横山隆一、小島功、富永一朗、鈴木義司といった人々の漫画に混じって「漫画讀本特別クイズ」という企画に応じて執筆された作品。

大学教授の大岡が、自宅で晩酌中に日本酒の入った銚子に一服盛られて毒殺された。そのとき居合わせた、大岡の後妻や弟子たちには、それぞれ殺害の動機があるなかで、銚子に残った指紋が決め手となって犯人が特定されるのである。

なお、このクイズに対しては三千百九十六名の応募があり、正解者は千五十一名であった。

「欲望の断層」は、『日刊観光』昭和三九年六月一三日から二二日号にかけて掲載された。

昭和三九年は、書き下ろし長篇「ガラスの檻」の刊行はあったものの、本篇を含めて短篇は四篇と寡作になり、その状態は昭和四〇年代に入っても続く。

神田錦町で、夫徳三とともにカレー・ハウスを営む八重は、見習コック募集のチラシに応じてきた野坂平吉が、実は指名手配犯の大貫哲郎ではないかと疑問を抱く。店の評判がぱっと出ないことで悩んでいた八重は、野坂が大貫である確証をつかんだうえで警察に通報し、その手柄によって店を宣伝しようと奮闘するというユーモラスな筆致で描かれたサスペンス物。ちなみに、作中で大貫の犯行地は、山口県と長野県となっているが、前者は飛鳥自身の後者は純子夫人の出身県である。

「幻への脱出」は、『週刊現代』昭和三九年一一月二六日号に掲載された。「悪の終章」と銘打たれた同誌での読切連載シリーズ(註)の一作として発表された。

小さな町工場の女事務員・野坂加代子は、会社の金六〇万円を銀行から持ち帰る途中に強奪されてしまう。犯人が見つからない中、社長の水島は、工場をたたむこととした。しかし、執念深く事件を追及した大里刑事は真相にたどりつく、といった現代ならば警察小説の佳品として評価されそうな作品である。

「東京完全犯罪」は、『週刊新潮』昭和四一年二月一二日号に掲載された。この号は『週刊新潮』の創刊一〇周年記念号で、鮎川哲也「井上教授の殺人計画」とともに発表された。昭和四一年も本篇を含めて短篇三作と寡作である。

野坂が率いる千商事薬品課のメンバーが、ライバル会社丸貿易が取引先の購買担当責任者に二号として提供しているホステス・ユカリを「撃滅」して、取引を奪おうとする産業スパイ物である。会社の利益のためには手段を選ばない野坂らの姿は、梶山季之「黒の試走車」(昭和三七年)を連想させる。

「荒涼たる青春」は、『週刊サンケイ』昭和四四年二月一〇日号に掲載された。この年も本篇を含めて短篇四作と寡作である。

昭和四三年から昭和四五年にかけて全共闘運動が盛り上がりを見せ、多くの大学で学校側と学生とが対峙する大学紛争が勃発したわけだが、本篇ではそうした学園紛争が事件の背景となっている。

第一大学では学生のストライキが発生し、事態収拾を図るための集会が開催された。その会場に、青いヘルメットをかぶった集会反対派の革盟系の学生が乱入し、白いヘルメットの同盟系学生の集団と乱闘となる。そうした騒乱の翌朝、青いヘルメットを被った学生・青木哲夫の死体が発見される。青木は、屋上から落とされたコンクリートの塊で、頭蓋骨を砕かれていたのだ。

「非行少年に対して観念的な共感」（前掲「趣味こそわが生命」より）を抱いていた飛鳥は、「大人の城」「猫とオートバイ」（いずれもⅡ集に収録）といった非行少年が中心となる短篇を物してきたわけだが、学生運動にかかわりながらも「淋しい感じがする」青木というキャラクターは、そうした非行少年たちの延長線上に位置しているように思える。

「とられた鏡」は、『幻影城』昭和五一年五月号に掲載された。特集は「女流作家傑作集」で大倉燁子「踊る影絵」、宮野村子「黒い影」、四季桂子「胎児」、藤木靖子「女と子供」が再録され、第二特集が「〈幻影城〉新人賞作家競作」で筑波孔一郎「懸賞小説」、宮田亜佐「白い釣瓶」、泡坂妻夫「右腕山上空」、滝原満「旅立ち」、村岡圭三「風紋」が発表されている。そうした中に「巻末書下し読切中篇・一〇〇枚」として本篇が掲載された。

「推理」昭和四七年九月号の「ブルタバの流れ」から四年ぶりの作品で、短篇はこれが現時点では最新のものとなる。本篇の依頼にあたっての「幻影城」島崎博編集長との思い出がないか、お会いした際にお尋ねをしたのだが、残念ながら全く記憶にない、とのことであった。

黒川学は、対立する活動家を殺してしまい、陰沼という男の紹介で山口県の労務者宿舎に潜り込んでいた。黒川は、被害者が身につけていた、金属性の板（ペンダント）を戦利品のように自分のものとしていた。黒川は、陰沼から古郷という男の殺害を依頼され、海岸で古郷を絞殺する。翌朝、宿舎で働く少女・なみが死体を発見したと騒ぐが、黒川たちが駆けつける二、三分の間でそれは消えてしまった。そして、黒川は古郷の殺害以降、ペンダントを紛失していることに気づき、なみがそれを海岸で拾ったのではないかと焦燥感にかられるのであった。

本篇では、死体消失の謎とペンダントの行方が読者の興味を引き付ける。黒川は、なみが「丸い金属板」を握っていたのを見て、彼女が持っていると判断するのだが、ペンダントは実に意外なところから登場するのである。

〈随筆篇〉

「**尼僧に口説かれた青海島での幼年期**」は、昭和三六年七月一日発行の『旅』七月号に掲載された。「山陰と瀬戸内海」特集での起用で、他の執筆陣には、作家の土師清二や村上兵衛、歴史学者の奈良本辰也といった面々が名を連ねている。飛鳥高名義での寄稿である。

飛鳥高は、七歳の時に青海島の向岸寺の住職・烏田隆道の養子となるのだが、その幼少期の思い出が綴られた貴重な資料といえる。

「**波のまにまに**」は、『コンクリート工学』第十九巻三号（昭和五六年三月一五日発行）に掲載された。社団法人日本コンクリート工学協会（現・公益社団法人日本コンクリート工学会）の会報である。烏田専右名義で発表され、肩書きは「正会員／清水建設研究所長」である。

この文章が書かれたのは、オイルショック後の長期不況や、公共事業抑制により建設業にとっては「冬の時代」と呼ばれていた時期であり、それゆえに「若い研究者・技術者」に奮起を促す結びとなっているのである。また、文中では、ニコライ・コンドラチェフの「経済生活における長期波動」やアルビン・トフラー『第三の波』といった経済書にも言及しており、飛鳥の読書の守備範囲の広さを窺うことができる。

「**草取り**」は、「―人間と科学技術―」というサブタイトルが付された雑誌『プロメテウス』第四十一号（昭和五九年七月一日発行）に掲載された。同誌は、科学技術庁（現・文部科学省）が編集協力に名を連ねる隔月刊誌である（編集・発行は株式会社創造。一九九二年に廃刊）。烏田専右名義で発表され、肩書きは「清水建設株式会社常務取締役」である。

ひとり娘のみほさんが結婚したことで、調布市の一戸建てで夫婦二人暮らしとなった、飛鳥家の生活を垣間見ることができる。なお、文中に登場する「ニューメディア」とは、既存媒体にとらわれない新たな媒体として、一九八〇年代初頭に電電公社（現・ＮＴＴ）が普及推進したものである。

「**騎馬型技術**」は、『プレストレストコンクリート』の昭和六三年一・二月号（昭和六三年一月二〇日発行）に掲載された。同誌は、社団法人プレストレストコンクリート技術協会（現・公益社団法人プレストレストコンクリート工学会）の会報である。烏田専右名義で発表され、肩書きは「（株）ポリテクニックコンサルタント社長（本協会第十二代会長）」である。

建設業は、この時期には「夏の時代」に向かいつつあったのだが、それはバブル景気によるもので、「波のまにまに」で期待されたような研究成果によるものではなかった。それゆえに再度若い技術者に期待を寄せているのである。

「歳月の墓標」は、「勉學《まなび》の務め擲ちて　山高生の戦争体験」と題された『官立山口高等学校　創立九十周年記念文集』（平成二一年九月二四日発行）に掲載された（編集・発行は官立山口高等学校同窓会　東京鴻南会）。烏田専右名義で発表され、肩書きは「第19回理甲」である。

文集発表時には、制限枚数に合わせて寄稿している。指定の分量におさめるあたりにはプロの物書きらしさが出ているが、その際にやむなく割愛したエピソードが、今回の再録に合わせて増補加筆されている。

（註）

「悪の終章」は、「週刊現代」昭和三九年七月一六日号から一二月二四日号にかけて連載された。連載時には通し番号はなかったが、ここでは便宜的に付する。なお、「悪の終章シリーズ」の全貌については、横井司氏よりご教示をいただきました。記して感謝いたします。

1　戸川　昌子　仕組まれた罠　七月一六日号
2　鈴木　俊平　過去から来た男　七月二三日号
3　野坂　昭如　処女まわし　七月三〇日号
4　樹下　太郎　うごめく五千円札　八月六日号
5　生島　治郎　頭の中の常緑樹　八月一三日号
6　笹沢　左保　娘をそこで見た　八月二〇日号
7　多岐川　恭　アパートでの災難　八月二七日号
8　新章　文子　稚い欲情　九月三日号
9　近藤啓太郎　プレー・ボーイの秘密　九月一〇日号
10　佐野　洋　虚栄の仮面　九月一七日号
11　高村　暢児　渇いた刺青　九月二四日号
12　土屋　隆夫　殺人ラッキー賞　一〇月一日号
13　寺内　大吉　変身　一〇月八日号
14　鮎川　哲也　鴉　一〇月一五日号
15　森田　有彦　死者の告発　一〇月二二日号
16　宮本　幹也　それ故に死す　一〇月二九日号
17　戸川　昌子　疑惑のしるし　一一月五日号
18　西東　登　遺書　一一月一二日号
19　戸板　康二　意外な幕切れ　一一月一九日号
20　飛鳥　高　幻への脱走　一一月二六日号

21　邦光　史郎　処女銀行　一二月三日
22　佐賀　潜　掏摸の季節　一二月一〇日号
23　都筑　道夫　偶然信者　あるいはオマケつきの犯罪　一二月一七日号
24　新田　次郎　終章の詩人　一二月二四日号

島田克己氏、島田恵一朗氏、戸田和光氏より資料の提供を受けました。記して感謝いたします。（編集部）

飛鳥高著作・著書リスト

本リストは、島田克己／島田恵一朗・共編『推理作家・飛鳥高』（芳林文庫、二〇一四年十二月発行）、戸田和光・編『国内戦後ミステリ作家作品目録　極私的・拾遺集』（私家版、二〇一〇年九月発行）掲載のデータを元に作成しました。

短編集への収録作品は創作小説のみを記載しています。

リストから漏れている飛鳥高氏の創作小説をご存知の方は、論創社編集部までお知らせください。

【創作】

1．犯罪の場（『宝石』昭和22年1月号）

2．湖（『宝石』昭和25年9月号）

→別題「みずうみ」

3．犠牲者（『宝石』昭和25年12月号）

4．孤独（『宝石』昭和26年3月号）

5．暗い坂（『宝石』昭和26年9月号）

6．七十二時間前（『探偵実話』昭和26年11月号）

7．加多英二の死（『宝石』昭和27年2月号）

8．マネキン人形事件（『宝石』昭和27年4月号）　※NHKラジオ「犯人は誰だ？」の脚本

9．白馬の怪（『探偵実話』昭和27年5月号）

10．ギャングの帽子（『鬼』昭和28年1月号）

11．矢（『鬼』昭和28年9月号）

12．火の山（『宝石』昭和29年3月号）

13．雲と屍（『宝石』昭和30年2月号）

14．兄弟（『宝石』昭和30年6月号）

15．見たのは誰だ（『探偵実話』昭和30年11月号）

16．去り行く女（『探偵実話』昭和32年6月号）

17．放射能魔（『探偵実話』（昭和32年10月号）

18．或る墜落死（『探偵実話』昭和32年12月号）

19. 二粒の真珠（『宝石』昭和33年1月号）
20. 逃げる者（『宝石』昭和33年6月号）
21. 悪魔だけしか知らぬこと（『探偵実話』昭和33年8月号）
22. 疑惑の夜（大日本雄弁会講談社『疑惑の夜』昭和33年10月刊）
23. 断崖（『娯楽よみうり』昭和34年1月16日号〜1月30日号）
24. 金魚の裏切り（『宝石』昭和34年6月号）
25. 車中の人（『週刊明星』昭和34年6月7日号）
26. 死を運ぶトラック（和同出版社『死を運ぶトラック』昭和34年7月刊）
27. 薄い刃（河出書房新社『推理教室』昭和34年7月刊）
28. 無口な車掌（河出書房新社『推理教室』昭和34年7月刊）
29. 黒い扉（光書房『ポケット・ミステリィ』昭和34年7月刊）
30. 埋める（『中日新聞』昭和34年8月23日付）
31. 甦える疑惑（大和出版『甦える疑惑』昭和34年12月刊）
↓別題「灰色の川」
32. 古傷（『宝石』昭和34年12月号）
33. 飯場の殺人（『週刊スリラー』昭和35年1月22日号）
34. にわか雨（『週刊スリラー』昭和35年2月26日号）
35. 死にぞこない（光風社『死にぞこない』昭和35年5月刊）
36. 満足せる社長（『宝石』昭和35年5月号）
37. 落花（『週刊スリラー』昭和35年5月27日号）
38. 安らかな眠り（『宝石』昭和35年7月号）
39. こわい眠り（『宝石』昭和35年7月号）
40. 疲れた眠り（『宝石』昭和35年7月号）
41. 鼠はにっこりこ（『宝石』昭和35年10月号）
42. 崖下の道（東都書房『崖下の道』昭和36年1月刊）
43. 細い赤い糸（光風社『細い赤い糸』昭和36年3月刊）
44. 夜のプラカード（『宝石』昭和36年3月号）
45. 赤いチューリップ（『週刊特ダネ実話』昭和36年5月13日号）
46. 月を摑む手（『別冊小説新潮』昭和36年10月号）
47. 細すぎた脚（『宝石』昭和36年10月号）
48. 逃げて行く死体（『週刊大衆』昭和36年10月16日号〜11月13日号）
49. 誰が一服盛ったか（『漫画読本』昭和36年12月号）
50. 虚ろな車（東都書房『虚ろな車』昭和37年1月刊）
51. 総合手配（『特集実話特報』昭和37年2月12日号〜3月12日号）
52. ボディ・ガード（『宝石』昭和37年3月号）
53. いなくなったあいつ（『推理ストーリー』昭和37年4月号）
54. 拾った名刺（『エロチック・ミステリー』昭和37年7月

号）
55. 記憶（『週刊現代』昭和37年7月29日号）
56. 大人の城（『オール讀物』昭和37年8月号）
57. 猫とオートバイ（『小説新潮』昭和37年8月号）
58. 特定契約（『推理ストーリー』昭和37年8月号）
59. 待伏せ街道（『探偵実話』昭和37年8月号）
60. 狂った記録（『宝石』昭和37年8月号）
61. 仲よく乾杯（『別冊週刊漫画TIMES』昭和37年11月20日号）
62. 誘かいま（『オール讀物』昭和37年12月号）
63. 狂気の海（『エロチック・ミステリー』昭和37年12月号）
64. 死刑（『漫画ストーリー』昭和38年1月28日号）
65. 顔の中の落日（東都書房『顔の中の落日』昭和38年2月刊）
66. 深い穴（『推理ストーリー』昭和38年2月号）
67. 栄養（『文芸朝日』昭和38年4月号）
68. 線路のある街（『美しい十代』昭和38年4月号）
69. バシーの波（『別冊小説新潮』昭和38年6月号）
70. お天気次第（『宝石』昭和38年6月号）
71. 危険な預金（『推理ストーリー』昭和38年9月号）
72. 死刑台へどうぞ（文藝春秋新社『死刑台へどうぞ』昭和38年10月刊）
73. ガラスの檻（学習研究社、ガッケン・ブックス『ガラスの檻』昭和39年3月刊）
74. 不運なチャンス（『推理ストーリー』昭和39年4月号）
75. 傷なんか消せるさ（『高二コース』昭和39年4月号〜9月号）
76. 欲望の断層（『日刊観光』昭和39年6月13日付〜6月22日付）
77. 幻への脱走（『週刊現代』昭和39年11月26日号）
78. 短刀（『推理ストーリー』昭和40年1月号）
79. 分け前（『漫画読本』昭和40年4月号）
80. 吹雪の女（『オール讀物』昭和40年6月号）
81. みずうみの死（『推理ストーリー』昭和40年8月号）
82. 東京完全犯罪（『週刊新潮』昭和41年2月12日号）
83. 見えぬ交点（『推理ストーリー』昭和41年4月号）
84. ビラとばら（『小説新潮』昭和41年8月号）
85. 東京駅四時三十分（『推理ストーリー』昭和42年2月号）
86. パリで会った男（『推理ストーリー』昭和42年7月号）
87. 計算機（『推理ストーリー』昭和43年1月号）
88. 荒涼たる青春（『週刊サンケイ』昭和44年2月10日号）
89. さらば祖国よ（『推理界』昭和44年3月号）
90. 殺しは人間に任せろ（『推理ストーリー』昭和44年4月号）
91. カメレオンの街（『推理界』昭和44年6月号）
92. 密室にしのびこんだのは誰？（『六年の科学』昭和45年

3月号）
93．アウトロー（『推理』昭和46年7月号）
94．最後の奉公（『推理』昭和47年1月号）
95．プルタバの流れ（『推理』昭和47年9月号）
96．とられた鏡（『幻影城』昭和51年5月号）
97．青いリボンの誘惑（新芸術社『青いリボンの誘惑』平成2年6月刊）

【著書（単著）】　○数字は短編集
1．『疑惑の夜』（大日本雄弁会講談社、昭和33年10月刊）
2．『死を運ぶトラック』（和同出版社、昭和34年7月刊）
③．『犯罪の場』（光書房、昭和34年10月刊）〔収録作品〕「逃げる者」「二粒の真珠」「犠牲者」「金魚の裏切り」「犯罪の場」「暗い坂」
4．『甦える疑惑』（大和出版、昭和34年12月刊）
5．『死にぞこない』（光風社、昭和35年5月刊）
⑥．『黒い眠り』（小説刊行社、昭和35年7月刊）〔収録作品〕「安らかな眠り」「こわい眠り」「疲れた眠り」「満足せる社長」「古傷」「悪魔だけしか知らぬこと」「みずうみ」「七十二時間前」
7．『崖下の道』（東都書房、昭和36年1月刊）
8．新・推理小説双書『細い赤い糸』（光風社、昭和36年3月刊）
9．『死を運ぶトラック』（光風社、昭和36年8月刊）
10．雄山閣YZミステリ『灰色の川』（雄山閣出版、昭和36年10月刊）※4の改題本
11．東都ミステリー（19）『虚ろな車』（東都書房、昭和37年1月刊）
12．『細い赤い糸』（光風社、昭和37年3月刊）
13．東都ミステリー（37）『顔の中の落日』（東都書房、昭和38年2月刊）
14．『細い赤い糸』（光風社、昭和38年2月刊）
15．ポケット文春（122）『死刑台へどうぞ』（文藝春秋新社、昭和38年10月刊）
16．みすてりー9（No.3）『ガラスの檻』（学習研究社、ガッケン・ブックス、昭和39年3月刊）
17．『細い赤い糸』（講談社文庫、昭和52年12月刊）
18．『青いリボンの誘惑』（新芸術社、平成2年6月刊）
19．日本推理作家協会賞受賞作全集（15）『細い赤い糸』（双葉文庫、平成7年5月刊）
⑳．本格ミステリコレクション（1）『飛鳥高名作選　犯罪の場』（日下三蔵・編、河出文庫、平成13年9月刊）〔収録作品〕「逃げる者」「二粒の真珠」「犠牲者」「金魚の裏切り」「犯罪の場」「暗い坂」「安らかな眠り」「こわい眠り」「疲れた眠り」「満足せる社長」「古傷」「悪魔だけし

か知らぬこと」「みずうみ」「七十二時間前」「加多英二の死」「ある墜落死」「細すぎた足」「月を掴む手」

㉑．論創ミステリ叢書95『飛鳥高探偵小説選Ⅰ』（論創社、平成28年2月刊）〈収録作品〉「犯罪の場」「孤独」「白馬の怪」「火の山」「雲と屍」「兄弟」「放射能魔」「疑惑の夜」

㉒．論創ミステリ叢書96『飛鳥高探偵小説選Ⅱ』（論創社、平成28年3月刊）〈収録作品〉「死を運ぶトラック」「鼠はにっこりこ」「夜のプラカード」「ボディガード」「拾った名刺」「大人の城」「猫とオートバイ」「狂った記録」「狂気の海」「お天気次第」「バシーの波」

㉓．論創ミステリ叢書105『飛鳥高探偵小説選Ⅲ』（論創社、平成29年4月刊）**本書**〈収録作品〉「死刑台へどうぞ」「見たのは誰だ」「断崖」「飯場の殺人」「赤いチューリップ」「誰が一服盛ったか」「欲望の断層」「幻への脱走」「東京完全犯罪」「荒涼たる青春」「とられた鏡」

【著書（アンソロジー）】

24．新作スリラー叢書『新人傑作集　殺人万華鏡』（江戸川乱歩・選、自由出版株式会社、昭和23年3月刊）〈採録作品〉「犯罪の場」　※扉ページでは江戸川乱歩著と表記

25．『推理教室』（江戸川乱歩・編、河出書房新社、昭和34年7月刊）〈採録作品〉「薄い刃」「無口な車掌」

26．『ポケット・ミステリィ』（中島河太郎・編、光書房、昭和34年7月刊）〈採録作品〉「黒い扉」

27．『日本推理小説大系⑨　昭和後期集』（東都書房、昭和36年3月刊）〈採録作品〉「二粒の真珠」

28．『1962推理小説ベスト20　Vol.2』（宝石社、昭和37年8月刊）〈採録作品〉「細すぎた脚」

29．『1963推理小説ベスト24（2）』（東都書房、昭和38年7月刊）〈採録作品〉「大人の城」

30．『1963年版　推理小説ベスト20　Ⅱ』（宝石社、昭和38年10月刊）〈採録作品〉「猫とオートバイ」

31．『1964推理小説ベスト24（1）』（東都書房、昭和39年6月刊）〈採録作品〉「お天気次第」

32．『現代の推理小説第2巻　本格派の系譜（Ⅱ）』（立風書房、昭和45年12月刊）〈採録作品〉「金魚の裏切り」

33．『現代推理小説大系⑧　短編名作選』（編集委員・松本清張／中島河太郎／佐野洋、講談社、昭和48年7月刊）〈採録作品〉「犯罪の場」

34．『宝石推理小説傑作選1』（編集委員・鮎川哲也／大内茂男／城昌幸／高木彬光／中島河太郎／星新一／山村正夫／横溝正史、いんなあとりっぷ、昭和49年6月刊）〈採録作品〉「犯罪の場」

35．『推理ベスト・コレクション　13の密室』（渡辺剣次・編、

講談社、昭和50年5月）〔採録作品〕「犯罪の場」

36. 日本代表ミステリー選集（11）『えっ、あの人が殺人者』（中島河太郎／権田萬治・編、角川文庫、昭和51年3月刊）〔採録作品〕「犯罪の場」

37. 『鮎川哲也の密室探究』（鮎川哲也・編、講談社、昭和52年10月刊）〔採録作品〕「二粒の真珠」

38. 『ショート・ミステリー傑作選』（日本推理作家協会・編、講談社、昭和53年2月刊）〔採録作品〕「埋める」

39. 『宝石傑作集V／ハードボイルド・SF編　天球を翔ける』（中島河太郎・編、角川文庫、昭和54年8月刊）〔採録作品〕「加多英二の死」

40. 密室推理傑作選『13の密室』（渡辺剣次・編、講談社文庫、昭和54年10月）〔採録作品〕「犯罪の場」

41. 『犯人あて推理アンソロジー　ホシは誰だ？』（文藝春秋・編、文藝春秋社、昭和55年5月刊）〔採録作品〕「分け前」

42. 幻の本格推理小説集『殺人設計図』（鮎川哲也・編、双葉新書、昭和55年10月刊）〔採録作品〕「孤独」

43. 『密室探究　第一集』（鮎川哲也・編、講談社文庫、昭和58年8月刊）〔採録作品〕「二粒の真珠」

44. 『ホシは誰だ？〈犯人あて推理アンソロジー〉』（文藝春秋・編、文春文庫、昭和59年3月刊）〔採録作品〕「分け前」

45. 『推理教室』（江戸川乱歩・編、河出文庫、昭和61年5月刊）〔採録作品〕「薄い刃」「無口な車掌」

46. 『本格推理名作リバイバル　幻のテン・カウント』（鮎川哲也・編、講談社文庫、昭和61年11月刊）〔採録作品〕「犠牲者」

47. ミステリー傑作選（特別編2）『殺しのルート13』（日本推理作家協会・編、講談社文庫、平成2年7月刊）〔採録作品〕「大人の城」

48. ミステリーの愉しみ②『密室遊戯』（鮎川哲也／島田荘司・責任編集、立風書房、平成4年2月刊）〔採録作品〕「犯罪の場」

49. ミステリー傑作選（特別編4）『57人の見知らぬ乗客』（日本推理作家協会・編、講談社文庫、平成4年5月刊）〔採録作品〕「埋める」

50. 本格推理展覧会第一巻『密室の奇術師』（鮎川哲也・監修／山前譲・編、青樹社文庫、平成7年8月刊）〔採録作品〕「暗い坂」

51. 『探偵くらぶ（中）本格編　探偵小説傑作選 1946-1958』（日本推理作家協会編、カッパノベルス、平成9年10月刊）〔採録作品〕「犯罪の場」

52. 甦る推理雑誌（10）『「宝石」傑作選』（ミステリー文学資料館・編、平成16年1月刊）〔採録作品〕「孤独」

53. 『江戸川乱歩と13の宝石』（ミステリー文学資料館・編、

光文社文庫、平成19年5月刊）〔採録作品〕「鼠はにっこりこ」

54．『江戸川乱歩の推理教室』（ミステリー文学資料館・編、光文社文庫、平成20年9月刊）〔採録作品〕「飯場の殺人」「にわか雨」「無口な車掌」

55．『江戸川乱歩の推理試験』（ミステリー文学資料館・編、光文社文庫、平成21年1月刊）〔採録作品〕「車中の人」「薄い刃」「落花」

56．『THE密室　ミステリーアンソロジー』（山前譲・編、有楽出版、平成26年8月刊）〔採録作品〕「犯罪の場」

57．探偵小説アンソロジー『甦る名探偵』（ミステリー文学資料館・編、光文社文庫、平成26年10月刊）〔採録作品〕「犠牲者」

58．『THE密室　ミステリーアンソロジー』（山前譲・編、実業之日本社文庫、平成28年10月刊）〔採録作品〕「犯罪の場」

以下、著者の復刻許可を得たうえで発行された同人誌です。

Ⅰ．『推理作家・飛鳥高』（島田克己／島田恵一朗・共編、芳林文庫、平成26年12月発行）〔内容〕「卆寿を超えて」（飛鳥高）、アルバム、年譜、各種リスト（著作、著書、映像関係）、「バシーの波」再録。

Ⅱ．復刻叢書31『逃げて行く死体』（戸田和光・編、平成27年8月発行）〔収録作品〕「逃げて行く死体」「赤いチューリップ」「総合手配」「死刑」「欲望の断層」「幻への脱走」「東京完全犯罪」を採録。

Ⅲ．復刻叢書32『傷なんか消せるさ』（戸田和光・編、平成27年8月発行）〔収録作品〕「傷なんか消せるさ」「矢」「断崖」「仲よく乾杯」「線路のある街」「荒涼たる青春」「ギャングの帽子」「黒い扉」「記憶」「栄養」を採録。

〈リスト作成〉編集部

［解題］**廣澤吉泰**（ひろざわ・よしひろ）
1965年、奈良県吉野郡下市町に生まれる。神戸大学法学部法律学科卒業。本格ミステリ作家クラブ会員。ミステリファンクラブ「SRの会」会員。探偵小説研究会会員。『越境する本格ミステリ』（扶桑社、2003）、『本格ミステリ・ディケイド300』（原書房、2012）などに執筆参加。現在は東京の企業に勤務。

飛鳥高探偵小説選《あすかたかしたんていしょうせつせん》Ⅲ　〔論創ミステリ叢書105〕

2017年3月30日　初版第1刷印刷
2017年4月10日　初版第1刷発行

著　者　飛鳥　高
装　訂　栗原裕孝
発行人　森下紀夫
発行所　論　創　社
〒101-0051　東京都千代田区神田神保町2-23　北井ビル
電話　03-3264-5254　振替口座　00160-1-155266
http://www.ronso.co.jp/

印刷・製本　中央精版印刷

ISBN978-4-8460-1602-9

論創ミステリ叢書

①平林初之輔Ⅰ
②平林初之輔Ⅱ
③甲賀三郎
④松本泰Ⅰ
⑤松本泰Ⅱ
⑥浜尾四郎
⑦松本恵子
⑧小酒井不木
⑨久山秀子Ⅰ
⑩久山秀子Ⅱ
⑪橋本五郎Ⅰ
⑫橋本五郎Ⅱ
⑬徳冨蘆花
⑭山本禾太郎Ⅰ
⑮山本禾太郎Ⅱ
⑯久山秀子Ⅲ
⑰久山秀子Ⅳ
⑱黒岩涙香Ⅰ
⑲黒岩涙香Ⅱ
⑳中村美与子
㉑大庭武年Ⅰ
㉒大庭武年Ⅱ
㉓西尾正Ⅰ
㉔西尾正Ⅱ
㉕戸田巽Ⅰ
㉖戸田巽Ⅱ
㉗山下利三郎Ⅰ
㉘山下利三郎Ⅱ
㉙林不忘
㉚牧逸馬
㉛風間光枝探偵日記
㉜延原謙
㉝森下雨村
㉞酒井嘉七
㉟横溝正史Ⅰ
㊱横溝正史Ⅱ
㊲横溝正史Ⅲ
㊳宮野村子Ⅰ
㊴宮野村子Ⅱ
㊵三遊亭円朝
㊶角田喜久雄
㊷瀬下耽
㊸高木彬光
㊹狩久
㊺大阪圭吉
㊻木々高太郎
㊼水谷準
㊽宮原龍雄
㊾大倉燁子
㊿戦前探偵小説四人集
(別)怪盗対名探偵初期翻案集
(51)守友恒
(52)大下宇陀児Ⅰ
(53)大下宇陀児Ⅱ
(54)蒼井雄
(55)妹尾アキ夫
(56)正木不如丘Ⅰ
(57)正木不如丘Ⅱ
(58)葛山二郎
(59)蘭郁二郎Ⅰ
(60)蘭郁二郎Ⅱ
(61)岡村雄輔Ⅰ
(62)岡村雄輔Ⅱ
(63)菊池幽芳
(64)水上幻一郎
(65)吉野賛十
(66)北洋
(67)光石介太郎
(68)坪田宏
(69)丘美丈二郎Ⅰ
(70)丘美丈二郎Ⅱ
(71)新羽精之Ⅰ
(72)新羽精之Ⅱ
(73)本田緒生Ⅰ
(74)本田緒生Ⅱ
(75)桜田十九郎
(76)金来成
(77)岡田鯱彦Ⅰ
(78)岡田鯱彦Ⅱ
(79)北町一郎Ⅰ
(80)北町一郎Ⅱ
(81)藤村正太Ⅰ
(82)藤村正太Ⅱ
(83)千葉淳平
(84)千代有三Ⅰ
(85)千代有三Ⅱ
(86)藤雪夫Ⅰ
(87)藤雪夫Ⅱ
(88)竹村直伸Ⅰ
(89)竹村直伸Ⅱ
(90)藤井礼子
(91)梅原北明
(92)赤沼三郎
(93)香住春吾Ⅰ
(94)香住春吾Ⅱ
(95)飛鳥高Ⅰ
(96)飛鳥高Ⅱ
(97)大河内常平Ⅰ
(98)大河内常平Ⅱ
(99)横溝正史Ⅳ
(100)横溝正史Ⅴ
(101)保篠龍緒Ⅰ
(102)保篠龍緒Ⅱ
(103)甲賀三郎Ⅱ
(104)甲賀三郎Ⅲ
(105)飛鳥高Ⅲ

論創社